笠間書院

波戸岡旭
Hatooka Akira

奈良・平安朝漢詩文と中国文学

『奈良・平安朝漢詩文と中国文学』目次

第一篇　『懐風藻』と『万葉集』

第一篇　『懐風藻』と『万葉集』

第一章　『懐風藻』の国際感覚

一　前言

日本国は、五世紀前半の頃より、中国および韓半島の諸国と積極的に交渉を持つに至り、七、八世紀すなわち近江朝から奈良朝にかけては、本格的な国際化のただ中にあった(1)。すなわち、それは日本国が、古来、中国及び韓半島の近隣諸国から、漢文化及び文物を多大に受容しながら、独自の文化を発展させ、天皇制中心の律令国家体制を樹立し、同時に国際外交においては、中国を隣国とみなし、韓半島の諸国や近隣の諸島などを蕃国とみなす、いわゆる中華思想的な帝国主義的国家体制を目論んで、日本優位の外交姿勢を強行に示していった時代なのであった。養老四年（七二〇）成立の『日本書紀』も、その編纂目的の一つは、日本と近隣諸国とのそうした国際関係を明確にし、日本の優位性を国内外に示すことにあったのである。

国際外交において国家間に政治的力学とも言うべき力関係が働くことは、古今東西変わらないものがあるが、そうした当時の朝廷が抱き持っていた国際観は、『日本書紀』を始めとする六国史を紐解けば顕著にうかがえよう。そしてそのような国際観および国際感覚は、当然、当時の公的立場にあった知識人、とりわけ官人たちの等しく共有するものでもあったと思われる。

ところで、日本の国家体制がそうした中華思想的な帝国主義を標榜する当時にあって、官人を主とする知識人たちは、儒学修得及び漢詩文の創作による文化交流を展開し、各国の使節たちとも、時にしばしば国家の威信を背負って折衝したり、また詩文を応酬したりの国際交流の場に臨んだことであろうが、同時にまた、そうした折の詩宴には、彼らは互いに、政治外交上の枠をとりはずして、同じく漢字文化圏における等質の文化を呼吸する文人官僚同士として、親密な友情の交歓が見られたのでもあった。

天平勝宝三年（七五一）成立の『懐風藻』は、日本最初の私撰漢詩集であるが、この詩集はそうした空気を充分うかがい知ることのできるものである。特にその序文に見える編纂者（氏名未詳）の国際感覚は、時代の影響を受けながらも、日本の文化を漢字文化圏という広い視野の中で捉えており、その諸外国の文化との等質化を強く意識するというものであった。

二 日本の帝国意識と中華思想

漢字文化圏の中で最も強大な勢力を持つ中国が、漢民族を選民として自らを世界の中央に位置する文化国家であるという、いわゆる中華思想に基づく大帝国主義的国家体制を敷いていた時代においては、周辺の諸国家においても、外交政策上は、その両国間にはたらく政治力学によって、主従的関係を余儀なくされる場合もしばしば生じたであろうけれども、しかし、それぞれの自国内においては、やはり中国のそれに等しく、中華思想的な帝国主義的国家観を構築していたに違いないのである。

日本の朝廷においても、国内統一にむけての動きには、早くより強烈な帝国主義的国家体制を築く姿勢が見られ、中国および韓半島の諸国に対しては、学問・技芸をはじめとする文化・文物を積極的に受容し、とりわけ韓半島の諸国から、知識人・技能者の日本への帰化を促進しつつも、政治外交上は、常にすべて蕃国として従属を強いる姿勢をとるものであった。

そうした帝国主義的国家意識は、例えば『懐風藻』の巻頭の大友皇子の侍宴詩などに如実に表れている。

侍宴　　大友皇子

皇明　日月のごとく光《み》ち　　皇明光日月
帝徳　天地のごとく載す　　帝徳載天地
三才　並《み》な泰昌　　三才並泰昌
万国　臣義を表す　　万国表臣義

この詩は、皇帝の明徳（互文形式）は、日月のごとく万物を育成し、天地のごとく包容する、との天皇讃徳を主とする内容から見て、おそらく天智七年（六六八）、すなわち天智天皇即位四日後の、正月七日の内裏における宴の時の作であろうが、この大友皇子の詩に見える「万国臣義を表す」は、あきらかに中華思想的帝国主義の国家観に基づくものと言える。この「万国」ということばには、日本列島周辺の島嶼のほかに、高句麗・新羅の朝貢国をも含んでいよう。

天皇即位の五年前に百済救済に失敗した近江朝廷ではあるが、この詩には、むしろその故にこそ、なおさら大いに国威を発揚し、帝国としての覇権を内外に誇示しようとする姿勢が窺えるのである。

同様の詩句は、また文武朝（八世紀初）の藤原不比等の「元日　応詔」にも、

王朝　万国を観《みそなは》し　　正朝観万国
元旦　兆民に臨ます　　元日臨兆民

（藤原不比等「元日　応詔」）

という表現が見られる。

日本のこうした中華思想的な国家意識は一時的なものではなく、古くは『日本書紀』の応神天皇七年九月の記事に、「高麗人、百済人、任那人、新羅人並びに来朝《まうけ》り」とあり、また『続日本紀』の文武天皇三年（六九九）の記事には「度感嶋、中国に通ふこと、是に始まる」とあり、日本の朝廷に朝貢使を送ることを「中国に通ふ」と記す。これは日本の朝廷を「中国」と称した一例であるが、このように中華思想的な帝国主義の国家観に基づく記事は六国史の随所に見られる。

ところで、当時の日本の朝廷が、近隣の島嶼に対して従属を強いたであろうことは、文化的にも武力的にも朝廷は優位に立っていたのであるから容易に首肯できるのであるが、しかし、韓半島の諸国に対しては、古くより文化・文物の恩恵をこうむり、多くの優れた知識人・技術者の渡来、およびそれらの人々の帰化を促し、事実、彼らの働きによっても文化が著しく発展したというのに、日本は何をもってそれら諸国に対して朝貢を求めるごとき、国際外交における優位を主張し得たのであろうか。

また、遡って推古八年（六〇〇）、第一次遣隋使が隋の文帝に奏した「倭王は天をもつて兄となし、日をもつて弟となす」とか、また推古十五年（六〇七）第二次遣隋使が煬帝に奏した「日出づる処の天子、書を日没するところの天子に致す、恙無きや」という国書の記事には、中国に対しても日本の優位を示す姿勢が明らかであり、少なく見ても日本の朝廷は中国に対して対等国の意識を主張しており、日中の国家関係は、中国と韓半島の諸国とに見られるような主従関係とは異なることを主張する態度であった(2)。

壬申の乱（六七二）以後、天武天皇はますます軍事力の強化を図り、強兵政策および軍事訓練も怠りなかったようであるし、また歴代の天皇が諸外国からの使節に対しては国威を誇示する華麗な送迎をして見せもしたのであったが、当時の日本の軍事力の実態は他国を威圧するほど強大ではなかったはずである。

そうした中において、当時の日本の朝廷が、中国に対しては対等国であることを主張し、韓半島の諸国に対しては朝貢国を強い得たのは、何ゆえであろうか。

端的に言って、それは当時の日本が、海彼の大陸や半島の情報に疎く、国際情勢の実態を知らなさ過ぎたとか、逆にまた、大海を隔てているという地理的好条件に起因するなどと、従来、通説的に説かれてきているとおりなのであろうが、それにしても、上述したような強い帝国主義的な国家意識を持つにいたった日本側の内的根拠はどこに存したのであろうか。その拠って立つ所以は何であったのであろうか。

こうした日本の優越的な外交態度に対して、中国側は、無論、これを認めるどころではなく、たとえば隋の煬帝の怒りの返書のこと、唐朝廷における朝賀の儀式の序列のこと、また『旧唐書』巻199上に、「其の人の入朝する者、多くは自ら矜大にして、実を以て対せず。故に中国は焉《これ》を疑へり」とある記事などから知られるように、日本側の態度・主張を不快とし、黙殺すること度々であったことは周知のとおりである。

がしかし、日本はそうした中国側の態度を知りつつも、推古朝（七世紀末）以来、代々、中国へは朝貢使節としてでなく遣唐使節を送り、近隣諸国、ことに韓半島の諸国に対しては、これを蕃国とみなす中華思想的な帝国主義的国家意識を持ち続けていったのであった。

その内的根拠は何であったのか。記紀の記事に拠れば、その主たるものは、神功皇后の三韓出兵を淵源とするものらしく思われるのである。

三　記紀の「神功皇后の三韓出兵」記事について

記紀に記されている神功皇后の三韓出兵が、宗教的・神話的・伝説的要素の濃い話であることはすでに定説とされており、この話に関連させうる何らかの歴史的事象は存在したとしても、今日これをすべて歴史的事実であったと認めることはできない。記紀の編纂者は、無論、これを歴史的事実としているが、その記事内容は、神話と歴史との境目、もしくは両者の綯い交ぜ的なものであることは疑いようがない。

この話は記紀両書に詳しく載るが、特に『日本書紀』は、巻九「神功皇后紀」（神功皇后紀の記事は継体天皇紀との錯綜が多いとされるが）を設けている。この巻の主内容は、新羅征討物語と神功皇后伝説（地名説話）、そして日本と韓半島の諸国との外交交渉である。

神功皇后に関する記事は、すべて神話的伝説的要素が色濃く、その実在さえも疑問視する学説もあるが、『日本書紀』は、四世紀中葉から五世紀初頭の間における日本の、積極的な韓半島の諸国への勢力介入の史実を裏付ける上から、神功皇后の三韓出兵を、「魏志倭人伝」・「晋書起居注」また百済系の史料（「百済記」「百済新撰」「百済本記」）などの記事を利用して、厳然たる歴史的事実とすべく、用意周到に潤色したものであった。

しかし、歴史的事実化と同時に、一方では、神功皇后の神秘性、かつまた応神天皇出現の神秘化荘厳化のためには、その神話的伝説的要素もまた欠くべからざるものであった。

三韓出兵は、以下の記事で結ばれている。

遂にその国の中に入りまして、重宝の府庫を封め、図籍文書を収む。即ち皇后の所杖《つ》ける矛《みほこ》を以て、新羅の王の門に樹《た》て、後葉《のちのよ》の印としたまふ。故、其の矛、今猶新羅の王の門に樹てり。爰《ここ》に新羅の王波沙寐綿、即ち微叱己知波珍干岐を以て質として、仍《よ》りて金・銀・彩色、及び綾・羅・縑絹を齎《もたら》して、八十艘の船に載せて、官軍に従はしむ。

是を以て、新羅の王、常に八十船の調を以て日本国に貢る、其れ是の縁なり。是に、高麗・百済、二つの国の主、新羅の図籍を収めて日本国に降りぬと聞きて、密かに其の軍勢を伺はしむ。則ちえ勝つまじきことを知りて、自ら営の外に来て、叩頭みて款《まう》して曰さく、「今より以後は、永く西蕃と称《い》ひつつ、朝貢絶たじ」とまうす。故、因りて、内官家屯倉《うちつみやけ》を定む。是所謂三韓なり。

皇后、新羅より還りたまふ。

（『日本書紀』巻九「神功皇后紀」・原漢文）

この三韓出兵を、記紀は西征と記しているけれども、両書ともに争闘の記事は無く、ただ「新羅に金銀財宝があるので捕れ、という神々のお告げに従い、大軍を率いて行ったものの、突然に大風と津波が起こり、百済王はそれを見て怖れて降伏した」というもので、侵略戦争の記事としても、軍事目的も戦略も記されてなく、神のお告げというのみの、宗教的・神話的・伝説的な内容でしかないのである。

ところが、天皇制国家が確立して、王権が強化してゆくにつれて、この侵略説話は、神話的性格を濃厚に残しつつ、史実性を高めてゆき、且つ、これが韓半島の諸国、とりわけ新羅に対して朝貢を強いる根拠として、対新羅外交の基本的な姿勢の拠り所となったのであった。

日本の朝廷は、このきわめて宗教的・神話的・伝説的な「西征」伝承を厳然たる歴史的事実であるとし、新羅の朝貢使たちに対し、新羅を蕃国と認めさせる根拠として、事ある毎に持ち出し説いている。たとえば、継体天皇六年（五一二）十二月の条にも、物部大連の妻のことばとして、「夫れ住吉大神、初めて海表の金銀の国、高麗・新羅・任那を以て胎中誉田天皇に授記けまつれり」と、神話的要素濃厚なるままにして、しかも史実であるとして使節を説諭する。また聖武天皇の天平勝宝四年（七五二）六月十七日の詔にも「新羅国、来たりて朝廷に奉ることは、気長足媛皇太后の彼の国を平定げたまひしより始りて、今に至るまで、我が蕃屏と為る」とある。

こうした当時の日本の外交の態度は、ちょうど、隋の煬帝が、高句麗遠征に際して「高句麗の地は周・漢以来中国の領域であった（3）」と説いた、かの周・漢王朝の冊封体制を大義名分とする態度と幾分似ているところが見られる。しかし、三韓出兵は、漢・唐の冊封体制の史実性とは比較にならない脆弱な根拠でしかなく、韓半島の諸国の使節たちも、外交辞令上の態度はともかくも、そのことに真実、屈したはずがないのは無論であろう。したがって、この神功皇后の三韓出兵という拠り所は、日本側の一方的な主張に過ぎず、対外的にはなんら説得力をもたないものであったにちがいないのである。にもかかわらずこれを一つの拠り所として日本が優位の新羅外交を継続し得たのは、これをもって、ただちに韓半島の諸国に対して、武力的政治的な威力介入を押し進めようという性質のものではなかったからではないか。すなわち、日本の朝廷は、中国の冊封体制のように韓半島を強く支配するための周到な政策を持って臨んでいたわけではなかった。それは、日本の優位性を顕示しつつ諸外国との友好関係を保持しようというほどのものであって、その外交姿勢は、かなり緩慢なものであったと思われるのである。

他方、こうした日本国の高圧的な外交姿勢に対して、韓半島の諸国は、有史以来、もっぱら中国および韓半島の諸国間における確執、争闘、従属、独立を繰り返す、極度に緊張した国際関係の中にあってきわめて苦難の外交を事として来ている。それゆえに、遠国の日本を、味方に抱え込もうとしたり、無視することはありえても、日本からの侵略の無い限りは、敢えて敵国とするまでもないことなのであった。おそらく、韓半島の諸国は、日本と、軍事的・文化的、また通商的友好関係を保つために、外交上のみ服従的な対応をとっていたに過ぎなかったのであろう。

それにつけても、日本は中国および韓半島の諸国から、学問・思想・技術、その他あらゆる文化・文物を受容するという多大の恩恵をうけながら、なお韓半島の諸国にたいして優位をほこり、中国に対しては対等意識を持ちえたのはなぜか。

言うまでもなく、帝国主義的国家ならずとも、国際外交においては常に相手国より優位に立とうとする政治力学が働くのは、どの国においても、またいついかなる時代も同じであろうが、当時の日本の朝廷が、このような中華思想的な帝国主義的国家意識を持ち続け得た所以については、上記の理由のほかに、端的に言って以下のようなことも考えられるであろう。

すなわち、韓半島の諸国に比べて、日本は、幸運にも、その国家形成期における争闘は部族間のみのものであり、国土における他国家・他民族との交戦無くして、強力な統治力をもつ国家を樹立し得ていた。そして、本格的な国際交流をなすにあたって、すでに高度の文化を築き上げており、さらに、過去に韓半島を征討し勝利を収めたという強烈な神話伝承を歴史上の事業として精神的支柱としていた。白村江の戦いに敗れたことは軍事力の弱さを思い知らされたはずであるが、地理的に大海を隔てた本土はかつて侵略を受けたことが無かった、などのことどもが考えられるのである。

四　『懐風藻』序文の作者の国際感覚

さて、前項で見てきたように、七、八世紀の日本の国家体制が、中華思想的な帝国主義を標榜していた当時にあっては、官人を主とする知識人たちの国家観も同様のものであったことは必然である。彼らの多くは、儒学を学び、とりわけ漢詩文の創作に熟達した者は、宮中の詩宴において王沢讃美を詠いあげ、また時に各国の使節たちと、国家の威信を背にして詩文の応酬をすることしばしばであった。しかし、その折の宮中や大臣家で催された詩宴においては、無論、互いに官人という公的な立場から離れることはなかったけれども、現存する当時の宴詩を見るかぎり、そこにおいては、日本側に中華思想的な発想はまったく見られないということではないが、そのこと以上に、国を越えての、官人同士としての親密な友好の交歓がなされたもののようで、友愛的心情の横溢する詩がほとんどである。

天平勝宝三年（七五一）十一月成立の『懐風藻』は、日本で編纂された最初の日本の漢詩集であるが、そうした友好的な空気が充分にうかがい知られる漢詩集である。この詩集は私撰集であり、未だに編者を特定できないが、その序文の内容から見て、この編者はきわめて博学多識、また国内外の古今の事情に通じていたのみでなく、当時抜群の国際的な視野と見識とを備えていた知識人であったことは間違いない。

『懐風藻』所載の作品は、およそ六七〇年頃から七五〇年までに作られた、六十四人（内、帰化人系統の人、十六人）

の百二〇首を掲載する。その序文は本格の駢儷体で綴られ、結構を文選序に倣うが（4）、内容は、日本に儒学が伝来してから、近江朝に詩文が隆盛するまでの経過を述べる。それはまた、そのまま日本の学問受容史であり、日本を軸とする東アジアの文化交流史とも言える性格を帯びるものである。その叙述の態度はきわめて史実に忠実であろうとし、かつまた、中華思想的な帝国主義国家という当時の国家観の影響下にありながらも、日本の文化というものを、中国・朝鮮半島諸国の文化圏、いわゆる東アジア漢字文化圏という領域の中に据えて捉えようとしており、そこには日本文化の国粋的独善的な主張をすることといっさいなく、むしろ漢字文化圏の中における、等質性ないしは同一性を説くものである。

『懐風藻』序文冒頭の記事はつぎのとおり。

逖《とお》く前修《ぜんしゅう》に聴《き》き、遐《はる》かに載籍《さいせき》を観《み》るに、襲《そ》の山《やま》に降蹕《こうひつ》の世《よ》に、橿原《かしわら》に建邦《けんぽう》の時《とき》に、天造草創《てんぞうそうそう》にして、人文《じんぶん》未《いま》だ作《おこ》らざりき。

逖聴前修、遐観載籍、襲山降蹕之世、橿原建邦之時、天造草創、人文未作。

遠く昔の賢人たちの話を聞き、書籍や史料などを見ると、日向の高千穂の峯に天孫が降臨した御世、大和の橿原の宮に建国したころは、この世のはじまりの時であって、人間の文明はまだ起こっていなかった。

日本の文化史を概観するにあたって、この序文の作者は、記紀に見える「神代」の部にはまったく触れず、神話的説話的要素の濃い、天孫降臨から橿原建国当時までの期間も、すべて「人文」以前のこととし、原初、日本には文字はなかった、と説く。これは神話と歴史とを截然と分離させた、極めて実証的かつ客観的な記述態度であって、無論、作者は日本国家の由来を知悉しているのであるが、たとえば「神国日本」といったような、閉塞的な狭義の国粋主義的国家観はまったく見られない。

神后《じんごう》坎《かん》を征し、品帝《ほんてい》乾《けん》に乗るに至りて、百済入朝して、龍編《りようへん》を馬廐《ばきゆう》に啓《ひら》き、高麗上表して、烏冊《うさく》を鳥文に図《えが》く。王仁始めて蒙《くら》きを軽島《かるしま》に導き、辰爾終に教へを訳田《おさだ》に敷《し》く。遂に俗《よ》をして洙泗《しゆし》の風に漸《すす》め、人をして斉魯の学に趨《おもむ》かしむ。

至於神后征坎、品帝乗乾、百済入朝、啓竜編於上廐、高麗上表、図烏冊於鳥文。王仁始導蒙於軽島、辰爾終敷教於訳田。遂使俗漸洙泗之風、人趨斉魯之学。

神功皇后が三韓征伐をされ、応神天皇が即位されるに及んで、百済国の使者が来貢入朝し、名馬を献上して、（阿直岐《あちき》が皇子菟道稚朗子《うじのわきいらつこ》に）儒学の経典を教えた。（そして敏達天皇の世に）高麗国が上表文を持って使者が来貢入朝するが、その上表文は烏の羽に墨書したものであった。（応神天皇の世には）軽島の都で王仁が（皇子菟道稚郎子に『論語』・「千字文」を）教え導いた。（敏達天皇の世には）王辰爾《おうしんに》が、訳田《おさだ》の都で烏の羽根の上表文を解読した。かくして世の人々を孔子の学風に進ませ、儒学に赴かせるようにしたのである。

国際外交の説き始めは、やはり神功皇后の三韓出兵であり、その「神后坎を征し」の記事は、すぐ後の「百済入朝」・「高麗上表」に符合する。この点、『懐風藻』序文の作者も、韓半島の諸国を蕃国とみなす、当時の日本の朝廷の中華思想的な帝国主義の国家観と同様である。しかし、この四字のみの語句はあまりにも短かく、記紀のような神話的な要素は皆無であり、ここには日本文化の独自性、特異性を説こうとする姿勢も全く見られない。すなわち、作者は、神功皇后の三韓出兵は史実であると認め、（実際、韓半島の諸国は原則的には朝貢使をよこしているので）韓半島の諸国を蕃国と見ているのではあるが、それに事寄せて日本文化の優位性を説こうとはしていないのである。

作者の著述の姿勢は、もっぱら韓半島よりの書籍の伝来、儒学・文化の受容・浸透そして発展の様を列挙しているのである。こうした彼我を越えた姿勢については、狭義の大和民族という国家意識からでは律しきれないものがある。半島から渡来し帰化した人々は言うまでもなく大和民族であるが、総じて韓半島の諸国とは、政治外交上の優位を保持しようとしつつ、対立・友好を繰り返す中にも、日本は百済・新羅・高句麗に対して、その内実はすくなくともそれら諸国との文化の等質化を急ぎ目指していたのであった。『日本書紀』の巻々の記事もすこし注意深く読めば、神国日本の優位性を説く背後には、これらの国々の文化を敬愛する姿勢が見て取れるのであるが(6)、この『懐風藻』の序文には、それが端的に記されており、作者は、日本の文化なるものが、韓半島の諸国の文化を受容し、発展、充実させたものであり、それらと等質の優れた文化であることを強く主張しているのである。

次いで、『懐風藻』の序文は、聖徳太子の政治制度の整備と仏教文化について述べるが、因みに聖徳太子の偉業を顕彰するところは、『日本書紀』のよくするところであって、序文の作者の歴史観には『日本書紀』の歴史観と共通するところがあり、その卓抜した見識および洞察力が窺えるのである。

さらに、『懐風藻』の序文は、序文全体のおよそ三分の一の分量を用いて、天智天皇の治世を絶讃する。

淡海《おうみ》の先帝の命を受くるに及至《およ》びて、帝業を恢開《かいかい》し、皇猷《こうゆう》を引闡《こうせん》す。道は乾坤《けんこん》に格《いた》り、功は宇宙に光《み》つ。既にして以為《おも》へらく、風を調《ととの》へ俗《よ》を化することは、文より尚《たつと》きは莫《な》く、徳を潤《うるお》し身を光《て》らすことは、孰《いずれ》か学より先ならんと。
爰《ここ》に則ち庠序《しょうじょ》を建て、茂才を徴《め》し、五礼を定め、百度を興す。憲章法則、規模弘遠、夐古《けいこ》以来、未だ有らず。是《ここ》に三階平煥《へいかん》、四海殷昌《いんしょう》、旒紘無為《りゅうこうむい》、巌廊暇多《がんろういとま》し。旋《しば》しば文学の士を招き、時どきに置醴《ちれい》の遊を開く。此の際に当たりて、宸簡《しんかん》文を垂れ、賢臣頌《しょう》を献《たてまつ》る。雕章《ちょうしょう》麗筆、唯に百篇のみに非ず。但だ時に乱離を経て、悉く煨燼《わいじん》に従ふ。言《ここ》に湮滅《いんめつ》を念《おも》ひ、軫悼《しんとう》して懐《こころ》を傷ましむ。

及至淡海先帝之受命也、恢開帝業、弘闡皇猷。道格乾坤、功光宇宙。既而以為、調風化俗、莫尚於文、潤徳光身、孰先於学。爰則建庠序、徵茂才、定五礼興百度、憲章法則、規模弘遠、夐古以来、未之有也。於是三階平煥、四海殷昌、旒紘無為、巌廊多暇。旋招文学之士、時開置醴之遊。当此之際、宸簡垂文、賢臣献頌。雕章麗筆、非唯百篇。但時経乱離、悉従煨燼。言念湮滅、軫悼傷懐。

天智天皇が天命により即位されて、天子のご事業を広く始められ、ご叡慮《えいりょ》をひらきひろげられた。天子の教示される道は、天地に到達し、功業は天下にくまなくゆきわたった。かくて天皇のご見解としては、風俗を整え世俗の人々を教化するには、学問より貴いものはなく、人徳を養い身をりっぱにするには、学問をすることがもっとも大切であるとお考えになられた。そこで、学校を建てて秀才を集め、五礼を定めもろもろの制度を興し定められた。きちんとした条文、それらの制度は規模も大きく広く、これほど大規模な制度の制定は未曾有のことであった。かくして宮中は平和で繁栄し、天下も大いに隆盛し、天子は無為にしてよく治まり(聖天子の意)、宮中は安泰であった。そこで、しばしば文学の士を招待して、おりおりに酒宴が催された。この時、天子はみずから詩文をお作りになり、臣下は帝徳讃美の詩文を献上した。秀逸の作品は、数多く創られた。ただし、たまたま世の乱れ(壬申の乱)を経過して、それらの詩文は兵火の灰となってしまった。そこで、私はこれまでのわが国の詩文が滅んでしまうことを思い、悼み嘆き、深く哀しむのである。

これについては、かつて論じたこともあるので詳細は割愛するが(7)、この条の文辞には、唐太宗の『帝範』「崇文篇」、『貞観政要』「崇儒学」・「上貞観政要表」を典故に用いて、要するに天智天皇のいわゆる大化の改新の政策を、唐太宗の文治政策の鴻業に匹敵するものとして称揚しているのである。この後、日本の平安朝の官人たちは、桓武天皇、嵯峨天皇の鴻業を唐太宗のそれになぞらえることをするが、それよりも早く、この『懐風藻』の序においては天智天皇を比肩させているのである。その両天子の治世は、七世紀半ばを前後するもので年代的には極めて近いことであり、治績の規模の大差は比するまでも無いことながら、唐王朝の詩運隆盛に匹敵する時が、間をおかずして日本国にも到来していたことを説いているのである。言葉を強くして言えば、ここには、あきらかに中国を模範としつつ文化的構築を成し遂げた日本が、中国に並び立とうとしている、という作者の意識が窺えるのであるが、それとともに、日本の、儒学の受容、浸透、発展に伴って、漢字文化圏における日本と朝鮮半島の諸国との文化的な等質性・同一性を強調してもいるのである。

五　新羅使たちとの応酬詩

『懐風藻』には新羅の使節を送る送別の宴詩が十首載る。いずれも左大臣長屋王の私邸で催された宴詩で、神亀三年（七二六）秋ごろの作と見られるが、すでに小島憲之氏が指摘されたとおり(8)、それらの詩はすべて「国境や民族を超えた人間相互のあたたかい交流」が窺えるものである。この詩宴において日本における最初の「詩序」があらわされ、また、初唐の王勃・駱賓王らの作風・詩語の影響がより顕著になり、それ以前の宮廷の春の侍宴詩とは異なった、新たな詩風の展開が見られる。そこには心温かな親睦の雰囲気と共に、日本・新羅両国の詩人達は、おたがいに日頃の研鑽の成果を披露する絶好の場として臨んだことであろう。その送別の宴の親交の雰囲気は、たとえば大学頭山田三方の「秋日於長王宅宴新羅客序」に、

君王敬愛の沖衿を以て、広く琴樽の賞を闢く。

羽爵騰飛して、賓主を浮蟻に混じ、清談振発して、貴賎を窓雞に忘る。

（大学頭山田三方「秋日於長王宅宴新羅客序」）

とある。すなわち、長屋王は人々を敬愛する大きな心をもって、盛大な宴をもよおされた。（宴の様子は）酒盃を取り交わして、主客みな酒に酔うて入り乱れ、清談が盛んにおこり、貴賎の身分を忘れて清談に耽った、というものである。実際の宴がこの序の表現どおりであったとは断言できないが、大方はこのような和やかな座の雰囲気であったことは想像に難くない。

新羅の使節への送別の詩十首中には、たとえば、

新知未だ幾日もあらざるに
送別何ぞ依依たる
相顧みる鳴鹿の爵
相送る使人が帰り

新知未幾日
送別何依依
相顧鳴鹿爵
相送使人帰

（刀利宣令「秋日於長王宅宴新羅客」）

一たび去《い》けば郷国を殊にし
万里風牛を絶つ
未だ新知の趣を尽くさず
還つて作す飛乖の愁

一去殊郷国
万里絶風牛
未尽新知趣
還作飛乖愁

（図書頭吉田宜「秋日於長王宅宴新羅客」）

贈別に言語無し

贈別無言語

愁情幾万端ぞ

愁情幾万端
（左大臣藤原総前「秋日於長王宅宴新羅客」）

の詩のように、どの詩も別離を惜しむ気持ちを詠うことを主眼とするが、その宴での和やかな親交の様子は、次の詩にもよく表れている。

賓を嘉みして小雅を韻ひ
席を設けて大同を嘉みす
流を鑒《み》ては筆海を開き
桂に攀《よ》ぢては談叢に登る
盃酒皆月有り
歌声共に風を逐ふ
何ぞ専対の士を事とせん
幸《ねが》はくは李陵が弓を用ゐよ

嘉賓韻小雅
設席嘉大同
鑒流開筆海
攀桂登談叢
盃酒皆有月
歌声共逐風
何事専対士
幸用李陵弓
（大学助教背奈王行文「秋日於長王宅宴新羅客」）

この詩の大意は、以下のとおり。

新羅の賓客をお迎えして「鹿鳴」などの『詩経』「小雅」を歌い、
宴の席を設けて、今の世の泰平をことほぐ。

庭苑の流水を見ては詩文の筆を振るい、
長屋王の宴に上って清談に耽る。
どなたの盃にも月の光が映り、
歌声はすべて涼しやかな秋風のまにまに流れてゆく。
どうか新羅の優れた使者たちよ、
(この宴においては)かの李陵の弓のごとく豪快にふるまってくだされよ。

主客互いに親交を結び友情を深めて、ともに泰平をことほぎ、和らぎつつも、興の赴くままに詩文を贈答し、また談笑に耽るとの座の熱気が詠まれている。このように和気藹々たる雰囲気の中で、詩文の才腕を競い合ったものであろう。

また、次に述べる下毛野虫麻呂の序文には、宋玉「九弁」以来、六朝・唐(その後も太く長い系譜をもつ)の悲秋文学的要素の色濃い内容が詠みこまれているが、新羅の使節との応酬の中で、こうした力作が生まれたことも注目に値するであろう。

夫れ秋風已に発てり、張歩兵帰るを思ひし所以なり。
秋気悲しむ可し、宋大夫焉に志を傷ましめたり。
然らば則ち歳光の時物、事を好む者賞して憐れむ可く、
勝地の良遊、相逢ふ者懐ひて返らんことを忘る。
況や皇明運を撫でたまひ、時は無為に属《あた》るをや。
文軌通ひて華夷欣戴の心翕《あつ》め、

礼学備はりて朝野歓娯の致を得たり。

——（下略）——

（大学助教下毛野虫麻呂「秋日於長王宅宴新羅客序」）

この序は、晋の張翰の故事と宋玉の「九弁」を踏まえて書き出されるが、「九弁」の主題である「嘆老」や「失志」には筆を向けないで、秋の風光、長屋王邸苑の嘉宴のことを述べ、ついで、今の聖代を言祝ぎ、今が聖代なるがゆえに良宴の観娯の致を得た、と宴のすばらしさを述べている。このうち、「文軌通ひて華夷欣戴の心翕め」の「華夷欣戴の心」は、あきらかに中華思想の表現であり、この後に「鳳閣を披きて芳筵を命じ、使人千里の羈遊を以て、鴈池に俯して恩盼に沐す」とあるので、「華」は日本、「夷」は新羅を指すとも言えるが、しかし、この序文全体から見れば、ここには、そうした国家間の優劣を問題とする空気は流れていない。この後につづく文中に「琴書左右、言笑縦横、物我両つながら忘れ、自から宇宙の表に抜く」などとあるとおり、やはり主客入り混じっての和やかな宴であったのである、総じてこの序文は、「草や樹や、揺落の興趣窮まること難し。觴よ詠よ、登臨の送帰遠ざかること易し」とも詠じて、草木凋落の秋の物悲しさを美しく詠み上げた、六朝宮廷宴詩の非秋文学の伝統をよく捉え得ている作品なのである。

以上、今は紙数の都合上、『懐風藻』所収作品の数点のみを取り上げてみた。その他、ここには触れ得なかったが、在唐中の官人の作品や留学僧たちの作品中にも諸所に親交の様子がみてとれるのであった。

六　結　語

七、八世紀の日本の国家は、中華思想的な帝国主義を標榜し、海彼の諸国に対して日本優位の立場を主張し続ける外交を推し進めていったのであったが、その内実は、古来、韓鮮半島の諸国及び中国から多大の文化・文物を受容しながら進展してきた日本が、今や、それら諸外国と同一、もしくは等質の文化をもつ日本として、肩を並べようと努めていた時期に他ならなかったであろう。そうした中、官人を主とした知識人たちの中には、『懐風藻』の編者や収載詩人たちのように、中華思想的な帝国主義的国家体制の下にありながらも、そうした国家意識に捉われることなく、現代で言うところの東アジア文化圏、すなわち漢字文化圏における等質の文化国家として日本を思い、来日の使節の人々と、等質、もしくは同一の文化人として親交を結んでいたのであった。

今更に贅言を要しないことだが、確かに、古代の東アジア文化圏内における国際交流の実態は、政治外交史的な見方からのみでは充分には知りえないものであり、かえって、実は、政治外交とは関らないかたちの中に、真実、豊かな文化交流があったに違いないのである。

（1）鈴木靖民氏『古代対外関係史の研究』「第一編対外関係の展開四、奈良時代における対外意識——『続日本書紀』朝鮮関係記事の検討——」、酒寄雅志氏「古代東アジア諸国の国際意識——中華思想を中心として——」（『歴史学研究』別冊特集「東アジア世界の再編と民衆意識」）

（2）「隣国者大唐、蕃国者新羅也」（『公式令集解の古記』）

（3）『隋書』巻六十七裴矩伝の記事。なお「冊封体制」については、西嶋定生氏『中国古代国家と東アジア世界』（東大出版会）、『隋唐帝国と東アジア世界』（唐代史研究会編）。

（4）拙著『上代日本漢詩文と中国文学』「第一篇「懐風藻　第一章　序文考・第二章　侍宴詩考」（笠間書院）。拙稿「懐風藻と中国詩学」—序文の意味するところ—（『懐風藻—漢字文化圏の中の日本古代漢詩』）（笠間書院

（5）この条は、「応神天皇紀」と「敏達天皇紀」との記事を、隔句対的に併記した、いわゆる双関法の修辞を用いて記述さ

れている。

(6) 井上秀雄氏『古代日本人の外国観』(学生社)。

(7) 注4におなじ。

(8) 小島憲之氏『上代日本文学と中国文学』下(塙書房)。

第二章　『懐風藻』序文の意味するところ

一　前言

『懐風藻』には、六七〇年ころから七五一年ころまでのおよそ八十年間の詩が収集されている。この八十年の間には、壬申の乱（六七四年）という、皇室を二分した未曾有の戦乱があり、その前後の混乱した時期をも併せ考えると、おそらくそこには二十年余りもの文学空白の期間があったと思われるが、しかし、それにもかかわらず、総じて言えば、この七、八世紀は、わが国の文運隆盛の時期にあたっており、漢詩文創作の面からみても、質、量ともに急速な進展をみせた時期であったことはたしかなのである。

言い換えれば『懐風藻』は、そうした漢詩文隆盛への機運に充ち満ちた時期に成った詩集であったのである。そして、この文運隆盛の趨勢は、奈良朝から平安朝にかけて連綿と続いたのであり、ことに平安初期、嵯峨天皇の時代は一大画期を迎え、その成果の一つとして三勅撰漢詩文集の編纂がなされたのであった。

その『懐風藻』の時代、すなわち七、八世紀の近江朝から奈良朝にかけてのわが国は、中国や百済・新羅・高句麗など各国との外交使節による交流があり、きわめて国際的に開かれた情勢の下にあった。したがって、『懐風藻』収載の詩人たちの大多数および編纂者も、概ね、それら海外の諸外国の情勢を広い視野でとらえ、海外事情を認識した上での国家観を持ち合わせていたに違いないのである。それは、彼等の経歴及び官職から見ても、首肯し得るところである。

たとえば、『懐風藻』開巻劈頭の大友皇子の「侍宴」の詩に、「三才並 泰昌 万国臣義を表す」とあるこの「万国」という語句は、日本国内の諸国を指すというよりも、むしろ使節を派遣してくる新羅・高句麗などの諸外国も視野に併せ収めた上で、国威発揚の意を込めて詠じたものであったのである。そして、さらに言えば、この「万国が臣義を表明している」という表現は、中華思想的な帝国主義の意識のあらわれなのであるが、こうした国家意識は、当の中国のみでなく、中国を中心とする当時の東アジアの諸国間においてどの国にも共通して見られる国家意識だったのであり、つまり、そうした中華思想的な帝国主義の意識が、同時代的に我が国にも浸透していて、その影響がこの詩にも現れているということになるのである。

また『懐風藻』には、長屋王邸に新羅使節を招いて宴がしばしば催され、その折りの詩が多く掲載されている。この宴詩も、宴の場所が宮廷内ではないという意味では非公式のものであり、また宴の目的は、主として詩人同士が国を越えて親しく友情を交歓するための宴であったであろうが、しかし時の右大臣邸における詩宴であるから、やはり友好的かつ親密な雰囲気の中にも、彼らは詩は国家の文化水準を示す公器としての意味を有するものという自覚と見識のもとに、言わば両国の国家の威信をかけての緊迫した詩の応酬がなされたのであった。繰り返し言うが、漢詩文がそれぞれの国家の文化水準を測るひとつの尺度たり得るという文化意識は、当時の両国それぞれにおいて強く働いていたのである。

それにつけても、『懐風藻』が正史に記載されていないのは、私撰集ということを考慮に入れてもなお謎であり、また当時の諸外国の使節たちの目に触れることが無かったというのも不可解なことではあるが、しかし『懐風藻』という詩集そのものは、先に指摘したように『懐風藻』収載の作品群のほとんどが、中国を中心とする東アジア諸外国の事情に通じた知識人たちによって創作されたものであり、またその編纂も同様に広く国際的な視野と見識を備えた人物の手になるものであったのである。

二　『懐風藻』編者の歴史観

『懐風藻』の序文は、漢詩集の序に相応しく修辞技巧の凝らされた端正且つ達意の駢儷文であるが、その前半は、儒学受容を軸とした文化史的な内容となっている。そこにはおのずから編纂者の歴史観が伺えるのである。

『懐風藻』の序文は、言うまでもなく文学の精華としての漢詩の隆盛ぶりを叙述するところに力点を置くが、その文運隆盛の期にいたるまでの過程として、天孫降臨、橿原建国、漢籍の伝来、博士の渡来、そして儒学の浸透・発展、さらに推古朝の仏教文化、天智朝の国家体制の樹立と、わが国の文化の根幹にかかわる事象を通史的に概観する。それは簡にして要を得た記述で、いまそれらを『日本書紀』の記事と照応してみてもほとんど齟齬するところが無いほどに極めて史実性が高いものであり、そこには神話・伝説に偏向して見られる誇張的な表現や国粋主義による独善的な記事内容の増幅などは一切見られないのである。

『懐風藻』序文冒頭の記事は、つぎのとおりである。

逖《とお》く前修《ぜんしゅう》に聴《き》き、遐《はる》かに載籍《さいせき》を観《み》るに、襲《そ》の山《やま》に隆蹕《こうひつ》の世《よ》に、橿原《かしわら》に建邦《けんぽう》の時《とき》に、天造草創《てんぞうそうそう》にして、人文《じんぶん》未《いま》だ作《おこ》らざりき。

逖聴前修、遐観載籍、襲山降蹕之世、橿原建邦之時、天造草創、人文未作。

遠く昔の賢人たちの話を聞き、書籍や史料などを見ると、日向の高千穂の峯に天孫が降臨した御世、大和の橿原の宮に建国したころは、この世のはじまりの時であって、人間の文明はまだ起こっていなかった。

この箇所は、『文選』序の冒頭の「式《もっ》て元始《げんし》を観《み》、眇《はる》かに玄風《げんぷう》を覿《み》れば、冬《ふゆ》は穴《あな》にすみ夏《なつ》は巣《す》にすみし時《とき》、毛《け》を茹《し》き血《ち》を飲《の》みし世《よ》は、世《よ》は質《しつ》に民《たみ》は淳《あつ》くして、斯《こ》の文《ぶん》未《いま》だ作《おこ》らず。(「式観元始、眇覿玄風、冬穴夏巣之時、茹毛飲血之世、世質民淳、斯文未作」)」の文句を範としており、我が国は、原初には、文字がなかったことを述べたくだりであるが、この『懐風藻』の序文に拠れば、高天原の神話の時代は歴史以前のこととして割愛し、天孫降臨から神武天皇建国当時までは、我が国には人間の文明はまだ起こっていなかったと言うのである。『文選』序の方では、文字・文化の起源を伏羲の時代のこととしているが、『懐風藻』の序は、それに相当する天地創造、天孫降臨の神話の時代には、文字はもとより文化さえ持たなかったとしているのである。もしも序文の作者が閉鎖的な帝国主義的国家意識をもつ者であったならば、当然のことに神話時代の文化的な意義づけに力をそそいだはずである。が、そうはしないで、ここは神話と歴史とをせつぜんと分離する記述となっている。ちなみに、のちに大同二年(八〇八)、斎部広成《いんべのひろなり》が『古語拾遺』序に、「蓋し聞く、上古の世、未だ文字有らず、貴賤老少、口々に相伝へ、前言往行、存して忘れず。書契以来、古を談ずることを好くせず」と、わが国に文字が無かったことを認め、中国よりの文字の伝来により、それまで口頭伝承されてきた上古のことが語られなくなったその弊害の面を指摘しているが、弊害云々のことはともかくとして、上古に文字の無かったことについては、それより半世紀もはやくに『懐風藻』の編者がすでに指摘しているのである。

なお、この「人文未だ作らざりき」の「人文」の語は、『易経』「賁」が原拠で「天文」に対する語であるが、ここではこのあとの記事が学問・詩文の隆盛へと展開してゆくところから、むしろ、『文心雕竜』「原道」や『文選』序に見える「人文」の用例の、人の作る文(あや)の中の精華である「文章」の意味に通じさせてもいるであろう。

『懐風藻』の序文は、続いて我が国の文化史的な概観の記述となるが、それは同時に我が国の学問、すなわち儒学の受容と発達史ともなっている。

神后坎《じんごうかん》を征し、品帝乾《ほんていけん》に乗るに至りて、百済入朝して、龍編《りようへん》を馬厩《ばきゅう》に啓《ひら》き、高麗上表して、烏冊《うさく》を鳥文に図《えが》く。

王仁始めて蒙《くら》きを軽島《かるしま》に導き、辰爾終に教へを訳田《おさだ》に敷《し》く。逐に俗《よ》をして洙泗《しゅし》の風に漸《すす》め、人をして斉魯の学に趨《おもむ》かしむ。

至於神后征坎、品帝乗乾、百済入朝、啓竜編於上厩、高麗上表、図烏册於鳥文。王仁始導蒙於軽島、辰爾終敷教於訳田。逐使俗漸洙泗之風、人趨斉魯之学。

神功皇后が三韓征伐をされ、応神天皇が即位されるに及んで、百済国の使者が来貢入朝し、名馬を献上して、(阿直岐《あちき》が皇子菟道稚朗子《うじのわきいらつこ》に)儒学の経典を教えた。(そして敏達天皇の世に)高麗国が上表文を持って使者が来貢入朝するが、その上表文は烏の羽に墨書したものであった。(応神天皇の世には)軽島の都で王仁が(皇子菟道稚郎子に『論語』・「千字文」を)教え導いた。(敏達天皇の世には)王辰爾《おうしんに》が、訳田《おさだ》の都で烏の羽根の上表文を解読した。かくして世の人々を孔子の学風に進ませ、儒学に赴かせるようにしたのである。

はじめに神功皇后の三韓出兵の記事を掲げるが、これは出兵そのものの政治性や歴史的意義を云々しようとするものではなく、『日本書紀』に「遂に国の中に入り、重宝府庫を封し、図書文書収めり」(「神功皇后紀」)とあるごとく、この折りに我が国に始めて書籍というものが請来されたことを指摘しているのである。次の応神天皇十六年の記事は、五経博士の渡来すなわち儒学を受容した時期をいうのであり(「応神天皇紀」)、敏達天皇朝の記事の、国書を読み解いたという逸話は、わが国に儒学が浸透したことを物語る象徴的な話としてここに引用されているのである。すなわち、この条は、朝鮮半島よりの書籍伝来、儒学の受容・浸透・発展の史実を列挙しているのである。

このような史実性を重視した記述態度は、対外的な見地から見ても極めて実証的かつ客観的な態度で一貫していると言える。もっとも海彼の学問である儒学を事とする者にとっては、こうした学的態度は当然といえば当然のことなのであるが、しかしまた、そうした儒学の需要とその隆盛ぶりについて一切歪曲化することなく、わが国の学問がいかに大陸の学問・文化を正統的に受容しようとしたか、そしてそれが根を下ろし浸透して、更なる発展を遂げていったかを記述している態度からは、当時の我が国の宮廷人たちが、我が国の宮廷の時空を、より早くより徹底して唐の宮廷の時空に近づけようとしていたこと、そして唐の宮廷と同質の文化を共有しようとしていたということが窺えるのである。

次いで序文は、日本文化の大きな礎を築いた聖徳太子について記述する。

聖徳太子に逮《およ》びて、爵を設け官を分かち、肇《はじ》めて礼義を制す。然れども専ら釈教を崇《たっと》びて、未だ篇章《へんしょう》に遑《いとま》あらず。

逮乎聖徳太子、設爵分官、肇制礼義。然而専崇釈教、未遑篇章。

聖徳太子の時代になって、冠位十二階の定め、肇《はじ》めて憲法十七条を作った。けれども専ら仏の教えをあがめ崇んで、まだ詩文を創作する暇《いとま》は無かったのである。

斑鳩文化の特質は、儒学と仏教思想とを基盤とした仏教文化であったという点にあるが、序文はこの斑鳩期については、冠位十二階の制定や憲法十七条をつくるなどの政治機構が整備されたことを指摘するのみである。そしてこの期には、儒学習熟から詩文への展開が見られなかったところから「いまだ文学の開花に至らず」として、日本文化史上から観れば、一大画期の時期であったにもかかわらず、記述はきわめて短かく終っている。これは、すなわち文化史概観をしているとはいっても、やはり詩集の序文として、焦点を詩文の展開に求めているからである。

三　天智天皇の文治政策

『懐風藻』の序文は、次いで近江朝の記事となるが、編者は、日本の文化の隆盛と文学の興隆の時期はこの近江朝にあったと観て、その真の担い手としての天智天皇の治世を絶賛してやまない。

近江朝讃美のくだりは少し長いが、以下のとおりである。

淡海《おうみ》の先帝の命を受くるに及至《およ》びて、帝業を恢開《かいかい》し、皇猷《こうゆう》を引闡《こうせん》す。道は乾坤《けんこん》に格《いた》り、功は宇宙に光《み》つ。既にして以為《おも》へらく、風を調《ととの》へ俗《よ》を化することは、文より尚《たつと》きは莫《な》く、徳を潤《うるお》し身を光《て》らすことは、孰《いずれ》か学より先ならんと。

爰《ここ》に則ち庠序《しょうじょ》を建て、茂才を徴《め》し、五礼を定め、百度を興す。憲章法則、規模弘遠、夐古《けいこ》以来、未だ有らず。是《ここ》に三階平煥《へいかん》、四海殷昌《いんしょう》、旒紘無為《りゅうこうむい》、巌廊《がんろう》暇《いとま》多し。旋《しば》しば文学の士を招き、時どきに置醴《ちれい》の遊を開く。

此の際に当たりて、宸簡《しんかん》文を垂れ、賢臣頌《しょう》を献《たてまつ》る。雕章《ちょうしょう》麗筆、唯に百篇のみに非ず。但だ時に乱離を経て、悉く煨燼《わいじん》に従ふ。言《ここ》に湮滅《いんめつ》を念《おも》ひ、軫悼《しんとう》して懐《こころ》を傷ましむ。

及至淡海先帝之受命也、恢開帝業、弘闡皇猷。道格乾坤、功光宇宙。既而以為、調風化俗、莫尚於文、潤徳光身、孰先於学。爰則建庠序、徴茂才、定五礼興百度、憲章法則、規模弘遠、夐古以来、未之有也。於是三階平煥、四海殷昌、旒紘無為、巌廊多暇。旋招文学之士、時開置醴之遊。当此之際、宸簡垂文、賢臣献頌。雕章麗筆、非唯百篇。但時経乱離、悉従煨燼。言念湮滅、軫悼傷懐。

天智天皇が天命により即位されて、天子のご事業を広く始められ、ご叡慮《えいりょ》をひらきひろげられた。天子の教示される道は、天地に到達し、功業は天下にくまなくゆきわたった。かくて天皇のご見解としては、風俗を整え世俗の人々を教化するには、学問より貴いものはなく、人徳を養い身をりっぱにするには、学問をすることがもっとも大切であるとお考えになられた。

そこで、学校を建てて秀才を集め、五礼を定めもろもろの制度を興し定められた。きちんとした条文、それらの制度は規模も大きく広く、これほど大規模な制度の制定は未曾有のことであった。かくして宮中は平和で繁栄し、天下も大いに隆盛し、天子は無為にしてよく治まり（聖天子の意）、宮中は安泰であった。

そこで、しばしば文学の士を招待して、おりおりに酒宴が催された。

この時、天子はみずから詩文をお作りになり、臣下は帝徳讃美の詩文を献上した。

秀逸の作品は、数多く創られた。ただし、たまたま世の乱れ（壬申の乱）を経過して、それらの詩文は兵火の灰となってしまった。そこで、私はこれまでのわが国の詩文が滅んでしまうことを思い、悼み嘆き、深く哀しむのである。

この序文の意図するところは、まず大化改新の新政によってもたらされた文運隆盛の聖代を顕彰することと、そしてその後の壬申の乱によって詩文が焼亡してしまったという文運衰退に対する危機意識を喚起する点にある。その文運隆盛の聖代を顕彰する記述については、聖徳太子のくだりと異なり、この天智天皇に対する賛美は分量的にももっとも多く、作者がここに力点を置いていることは一目瞭然である。換言すれば、序文の文化史的概観の叙述は、この近江朝讃美のための前提として展開させたものとも言えるほどである。

ところで、この近江朝讃美の内容で問題となるのは、天智天皇の功績がすべて即位後のこととしている点である。けれども、周知のとおり、たとえば八省百官の設置、大学の創設などの事業は、大化五年（六四九）すなわち大化の新政中のことであり、即位以前の皇太子中大兄皇子時代のことである。それがここでは、そうした即位前の功績もすべてまとめて即位後の功績とて記述しているのである。また天智天皇即位後の近江朝は、『日本書紀』によれば「皇極紀」以来、様々な不穏な世相が続いており、「天智紀」に至っては白村江の大敗や近江大津宮遷都にともなう民心の動揺のさまなどが記されていて、必ずしもこの序文に描かれているところの「三階平煥、四海殷昌、旒紘無為、巌廊暇多し」というような天下泰平の国運隆盛ぶりは現出していなかったのである。さらに言えば、『日本書紀』には賜宴の記事は三箇所見えるが、その都度詠詩がなされたかどうかは定かでなく、序文に記すように「しばしば文学の士を招待して、おりおりに酒宴の遊びが催された」とあるのも実際は割り引いて解釈すべきかもしれないのである。また、『古事記』の序文では天武天皇の治世を讃美するが、この『懐風藻』序文には、天智天皇の治世のみを讃美して、天智天皇の施政を継承し大規模に実現させていった天武・持統・文武朝などのことには一切触れていない点も記述に偏りがあると言えよう。

このように近江朝讃美の記事には、かなりの潤色が施されているのである。

こうした潤色の傾向から、従来、『懐風藻』の編者は、壬申の乱における近江朝側の流れを汲む者といった説が取り沙汰されて来た。そしてそれは「天智朝と文武朝とにそれぞれの意味でありし日のよき日を見る立場、したがってそれ以外の時代（撰者自身の同時代をもふくめて）にはたやすく肯定的でありえない撰者の立場」(1)があったという見方もなされてきたのである。

しかし、天智朝側とか天武朝側とかいってみても、所詮、壬申の乱は一王朝内の抗争であったのであり、天武天皇による善後策も功を奏して、その後の天皇制の集権律令国家体制の隆盛をみたのであった。しかも、『懐風藻』の編纂は、その壬申の乱が収斂されてからすでに八十年余を経ている。これらを考え併せてみると、編纂者の政治的立場が、天智朝側の血を引く者であったか天武朝側であったかといったような宮廷内の事情のみからこの編纂者の歴史観を見定めようとすることは必ずしも妥当であるとは言えない。むろん、そうした宮廷内における政治的な立場のことは無視できない問題ではあるが、それは狭隘な見方であって、むしろ『懐風藻』の編纂者の視線は、中国をはじめ東アジアの諸外国に向けられていたであろう。つまり、対諸外国に披瀝できる我が国の文化史を樹立することこそ眼目としていたはずなのである。

以上の視点から序文の意味するところを推察するならば、『懐風藻』の編纂者すなわち序文の作者は、この文運隆盛の聖代を顕彰するにあたっては、天智天皇の功績を最大と見て、天智天皇の治政を、言うならば唐の太宗皇帝の貞観の治に比肩するものとして、我が国の文化史上に大きく位置づけようとする意図があったとみられる。この近江朝讃美の記事に、潤色が施されている部分がかなり多くあるのもそのためであろうと考えられるのである。

それというのも、上記の天智天皇の功績の記述内容には、唐の皇帝の文治政策に基づく統治の姿勢を彷彿とさせるところが少なくないのである。

太宗皇帝の文治政策はまことに大規模なものであったが、たとえばその没後半世紀に著された『貞観政要』の「崇儒学」に拠れば、太宗は即位の初めに、弘文館を置いて天下の文儒を精選して、本官の外に弘文館の学士を兼ねさせた。そしてかれらを宮中に交替で宿直させて召し寄せ、古代の経書を討論し、また政治問題を協議したりした。さらに国学を奨励し校舎を増築して、出身者をどしどし官吏に登用した。そこで天下の儒生が国学に詰め掛けるようになり、やがて高昌・高麗・新羅など移民族からの留学生も受け入れて、「国学の内、鼓篋《こきょう》（書籍をとりだして勉強すること）して講筵に升《のぼ》る者、幾《ほと》んど万人に至る。儒学の盛、古昔《いにしえ》も未だ有らざるなり」とある。唐代の文学隆盛は、太宗皇帝のこのような文治政策に基づくのであるが、序文の作者はこうした太宗皇帝の功績に天智天皇の功績が比肩するものであることを意図しているのである。

この太宗皇帝の政化の功績を「上貞観政要表」では、

竊《ひそ》かに惟《おも》んみるに、太宗文武皇帝の政化は、曠古《こうこ》よりして求むるに、いまだ此の如きの盛んなる者は有らざるなり。唐堯虞舜、夏禹殷湯、周の文武、漢の文景と雖も、皆逮《およ》ばざる所なり。賢を用ひ諫《かん》を納《い》るるの美、代《よ》に垂れ教へを立つるの規、以て大猷《たいゆう》を弘闡《こうせん》し、至道を増崇すべき者に至りては、並びに国籍に煥乎《かんこ》として、鑑を来葉に作《な》せり。

竊惟、太宗文武皇帝之政化、自曠古而求、未有如此之盛者也。雖唐尭虞舜、夏禹殷湯、周之文武、漢之文景、皆所不逮也。至於用賢納諫之美、垂代立教之規、可以弘闡大猷、増崇至道者、並煥乎国籍、作鑒来葉。

心ひそかに思いますに、太宗文武皇帝の政治教化は、太古以来の例を求めても、これほど盛んであったことはありませんでした。尭帝・舜帝・夏の禹王・殷の湯王・周の文王・武王、漢の文帝・景帝という聖王聖君とても、皆とても及ばない所であります。大宰皇帝の、賢臣を用い諫言を納れられた美点や、後世に教えを示すための規範など皇帝のご叡慮を広め明らかにし、最善の道を増大させることのできるものについては、すべて正史に明記して、後世の手本にいたしております。

とあるが、それは『懐風藻』の天智天皇の功績をたたえるくだり「憲章法則、規模弘遠、夐古以来、未だ有らず」と酷似する。また、天智天皇の学問観を記述するにあたって、太宗皇帝のことばを典拠としているところにも窺えるものである。その天智天皇の学問観とは次の箇所を指す。

既にして以為へらく、風を調へ俗《よ》を化することは、文より尚きは莫く、徳を潤し身を光《て》らすことは、孰か学より先ならんと。

このことは以前にも指摘したところであるが(2)、このくだりは太宗皇帝の『帝範』の「崇文篇」に基づくものである。太宗皇帝の『帝範』の「崇文篇」は、次のようにある。

夫れ功成りて楽を設け、治定まりて礼を制す。礼楽の興るは儒を以て本と為す。風を弘め俗を導くには、文よりも尚きは莫く、教へを敷き人を訓《おし》ふるには、学よりも善きは莫し。文に因りて道を隆くし、学に仮りて以て身を光《て》らす。深溪に臨まずんば、地の厚きを知らず。文翰に遊ばざれば智の源を識らず。

これは単に天智天皇の叡慮を述べるに当たって、ただ修辞的に太宗皇帝の言葉を借りて表現したというものではなかった。すなわち実際に天智天皇の時代のわが国の朝廷の文治政策は、唐の太宗皇帝からはじまった唐王朝の文治政策を見習うところが大であったことを示唆するものであろうし、さらにいえば天智天皇像に太宗皇帝像を重ね合わせようとする編纂者の意図が汲み取れるのである。更には、そうした天智天皇の文治政策の成果として天平期の文学の繁栄があることを東アジア漢字文化圏の国々を意識しつつ内外に示そうとしたと言えるであろう(3)。

それと言うのも唐の文治政策はわが国のみならず、中国周辺の漢字文化圏の諸国すべてがこれに倣っていたものであって、当時の国際情勢は使節や留学による交流が頻繁であった。したがって海を隔てているとは言え、各国々の宮廷文学は時空を等しくして進展していたはずなのである。

この『懐風藻』という詩集は実際には中国・新羅・渤海の使節の目に触れることはなかったかもしれないが、十分に諸外国を意識した人、換言すれば、国際的視野にたって立論する人の手になったものである。繰り返し言うが、『懐風藻』は、そうした海外に開かれていた時代に編纂された詩集なのである。

四 『懐風藻』編纂者の文学観

次に序文は、壬申の乱以後に詩人が続出したことを述べ、詩集を代表する四人の詩人を列挙する。

茲《こ》れより以降、詞人間出す。龍潜《りようせん》の王子、雲鶴を風筆に翔《かけ》らし、鳳翥《ほうしよ》の天皇、月舟を霧渚に泛かべ、神納言が白鬢を悲しみ、藤太政が玄造を詠みしは、茂実を前朝に謄《あ》げ、英声を後代に飛ばせり。

自茲以降、詞人間出。龍潜王子、翔雲鶴於風筆、鳳翥天皇、泛月舟於霧渚。神納言之悲白鬢、藤太政之詠玄造、騰茂実於前朝、飛英声於後代。

壬申の乱の後、詩人が輩出した。帝位に就けなかった皇太子（大津皇子）の「天紙風筆画雲鶴」（「述志」の詩句）、聖代の天皇（文武天皇）の「月舟移霧渚」（「詠月」の詩句）、中納言大神高市麻呂の「臥病已白髪」（「従駕」の詩句）、太政大臣藤原史の「斉政敷玄造」（「元日」の詩句）、（この四人の者たちは）これら優れた作品を前の代に高く揚げ、詩人の名声を後の代に伝えたのであった。

『懐風藻』を代表する詩人として、大津皇子・文武天皇・大神高市麻呂・藤原史とを掲げる。この四詩人とその作品の叙述には、色彩語の対比・典故語の組み合わせなど、対句仕立てに精彩をきわめた修辞が施されている。従って序文の作者は、四詩人とその作品の選択にあたって詩才抜群という文学上の評価とともに、序文そのものの修辞のためという配慮も加えたであろう。しかしそれだけでなく、更に言えば、この四詩人は、優れた作品を残したということのほかに、この組み合わせは、大津皇子と大神高市麻呂、文武天皇と藤原史という図式であって、前者は状貌魁梧器宇峻遠の悲運の貴公子と廉直気骨の不遇の忠臣という悲劇性を備えた詩人たちであり、後者は持統天皇朝に確立をみたいわゆる天皇集権主義の律令国家体制の隆盛期におけるもっとも理想的な君臣関係を示す詩人たちなのである。そうした明暗を分かつ詩人たちの組み合わせとして、皇室二人・臣下二人が列挙されているのである。

序文は、次に収集編纂について以下のように記す。

余薄官の余間を以て、心を文囿に遊ばす。古人の遺跡を閲、風月の旧遊を想ふ。音塵眇焉なりと雖も、余翰斯に在り。芳題を撫でて遙かに憶ひ、涙の泫然たるを覚らず。縟藻を攀ぢて遐かに尋ね、風声の空しく墜ちなむことを惜しむ。遂に乃ち魯壁の余蠹を収め、秦灰の逸文を綜べたり。

余以薄官余間、遊心文囿。閲古人之遺跡、想風月之旧遊。雖音塵眇焉、而余翰斯在。撫芳題而遙憶、不覚涙之泫然。攀縟藻而遐尋、惜風声之空墜。遂乃収魯壁乃余蠹、綜秦灰乃逸文。

私は位の低い官吏の余暇を利用して、こころを詩文の世界に遊ばせ、昔の人が残した作品を読み、かつての風流な清風明月の詩宴を想いしのぶのである。

古人の肉声ははるか遠いけれども、残された詩文が私の手元にある。この優れた作品をたいせつにし、遠く昔を追憶すれば、不覚にも涙はとめどなく流れるのであり、また、美しい詩文を遠くまでたずね求めて、優れた詩人やその作品が空しく消えてしまうことを惜しむのである。

かくして、孔子の遺宅の壁から古文の典籍を得た故事のように苦労して詩文を探しだし、また秦の始皇帝の焚書の焼け残りを集めるごとく、壬申の乱や政争の兵火をまぬかれ残った詩文を集め整えたのである。

言うまでもなく和歌とは異なり、海彼の文学様式である漢詩は、わが国においては自然発生的でありうるはずはなく、当初から極めて高度な文学意識のもとに、宮廷文学圏を軸として創作されたものである。すなわち、先の序文の天智天皇治政下の記事に「旋《しば》しば文学の士を招き、時どきに置醴の遊を開く。宸翰文を垂れ、賢臣頌を献る」とあるのはそのことを意味するであろう。そして、その成果の一つである『懐風藻』は、とりもなおさず宮廷文学圏内の作品を軸として収集編纂された詩集であるから、君臣唱和の宮廷宴詩集が大多数を占めている（『懐風藻』百二十首のうち、集団詠は八十余首を占めるが、そのおおかたが応詔献詩による宮廷宴集詩）のは、至極当然のことなのであった。

宮廷や大臣邸の詩宴に参列した詩人たちは、漢詩文は国家の公器であり、また、言わば詩は、日本国の文化水準の高さを示す一つの指針たる価値をもつもの、というような強い自負をもって詩作したものと思われるのである。

この応詔献詩の主題は、「王沢讃美」つまり、天子の聖徳を称え、聖代を言祝ぎ、その恩徳に深謝するものであるが、これを披露する宴は、魏の文帝の西園の故事に倣った、清風名月の場であった。すなわち先の序文に「古人の遺跡を閲、風月の旧遊を想ふ」とあるとおりなのである。

ところで、編纂者は、序文の末尾のここのくだりでは、その作品収集が困難を極めたことのみを記している。その言葉のとおり、たしかに『懐風藻』には、そうした苦難の末に辛うじて収集しえた作品も少なくなかったであろう。しかし、一方では、編纂の時期にちかい天平期の詩人たちの作品はかなり多く現存していたはずであるのにもかかわらず、それらの詩人たちの作品も、各々数首ずつしか掲載していないところからすると、そこには編纂者自身の文学観による厳選がなされたに違いないのである。

『懐風藻』は、その詩集名のとおり、また序文の末尾に「余が此の文を撰ぶ意は、将に先哲の遺風を忘れざらんが為めなり」とあるとおり過ぎし世の文運隆盛期の詩人とその作品を懐かしむというものであって、現存者の作品は一首も収載されていない。

序文の掉尾は、以下のとおりである。

遠く近江自《よ》り、云《ここ》に平都に曁《およ》ぶまでに、凡て一百二十篇、勒して一巻と成す。作者六十四人、具さに姓名を題し、并せて爵里を顕はし、篇首に冠《こうむ》らしむ。余が此の文を撰ぶ意は、将に先哲の遺風を忘れざらんが為めなり。故に懐風を以て名づく。時に天平勝宝三年、歳辛卯に在り、冬十一月なり。

遠自淡海、云暨平都、凡一百二十篇、勒成一巻。作者六十四人。具題姓名、并顕爵里、冠于篇首。余撰此文意者、為将不忘先哲遺風。故以懐風名之云爾。于時天平勝宝三年、歳在辛卯、冬十一月也。

遠くは近江朝から奈良朝に及ぶまで、すべて百二十篇、まとめて一巻となす。作者六十四人、詳しく姓名を記し、あわせて官位・知行地を各篇のはじめに書き記す。私がこの詩集を撰述する意図は、昔の賢者が残してくれた詩風を忘れないでおこうとするためである。そこで、「懐風」と名付けたのである。

時に天平勝宝三年冬十一月なり。

『懐風藻』の編纂は、先に述べたとおり東アジア諸国に対峙すべく積極的な文学的営為の産物であったと言えるのだが、同時にそれは上に見て来たように編纂者自身の言葉からすれば、これまでの先哲の栄光を記念しその作品を未来に伝えようとするためのものでもあった。しかしながらそれは単なる懐古趣味的なものとはまったく質を異にするものであることは言うまでもない。直接的には、壬申の乱による文物の焼失、また長屋王の変のような政変が度重なり、文物、ことに個人の詩文などが散逸し消滅することに対する文学上の危機意識が契機となっており、わが国の文運が衰退することなくますます隆盛することを願っての編纂であったのである。

五　『懐風藻』と平安勅撰三詩文集

『懐風藻』の編纂意図は、序文には「先哲の遺風を懐かしむため」とあるが、平安の勅選三詩文集の編纂意図は、『経国集』の序文に「今を徴する」とあることから知られるように、基本的には、嵯峨天皇文学圏とも称すべき、現存の宮廷詩人の作品を中心に編纂した詩集である。事実、『懐風藻』所収の詩人は編纂時にはみな物故者であり、それに対して『凌雲集』・『文華秀麗集』は基本的には生存者のみの詩集である。（ただし、『文華秀麗集』は、前年帰国できず病歿した渤海使節の作のみ、その文才を惜しんで所収している。また、『経国集』は慶雲四年から天長四年までの集大成であるからこの限りではない。）。その性格の違いは、あるいは『懐風藻』の編纂当時の宮廷詩壇には、平安朝の弘仁・天長期の嵯峨天皇のような強力な主宰者的存在の人がいなかったことにも一因があるかもしれない。しかし、いずれにしても『懐風藻』も勅撰三詩文集もともに文学不朽の信念のもとに編纂されたものであり、特に後者は今の隆盛を謳歌讃美しつつ、且つより一層の文運隆盛の願いをもって編まれたものと言えよう。

その勅撰三詩文集の各序文には、『懐風藻』のような日本の漢詩文の史的な展開はほとんど見られない。序文には国内的な記事は極めて少なく、特に『経国集』には中国詩文の歴史的概念とそれを踏まえての文学論が展開されている。それは『懐風藻』と同じく、否それ以上に、唐の宮廷と同一の時空に位置するという文学意識のあらわれであったと言えるのであるし、またそれは、東アジア諸国の宮廷人、たとえば渤海・新羅などの宮廷人たちの文学意識とも同質のものであったに違いないのである。すなわち当時の東アジア諸国は、それぞれの国が唐帝国に倣った中華思想に基づく帝国意識をもって経営され、つねに唐帝国の宮廷に時空を合わせようとしたであろうが、しかし、その有り様は、中国を軸とした同心円的な波及活動であったのではなく、むしろ唐帝国という強力な磁場のなかにおいて、各国々はいわば異心円的にそれぞれ帝国主義を堅持しつつ、交流がなされていたと言うべきであろう。

平安初期、嵯峨天皇の時代は、唐帝国中唐期の詩文隆盛と同じく、『懐風藻』時代に主流であった「応詔献詩」から「君唱臣和」の唱和詩へ比重が移り、また儀礼的且つ厳粛な君臣間の忠節・恩徳を詠う侍宴詩から、花月愛好の詩人の遊覧の場での雑詠へと、詩の主題および詩境の展開していった跡が見られる。その詩材は多岐にわたり、渤海・唐よりの文物・情報によってさらに豊富となった。平安期、ことにその初期には、漢詩文はやはり聖代を謳歌し讃美し、国の文化水準を測る公器として重んじられていたと言えるのである。

唐よりの文学潮流は、わが国の詩風の変遷にも大きく影響しており、またその取り入れ方は実は迅速な面があった(4)。しかし、同時に宮廷人の体質として、また保守的な一面も強く、すべてが一新したわけではなかった。たとえば『懐風藻』に見られる五言八句形式の侍宴詩のなごりは、平安朝においては奉試詩などに窺うことができる。すなわち勅撰三詩文集を仔細に見てゆけば、そこには宮廷文学特有の新来の文学を取り入れる進取的気運と、従来の古格の作品を好む保守的体質とが混在していることが分かるのである。

(1) 川崎庸之氏「懐風藻について」「文学」十九―十一。拙稿「『懐風藻』の序について」「漢文學會々報」第二十三輯(『上代漢詩文と中國文學』所収)

(2) 拙稿「勅撰三集の序文について―その継承と革新―」「東洋文化」復刊44・45合併号(『上代漢詩文と中國文學』所収)

(3) 唐の太宗皇帝の『帝範』「崇文篇」は、のちの嵯峨天皇の弘仁三年(八一二)の詔勅文にも典故に用いられている。これもおそらく嵯峨天皇の治世を唐の太宗皇帝の治世を範とし、且つまた嵯峨天皇像を太宗皇帝像に重ね合わせようとするものと思われる。拙稿「嵯峨御製の詩境について」「國學院雑誌」八十―八(『上代漢詩文と中國文學』所収)
ただし、太宗皇帝は詩文をたしなみはしたが、詩文重視の人ではなく、彼の重視するところの文学とは「儒学」という学問であった。けれども以後の唐帝国、そして日本はもとより諸外国においては、儒学の隆盛とともに詩文も重視され、詩文によって今の聖代をことほぎ、謳歌することとすなわち王沢を賛美することは、ますます文化の充実度を高めることとして、詩文創作がそのまま国家経営の一翼を担う営為とみなされたのであった。

(4) たとえば、平安勅撰三漢詩文集の序文に見える文学論に、魏の文帝の「文章経国論」を典故とするところがあるが、それは唐の文学論中に見える「文章経国論」の解釈(文章は国家経営の機能を有するもの)を仲介にしているものである。半谷芳文氏「勅撰三漢詩集考―序文と初唐の文章観―」(「中古文学論攷」56―11)

第三章 『懐風藻』の自然描写
——長屋王邸宅宴関連詩を中心に——

一 前言

わが国の漢詩の濫觴は、大友皇子の「侍宴」・「述懐」である。両詩は、典故を踏まえて荘重に聖代を賛美した表現力、かつ国政を担うものの気宇壮大な気概が横溢する詩意をもつという観点からも、『懐風藻』劈頭を飾るにふさわしい作品である。ただ惜しむらくは、詩意・詩境ともに公儀の儀式的発想に終始して、いまだいわゆる作者の詩的感性の開放からなる感興に乏しい憾みがある。和歌においては中大兄皇子の大和三山の歌や額田王の春秋物争い歌の例を出すまでもなく、優に豊かな自然詠がなされ、すでに詩的抒情性の大きく開花していた時代であったのにである。

ところが、その十数年後の、大津皇子の「春苑言宴」・「遊猟」の詩は、詩的感性豊かに、景物の描写に富むもので、その構成・修辞・典故は『文選』の詩文を習熟したものであり、斉梁朝から初唐期にかけての律体、ことに『藝文類聚』『翰林学士詩集』中の侍宴詩にも通暁した技量をそなえている(1)。この意味において、『日本書紀』の「詩賦の興り、大津より始まれり」の記事は、まことに至当と言えるのであって、さらに言えば、『懐風藻』中の詩風の一つは、この大津皇子の作品を範とするものがあると言えるのである。この大津皇子の作品について、とくに指摘しておきたいのは、その自然描写(2)における卓抜した技法である(3)。

本稿は、長屋王関連の詩における自然描写について述べるのを目的とするが、まず『懐風藻』の宴詩の範たる大津皇子の二つの詩に見える自然描写について見ておきたい。

二　大津皇子の自然描写の修辞技法

（4）春苑言に宴す

衿を開いて　霊沼に臨み
目を遊ばせて　金苑を歩む
澄清として　苔水深く
晻曖として　霞峰遠し
驚波　絃と共に響き
哢鳥　風と与に聞こゆ
群公　倒載して帰る
彭沢の宴　誰か論ぜん

春苑言宴

開衿臨霊沼
遊目歩金苑
澄清苔水深
晻曖霞峰遠
驚波共絃響
哢鳥与風聞
群公倒載帰
彭沢宴誰論

この詩の庭園は、詩中に「霊沼」・「金苑」とあるので禁苑には相違ないが、明日香のどこであったかは未詳である。春の苑における宴詩であるから詩中に宴会・庭園の描写があるのは当然であるが、加えて庭園から見える遠景の「霞峰」も詠み込まれている。

詩型は全対格の五言古詩。句の構成は、起聯は、禁苑の宴であることを叙するにあたって周の文王の故事の「霊沼」を用いるが、古今、庭園における池沼はその中核部をなすものであった。その御池をゆったりとくつろいだ気分で見下ろし、また、気ままに御苑を愛で楽しみながら逍遥したというのである。

この起聯の第一句の「霊沼に臨む」は、頷聯の第三句に「澄清として苔水深く」と描写され、さらに頚聯の第五句の「鷲波絃と共に響き」に連関させている。そして第二句の「金苑を歩む」は、頷聯の第四句に「晻曖として霞峰遠し」と描写され、さらに頚聯の第六句目の「哢鳥風と与に聞こゆ」に連関させている。また、これらの対句仕立ての方法は、頷聯・頚聯それぞれに、近景と遠景とを組み合わせており、かつ頷聯は視覚的、頚聯は聴覚的描写となっている。

さらに言えば、第一句の「霊沼」は一貫して垂直的な目線によって描かれ、第二句の「金苑」は、水平的な視線によって描かれている。そして頷聯の「澄清」と「晻曖」の対は、「清澄の景」と「朦朧の景」との対比であり、「苔水（池の苔）」と「霞峰（夕映えの峰）」の対は、青と赤との色彩的な対比である。頚聯の聴覚的描写においては、宴の琴の音と、鷲波（折々立つさざ波）の音と、そよ風とともに聞こえる小鳥の囀りとを融合させたもので、饗宴の人工的な雅音と自然の景物の美声とを協和させてもいる。大津皇子のこの立体的な描述の緻密かつ繊細な自然描写は、『懐風藻』中、際立っており、おそらくは当時の範を垂れるものとなったであろうと思われる。ただし、侍宴詩でありながら、大津皇子の作品のみ、聖代を称え天皇の明徳を讃美する、公的・儀礼的な要素を詠むことをしていない。

次の詩は、詩題は「遊獵」であるが、詩中には狩そのものの描写はなく、狩のあとの朗らかな宴の様子を述べる。この詩も五言古詩の全対格である。

遊獵

朝択三能士
暮開万騎筵
喫臠倶豁矣
傾盞共陶然

（5）遊獵

朝に択ぶ　三能の士
暮に開く　萬騎の筵
臠を喫みて　倶に豁たり
盞を傾けて　共に陶然たり

月弓輝谷裏　月弓　谷裏に輝き
雲旌張嶺前　雲旌　嶺前に張る
曦光已隠山　曦光　已に山に隠るるも
壮士且留連　壮士　且く留連せよ

詩中には、先の「春苑言宴」の詩同様、天皇讃美の公的・儀礼的表現は見られないが、言うまでもなく狩猟は国家行事であり、起聯の「朝に択ぶ三能の士暮に 開く万騎の筵」がそれを示す。そしてまた頷聯に「臠を喫みて倶に豁たり」、頸聯に「月弓谷裏に輝き 雲旌嶺前に張る」とあるのが、いかにもこの宴が狩猟後のものであることをうかがわせる。この頷聯の宴の酒肉の描写は豪快闊達であるが、つぎの頸聯の「月弓谷裏に輝き 雲旌嶺前に張る」の自然描写はじつに緻密な表現技巧を凝らしている。すなわち「月弓」・「雲旌」は、六朝詩にも見えるが、それは一詩の中においては、「弓のような月」・「旌のような雲」の意か、逆に「月のような弓」・「雲のような旌」の意のどちらかに限って用いられるものである。ところが、この詩においては「月弓」は「月のような弓」と「弓のような月」、「雲旌」は「雲のような旗」と「旗のような雲」の両義を相互にイメージさせる働きをもたせた用法なのである。つまり、この饗宴は狩場の一隅らしく、周囲には、弓を立てかけてずらりと旗をなびかせており、月光が谷あいに指し込んでそれらの弓を照らし、山空には旗雲がたなびき、山麓には旌旗がはためいているという情景を彷彿させるのである。ちなみに、この二字の熟語を相互に修辞的に働かせる表現は、すくなくも藻中には他に例がなく、六朝・初唐詩においても未詳である(4)。また、尾聯の「曦光已に山に隠るるも」は、宴の酣の時を示す表現であるが、むろん遠景の描写でもある。

大津皇子のこの二首の詩的感性の鋭敏な詩境は、『懐風藻』中の白眉であり、懐風藻詩人たちにとって自然描写の典型ともなったと言えるものであろう。

三　宴詩と国際性

『懐風藻』は、侍宴詩・公宴詩が、全体の六、七割を占めており(5)、山水美それ自体を詠んだ詩は、釈智蔵ら二、三の人のものがありはするが、決して多くはない。藻中の自然描写は、主として庭園風景なのであり、それも宴の場における添景描写としてのものが多い(6)。吉野詩の場合も、すべては行幸の従駕詩で、応詔の詩が多いことからも知られるとおり、そのほとんどが侍宴詩の性格をもつ。言うまでもなく典故表現は漢詩文の修辞の主要なものであるが、藻中の侍宴詩における自然描写においては、なおさらのこととして六朝・初唐の清風明月を愛でる饗宴文学、たとえば魏の曹丕・曹植の「西園」、梁の孝王の「兎園」などの詩宴の風雅を拠り所としつつ、中国古典の風雅をみずからの詩文に現出させる描法をとるものであった。したがって、それは眼前の実景を克明に写し取ること以上に、その宴の場の時空が、中国古典の風雅に匹敵する理想的な時空であることを詠いあげることを詠詩の主眼としていたのであった。それゆえ、その描述においては、たとえば『論語』「雍也篇」の「智水仁山」を踏まえた表現のごとく、典拠を同じくする類型的表現が多く作られた。しかし、そうした類型的表現は、当時にあっては、むしろ積極的に好んで用いられたものであって、それは、単なる類型化というよりも、むしろ優れた典型を求めての詠法であったと思われる。すなわち、詩は、なによりも新味の詩興がいのちなのであるが、それに加えて、宮廷宴詩は、いつの世も殊更に典型を重視する伝統主義的な詩風を特質とするものであった。別の言い方をすれば、宮廷詩は、つねにその時代における模範的、理想的性格をもって詠まれるべきものであったのである。しかも宮廷詩の公的性格は、宮廷和歌の公的性格が日本国内にとどまるものであるのとは異なって、新羅・中国の使節たち、更には海彼の文人官僚たちの知見をも視野におくものであったことも忘れてはならない。

先述の大津皇子の詩もそうであるが、『懐風藻』の詩中の自然描写においても、それがきわめて中国詩的であるのは、そうした漢詩そのもののもつ、いわば国際性に起因するものであり、ことに詩宴、それも新羅の使節を招いての詩宴などは、その饗宴の場たる時空そのものが国際的時空であるから、なおさらに、その宴詩は、当時の漢字文化圏における模範的作品を目途として詠まれねばならなかったものなのである。その意味においては、禁苑を離れての長屋王邸宅の宴詩も、新羅の使節を迎えてのそれは、きわめて国際性の強い詩宴であったと言えるものである。

四　長屋王宅の詩宴における自然描写

長屋王の邸宅は、平城遷都（七一〇）後、間もなく、左京一条六坊附近の、南に佐保道のあるあたりに建てられたが、また、後に左京三条二坊に、さらに広大な邸宅を構えた（7）。長屋王は、その自邸において、しばしば詩宴を催したが、新羅の使節たちの送別の宴も催した。それらは、主として三条の新邸宅であったと思われるが、確証は得られない。『懐風藻』にはまた長屋王の邸宅について「作宝楼」の表記も見られるが、これは長屋王自身の詩題に見えるのみで、招待された宮人たちの詩題は、すべて「長王宅」・「左僕射長王宅」と表記している。「作宝楼」が「佐保」の地名の漢語的表記であることはむろんであるが、これが、新旧の邸宅のいずれを指すものかも未詳である。しかし、その遺跡からの出土物などから推して、やはり詩宴は左京三条二坊の新邸で催されたものとみてほぼ間違いないと思われる。

長屋王邸の宴詩もまた、その自然描写は、邸宅の園庭から、風月を賞でて詠むもので、その清風明月は、饗宴のこのもしき雰囲気をかもしだすためのものである。

長屋王邸宅関連の宴詩は二十首あるが（8）、そのうちに二篇の詩序がある。どちらも初唐の王勃の詩序の結構を範としており、その自然描写は、序文中の重要な要素をしめているが、それは実景を詳細に描こうとしたというよりも、一つの典雅な饗宴の典型を叙するためのものであった。

（1）山田三方（52）「秋日長王宅宴新羅客詩序」

まず、山田三方の「秋日長王が宅にして新羅の客を宴す」を見てみよう。書き出しは、次のように始まる。

君王敬愛の沖衿を以て、広く琴樽の賞を闢く。
使人敦厚の栄命を承けて、欣びて鳳鸞の儀を戴く。

長屋王は、人々を敬愛するお心で、盛大な酒宴を催され、新羅の使節たちは、新羅王より栄誉ある使命を受けて来朝し、（この宴に列座して）長屋王のお姿に拝謁できたことを喜んでいる。

ついで、宴会の描写となるが、逐一典故を踏まえて技巧を凝らす。

是に　琳瑯　目に満ち、　蘿薜　筵に充つ。
玉俎　華を彫りて、星光を煙幕に列ね、
珍羞　味を錯へて、綺色を霞帷に分く。
羽爵　騰飛して、賓主を浮蟻に混へ、
清談　振発して、貴賎を窓鶏に忘る。
歌台　塵を落として、郢曲と巴音と響きを雑へ、
笑林　醫を開いて、珠輝と霞影と相依る。

宝玉のごとき俊才たちが数多列座し、私ども野人のごときものまで宴席に満ちる。

美しい花模様の彫られた玉器は、薄もやに輝く星の光のようにずらりと並び、
珍味美味なるご馳走はさまざまな味付けがしてあり、その馳走の色合いは霞のような
綾のとばりの彩りと美しさを分かち合うように美麗である。
酒盃を盛んに酌み交わし、主人も賓客も美酒に酔って混じりあい、
高尚な話を盛んに語らい、身の貴賎を忘れて清談に耽る。
管弦の妙なる音色に、俗楽の歌声を響かせ、
あたりは花咲く木々のように、輝く宝石に美しい靄がかかったようである。

文中の「蘿辟」「星光」「煙幕」「霞帷」「羽爵」「浮蟻」「窓雞」「歌台」「笑林」「霞影」とあるこれらの用語は、すべて宴席描写の語あるが、どの熟語にもきわだって景物的なイメージのある修辞語を組み合わせるという技法がうかがえる。これはこの宴席の華麗さを叙するに際して、宴席の器物の描写においても自然描写的な響きをもたせることによって、宴席の清浄な淑気をより鮮明に印象づける効果を発揮していよう。序文は、次ぎに饗宴の場から見える風景描写がはじまる。

時に、露 旻序に凝り、風 商郊を転る。
寒蝉 唱ひて 柳葉 飄り、
霜雁 度りて 蘆花 落つ。
小山の丹桂 彩を別愁の篇に流し、
長坂の紫蘭 馥を同心の翼に散らす。
日 云に暮れ、月 将に除らんとす。

時に、露は秋の季節によってむすぼれ、風は秋の郊外を吹きめぐる。
蜩が鳴いて、柳の葉が風に翻り散り、
寒雁が南に飛んで、芦の花が散る。
庭園の築山の赤い木犀は、鮮やかなその色を別離を悲しむ歌に流し、
庭園の長い堤の紫色の蘭は、その香を一座列席の方々の中に匂わせている。
やがて日は暮れ、月も去り隠れようとしている。

この秋の景物描写は、すでに小島憲之氏が指摘したとおり(9)、王勃「秋日宴山庭序」の「金風生而景物清、白露下而光陰晩、庭前柳葉、纔聴蝉鳴、野外蘆花、行看鴎上」や、駱賓王「在江南贈宋五之問」の「露金薫菊岸　風珮揺蘭坂　蝉鳴稲葉秋　雁起蘆花晩」の詩に類例があり、おそらく山田三方のこの序は、これらを典拠とするものであろう。さらに、「小山の丹桂」「長坂の紫蘭」の類句としては、小島氏は、駱賓王「上兗州張司馬啓」の「文条擢秀、馥長坂之幽蘭、筆苑揚葩、煜小山之丹桂」を指摘する。

その「長坂之幽蘭」の原拠は、曹植「公讌」の「秋蘭被長坂」であり、「小山之丹桂」の原拠は、淮南王小山「招隠士」の「桂樹叢生闉兮」である。そして、この「小山」には、庭園の築山の意と淮南王小山の名の意とが掛けられている。ということは、長屋王邸苑の築山周辺の風情に、淮南王小山の「招隠士」詩中の風景を重ね合わせようとしたということであろう。とすると同じく「長坂之幽蘭」も長屋王邸苑の長堤あたりの風情に、曹植「公讌」の詩中の風景を重ね合わそうとしたものであると言える。

この序の自然は、長屋王邸苑の景物描写のみであるが、それは、小島氏が指摘されたとおり(10)、初唐の王勃らの詩序を範としたもので、修辞に多少の創意が見られはするものの、ほとんど同工異曲の景色である。それは、実際に

長屋王邸の庭苑造り自体、中国の六朝・初唐の庭苑造りをもとともとしたものであったことにも起因するであろうが、前述したように、やはり、詩序においても、中国の六朝・初唐の庭苑美の典型を描くことに眼目がおかれていたことによるものであろう。

そのことは、以下の結びの叙述態度からも知れるところである。

我を酔はしむるに五千の文を以てし、既に飽徳の地に舞踏し、
我を博むるに三百の什を以てし、且つ叙志の場に狂簡す。
請ふらくは西園の遊びを写し、
兼ねて南浦の送《わか》れを陳べん。
毫を含みて藻を振るひ、
式《もっ》て高風を賛《ほ》めん。

私を『老子』の脱俗清雅の世界に酔わせて、この恩徳の場に舞踏し、私を『詩経』の詩篇で心を広くさせて、またこの詩の宴で大いに志を述べよう。どうか、魏の武帝の西園の宴のようなこのすばらしい宴のようすを描写し、併せて『楚辞』九歌の「河伯」の送別のような趣深いこの宴の様子を叙述していただきたい。筆をもって詩文を大いにしたため、それによって今日の宴の賓客たちの高雅な風格を讃えよう。

このように、序の末尾に作者自身が「西園の遊びを写し、兼ねて南浦の送を陳べん」とあるとおり饗宴のありようとしては、「西園の遊」の雅宴と「南浦の送」の送別宴とを範としているのであって、そうした故事に則った時空を

理想としたものであった。

(2) 下毛野虫麻呂(65)「秋日於長王宅宴新羅客詩序」

下毛野虫麻呂の「秋日於長王宅宴新羅客詩序」。これも六朝遊戯文学の流れの中の悲秋文学の系譜につながる性格のものであろう。

それ秋風の已に発てるは、張歩兵が帰らんことを思ひし所以なり。
秋気の悲しむべきは、宋大夫の焉に志を傷ましめしなり。
然らば則ち、
歳光の時物、事を好む者賞して憐む可く、
勝地の良遊、相遇ふ者懐ひて返るを忘る。

そもそも秋風が吹き起こって、それで晋の張翰は故郷に帰ろうと思ったのであり、秋の気配の悲しさに、楚の宋玉がそれによって志を傷めたのであった。
そうであるから、
歳月の季節の折々のものを、好事家の風流の士はしみじみと賞美し、
景色のよい所での風雅な遊宴に、今をときめく人達が集って、心地よさに帰るのを忘れるほどである。

この序も小島憲之氏の指摘のとおり、王勃の詩・詩序に学ぶものである。
はじめの二句は秋の訪れの悲哀を述べるに際して、中国古来の悲秋文学に発想を借りた、秋の哀れを感嘆している

が、しかしその淵源である『楚辞』宋玉の「九弁」のような「悲秋」・「失志」・「歎老」の主旨をもたない。六朝・初唐の宮廷遊戯文学に見られる秋興を主題とするものであった。

況んや
皇明運を撫し、時に無為に属《あた》るをや。
文軌通ひて華夷欣戴の心を翕《あつ》め、
礼楽備はりて朝野歓娯の致を得たり。

まして、(今の世は) 明徳の天子が世を治め、天下泰平のときであるからなおさら楽しめるのである。(今のときは) 文化が栄え文物の流通もよく、朝廷も新羅も共に天子をいただく喜びを一つにし、治政の制度が整備されていて、官人も在野の人も共に喜び楽しみの極みを得ている聖代である。

聖代の世であるから大いに秋の興趣を楽しもう、というのである。

長王五日の休暇を以つて、鳳閣を披きて芳筵を命じ、
使人千里の羇遊を以つて、鳫池に俯して恩盼に沐す。

長屋王は、五日間の休暇の内の日を利用して、佐保の立派な邸宅を開放してすばらしい宴をお命じになられ、新羅の使節の人々は千里の遠い旅路をでかけて、この佐保の庭池に伏して長屋王の恩恵に預かっている。

ここで長屋王と新羅の使節とを対句仕立てで表現している。「鳳閣」も「鳫池」も、長屋王邸とその庭苑を指すが、その鳳とは長屋王を、鳫とは千里の羈遊の新羅の使節たちを意味する語である。そしてその鳫が「池に俯して思盼に沐す」とあるのは、庭苑描写の中に暗喩として国家間の主従関係を示したものと思われる。

「千里の羈遊」とは、新羅と日本との遠い道のりをさすが、この新羅の使節たちを送別する詩を詠む時、当然のことながら詩人たちの時空観は、庭苑という狭い時空から一気に広大無辺なそれへと飛翔する。長屋王邸の賜宴に列座した者の中には、遣唐使に随行した伊支古麻呂《いきのこまろ》や遣新羅大使となって渡海した美努浄麻呂《みののきよまろ》など実際に海を越えた人たちがおり、また多くは帰化人系の官人たちであった。その彼らにとって海彼の国は、危難極まりない航海と知りつつも、決して夢幻的な存在ではなかった。しかし、詩中においては、以下に例を掲げるとおり、宴詩としての制約、また旅路の幸運を祈る意を込めるところから、表現は、瑞兆的・象徴的なものに偏っていて、現実味に乏しいものである。

江波　潮静かなれば　　霧を披くこと豈に期し難からんや　（82調古麻呂「初秋於長王宅宴新羅客」）
謂ふ莫かれ　滄波隔つと　　長く為さん　壮思の篇　（68長屋王「於宝宅宴新羅客」）
南海　千里の外　　白雲　一に相思はん　（77百済和麻呂「秋日於長王宅宴新羅客」）
人は蜀星の遠きに随ひ　　驂は断雲の浮かべるを帯ぶ　（79吉田宜「秋日於長王宅新羅客」）
職貢　梯航の使　　此より三韓に及る　（86藤原総前「秋日於長王宅新羅客」）

とは言え、『懐風藻』の自然観を考えるにおいては、これらの表現に見える時空観は、一つの特長をなすもので、延いては、『万葉集』中の遣唐使関連の歌、淡海三船の「唐大和上東征伝」、また、後の平安期の空海の『性霊集』、嵯峨朝・宇多朝の渤海使節たちとの応酬詩、そして円仁の「入唐求法巡礼行記」などにつながる「海の文学」の系譜をなすものと言えるであろう。

序文は、つぎに宴会描写である。

是に於て
彫俎煥やきて繁く陳なり、
羅薦紛れて交もごも映ゆ。
芝蘭四座、三尺を去りて君子の風を引き。
祖餞百壺、一寸を敷きて賢人の酎を酌む。
琴書左右、言笑縦横、
物我両つながら忘れ、自から宇宙の表を抜く。
枯栄双つながら遣る、何ぞ必ずしも竹林の間のみならんや。

宴の場には、豪奢華麗な器物が数多く並べられ、
色鮮やかな絹の敷物はこもごも入り混じり映えている。
芳しい香草のごとき賓客たちは、礼を尽くして君子の風格を帯び、
送別の宴ために数多の酒壺が並び、その美酒をなみなみと盃に酌むことである。
宴はたけなわで琴や詩集はそこここに、心ゆくまで談笑する。
そのようにして、何もかも一切を忘れて、俗塵の外にとび出して、
俗事の盛衰もうち忘れればこれぞ清談、七賢の遊んだ竹林ばかりがよいのではない。
むしろこの長屋王邸とそ清浄の地ではないか。

この宴会描写も、先の山田三方の序とほぼ同じ技法であるので、紙数の都合で解説は省くが、「物我両つながら忘れ、自づから宇宙の表を抜く。枯栄双つながら遣る、何ぞ必ずしも竹林の間のみならんや」の「物我両つながら忘れ」は『荘子』「斉物論」の郭象注に基づくところ、「竹林の間」は竹林の七賢の清談を踏まえての、饗宴の場の清浄感を印象付けるための叙述であることは言うまでもない。序文は次いで宴の場から見える風景描写に移る。

此の日や、溽暑間に方《むか》ひ、長皐晩に向かふ。
寒雲千嶺、涼風四域、
白露下りて南亭粛なり。
蒼烟生じて北林靄なり。
草や樹や、揺落の興緒窮まること難し。
觴よ詠よ、登臨の送帰遠ざかること易し。
加へて以て
物色　相召し、烟霞に奔命の場有り。
山水　仁を助け、風月に息肩の地無し。

この日は、蒸し暑さもゆるんで、長沢のあたりも日暮れて、
寒々しい雲が峰々にかかり、肌寒い風があたりに吹く。
秋の露が降りて、南の亭はひっそりとし、
夕靄が生じて、北の木立はうすぐらい。
草や木の葉の散る風情の良さは果てしがなく、

酒を飲み歌を詠って、別れの時はすぐにやってくる。
（集うわれらは）秋の風物に招かれて、靄だつ自然美を賞美し歩き、
山水の美しさに助けられ、風月を愛でて休む間もない。

当日の天候から叙するのは、風景描写としては常套的手法であるが、「寒雲千嶺」「涼風（肌寒い風の意）四域」と、晩秋の厳しさを言うのは、冒頭の張翰の故事と、とりわけ宋玉の「九弁」の悲秋の興趣に呼応させたものであろう。「白露」「蒼烟」もその流れである。ところが、「草や樹や、揺落の興緒窮まること難し。觴よ詠よ、登臨の送帰遠ざかること易し」は、潘岳「秋興賦」を踏まえるもので、しかも、潘岳のいう「揺落の興緒」「登臨の送帰」は、落葉衰微の秋の悲哀を象徴的・比喩的に表現したものであるが、この序においては、文字どおりに解して、落葉の尽きない興趣の中にあって、送別の宴を催した意に用いているのである。すなわち、この序は、宮廷遊戯文学としての悲秋を詠いあげた潘岳「秋興賦」夏侯湛「秋可哀」らの作品に学びつつ、さらにその衰微する秋の悲哀感をやわらげて、むしろ秋宴の興趣に力点を置こうとしていることがうかがえる。「揺落」の語義は、本来、秋の強い寒風に草木の幹や枝が揺れ、葉が吹き飛ぶ意であるが、この序においては、その語感は忘れられているかのようである。それは、その次の「烟霞」「山水仁を助け」「風月」などの用語から知られるとおりで、結局は秋宴の場を清浄・風雅な秋の自然美に収拾させている。

請ふらくは翰を染め紙を操り、事に即きて言を形はし、
西傷の華篇を飛ばし、北梁の芳韵を継がんことを。
人ごとに一字を探り、成れる者先づ出だせ。

どうか、筆を濡らし紙を手に取って、この宴の次第を詩文にして、
優れた秋の歌を作り、送別の詩を作りなさい。
人毎に韻字の一字を探りとり、できた方から呈出してください。

「西傷の華篇」「北梁の芳韵」の典拠は諸説あって明らかでないが、これは要するに、悲秋を主題とする詩および送別詩についての秀逸の作詩を求めて結んでいるのである。

このことからも、これら宴詩および詩序の目指すところは、中国古典中の宮廷遊戯文学の典故を多く踏まえ、その類型を重用しながら、それら中国の宮廷遊戯の風雅に匹敵する時空を現出し、之を詩文に詠いあげるところにねらいがあったと言えるのである。したがって、その自然描写においても、ひとつの風雅の典型を描くことに主眼がおかれたのであった。

五　結　語

長屋王邸宅の宴詩にかぎらず、『懐風藻』の宴詩における自然描写は、清風明月の人工的な庭園美を主眼とするが、とはいえ、その遠景として明日香の山水が、長屋王邸宅の宴詩の場合は佐保の山水が描写されたはずである。けれども、その詩作者たちの詩作の目途は、実景の風景をこまやかに描写することよりも、聖代における理想的な宴の場を、六朝・初唐の宮廷遊戯文学に匹敵する風雅の典型として詠みあげるところにあった。

長屋王邸宅における宴詩については、時空の清浄感を漂わすにあたって、移ろいゆく景物の繊細な描写、その季節感について多々思うところがあるが、稿を改めたい。とりわけ、その新羅使節送別の宴詩については、「南海」・「千里」の語が見えることを指摘したまでであるが、なお、日本文学における「海の文学」という視点からも考察すべきもの

があろう。

(1) 高橋庸一郎氏『懐風藻』と中国文学」(『上代文学と漢文学』和漢比較文学叢書第二巻)。
(2) 「自然」についての定義を厳密にして論じるべきであるが、この稿においては、ひとまず『文心雕龍』にいう「物色」のこと、自然描写とは、風光・風景・景物の描写、叙景の意としておきたい。なお、中西進氏「『懐風藻』の自然」(『日本漢文学史論考』)に、「変化する自然」「山水の美」「比喩的自然」「ことばによる自然」「光と煙の自然」の論を参照されたい。
(3) 井実充史氏「大津皇子の詩―その文学史的位置―」(『和漢比較文学』第十三号)。
(4) この種の修辞技法に類似する詩は、川島皇子(3)「山斎」の「風月」と「松桂」、文武天皇(15)「詠月」の「月舟移霧渚 楓檝泛霞濱」の表現があるが厳密には、大津皇子のそれとは異なる。
(5) 拙稿『懐風藻』の侍宴詩について―作品構造とその類型―」(『上代漢詩文と中国文学』所収)。
(6) 小谷博泰氏「万葉集と庭園―イメージモデルとしての古代苑池―」(『日本文学』二〇〇三年五月号)。
(7) 大山誠一氏「長屋王家木簡と奈良朝政治史」。
(8) 井実充史氏『君臣和楽と同志交遊と―『懐風藻』宴集詩考―』・増尾伸一郎氏「清風、阮嘯に入る―『懐風藻』の詩宴における阮籍の位相」、共に(辰巳正明編『懐風藻―漢字文化圏の中の日本古代漢詩」所収)。拙稿「作宝楼の菊―重陽宴詩成立以前―」(『上代漢詩文と中国文学』所収)」)。
(9) 小島憲之氏『上代日本文学と中国文学』下「第六篇 上代に於ける詩文学 第一章『懐風藻』の詩」。
(10) 注(9)に同じ。

第四章　大伴旅人「遊於松浦河」と『懐風藻』吉野詩

一　前言

大宰府における大伴旅人の創作活動は、筑紫の文人官吏たちの作歌熱を高め、旅人を主宰者とする文学圏を現出せしめた。それは旅人の晩年の数年間のことではあったが、旅人詠歌の内容からみて、彼は大和そして吉野を憧憬しつつも、更にこの筑紫の景勝地に、それらに匹敵し得る文学の場を、見出そうとしたのである。

しかも、それは単に無聊や寂寥を慰撫するためとか、故郷思慕からの代償的行為といった消極的な動機のみからではなく、むしろ新たな歌境、新たな文学の場を開拓しようとする、積極的な文学的営為であったと言える。「梧桐日本琴歌」・「遊於松浦河」・「梅花歌」等の作品群はその顕著な例である。「梧桐日本琴歌」を藤原房前に送り、また「遊於松浦河」や「梅花歌」を吉野宜に送ったのも、無聊をかこつ近況を伝えると共に、都の文人たちに、新たな文学の場の存在を、実作をもって報告したものであろう。

そのように旅人の文学に対する意欲は旺盛であったが、その浪曼性豊かな彼の文学観は、一つには言うまでもなく漢詩文によって培われた部分が大である。一口に言ってそれは中国六朝及び初唐の宮廷遊戯文学の世界からの影響を強く享けていると思われる。また旅人の文学には、右の浪曼色豊かな遊戯的な作品群の他に、亡妻挽歌や望郷歌等のごとき悲哀感に満ちた作品群もある。これはたしかに旅人の苦渋に満ちた悲痛な逆境の中から生まれたものである。

が、実はこれらの境涯性の強い作品に窺える悲哀感も、右の六朝的文学観に通じるところがあるのである。

本稿は、特に「遊於松浦河」と『懐風藻』吉野詩群との比較によって「遊於松浦河」の積極的な評価を試みようとするものであるが、まず旅人の文人的気質を知るために、これら境涯性の強い作品から見てみよう。

二 望郷・亡妻挽歌

旅人の大宰府赴任は、おそらくは左遷の意味をもたないものであったであろうが(1)、たとえそうであったとしても、遠く都を離れての官人ぐらしは心労絶え難いものであったに違いない。その上、着任まもなく妻を喪う。その苦渋と絶望に、旅人は身も心も憔悴し、望郷の念もつのり、加えて一門の行く末は暗い、といういくつもの苦難を背負い込んでいたのである。

しかしながら、旅人の文学を、こうした彼の境涯的な面からのみ追及していては、彼の浪曼性豊かな作品群の全体像は把握しきれない。すなわち彼の文学活動には、明らかに六朝及び初唐期の中国宮廷遊戯文学の世界の影響が見られるのであり、彼の文学には、六朝貴族的(2)な文人的気質も伺えるのである。また、すでに文人的個我に覚醒した歌人の旅人は、自らの境涯の諸相を凝視しつつ、その断面を場に応じて文学的に昇華させて詠出している。

たとえば、大宰帥赴任当時の歌がそれである。

大宰少弐石川朝臣足人の歌一首

九五五 さす竹の大宮人の家と住む佐保の山をば思ふやも君

帥大伴卿の和ふる歌一首

九五六 やすみしし わご大君の食国は倭も此処も同じとそ思ふ

この石川足人の問に答えた旅人の歌には、山上憶良の「令反或情歌」と同じく、中国の王土思想（『詩経』小雅・北山）を踏まえて、天皇集権制律令国家の官人の長としての気概を示す。これは、三五・三六の「吉野讃歌」と同じく、官僚としての公的な発想の歌である。

ところが別の時、同族の下僚大伴四綱に答えた歌は、これと異なり、個人的な望郷の念が溢れている。

防人司佑大伴四綱の歌二首

三二九　やすみししわご大君の敷きませる国の中には京師し思ほゆ

三三〇　藤波の花は盛りになりにけり平城の京を思ほすや君

帥大伴卿の歌五首

三三一　わが盛また変若めやもほとほとに寧楽の京を見ずかなりなむ

三三二　わが命も常にあらぬか昔見し象の小河を行きて見むため

三三三　浅茅原つばらつばらにもの思へば故りにし郷し思ほゆるかも

三三四　わすれ草わが紐に付く香具山の故りにし里を忘れむがため

三三五　わが行きは久にはあらじ夢のわだ瀬にはならずて淵にあらぬかも

これら望郷歌は、旅人を中心とした気心の知れた雅宴での作である。大伴四綱の歌の発想が、官人意識から出ないものであるのに対して、旅人は「わが盛り」・「わが命」・「物思へば」・「わが紐に付く」・「わが行きは」と個我に沈潜した発想をとる。これらの歌の悲哀感の因は、言うまでもなく亡妻や老衰等の境涯性に求められるであろう。が、そうした悲嘆と苦渋の中においても、遠の朝廷にあって、その長たる旅人は、文雅の世界においては、儒家的官人意識

を離れ、一個の詩人として風雅に遊ぶ境地をも有していたのである。旅人の望郷歌は、右の歌群の他にも、

九六〇 隼人の湍門の磐も年魚走る吉野の瀧になほ及かずけり
一六三九 沫雪のほどろほどろに降り敷けば平城の京し思ほゆるかも

がある。旅人の脳裡に去来する故郷とは、奈良の都であり、明日香そして吉野である。歌意は小野老や四綱の歌とも関連してくるが(3)、また旅人自身にとっては、栄華の都、風雅の地また文学の場として、それらは等しく望郷の思いをかりたてる地であった。都を恋い慕う心情は、確かに悲痛ではあるが、「昔見し象の小川を行きて見むため」・「香具山」・「夢のわだ」・「年魚走る吉野の滝」に思いを馳せる、これら旅人の望郷歌は、また風雅を好み自然美を愛してやまない、彼自身を描き出してもいるのである。殊に吉野への憧憬には、かつての三一五・三一六「吉野讃歌」(未経奏上歌)創作の事も併せ考えると、望郷懐旧の念からのみでなく、文雅のふるさととしての吉野に対する思念が強くはたらいたと思われる。そしてそこには、大宰帥という官僚的な発想を離れた、風雅を好む一個の文人としての発想が看て取れるのである。

更に旅人の文人気質を深めるために、七九三の歌を見てみよう。

禍故重畳、凶門累集、永懐崩心之悲、独流断腸之泣、但依両君大助、傾命纔継耳。
七九三 世の中は空しきものと知る時しいよよますます悲しかりけり

これは妻の死後まもなくの歌であり、序にあるごとく断腸の涙を流し、言わば仏教思想の生老病死の四大苦を痛感

した、苦悶の中から絞り出された哀しみの歌である。旅人の文学の中で境涯性が最も強く表れている歌と言える。己が悲哀の情をそのまま言葉にしたこの歌には、言葉の陰翳はもとより感性に訴えかける詩的イメージもない。まったく無防備な悲しみようである。

ところで、この歌の思想的背景として従来掲げられるのは、聖徳太子の世間虚仮観である。

我が大王の告ぐる所は、世間には虚仮にして、唯だ仏のみ是れ真なりと。
我大王所告者、世間虚仮、唯仏是真。（「天寿国曼蛇羅繡帳銘」）

「世の中は空しきものと知る」というのは、右の「世間は虚仮にして」という仏教の無常観に通じるものである。しかし、聖徳太子のこのことばは更に続いて、「唯だ仏のみ是れ真なり」と結ばれる。すなわち仏への道が開示されてはじめて、悟得への入門としての無常の観想足り得るのである。「世間虚仮」のみに終始しては、まだ、無常の悲哀をかこつ段階であって観想には達していない。まして旅人の歌は、「いよよますます悲しかりけり」とあって、逆に悟得の道から遠ざかってゆくのであるから、歌意は、所詮無常観を詠じるためのものではないのである。

この点、たとえば、

三五一　世間を何に譬へむ朝びらき漕ぎ去にし船の跡なきがごと
四四二　世間は空しきものとあらむとそこの照る月は満ち闕けしける
一〇四五　世間を常無きものと今そ知る平城の京師の移ろふ見れば

等の盈虚思想や無常を観想する歌とは、内容を異にするものなのである。

しかしだからと言って、それは旅人が仏教の無常観と無縁であったとか、その仏教思想が不徹底だったということを意味しない。

高木市之助氏は、この歌の「し」の強意の助詞に注目されて、以下のごとく説かれた。

旅人はこの歌で、太子の無常観的教理を越えて、人間的人生虚仮観を信じ抜いてはいる。しかもこのような太子への信頼を乗り越えたところで、彼は郎女の死にもっともっともだえ苦しんでいるのである。

右の高木説のとおり、旅人は、世の中は空しいものだということを、つくづくと知ったのである。それは「知る時し」という強調表現からみて、まさに悟得したと言い換えてよいであろう。が、その直後に、旅人は悟得への道を断念している。「いよよますます」という二重の副詞を用いて(4)、悲哀の増幅を強調するところは、むしろ仏教思想を旅人自身が峻拒したと言えるであろう。

旅人の思想性に対し従来の説は無常に徹し切れなかったとか、その思想の浅薄さを指摘してきたが、そうではなくて彼は思想や宗教の真義を究めながらも、敢えてそれら仏教やまた神仙思想などにすがって自己を救済しようとはしないのである。思想や宗教の核心に触れながらも、それを否定し拒絶することによって、胸中の悲憤をつのらせ、そしてその悲哀の究みを詠み上げ、憂愁に沈潜する果てに、詩的カタルシスを得ているのである。これは旅人のみならず憶良の文学にも通じて見える文学観であり、文人的気質なのである。そこで、旅人と憶良とは言うまでもなく、和歌に大陸的な思想性を導入した歌人として筆頭に掲げられるべき存在であるが、その際の彼らの文学観を確認しておく必要があろう。

その文学観には、憶良はひとまず置くとして、旅人は、述志よりも悲哀のカタルシスを重んじていることが確認できる。これを魏晋の作品と比較するならば、たとえば晋の王羲之の「蘭亭記」の世界に酷似する(5)。

晋の王羲之（三二一～三七九）は、『晋書』巻五十王羲之列伝に拠れば、一族の王導や王敦らからその才を期待され、右軍将軍・会稽内史となった。特に詩書に長じて、生涯を悠々自適にすごしたと言う。が、彼の残した「蘭亭記」は、蘭亭の秀景を描き清雅な宴の模様を述べた後、その胸懐を披瀝する段になると、この世の無常をはかなんで悲哀感に満ちたものとなってゆく。歓楽のきわまった後には、

其の之く所既に倦み、情事に随つて遷るに及んでは、感慨之に係れり。
及其所之既倦、情随事遷、感慨係之矣。

と、哀情の生じる起因を説く。そして次に『荘子』や『淮南子』の思想を引用するが、直ちにこれを打消し拒絶することによって、悲哀の情感をつのらせているのである。

向《さき》の欣びし所は、俛仰の間に、以《すで》に陳迹と為る。尤も之を以て懐を興さざるあたはず。況んや脩短化に随って、終に尽くるに期するをや。古人云へらく、死生も亦大なりと。豈に痛ましからずや。
向之所欣、俛仰之間、以為陳迹。尤不能不以之興懐、況脩短随化、終期於尽。古人云、死生亦大矣。豈不痛哉。

古人とは、『荘子』徳充府篇中の孔子を指す。右は孔子と兀者との問答の箇所を踏まえている。『荘子』が理想とする、死生の変化に左右されない絶対の境地を説く場の、直前の言葉が、「死生も亦大なり」なのであるが、これを掲げておきながら、「豈に痛ましからずや」と後もどりするのである。そして更に次のごとく続く。

昔人の興感の由を覧る毎に、一契を合はせたるがごとし。未だ嘗て文に臨んで嗟悼せずんばあらず。之を懐《こころ》に喩《さと》

る能はず。固に知んぬ、死生を一にするは虚誕たり、彭殤を斉しくするは妄作たり。後の今を視るも、亦た猶ほ今の昔を視るがごとくならん。悲しいかな。

毎覧昔人興感之由、若合一契。未嘗不臨文嗟悼。不能喩之於懐。固知一死生為虚誕、斉彭殤為妄作。後之視今、亦猶今之視昔。悲夫。

無常を契機として詩的感興をおこすことに言及しながらも、それを嘆き悼むのみで、悟得はできないと言い切る。それは「之を懐に喩る能はず」と、不可能であると言いつつも、むしろ自ら拒絶する姿勢に等しいのである。右の「死生を一にする」とは、『淮南子』精神訓の「死生を以て一化と為し、万物を以て一方と為す。（以死生為一化、以万物為一方。）」を踏まえ、また『荘子』の死生観に基づくところの「彭殤を等しくする」は、『荘子』斉物論を指す。そしてこれらを王羲之はすべて虚誕で妄作であると否定し去ってしまうのである。王羲之の文学は、少なくともこの「蘭亭記」を見る限り、儒家的な思念を述べることよりも、哀しみを悲しむことによって、文学的なカタルシスを得ようとするところに、その文学観の特徴があろう。

老荘思想を引用しつつ、これを打消し、「豈不痛哉」・「嗟悼」・「悲夫」との語を畳みかけて、悲哀感をつのり、感傷的情緒の世界に沈む。これは六朝貴族文学の世界における一つの流れでもあるが、今は王羲之の「蘭亭記」のみの言及にとどめたい。

そこで旅人の先の歌にもどってみると、その詠法は、この王羲之の「古人云死生亦大矣。豈不痛哉」の句における展開の仕方と実によく似ている。すなわち思想の核に触れて深く首肯したにも係らず、敢えてその救いの世界には入ってゆかないのである。

王羲之は老荘思想に対してであったが、旅人のこの歌の場合は仏教思想である点が相違するが、どちらもその思想は、悲哀感をつのらせる契機に用いられている。繰り返し述べるが、それは旅人の思想上の不徹底を意味するものではなく、旅人のもつ文学観に拠るものなのである。

王羲之の「蘭亭記」は、旅人の「梅花歌序」の作品構造や修辞表現への影響を始め、『万葉集』・『懐風藻』の漢詩文に色濃く影響しているが、作品構造や修辞技巧上のみならず、当時の詩人の文学的気質や文学観の形成に係わるごとき文学の本質的なところにも影を落としているのである。

旅人の文学に見える悲哀感については、『文選』雑誌の作品群など魏晋詩とも同質の面があることを指摘し得るが、ここでは割愛したい。更に亡妻挽歌群の「旅に益りて苦しかるべし」・「独りして見れば涙ぐましも」・「独り過ぐればこころ悲しも」等の直叙的な表現、また「九六八大夫と思へるわれや水茎の水城の上に涙拭はむ」の発想についても、右の七九三番歌と同種のカタルシスを覚えることを付言しておきたい。

三　遊於松浦河歌

「遊於松浦河」は、『文選』宋玉「高唐賦」・曹植「洛神賦」それに唐の張文成『遊仙窟』の作品構造や修辞表現に拠るところが大きいことは、すでに先学の論証したところである。また、仙柘枝歌や『続日本後紀』巻十九に載る柘枝伝説との関連性(6)についてもすでに論じ尽された感がある。

これらの先学の説を踏まえた上で、更に『懐風藻』の吉野詩群との関連について考察する必要があろうと思う。『懐風藻』の詩風は、言うまでもなく六朝・初唐の詩風の摂取のもとに形成されたものであるが、その点、同時代の上流貴族である旅人の文学は、『万葉集』の中だけでなく、この『懐風藻』の世界の中に置いてみて、把握されるべきものがある。事実、旅人は「初春侍宴」の一首が載っており、またこの「遊於松浦河」を送った相手の吉田宜も「秋日於長王宅宴新羅客」・「従駕吉野宮」の二首が掲載されている。また「梧桐日本琴歌」の贈り先の総前も「七夕」・「秋日於長王宅宴新羅客」・「侍宴」の三首が載っている。唐風の律令制が確立した天平期にあっては、宮中においては、和歌よりも漢詩の宴が主流となりつつあった時である。旅人は九州筑紫にあって、漢文の序と和歌による新形式を編み出しつゝ、かつて従駕した時の吉野を回想し、また宮廷人の吉野賛美の詩歌に思いを寄せもして、その吉野に匹敵し得る風雅な山水を歌い上げたのである。それは「遊於松浦河」に見える山水描写と仙女譚が、『懐風藻』の吉野詩に見えるのと酷似しているところにも端的にあらわれているのである。

遊二於松浦河一序

余以暫往二松浦之県一逍遥、聊臨二玉嶋之潭一遊覧、忽値二釣レ魚女子等一也。花容無レ双、光儀無レ匹。開二柳葉於眉中一、発二桃花於頬上一。意気凌レ雲、風流絶レ世。僕問曰、誰郷誰家児等、若疑神仙者乎。娘等皆咲答曰、児等者、漁夫之舎児、草菴之微者、無レ郷無レ家。何足二称云一。唯性便レ水、復心楽レ山。或臨二洛浦一而徒羨二玉魚一、乍臥二巫峡一以空望二烟霞一。今以邂逅相二遇貴客一、不レ勝二感応一、輙陳二歎曲一。而今而後豈可レ非二偕老一哉。下官対曰、唯唯、敬奉二芳命一。于レ時日落二山西一、驪馬将レ去。遂申二懐抱一、因贈二詠謌一曰

八五三　漁する海人の児どもと人はいへど見るに知らえぬ良人の子と

答ふる詩に曰はく

八五四　玉島のこの川上に家はあれど君を恥しみ顕さずありき

蓬客の更贈る歌三首

八五五　松浦川川の瀬光り鮎釣ると立たせる妹が裳の裾濡れぬ

八五六　松浦なる玉島川に鮎釣ると立たせる子らが家路知らずも

八五七　遠つ人松浦の川に若鮎釣る妹が手本をわれこそ巻かめ

娘らの更報ふる歌三首

八五八　若鮎釣る松浦の川の川波の並にし思はばわれ恋ひめやも

八五九　春されば吾家の里の川門には鮎児さ走る君待ちがてに
八六〇　松浦川七瀬の淀はよどむともわれはよどまず君をし待たむ
　　後の人の追ひて和ふる詩三首　帥の老
八六一　松浦川川の瀬早み紅の裳の裾濡れて鮎か釣るらむ
八六二　人皆の見らむ松浦の玉島を見ずてやわれは恋ひつつ居らむ
八六三　松浦川玉島の浦に若鮎釣る妹らを見らむ人の羨しさ

右の序において、まず注目したいのは、玉島川の娘らの言葉の次のくだりである。

児等は漁夫の舎児、草庵の微しき者にして、郷も無く家も無し。何ぞ称を云ふに足らむ。唯し性水を便とし、復、心に山を楽しぶのみなり。或るときは洛浦に臨みて徒らに玉魚を羨み、乍《ある》ときには巫峡に臥して空しく烟霞を望む。

「洛浦」・「巫峡」の語を用いるところ、この娘らが仙女であることを意味しており、それは「洛神賦」・「高唐賦」を原拠とするが、もともと典故を異にする両者を対句仕立てにした詠法は、『玉台新詠』中の何思澄「南苑逢美人」や駱賓王「楊州看競渡序」等に始まる。また『懐風藻』にも、荆助仁「詠美人」に、

巫山行雨下り　　巫山行雨下
洛浦廻雪霏ぶ　　洛浦廻雪霏

とある。ちなみに荆助仁は大宝年間に活躍した帰化人系の人であるが、このように天平年間の旅人の頃には美しい仙女の描写をする詠法の一つとして、この対句仕立ては詩作者達のよく知るところとなっていたのであろう。

次に、「巫峡に臥して空しく烟霞を望む」の「烟霞(7)」についても見過ごせない。ここは「巫峡」の語に関連して「烟霞」が用いられているのであり、温暖な玉島川には朝な夕なのもやは実景でもあったであろう。が、加えて「烟霞」の語は奈良朝の詩作者達の間では、すでに山水美を象徴する詩語として定着していた。『懐風藻』の中では山水美の象徴語以外の意趣をもった表現も見られるが、その一つに神仙境を意味するものとしての「烟霞」がある。旅人は、これらを知悉した上でこの語を用いているのである。ちなみに「烟霞」の語は、次のごとく「梧桐日本琴歌序」・「梅花歌序」にも見える(8)。

長く烟霞を帯びて、山川の阿に逍遙し、遠く風波を望みて、鴈と木との間に出入す。
長帯烟霞、逍遙山川之阿、遠望風波、出入鴈木之間。
(「梧桐日本琴歌序」)

言を一室の裏に忘れ、衿を煙霞の外に開く。淡然に自ら放にし、快然に自ら足る。
忘言一室之裏、開衿煙霞之外。淡然自放、快然自足。
(「梅花歌序」)

以上のごとく、六朝・初唐詩を学んで培った山水描写の美意識を、『懐風藻』の詩作者達は吉野の山水描写に活かし、旅人は更にまた筑紫の山水描写に用いたのである。

更に、玉島川の娘らの言葉の中で、今一つ言及したいのは、「唯だ性水を便とし、復た心に山を楽しぶのみなり。」についてである。この語が『論語』雍也篇の「智水仁山」の章を踏まえたものであることは言うまでもないが、これも『懐風藻』に十五例を数える用法と同趣向なのである(9)。『懐風藻』の「智水仁山」の詩的表現は、直接には初唐の王勃詩の影響によるが、『懐風藻』中には更なる雕琢を施した対句表現が見られる。そして「智仁」の語を、山水そのものの意に用いたり、「智水仁山」が儒家的山水観の表現として形而上的な趣きを示し、あるいは吉野離宮行幸の天皇の至徳を示す表現としても用いられている。右の玉島川の娘らの言葉には、漁夫の子であるから、「性水を便とし」と言いだすが、この表現はそのまま「心に山を楽しぶ」を引き出すかたちとなっており、ここにすでに娘ら自身の口から、ただの漁夫の子では無いと語らせていると言えるのである。旅人における「智水仁山」の用法が、先述した三五・三六の「吉野讃歌」にも見えていることはすでに先学の指摘されたとおりである(10)が、この点からもこれら旅人の山水観は、いずれも『懐風藻』吉野詩のそれと共時性を有するものと言えるのである。

さて「遊於松浦河」は、その神仙譚の構造もまた『懐風藻』吉野詩に見える神仙譚の構造と酷似する。そこでまず『懐風藻』吉野詩の方からその特徴を述べる。

『懐風藻』吉野詩中の神仙譚は、『日本霊異記』上巻第十三にみえる漆部造麿の妻の昇天（藤原史「遊吉野」）の一例の他は、すべて柘枝伝説である。その詩的表現としては、「柘媛・美稲・釣魚士・柘歌」等、柘枝伝説に材をとったものと、『列仙伝』・『桃花源記』・孫綽「遊天台山賦」・曹植「洛神賦」等中国神仙譚系のものとがある。そしてこの中国神仙譚系の典拠作品は、一方の柘枝伝説の神仙譚と同傾向の構造をもつものばかりなのである。

柘枝伝説の構造は、武田祐吉博士が、『万葉集』巻三仙柘枝歌三首の他に、『懐風藻』七首・『続日本後紀』巻十九に載るところに基づいて、以下のように整理された。

一　男子が人間で女子が神仙である。

二　男子は漁夫で名を味稲（美稲・熊志祢）といふ。

三　場所は吉野川である。

四　女子は柘枝が流れて来て、男子に拾はれて化生したものである。

五　相聞の歌である。

六　女子は男を誘って仙宮を見せた。
七　七姫は飛び去って柘枝の仙女のみ残ったともいふ。
八　後に女子は男子を棄てて飛び去った。鶴に乗って行ったとも、毘礼衣を着て飛んだともいふ。

今、右の整理された項目に従って、吉野詩と中国神仙譚系の作品と「遊於松浦河」とを比較対照してみよう。一については「桃花源記」や「洛神賦」そして「遊於松浦河」も同じく男子は人間、女子が神仙である。しかし中国神仙譚系の作品には、その仙女の美貌で且つ艶麗な容態や出現の霊妙なる様が印象的に描かれるのだが、「吉野詩」にはそれが無い。仙女そのものの描写よりも、仙女に出会い得たことを言うにとどまる。たとえば次の詩。

惟山且惟水	惟れ山にして且惟れ水
能智亦能仁	能く智にして亦能く仁
万代無埃所	万代埃無き所にして
一朝逢柘民	一朝柘に逢ひし民あり
風波転入曲	風波転曲に入り
魚鳥共成倫	魚鳥共に倫を成す
此地即方丈	此れの地は即ち方丈
誰説桃源賓	誰か説はむ桃源の賓

（「遊吉野宮」中臣人足）

無論、吉野詩は遊覧詩であるから、中国の遊仙文学とは同列に扱えないが、『懐風藻』吉野詩十七首には、揃って柘枝媛の具体的な姿態の描写は見られないのである。「遊於松浦河」には流石にその描写が見られるが、しかしそれも『遊仙窟』の「翠柳開眉色　紅桃乱瞼新」を踏まえた描写の他には、殊更仙女の美貌を描き切ろうとはしない。娘らの描写は話の全体の中で程良く調和されている。これもやはり、仙女に出会ったことに主眼を置いたゆえの叙述の仕方であると言えよう。

二については、「遊於松浦河」の娘らは漁夫の子という設定であるが、それは三と関連して、この神仙譚が川にまつわるものであることによる。しかし川にまつわるものでありながら、柘枝媛も松浦の仙女も、川の神としての性格はほとんど描かれていない。

四については、この化生譚は、「梧桐日本琴歌」には見られるが、「遊於松浦河」にはまったく投影していない。それに仙女としての特徴も先述したごとく、その言葉の中に匂わせるのみで、更に「意気雲を凌ぎ、風流世に絶《すぐ》れたり」とその美貌を抽象的に述べたに過ぎない。同様に吉野詩においてもほとんど柘枝媛の仙女としての特徴は描かれていないのである。

五の相聞歌であるというのは、巻三の三八五～三八七歌を指すが、「遊於松浦河」も相聞歌である。相聞が二度くり返され、そして「後人追和詩」三首があって完結する。ところが吉野詩は遊覧詩であって、すべて伝説を回想する発想によって創作された作品なので、追懐する内容の詩ばかりである。たとえば丹墀広成の「遊吉野山」詩。

山水随臨賞　　山水臨に随ひて賞で
巌谿逐望新　　巌谿望を逐ひて新し
朝看度峰翼　　朝に峰を度る翼を看
夕翫躍潭鱗　　夕に潭に躍る鱗を翫す
放曠多幽趣　　放曠幽趣多く
超然少俗塵　　超然俗塵少し

栖心佳野域 心を佳野の域に栖ましめ
尋問美稲津 尋ね問ふ美稲が津

（「遊吉野山」）

右の結連は、『論語』微子篇や「桃花源記」を典故とする「問津」の語を用いて、その神仙潭をゆかしく追懐するのである。実は、「遊於松浦河」と吉野詩との類似性として指摘したいことの一つは、この点である。すなわち玉島川の仙女と出会った話は、吉野の柘枝の神仙譚と同じく、後の人が、時を経て再びその地を訪れることによってはじめてゆかしき文学の場として定着するものである。「遊於松浦河」の中の「後人追和詩」三首の意味はここにあると思うのである。追和詩を附す構成は、「梅花歌」の場合と同じく旅人の創意に拠るものであろうが、追懐の詠歌によって、この神仙譚は時のとばりに包まれ、神秘性を増すのである。それはちょうど吉田宜の「従駕吉野宮」に「今日夢の淵の上に　遺響千年に流らふ〈今日夢淵上　遺響千年流〉」とある発想とも類似しているのである。すなわち旅人は、玉島川を遊覧して漁女たちに出会ったことから、宮廷人が吉野の仙境を文学の場としたごとく、自らは松浦を仙境と見立て、柘枝伝説に倣って、人間の男と仙女の相聞歌を配した一つの神仙譚を創作した。そして同時にまた旅人は、『懐風藻』の吉野詩と同じ発想によって、自ら後人の立場をとって追和の歌を添えることにより、この神仙譚そのものを過去に移向させ、松浦という仙境を、後世に継承されるべき文学の場に仕立てるという創作意識であったと思うのである。

次に、六の、女子は男を誘って仙宮を見せたという点について。これは巻九の一七四〇「詠水江浦嶋子」の浦嶋子伝と同趣向であるが、しかし、どちらもその仙宮の描写には殆ど意を用いていない。これは中国の遊仙文学とは大きく異なるところである。たとえば、『文選』の郭璞の遊仙詩は、筆を尽くして仙界を描こうとする。仙界を浮遊するさまと仙界の描写に想像の限りを尽くす。時代が下がれば「浦嶋子伝」もそこに意を用いてくるのであるが、『懐風藻』

の吉野詩も、「遊於松浦河」も先述のごとく仙女との出会いと出会った場所に主眼を置くのみである。仙界を憧憬するがゆえに、この世に存する仙界への入り口を讃美しつつも、この世から遊離することは望まないかのようである。それはたとえば高向諸足の次の詩のように従駕詩であったりすることにも起因するのではあるが。

在昔魚を釣りし士
方今鳳を留むる公
琴を弾きて仙と戯れ
江に投《いた》りて神と通ふ
柘歌寒渚に泛かび
霞景秋風に飄る
誰か謂はむ姑射の嶺
蹕を駐む望仙宮

在昔釣魚士
方今留鳳公
弾琴与仙戯
投江将神通
柘歌泛寒渚
霞景飄秋風
誰謂姑射嶺
駐蹕望仙宮

（「従駕吉野宮」高向諸足）

右のように仙界へ飛翔せんとするのでなく、見立てによってこの吉野の山水を仙界として楽しもうとする発想なのである。『懐風藻』中の神仙譚的要素を素材にもつ詩の大方は、この傾向をもつ。ただ一例、例外的なものとして、葛野王の「遊龍門山」に、王喬の故事を用いた「安にか王喬が道を得て　鶴を控きて蓬瀛に入らむ〈安得王喬道　控鶴入蓬瀛〉」があるのみである。

　七・八については、「遊於松浦河」は、まったく関心を払わず、「時に日山の西に落ち、驪馬去なむとす」という別れ方である。日暮れが別離の要因となるのは、冒頭の遊覧の語と符合するが、それはまた、『遊仙窟』が夜明けを別れの時とするごとく、また「桃花源記」がただ「停まること数日にして辞去す。」と唐突に別離の時がおとずれるのと同様である。『懐風藻』の吉野詩は、無論柘枝媛の天空飛翔を踏まえてはいるが、殊更そのことに力点を置かない。柘枝媛が飛び去ったことを暗示するものは、右の葛野王の「遊龍門山」と次の藤原史の「遊吉野」のみで、どちらも王子喬の故事を用いている。

夏身夏色古り　　夏身夏色古
秋津秋気新し　　秋津秋気新
昔者聞きつ汾后を　　昔者聞汾后
今之見る吉賓を　　今之見吉賓
霊仙鶴に駕りて去に　　霊仙駕鶴去
星客査に乗りて逡《まか》る　　星客乗査逡
諸性流水を担《く》み　　諸性担流水
素心静仁に開く　　素心開静仁

（「遊吉野」藤原史）

この詩意は、昔、汾水で漢の武帝は水の神女を祭ったそうであるが、今はこの吉野川で仙女を追懐すべくよき客人たちがいる。この吉野は、晋の王子喬の故事のごとく、仙女が鶴に乗って去った地であり、また漢の張騫の故事のごとく、一介の男子が仙女に出会った地である、というものである。すなわち、この詩とても鶴に乗って去ったこと自体よりも、そういうことがあった土地であることに力点が置かれているのである。

要するに「遊於松浦河」にしても『懐風藻』の吉野詩にしても、実は神仙譚そのものに深い関心があったというよりも、その神仙譚によってかもし出される超俗的な清浄感と、幻想的な浪曼性を追及しているのである。こうした文学的特質は、やはり六朝の、殊に魏晋の文学に認められるところである。森三樹三郎氏は魏晋の文学の特色として非現実性と遊戯性を指摘されたのではあったが(12)、それは『懐風藻』吉野詩にもそのままあてはめ得るものである。そして魏晋の官僚貴族が発見したという「身を官場に置きながら、意識だけは山巌の世界に遊ぶ(13)」という文学上の態度も、『懐風藻』詩作者達の多くが、強く影響を享けたところであり、旅人もまたその一人なのであった。

四　結語

以上、旅人の作品中、最も境涯性が強くて悲哀感の勝る作品と、逆に最も浪曼性豊かで遊戯的要素の濃い作品とを俎上に載せて、旅人の文学観乃至は文人的気質が、魏晋の貴族官僚の文学意識に近いものであることを見てきた。またそれは『懐風藻』の詩作者たちにも通じて窺えるところであるのだが、本稿では特に、「遊於松浦河」と「吉野詩」に限って比較してみたのである。

(1)　林田正男氏『万葉集筑紫歌群の研究』「大伴旅人と筑紫歌壇—筑紫下向は希望赴任か—」。
(2)　後述するごとく、特に魏晋の貴族官僚の気質と類似する。森三樹三郎氏『六朝士大夫の精神』「Ⅱ魏晋時代における人間の発見　第五章魏晋的人間の限界」。
(3)　伊藤博氏「歌壇・上代」(『和歌文学講座』三)。
(4)　「いよよますます」という副詞を重ねて用いた詠み方は『万葉集』中には、他に一首も無い。おそらくこれは漢文脈から学び取ったものであろう。無論漢籍を平安朝以降のように訓読していたわけではないが、漢籍の釈義の段階で学び得たと思われる。「愈益」や「益愈」の複用の例は、『漢書』「呉王濞伝」「王始詐レ病及二覚見一レ責急一、愈益閉。」・「淮南王伝」「愈益治二器械攻戦具一。」・「商君伝」「孝公益愈然而未レ中レ旨。」等。

(5) この七九三番歌と「蘭亭記」との類似性を指摘した説として、古沢未知男氏『漢詩文より見た万葉集の研究』(134頁参照)があるが、「現実を抜け切れない態度という面で共通する」と説かれる点は、筆者と見解を異にする。

(6) 小島憲之氏『上代日本文学と中国文学』中。第八章(一)失はれた柘枝伝・注5掲載書。

(7) 拙著『上代漢詩文と中国文学』第一編第五章詩語「煙霞」考―六朝・初唐詩との関連―。

(8)『懐風藻』掲載の「初春侍宴」の中にも「梅雪乱二残岸一 煙霞接二早春一」の表現が見える。梅雪と煙霞、残岸と早春とを対比させて初春の禁苑を描く。残岸は、まだ冬の名残りのある岸辺の意で、用例未詳であるが、旅人の修辞の冴えを覚える。

(9) 前掲注7と同書。第三章吉野詩考―「智水仁山」の典故を中心に―。

(10) 清水克彦氏「旅人の宮廷儀礼歌」(『万葉』)三七。

(11) 武田祐吉氏「柘枝伝」(「奈良文化」第十号)、小島憲之氏『上代日本文学と中国文学』中「失はれた柘枝伝」参照。

(12・13) 前掲注2に同じ。

※『万葉集』・『懐風藻』共に日本古典文学大系(岩波書店)に基づく。

第五章　大伴家持「越中三賦」の時空

ご紹介いただきました國學院大學の波戸岡旭でございます。

本日は、万葉のふるさとの高岡、そして意義深いこの万葉セミナーにお招きいただきましたことを非常に光栄に存じております。ただ、初めにお断り申し上げておかなければならないのですが、私の研究分野は中国文学とそれから日本文学、とりわけ日本の漢詩文――日本漢文学と申しますが――の方を主に学んでおりまして、研究者としては『万葉集』は門外漢でございます。今日、こうした場にお招きいただいてお話をさせていただく機会を与えられましたのは、私のような万葉専門というよりは、その周辺にあって上代・中古の漢詩文を学んでいる者がどのようにこの万葉の世界をとらえるのか、その辺のところを話してくれればいいんだというようなことも承りまして、参った次第であります。

きょうは、とりわけ「越中三賦」がテーマになっておりますが、この「越中三賦」一つとりましても、皆様方ご存知のとおりたくさんの先学の学説、論文がございます。それらのことを私いろいろ調べて示唆を受けるところが多く、それらの紹介だけでも話は尽きないわけですけれども、日ごろ、先ほど申しました上代漢詩文、中古漢詩文のあたりを見ている者が大伴家持という文人をどうとらえているのか、とりわけ「越中三賦」については、このあとにご発表なさる先生方のご研究がその端緒かと思いますが、先生方の詳しいご研究がありますけれども、私なりに日ごろ考えておりますところを、はなはだ大雑把な見通しになりまして恐縮ですが、一、二、お話できればというふうに存じております。

一　前言

「越中三賦の時空」というふうにいささか固い言葉でテーマを掲げましたが、要するに「越中三賦」、あるいは池主の作品も入れて越中の五賦になりますが、これを軸とした大伴家持の文学意識の中の空間と時間、それをどうとらえればいいのだろうかという、その辺を焦点としてみたわけでございます。与えられました九十分の中で、あるいは結論にまで達しないかもしれませんので、あらかじめ私の結論めいたことを先に一言申し上げておこうと思います。

「越中三賦」、これを万葉の中の一つの山水文学としてとらえるという見方がございます。山と水のことを詠った山水文学、たしかに「二上山の賦」・「布勢の水海を遊覧する賦」それから「立山の賦」というのは、山水を詠じた三篇の賦でありますけれども、これがいわゆる中国の山水文学というものと比べてその世界はどう異なるのか。

最近、辰巳正明氏など、非常に精力的に中国文学との比較をなさった大著がございますけれども、正直申し上げて私、たしかに指摘なさるところもわかるのですが、作品の中に分け入ってみたときに中国の山水文学と直結し得るものではないだろうということを考えております。あるいはまた、万葉学者の方では、これも有力な説でございますけれども、これは家持が都への土産としての作品であるというふうな説もあります。結論的に申し上げて、私はこれは山水文学というよりも、越中の国の国褒めの歌であると考えます。もちろん、この学説もすでにございますけれども、国守家持の立場からして、これは官人として越中の国のすばらしさを歌ったもの、国褒めの歌である、山水はあくまでも越中の国の象徴としてとらえておって、豊かな山水に恵まれた越の国、越中の国のすばらしさを歌い上げたものである、いわばこれは国褒めの歌であろうと考えます。

さらに申し添えますならば、家持という文人、あるいは歌人としての家持は、この「越中三賦」という作品によって、新しい文学空間と申しますか、一つの新しい文学の場がここにあるのだということを提唱する。そういう積極的な文学的営為がそのもとにあって、こうした作品が生まれたのだろうという、その辺の見通しで現在考えております。

二　大伴家持と中国文学

さて、一口に「越中三賦」をそのように申し述べてみましても、やはり中国文学との関係ということをもう少し詳しく申し述べたいところもございます。しかし、「越中三賦」そのものに中国文学的なものをすぐに指摘するということには、かなり抵抗がございます。では、家持に中国文学的なものはどうなんだということになりますけれども、これが一口に申し上げられないところがございまして、家持ほどの歌人になりますと、これは我々の方も非常に複眼的といいますか、多面的にとらえていかなければいけないだろうというふうに思います。当然のことながら、すぐれた歌人の歌風や歌の世界というのは、一面的にとらえられるものでないことはご承知のとおりであります。したがって、家持の文学観、家持の文学意識、家持の文人的気質の中に、中国文学の世界がどのように浸透しているのか。その広がり、深まりというところは、そう単純には申し上げられないところがございます。そこで、「越中三賦」の本題に入る前に、家持にとっての中国文学ということをかいつまんで、二、三、申し述べておきたいと思うのです。

家持の生きた時代というのは、奈良の都の文学圏はすでに宮廷の中だけではないことはもうご存じのとおりであります。宮中において詩の宴が盛んに——すでに漢詩の宴の方が多いわけですけれども、歌の宴ももちろん並行してありました。そうした宮中における漢詩の宴、和歌の宴以外に文人官僚、とくに藤原氏の家々あるいは長屋王、そうした有力な官僚の私邸においては、非常に盛んにすでに詩歌の宴が行われているわけでありまして、都においても文学圏がすでにそのように広まりつつあった。加えて、家持の父の旅人は、「大君の　遠の朝廷」とうたった大宰府において一つの筑紫の文学圏というものを提唱したであろうということはご存じのとおりであります。あるいは、藤原宇合は『懐風藻』にことにその作品のすばらしさが窺えるところでありますけれども、その宇合にしてみても地方官として東奔西走する中で、地方の、都を離れたところでの文学的な活動というものが諸所に見られます。また、とくにとりわけ常陸の国においての『常陸国風土記』は、本当に宇合の作であるかどうかということはなお疑問が残りますけれども、宇合がかかわっていることには間違いございません。

そうしたわけで、家持の時代における文学圏というものは、非常に急速に加速度的に広まり、かつ中国文学の影響の下にその文学意識が深まっていた時代である。そういう中で、まして大伴旅人、憶良というすぐれた漢学の、あるいは漢詩文の才のある人のもとに育った家持において、漢文学の素養といいますか、漢文学の世界を知るその深さというものは、非常に高度なものがあったことは間違いございません。

また、小島憲之博士もおっしゃっていますけれども、すでに家持の時代あるいはもっと前からでしょうが、それぞれの国府には相当の漢籍がすでに蔵書として備えられていたようでありますし、また家持のように文人をもって自負する官人たちは、みずからその漢籍を携えて地方に行ったでありましょう。そうした中での家持における中国文学というものは、作品の一つ一つで中国文学的な影響があるとかないとかの云々、あるいはその用語の問題、そうした表層的な問題でなくて、もっと食い込んだところで中国文学から醸成された文学意識というものがあったであろうという、わかり切ったことをくどくど申し上げているような気もいたしますが、その辺のところをやはり我々はしっかり押さえた上で、家持の多面的な歌の世界を見ていく必要があるだろうと思います。

一方また大伴家持は、ご存じのとおり歌の家としての伝統がございます。そうした中で、家持の手元にはたくさんの先人の歌が収集されて手元にあるわけです。そうした古典と申しますか、すぐれた先人の秀歌を家持がただ整理するだけで終わるはずがございません。そうした中から、以前の歌人たちとはひと味もふた味も違った歌が生まれたということ――これはまた一つ別の問題でありますが――家持の作品は類句、類想、類型が多いことを盛んに指摘されますけれども、類型、類想の問題は、もちろんそれによって言葉の力が失われた面がありますけれども、これは中国文学の方から申しますと、一つ典故（出典をもつ言葉）の問題としてとらえ直す必要があるだろうと思います。

そのような家持という人の生きた時代、『懐風藻』という作品もこの時代の成立です。ちょっと話がそれますけれども、『懐風藻』という作品は百二十首（現在百十六首しか残っておりませんけれども）、非常に作品数の少ない漢詩集としてご記憶であろうかと思います。これは、私の専門の方でもありますので力を込めて申し上げたいところですけれども、『懐風藻』という作品は決して運よく残った作品群を集めたなんていうものではございませんで、非常に厳選されて編まれた作品だということを申し添えておきたいのです。この時代が非常に漢詩の水準の高まっていた時代であったということも申し加えておきたいのであります。

（1）中国文学の特質

さて、前置きがどこまでも長くなって恐縮なんですけれども、もう少し中国文学ということで申し加えておきます。プリント（本書 一〇一頁「講演資料」参照）の二の一番目のところ、①のところでございますけれども、中国文学の特質というものをどうとらえるか。これも、中国文学の概論にもなりませんが、いろんなとらえ方がありまして、ここに仮に三項目挙げてみました。このようなことでおさまるはずもございませんけれども、中国文学に非常に思想性が強いという角度から我々日本文学の特徴と比較してみた場合に、まず中国文学は政治性が強いことが挙げられます。本流としてある作品に政治性の強い面がある。そして教導性、それから内容的にも形式的にも一つの規範性を持った文学であるという、このようなことが言えるかと思います。

こうした面が、家持の作品群を見ておりますと、中国文学の特質であるこれらの思想性を色濃くもつものがあります。中国文学における思想性・教導性についての一つの源を申し上げておきますと、ご存じのとおり『毛詩』の大序であります。五経の一つ『毛詩』の大序に、文学の発生から説きおこす文学論がありますけれども、その中に、文学の効用面から説く載道主義の文学観、すなわち、文学は人を導き正しい道に載せるためのものという文学論があります。それから、もう一つ、文学というのは自分の思いを述べるものであるという言志主義の文学論も同時に見えておりますけれども、そうしたところから流れ出てきているのが中国文学の本流であります。

文人官吏としての強い自覚を持った家持の作品群に、当然こうした面は見られるわけです。このことをあえてくどく申しますのは、家持の作品群には、例えば旅人や憶良のような思想性は欠乏しているのではないかという学説も幾つか見受けます。今、ここでその学説を一々申し上げませんけれども、そのような説がございますが、家持の作品群にそうしたものが欠如しているというのは比較の問題であり、いろいろあげつらうべき問題はありますけれども、しかし例えば、板書するのを省くために、恐縮ですが資料を追加としてもう一枚用意いたしました。恐縮ですが、そちらの方をごらんいただきたいのです。二番の下のところに、曲線の矢印で記しておきました、例えばですけれども四〇九四番歌「陸奥国より金を出せる詔書を賀く歌」ですとか、四一〇六番歌「史生尾張少咋に教へ喩す歌」、四一六〇番歌「世間の無常を悲しぶる歌」、四一六四番歌「勇士の名を振はむことを慕ふ歌」、四四六五番歌「族に喩す歌」等々、これらはほんのその一部でありますけれども、こうした中に非常に強い政治性・教導性といった中国文学の特質として掲げられる面が指摘できるところがございます。つまり、家持の作品の世界において、一つの強い思想性を持つ作品群としてあるわけです。

(2) 六朝貴族文学・初唐宮廷文学の影響

一方また、二番目の項目ですが、中国文学、特に漢詩の世界において——もちろん詩でありますから、強い抒情性を獲得してまいります。『詩経』の作品群に抒情性というものは比較的乾いているといいますか、いろいろまた問題もございますけれども、詩において抒情性を色濃く示してまいりますのは、後漢の時代、紀元後の二世紀、三世紀のころから非常に強いある種の感傷といいますか悲哀感を伴った抒情性が出てまいります。これは、やはり源は前漢末から後漢にかけての「詩母」とも言われています「古詩十九首」の世界がすでにそうなんですけれども、そうしたこの世のはかなさ、悲しいままに過ぎゆく時の移ろいを悲しむ、そうした仏教以前の中国的な無常感から生ずる悲愁性、悲哀感、そうしたものが色濃く出てまいりますけれども、こうしたものが家持の作品にも見えております。それは家持の作品に限りませんけれども、今ここでちょっと簡単に説明させていただきたいのは、旅人と家持の共通性というところで一つ押さえておきたいのです。

プリントの二の②の七九三番歌、旅人の歌です。「世の中は空しきものと知る時しいよよますます悲しかりけり」。この世の中はむなしいものと会得するときにいよいよ悲しくなるんだという、「いよよますます」という副詞の重複は、一種のこれは漢文訓読の発想でありますけれども、訓読まで申し上げるとちょっと話がごたごたしてきますが、やはりこれは漢文学にある言い方なんです。聖徳太子にある世間虚仮の思想、仏教の無常観、そこから悟りの世界にいくのでなくて、そうした無常を観ずることから悟りの世界にみずからを救い上げるのではなくて、逆にそうした悟りの世界を拒んで、悲しみの方により深く沈んでいくという、そういう歌であります。これを旅人の思想性の不徹底であるというふうな説もありましたけれども、そうではなくて私はこれはやはり中国文学の悲哀感、悲愁性というものに非常に近いものがあるだろうと思います。

つまり一口に申しまして、六朝から初唐にかけて、宮廷の貴族文学において、一つの感傷的な情緒に深く沈むところに文学的なカタルシスを求めるという、そういう文学思潮がございますけれども、その世界につながるものでありましょう。もちろん、この歌には旅人自身の妻をなくした境涯性というものがありますけれども、そうした境涯性の方から見るだけでなくて、中国文学の世界から見ていきますと、これは明らかにそうした六朝、それから初唐のころの一つの文学思潮に沿うものであると言えるところがございます。これは、以前別のところで申したことですので、きょうはごく簡単に触れるだけにさせていただきます。

そうしたものが家持の作品群の中に、これも挙げれば切りがありませんけれどもございます。また追加の方を一緒に見ていただきたいんですが、ここは本当にさらっと触れて進むつもりでおりましたけれども、今、余りにも早口に申し上げただけではご納得いただけないかと思いまして、板書のかわりに用意しました追加のところの、皆様ご存じの晋の時代の王羲之の「蘭亭記」の一部分を抜き出しておきました。そこの傍線を引きましたところ、「古人云へらく、死生も亦た大なりと。豈に痛ましからずや」、あるいは後の方の「死生を一にするは虚誕たり。彭殤を斉しくするは妄作たり」という、こうした有名な言葉がございます。「古人云へらく、死生も亦た大なり」と、古人というのはここでは『荘子』の書物の中に孔子の言葉として、孔子がある思想家と話をする中で、これから死についての大問題、死生ということは人生における最大の問題であると論を始めるところであります。そうした『荘子』の世界というのは、死を乗り越えようとする一つの主張のある思想ですけれども、しかし、そうした死というものを乗り越える思想を云々することは、例えば王羲之にしても十二分にそれは分かっていることなんです。それをいかに乗り越えるかということが大事なことであることは、十二分に分かっていることなんです。しかし、それが文学作品として著す時には、それを「豈に痛ましからずや」（何と痛ましいことではないか）という。それは、『荘子』に説かれている思想の死を乗り越える思想が分からないのではなくて、この作品の中ではむしろそうした無常という中に身を沈めていくという、そこに先ほど申しました文学的な一つのカタルシスを求めている。そこに文学的な一つの世界を見出そうとしている。『荘子』に説く死も生も考えによっては同じことなんだというのは、それはうそである、七百歳も生きた仙人と二十歳に満たない若者とが死ぬことも大局から見れば、総体的に見ればそれは同じことなんだという、そういう説はうそなんだという、そのようにすべて無常の観、無常を観ずるというそれを否定することによって、一つの気持ちの浄化された、非常にそれは感傷的でありますけれども、浄化された抒情性というものが出てまいります。そういうところに、一つの求める世界があった。旅人の世界はそういうところに通じるところがございます。言うなれば、無常観ではなく無常感ということであります。

家持の作品において無常を歌った作品群が、四六五番歌、四六六番歌、四七二番歌をはじめたくさんございますが、とくにそれらの中に見られるもの、今あまりこれに触れていると時間がございませんので、省略させていただきますが、今そこに申し上げた四六五番歌、四六六番歌、四七二番歌は、旅人のそうした悲哀性とそれほど異なるところはございません。とくに一枚目の方に用意いたしました作品においては、例えば四七二番歌のように、

世間は常かくのみとかつ知れど痛き情は忍びかねつも

世の中がはかないものだとは、いつもこんなものだと一応知っているけれども、やはり胸の痛みはこらえきれない。これは、旅人の歌った歌い方とさほど違うところはございません。ただ、どこまでも家持はそうした旅人の発想と同じなのかというと、それはまた違うところもございまして、例えば四四六八番歌ですけれども、

うつせみは数なき身なり山川の清けき見つつ道を尋ねな

「道を尋ねな」、仏の道を尋ねようという、これは非常に観念的でありますけれども、「山川の清けき見つつ」という、このあたりに家持のただ悲しみを悲しむことを直叙的に述べるのではなくて、まだここは具象性は欠けますけれども、「山川の清けき見つつ」、俗世の汚れたものから離れて、「山川の清けき」を見て道を尋ねよう。そこには、みずからの抱く情緒と自然の情景とを融合させようとする、そうした試みがなされている作品群が、また今いちいちあげませんけれども、ございます。

このような、中国文学における非常に感傷的情緒に偏りますが、そうした面での一つの文学的カタルシスを家持も深く蔵していただろうということを申したいわけです。

追加のプリントの下のところに、ざっと中国の漢詩人とその作品を挙げておきました。悲傷性についての作品群を

挙げますと数限りなくありますけれども、一、二、掲げたものがこれらです。晋の夏侯湛の「秋可哀」、それから湛方生の「秋夜詩」、それから何瑾の「悲秋夜」、梁の簡文帝の「秋興賦」、それから初唐の王勃の話は今日は余り触れられませんが、王勃に並び称せられる盧照鄰の「長安古意」、これらの中に見られる抒情性というものも、非常に家持の世界に近いものがございます。

さて、いまの家持と中国文学ということの非常に大きな話題の中で、二項目―思想性と抒情性について、本当に粗削りですが申し述べました。こうした家持の歌の世界には、思想性に富んだ作品群、それから六朝・初唐の悲愁性といいますか、そうしたものに通ずる抒情性の作品群がございますけれども、しかし家持のすぐれたところは、そこにとどまらないというところであります。

家持の代表歌と申しますと、それは見る者、説く者の角度によってさまざまでございましょうけれども、家持の一つの行き着いた歌の境地として、例えば一枚目のプリントの例の四二九〇番歌、四二九一番歌、四二九二番歌、いわゆる春愁の文学と申しましょうか、春愁のことをテーマとした歌がございます。

春の野に霞たなびきうら悲しこの夕かげに鶯鳴くも
わが屋戸のいささ群竹吹く風の音のかそけきこの夕べかも
うらうらに照れる春日に雲雀あがり情悲しも獨しおもへば

一つ一つ当たって、その感性の研ぎ澄まされたものに裏打ちされた抒情性というものは、いくら言葉を費やしても尽きないところでございますけれども、しかしまたこうした作品群に見える抒情性について、すぐさま中国文学との比較、その影響関係などを簡単に申し上げることはできません。もちろん指摘することはできますけれども、しかしまた家持の一つの至り着いた歌境、歌の境地というものは、そう一筋縄では解けないことはもちろんであります。

つまり、家持の歌の世界には中国文学をベースにしてさらにそれを乗り越えていったものがあるということであります。それはすでに家持という人が、中国文学に培われた文学における思想性というもの、これを十二分に吸収しつつも、歌の世界においてはそれは必ずしもつねに必要なものではない、むしろ場合によっては有害であることも十二分に知悉していたのではないだろうか、と思います。

その辺のところをもっと具体的にご説明申し上げなければいけないんですけれども、きょうはここが中心のところではございませんので省かせていただきます。それで、このことを裏返して申しますと、この三首に見られる作品の世界は、非常に思想性という面から言うと無思想に近いものであります。あるいは、その内容から言っても、もちろんそれは大伴家の家運の傾いていることから来る境涯性からの悲しみというものが詠われておりますけれども、しかし歌として見たときに、この悲しみには具体的な背景は、一切描写も叙述もされておりません。その抒情性には、何かかたちとして残る内容というものがございません。一種の無思想、無内容と申しますか、そういう歌の世界なのであります。さらにつけ加えて申しますと、これは『万葉集』の一番最後の歌も同様なのです。

新しき年の始の初春の今日降る雪のいや重け吉事（四五一六番）

ご存じのとおり、この中で意味のあることと言えば、どんどん積もれ吉いことよ、あるいは吉いことがあれよというそれだけでございます。「新しき」「年の始」「初春」と元日だということをただ繰り返し言っているだけです。それは非常に見方によっては愚にもつかないようなことでありますけれども、我々はしかしこの歌を繰り返し味わっているうちに、「新しき」「年の始の」「初春の」という、言葉を変えるたびに、読むこちらの気持ちとしてはある種の非常にすがすがしい、さわやかな気分になっていく、年の改まった新鮮な空気が伝わってくるという、そういうものを感じます。

（3） 折口信夫の「短歌無内容論」

このことをじつに見事な比喩で表現してくれたものとして、私はいつも折口信夫博士の言葉を思い出すのです。プリントの二枚目でございます。今さらという感をお持ちの方もいらっしゃるかと思いますけれども、歌の本質というものをこれほど見事に説明してくれた文章というものを私は、寡聞にして、ほかにこれ以上の論を見出し得ないのです。この折口信夫の短歌無内容論、じつはこれは「俳句と近代詩」という一つのエッセイ、昭和二十八年四月十九日にラジオで放送されたものを原稿に起こして、角川の「俳句」という雑誌に載せたものです。その中に、「たとえば雪——雪が降っている。其を手に握ってきゅっと握りしめると、水になって手の股から消えてしまう。それが短歌の詩らしい点だったのです。処が、外の詩ですと、握ったら、あとに残るものがない筈はない。つまり、そうでなければ思想もない、内容もないということになる。古風の短歌は、握りしめてしまえばみな消えてしまった。何も残らない。そう言うのが恐らく理想的なものとなっている筈の短歌」このような言い方が出てまいります。もちろん、この短歌無内容論ということに触れたものは、ほかにも折口全集の中に拾い上げればあるわけですけれども、またこれは非常に難しいことが根本にありまして、たどっていきますとこれは折口博士の言語情調論という学説にまでさかのぼって理解すべきことなのであります。

もちろんこの文章は、家持のことについて述べられたものではありませんで、例の『拾遺集』にあります、

あしひきの山鳥の尾のしだり尾のながながし夜をひとりかも寝む

についてのものです。意味のないという点から言えば、「新しき年の始の」の歌にほぼ匹敵する、あるいはそれ以上の無内容な歌ということが言えるかと思いますけれども、その歌についての論の一部なのでございます。

私がここで申し述べたいことは、家持という歌人は、初めに申し述べましたように、非常に深く広い中国文学的な

世界から、みずからの文学観、文学意識を培いながら、それをさらに抽ん出るところまでいった歌人であったということに尽きるわけですけれども、その点を、まず私がどのような角度から家持を見ているかということの補足のために申し述べた次第であります。

(4)「愁人」の典故について

いささか前置きが非常に長くなって恐縮なのですけれども、「越中三賦」に入ります前にもう一つ申し述べておきたい。それは、今の中国文学とのかかわりと、それから「越中三賦」の世界を考えるための一つのつなぎになろうかと思います。これは、従来どの注釈書、どの学説にも出てまいらないんですけれども、私は「越中三賦」の著される前のといいますか、三月四日の家持と池主のやりとりした漢文の手紙の中で、とくに池主の手紙の中に見られます、「愁人」という言葉。すなわち④の六行目、

巧みに愁人の重患《ぢゆうくわん》を遺《や》り、能《よ》く恋者《れんしや》の積思《せきし》を除く

という箇所についてであります。余りにも大雑把な話をしておきながら、ここにきて急に細かな話になって恐縮ですが、「愁人」という言葉に目をとめてみたわけなんです。ここに一つの家持の、先ほどから申し述べてまいりました抒情性、さらに言えば悲哀感ですね、そうした春愁の文学を解く一つのかぎがありはしないだろうかと考えます。

この「愁人」という言葉について、寡聞のせいか、これについての典故を掲げたものを見ておりません。ございましたらご教示をお願いいたします。従来、これは「愁い深き私の心、私のこの悩みを追い払ってくれる。あなたを慕う私の深い思いを取り除いてくれる」というふうに、池主の立場を示す言葉として、つまり「愁人」という言葉をたんに愁いを懐いている人、悲しみに沈んでいる人というだけにしかどうも解釈されていないのではないだろうか。し

かし、これはじつは六朝の詩、晋の傅休奕という詩人の「雑詩」の中に、「志士は日の短きを惜しみ　愁人は夜の長きを知る」とあります。この「愁人は夜の長きを知る」は、「古詩十九首」の中の十七番目の中の「愁ひ多くして夜の長きを知る」を踏まえており、これは遊ぶこともできない長い夜を、悲しみの時間として過ごす愁いを歌ったものであります。しかし傅休奕がここで今「志士」、高い志を持った人と対で用いた「愁人」という言葉は、たんに愁いを懐く人というだけでは済まなくて、そうした哀れを知る人、いわゆる詩人という言葉に近い意味に用いられているわけです。これの用例をのちのちにたどっていきますと、六朝それから唐代にも出てまいります。池主は明らかにこうした漢詩の中の「愁人」という用例を知っていたであろうと、考えておるのでございます。

ただ、私が今こういうふうに主張するには一つ問題が残ります。それは、対になるところの「恋者」恋する者が、「愁人」が漢詩をつくる人であるならば、「恋者」は和歌の人、歌人ということになるかと思うんですけれども、そういう一般論的な見地からの「愁人・恋者」という、その意味の広がりも踏まえた上で、これは用いているのであろうと思うのです。ただ、「恋者」というこの用例自体余りほかに見ませんし、これを歌の人、歌人というふうに用いた例もないところが、今私の説の弱いところであります。しかし、どちらもたんに愁いを懐く人、あなたを恋する人という、それだけの用例で用いたはずはないだろうという、そこは申し述べたいのであります。若干のそういうまだ指摘に不十分なところがございますけれども、池主という人の漢文、漢学の力というものは、あるいは家持以上であったという人もいるくらいでありますから、「愁人」という漢詩の用例を知らないはずはなかったであろうと思うのであります。

つまり「越中三賦」の、あるいは池主の作品を入れて越中五賦ですが、これらの作品群がやりとりされる中に、池主・家持の当時の文学意識の中には一つのそうした六朝の抒情性にどこかで連なる、いわゆる文学の担い手としての詩人という言葉を「愁人」という語でとらえることが共通してあったであろう。そのことをつけ加えておきたいわけなのです。

三　「越中三賦」について

さて、「越中三賦」について、これを賦という中国文学の世界からどうとらえるのかということが、じつは私をお招きくださったことの一つの狙いであったのであろうということは重々承知なんですけれども、これには、はたと私も困りまして、そうした影響を指摘する先学の学説のあることを十分に承知の上で、なおためらうものがございます。簡単に中国文学の影響ということは言えないということを先ほどから申し上げておるんですけれども、それでは、その中国の山水文学というのはどういうものか。やはり、これをあらましでも申し述べた上でないと入れないかと思うのであります。

(1)　中国の山水文学

そこで用意しましたのが、六朝時代の山水の賦の代表的な作品の一、二。それから、それは中国だけではなくて、そうした中国文学を直接に学び、それを創作の場に生かした『懐風藻』の世界における山水観、それに比べて、とりわけ今は家持に焦点を当てているわけですけれども、『万葉集』の中に見える山水文学、それはどういうふうに見えるだろうか。中国文学、そして『懐風藻』の方から見ると、どのような違いがあるのだろうかという、そのことを申し述べることで責を免れたいと思うのであります。

いわゆる「越中三賦」のそれぞれの長歌には、ともかくも言葉を敷き連ねるという意味の「賦」という文学の作品様式の言葉を用いております。この賦という文学は漢代に非常に盛んでありまして、韻文と散文の間を行く、中国人は古来これは散文の世界で扱ってきていますが、散文でありながら韻を踏むという、我々から見ると一つの長歌に当たるかと思います。その「賦」という言葉をここで用いているのは、これは橋本達雄先生、そのほかの先生方がおっしゃっているとおりで、池主との漢詩のやりとりの中で出てきた長歌という言葉にかえて仮に用いたものであろうと私も考えます。辰巳氏が説かれるように、ここで和製の賦をつくろうとしたんだという、そういう強い主張があったというふうには、私は考えておりません。つまり、このあとの家持の長歌がすべて賦とあるならば、それはここで一つの文学的主張をなしたであろうということが言えますけれども、この池主とのやりとりの中の越中の五賦についてだけ賦とあるわけでありますから、そこまで言えないわけであります。

もちろん形式としての賦、中国の賦の流れも――『文選』に載っております賦というのは非常に長いものですけれども、六朝の末期から唐代、宋代、ずっと清朝まで続きますけれども、特に六朝の中ごろから以降は、非常に賦の長さが短編化してきます。短くなってまいります。それは、見方によれば非常に万葉の長歌の句の数と似通っておりまして、形式的には近いものもあろうかと思いますけれども、しかしそれは形式の面において表面的に似通っているのであって、本質的なところはまるで違うのであります。

例えば、著名な孫綽の「遊天台山賦」という、この作品の一部を見ましても、なるほど「遊天台山賦」は山を詠っている賦なんですけれども、「天台山は蓋し山嶽の神秀なる者なり」「海を渉れば」あるいは「陸に登れば」とあって、次ぎに山の名前が連なってまいりますけれども、「山嶽の神秀なる者なり」とあります。また「皆玄聖の遊化する所、霊仙の窟宅する所なり」とあります。つまりそれら山々はすべて玄聖――聖人中の聖人といいますか、聖人が遊び、また神仙（神や仙人）が山の奥にある岩穴の中に暮らしているところのものであるというのであります。人間の住む通常の世界をはるか離れて、こちらから奥深く分け入った山奥深くに、人間の通常の世界から見ると非常に特異な世界、神仙思想にそのまま直結するような世界が繰り広げられている。山には、そうした神仙の世界としての場があり、それは平地から見た山の美しさ、すばらしさ、またそれがもたらす恵みとか、そういうこととはまた次元を異にするわけです。さらに、この賦を読んでいきますと、非常に思想的・哲学的と申しますか、一種の形而上的な意味を持つものとしての自然が詠われているわけです。万葉の世界の中に、そのような山水文学というのはいかがなものでしょうか。もちろん山岳に神霊を読み取るものはありますけれども、中国の山水文学というのはそこにただ神威や霊威を感じるというのみではなくて、さらにより具体的に神仙の世界に通じるものを詠いあげているのであります。

これ、全部読んでいくわけにはまいりませんが、一番最後の行のところをもう一つ見ていただきます。そこに「粒を絶ち芝を茹《くら》ふ者に非ずんば、烏《いづく》んぞ能く軽挙して之に宅《を》らんや」とあります。これは穀物を断ち、あるいは霊芝という仙薬を食らう者でなければ、つまり神仙修行をする者でなければ、こんな山奥にいても意味がないことなんだという意味であります。この文は長篇の「遊天台山賦」のほんの書き出しでありますけれども、天台山という山が特別の山であるからというだけではございませんで、すべて人跡未踏の、非常に深く分け入った山中の世界に、一つの神仙世界あるいは形而上的な意味を詠い上げるのが、それが中国の山水文学の本質なわけです。

それは、山水の水の方にまいりましても同じことでありまして、次のプリントをめくっていただきたいのですが、郭璞の「江賦」、また木華の「海賦」というのもございますけれども、例えば「江賦」、これも川というものに非常に深い思想性、形而上性をまず主張するところから始まるわけです。それが、我々人間世界にどう直ちに恵みをもたらすかとかいうことではございませんで、むしろ現実の世界を拒絶したところで川の性質というものを詠い上げている。「呇《ああ》、五才の並び用ふる、寔《まこと》に水徳靈長なり」という、五才は木・火・土・金・水ですけれども、木・火・土・金・水という五行の中で、ことに水の徳はもっともすぐれたものであるという、ここの段落はそういう書き出しなんです。そしてこのあと、水の流れ行く形態、状況を連綿と、まるで言葉の機関銃で撃ち貫くがごとく、その分量たるやたいへんなものですけれども、終始、現実から遊離したところで川のすばらしさを詠い上げていきます。これがそもそもの中国の山水文学の本質的なものとしてあるわけです。

こうしたことを、後世の文人たちは、文学論あるいは絵画論の中で述べております。ちょっと順序が逆になりましたけれども、そこの「山家興序」の、歴史的にはそれがあとになりますので、そのうしろの「画山水序」というところをちょっと見ていただきたいんですが、これは六朝の宗炳という人の絵画論です。そこの傍線部に「山水に至りては、質は有にして趣きは靈なり」とあります。山水というのは、見た目にはもちろん一つの形をなすものであるが、その本質は非常に形而上的な意味を持つものである。『論語』に「仁者は山を楽しみ、智者は水を楽しむ」という山仁智水の自然観が見えるのも同様であります。山水というものをいわば哲学的な意味合いで把握していくということの基本的な姿勢が見られます。

また、前の方に戻りますが、唐の王勃の「山家興序」の中に見えております山水のとらえ方というのは、今も申し述べました「仁者は山を楽しみ、智者は水を楽しむなれば」という、これは『論語』の「雍也篇」にある言葉からでありますけれども、そのように仁者＝山の徳、智者＝水の徳、言いかえれば山は仁者の徳を備えている。仁者がそのまま楽しむことのできる徳を備えているものである。水というものにも智者の徳に通ずるものがあるのだということでもあるわけです。したがって、そうした奥深い山あるいは広い大きな川は、それは龍虵の性を得る場であると。龍やミズチがそこにいることが一番心にかなう場所であると。龍とかミズチとかいう想像上の動物でありますけれども、そのようなものが住むところなのだ、そのものが住むにふさわしいところなのであると。「広漢巨川は珠貝の蔵輝を有する坻《ち》なり」と。大きな川は、真珠や宝貝のようなすばらしい宝石を生み出す地であるという。つまりこれらは山水というものが、何度も申しますけれども、現実の世界を超えるものが最も好むところ、通常の世界とは異なった世界として山水のすばらしさを詠い上げる。

そういうものが本質にあるわけで、これは先ほど申しました賦という作品形式においても同様で、それが非常に短編化してくる作品群の中においても、山水に対する姿勢というものは中国文学の中ではほとんど変わっておりません。それをただ山水ということばが作品名としてあるのだから、これら中国文学からの影響が深いであろうとは言えないのであります。もちろん、家持はこうした作品を十二分に味読していたでありましょうけれども、どうも本質的にいきなり影響関係というものを指摘することには、ためらいを覚えるということがおわかりいただければと思うのであります。

（2）『懐風藻』の山水観

話の流れとして、このような中国の山水文学というものが、我が国では消化・吸収されなかったのか、具体的に作品の中に生かされなかったのかということになりますが、漢詩の世界においては十二分にそれが消化され、またその創作の領域の中でさらに磨きをかけられてもおります。『懐風藻』の詩人たちの吉野詩をはじめとする山水を詠じた作品群がそれであります。その点もやはり一つ踏まえておく必要があろうかと思うわけですが、これも余り時間を割くのはためらわれますので、ごくごくかいつまんで申しますが、『懐風藻』における山水、とくにこれは吉野を詠った作品群二十数首ありますけれども、そうした中でいま、ちょっといくつか見てまいりました中国の山水文学に見られる山水のとらえ方、それをいま大雑把に要素として分析いたしますと、そこに掲げました三つの山水観があるわけですが、それを『懐風藻』の山水観としてそのまま主張できるわけです。

智水仁山の、例えて言えば『論語』の中から出てきた儒家的な山水観と申しますか、そういう角度から詠われたもの、あるいは神仙思想的な、つまり中国には仙人の世界に遊ぶという遊仙詩という作品群がございますけれども、今日は余りそこには触れることはできませんが、そういう世界を十分に踏まえたもの。また日本には吉野の柘枝伝説もございます。そういうものを素材にした遊仙詩風な神仙思想的山水観。それから、自然に対して形而上的な意味を求める玄言詩（『荘子』『易経』『老子』）を根幹とする哲学的な詩でありますけれども、そのような老荘思想的山水観のようかがえる作品。しかもそれが非常にうまく使い分けられて表現されていたり、あるいは渾然と融合されて一つの作品をなすという、そういう世界が『懐風藻』の中にはございます。

その一、二の例をそこに掲げたわけですが、いま中身に触れることがもはや時間の関係上できませんので省かせていただきますが、例えば「秋日言志」、秋の日に思いを述べるという釈智蔵の作品の中に見える山水。それから、藤原宇合の「遊吉野川」という、これは非常に玄言詩風な老荘思想的な世界に遊ぶ山水の文学ですけれども、こうした優れた作品がございます。これらを単に中国の漢詩の模倣的な段階に終わっているととらえられていたのは、つい最近までの学説でありますけれども、わたくし細かに見てまいりました限りでは、非常に洗練された、技巧的に修辞を凝らした優れた作品群であるということが言えるのであります。

以下に掲げましたのは、そうした『懐風藻』の例えば智水仁山の儒家的な山水観の見える対句表現で、中国の六朝・初唐の文学には、ここまでは洗練された対句表現はないのだというところを申し述べるための資料なのです。あるいは、行を隔てたあとの四、五行ほどの対句表現は、老荘思想的な山水観を、巧みに五言の中に、あるいは七言の中におさめた表現が見られることの一例であります。

日本文学と中国文学の山水文学を、単に和歌と漢詩の中だけで見ていきますと、まるで水と油のような感じもいたしますけれども、そこに日本人のつくった漢詩、日本の漢文学の世界を置いてみますと、それはそれで十二分に中国文学のそうした山水文学を取り入れ、さらにそれに磨きをかけた文学の分野が介在しているのだということを申し添えたいのであります。

さて「越中三賦」について、じつはもう作品のさらに本質的な問題については、のちほどの針原先生、佐佐木先生のお話の中にもっと詳しく出てまいるだろうと思いますので、私の方は前口上のつもりでおりますけれども、一、二、先ほど申しました「越中三賦」における山水はどういうものなのかという、そのことを申し述べないと話のまとめにならないかと思いますので、もう少しお時間をいただきます。

（3）「越中三賦」の山水観

以上、非常に急いで中国の山水文学、そして『懐風藻』の山水文学を見てまいったわけですが、『万葉集』、とくに「越中三賦」の中の山水は、それらのものと異なり、国府から見える山水を詠います。すなわち決して人里離れた奥地へこちらから分け入っていくというものではございません。

「神柄《から》や　許多《そこば》貴き」・「すめ神の　裾廻の山の」・「すめ神の　領きいます　新川の　その立山に」など、山水の霊威を詠ってはいますが、詠いあげる焦点は国府にあります。国府を中心として、二上山・渋渓の崎・松田江の長浜・宇奈比川・鵜川・布勢の水海遊覧、そしてはるかな立山と、詠う空間を広げています。また三賦の山水描写の特徴としては、山水は対峙しているのではなく、「射水川　い行き巡れる　玉匣　二上山は」・「すめ神の　裾廻の山の　渋渓の　崎の荒磯に」・「新川の　その立山に」のごとく、連続するもの、一帯のものとして描かれている点です。山を巡って流れる川、その山川の恵みを受けた遠の朝廷の越の国のすばらしさを詠っています。

このように、「越中三賦」の山水観は、先ほど申しました中国文学、また『懐風藻』の山水文学のもつ神仙思想や衒学的な思想美をもつものとは明らかに性質を異にしているのであります。

山水の連続性とその恵みとを讃美する、この「越中三賦」の山水観の発想は、『万葉集』中少なく無く、例えば三一九番歌「不尽山を詠ふ歌」の「石花の海と　名づけてあるも　その山の　つつめる海そ　不尽河と　人の渡るも　その山の　水の激ちそ　日の本の　大和の国の　鎮とも　坐す神かも　宝とも　生れる山かも　駿河なる　不尽の高嶺は」と同質のものであり、また三六番歌〜三九番歌「吉野の宮に幸しし時に　柿本朝臣人麻呂の作る歌」の「山川の　清き河内」は大宮人が「船並めて　朝川渡り　舟競ひ　夕河渡る」ところであり、そして「この川の　絶ゆることなく　この山の　いや高知らす　水激つ　滝の都は　見れど飽かぬかも」と、山も川も、この川のようにいつまでも絶えることなく、この山のようにいよいよ高くお造りになったと、吉野離宮を讃美するための直喩として用いられております。三八番歌も同様です。すなわち「吉野川　激つ河内」も「畳づく青垣山」も「山川も　依りて仕ふる神の御代かも（山や川の神までもこのように心服してお仕えする、これぞ神の御代というものだなあ）」とあります。このように、山水は吉野離宮を褒めたたえる意味において叙述されております。五二番歌「藤原宮の御井の歌」もまた大和三山と吉野山を神々しく叙述しつつ、「高知るや　天の御蔭　天知るや　日の御蔭の　水こそば　常にあらめ　御井の清水（高大に造った天つ神の御殿　空高く造った日の御子の御殿　ここの水こそは永遠であれ　御井の清水よ）」とあり、やはり山水の連続性を踏まえており、かつ藤原京の国褒めの歌の性格を持つものであります。

右のような国褒めの歌に見える山水は、中国文学においては、前述したとおりいわゆる山水文学のそれとは異なるものでありまして、それはむしろ『文選』、巻頭の班固「両都賦」・張衡「両京賦」・左思「蜀都賦」などに描写されるところのものと極めて類似していると言えます。帝都長安や蜀の成都の威容を叙述するにあたり、まず豊かな山水の様子が詳しく描写されております。そこでわたくしは、ようするに「越中三賦」の山水描写もまた国府を讃美するものであるという点において、これら「両都賦」「両京賦」などに見える山水描写と同質であろうと考えるのでありますす。豊かな山水に恵まれた越中の国府を、家持は新しい文学空間として褒めたたえているのだと思うのであります。

四 結語

最後に「越中三賦」の構成について申し添えておきたいのですが、「越中三賦」は山・水・山の順列であり、それは二上山という近景から立山という遠景へと展開して、空間の広がりを持たせていきます。この構成を家持の奈良の都を思慕する望郷の発想ととらえる解釈もありますが、私はむしろ越中国府の賛美すべき領域を三段階に拡大したものと考えるのであります。

また三賦の結びの箇所は、それぞれに以下のごとく、その越中国府のすばらしさを語り伝えていこうと、その永遠性を詠い上げています。

古ゆ　今の現に　かくしこそ　見る人ごとに　懸けて賞美はめ　（「二上山の賦」）
あり通ひ　いや毎年に　思ふどち　かくし遊ばむ　今も見るごと　（「布勢の水海に遊覧する賦」）
万代の　語らひ草と　いまだ見ぬ　人にも告げむ　音のみも　名のみも聞きて　羨しぶるがね　（「立山の賦」）

ご覧のように、これらは同じく永遠性を詠いながらも、過去から現在へ、現在から未来へ、そして未来永劫へというように、時間的にも拡大していく構成となっております。すなわち「越中三賦」の構成は、空間的にも時間的にも拡大していくものとなっており、永遠にすばらしい文学の場としての越中国府、その国褒めという主題が髣髴と浮かび上がってくるしだいです。

はなはだ雑駁なお話で恐縮でありますが、「越中三賦の時空」と題しましたゆえんでございます。ご清聴、まことにありがとうございました。

講演資料

一　はじめに

二　大伴家持と中国文学

①中国文学の特質

・政治性

・教導性

・規範性

四〇九四　陸奥国より金を出せる詔書を賀《ことほ》く歌

四一〇六　史生尾張少咋に教へ喩す歌

四一六〇　世間の無常を悲しぶる歌

四一六四　勇士の名を振はむことを慕ふ歌
四四六五　族に喩す歌　等

②六朝貴族文学・初唐宮廷文学の影響

魏晋の文学〈王羲之「蘭亭記」〉・『文選』雑詩・初唐の四傑〈王勃〉などに見える中国的無常感による悲愁性。

大宰帥大伴卿の、凶問《きょうもん》に報《こた》ふる歌一首

禍故《くわこ》重畳《ちょうでふ》し、凶問《きょうもんるいじふ》塁集す。永《ひたぶる》に崩心《ほうしん》の悲しびを懐《むだ》き、独《ひと》り断腸《だんちゃう》の泣《なみだ》を流す。但《ただ》し両君の大きなる助に依りて、傾《けい》命《めい》を纔《わづか》に継《つ》げらくのみ。〔筆の言《こと》を尽さぬは、古今、嘆く所なり〕

七九三　世の中は空しきものと知る時しいよよますます悲しかりけり

月移りて後、秋風を悲しび嘆きて家持の作る歌一首

四六五　うつせみの世は常なしと知るものを秋風寒み偲《しの》ひつるかも

また、家持の作る歌一首并に短歌

四六六　わが屋前《には》に　花そ咲きたる　そを見れど　情《こころ》も行かず　愛《は》しきやし　妹《いも》がありせば　水鴨《みかも》なす　二人《ふたり》並《なら》びゐ　手折《たを》りても　見せましものを　うつせみの　借《か》れる身なれば　露霜《つゆしも》の　消《け》ぬるがごとく　あしひきの　山道《やまぢ》を指《さ》して　入日《いりひ》なす　隠《かく》りにしかば　そこ思《も》ふに　胸こそ痛め　言ひもかね　名づけも知らず　跡《あと》もなき　世間《よのなか》にあれば　せむすべも無し

四七二　世間《よのなか》は常《つね》かくのみとかつ知れど痛き情《こころ》は忍《しの》びかねつも

病に臥して無常《むじゃう》を悲しび、修道を欲し作る歌二首

四四六八　うつせみは数なき身なり山川《やまかは》の清けき見つつ道を尋ねな

晋　夏侯湛「秋可哀」・晋　湛方生「秋夜詩」・宋　何瑾「悲秋夜」・梁　簡文帝「秋興賦」・初唐　盧照鄰「長安古意」等

四二九〇　春の野に霞たなびきうら悲しこの夕かげに鶯鳴くも
四二九一　わが屋戸《やど》のいささ群竹《むらたけ》吹く風の音のかそけきこの夕《ゆふべ》かも

二十五日、作る歌一首

四二九二　うらうらに照れる春日《はるび》に雲雀《ひばり》あがり情悲《こころかな》しも独りしおもへば

春日遅遅《うらうら》にして、鶬鶊《ひばり》正《まさ》に啼《な》く。悽惆の意《こころ》、歌にあらずは撥《はら》ひ難し。よりて此の歌を作り、式《も》ちて締緒を展《の》ぶ。但し此の巻の中、作者の名《な》字を称《い》はず、徒《ただ》年月所処縁起のみを録せるは、皆大伴宿禰家持の裁作《つく》れる歌の詞なり。

三年春正月一日、因幡国《いなばのくに》の庁《ちやう》にして、饗《あへ》を国郡の司等《くにのこほりつかさら》に賜ふ宴《うたげ》の歌一首

四五一六　新《あらた》しき年の始《はじめ》の初春《はつはる》の今日降る雪のいや重《し》け吉事《よごと》

右の一首は、守大伴宿禰家持作れり。

王羲之「蘭亭記」抄

向《さき》の欣びし所は、俛仰の間に、以《すで》に陳迹と為る。尤も之を以て懐を興さざるあたはず。況んや脩短化に随って、終に尽くるに期するをや。古人云へらく、死生も亦大なりと。豈に痛ましからずや。

昔人の興感の由を覧る毎に、一契を合はせたるがごとし。未だ嘗て文に臨んで嗟悼せずんばあらず。之を懐《こころ》に喩《さと》る能はず。固に知んぬ、死生を一にするは虚誕たり、彭殤を斉しくするは妄作たり。

③折口信夫の短歌無内容論

たとへば雪――雪が降つてゐる。其を手に握つて、きゆつと握りしめると、水になつて手の股から消えてしまふ。其が短歌の詩らしい點だったのです。處が外の詩ですと、握つたら、あとに残るものがない筈はない。つまり、さうでなければ思想もない、

内容もないといふことになる。古風の短歌は握りしめてしまへばみな消えてしまつた。何も残らない。さう言ふのが恐らく理想的なものとなってゐる筈の短歌に、右に言つたやうな内容があり、思想がある訣はないのです。つまり神が日本人の耳へ口をあてて告げた語——それが受け繼ぐことが出來れば、其で神の人間に與へた悲しみも、愉しみも、十分に傳へ得たと安んじて來たのでせう。意味が訣っても、訣らなくとも、神の語は音楽として人の胸に泌むとせられたものなのです。宗教的の實際の用途から、歌といふものを考へて、さういう風に取り扱って來たものです。ですから非常に単純に、簡単に目的を達することが出來たものなのです。

（俳句と近代詩）

折口信夫全集　第廿七巻

④「愁人」の典故について

三月四日、大伴宿禰池主《おほとものすくねいけぬし》

昨日短懐《たんくわい》を述べ、今朝耳目を汙《けが》す。更に賜書《ししよ》を承《うけたまは》り、且奉《かつたてまつ》ること不次なり。死罪死罪

下賤を遺《わす》れず、頻《しき》に徳音《とくいん》を恵む。英霊星気あり、逸調《いつてう》人に過ぐ。智水仁山は既に琳瑯《りんらう》の光彩を韞《つつ》み、潘江陸海《はんかうりくかい》は自詩書の廊廟《らうべう》に坐す。思を非常に騁《は》せ、情《こころ》を有理《いうり》に託し、七歩章を成し、数篇紙に満つ。巧みに愁人《しうじん》の重患《ぢゆうくわん》を遣《や》り、能《よ》く恋者《れんしや》の積思《せきし》を除《のぞ》く。山柿《さんし》の歌泉は此に比《たくら》ぶれば蔑《な》きが如し。彫竜《てうりよう》の筆海は粲然《さんぜん》にして看《み》みること得《え》たり。方《まさ》に僕の幸《さきはひ》あることを知りぬ。敬《つつし》みて和《こた》ふる歌。其の詞に云はく

雑詩　　晋　傅休奕（219～278）

志士惜二日短一　志士《しし》は日《ひ》の短《みじか》きを惜《を》しみ

愁人知二夜長一　愁人《しうじん》は夜《よる》の長《なが》きを知《し》る

攝レ衣歩二前庭一　衣《ころも》を攝《ととの》へて前庭《ぜんてい》を歩み

仰観二南鴈翔一　仰《あふ》ぎて南鴈《なんがん》の翔《かけ》るを観《み》ぬ

玄景随レ形運　玄景《げんえい》　形《かたち》に随《したが》ひて運《めぐ》り

流響帰二空房一
清風何飄颻
微月出二西方一

流響《りうきやう》 空房《くうばう》に帰《き》せり
清風《せいふう》 何《なん》ぞ飄颻《へうえう》たる
微月《びげつ》 西方《せいはう》に出《い》でたり

冬暁　梁庾肩吾《ゆけんご》（513〜581）

隣雞聲已傳
愁人竟不眠
月光侵曙後
霜明落暁前
縈鬟起照鏡
誰忍挿花鈿

隣《りん》雞声已《こすで》に傳《つた》はるも
愁人竟《つひ》に眠《ねむ》られず
月光曙後《しよご》を侵《をか》し
霜明暁前《ぎようぜん》に落《お》つ
鬟《かん》を縈《めぐら》して起《た》ちて鏡《かがみ》に照《て》らす
誰《たれ》か花鈿《かでん》を挿《さ》すに忍《しの》びん

三『越中三賦』

①中国の山水文学

遊天台山賦一首　并序（天台山《てんだいさん》に遊《あそ》ぶの賦一首《ふいつしゆ》　并《ならび》に序《じよ》）　晋　孫興公（320〜377）

天台山《てんだいさん》は、蓋《けだ》し山嶽《さんがく》の神秀《しんしう》なる者《もの》なり。海を渉《わた》れば則《すなは》ち方丈蓬莱有り、陸に登れば則ち四明天台《しめいてんだい》有《あ》り。皆玄聖《みなげんせい》の遊化《いうくわ》する所《ところ》、霊仙《れいせん》の窟宅《くつたく》する所《ところ》なり。夫《そ》れ其《そ》の峻極《しゆんきよく》の状《じやう》、嘉祥《かしやう》の美は、山海《さんかい》の瓌富《くわいふう》を窮《きは》め、人神《じんしん》の壮麗《そうれい》を盡くせり。五嶽《ごがく》に列《れつ》せず、常典《じやうてん》に載《の》するを闕《か》く所以《ゆゑん》の者は、豈立《あにた》つ所冥奥《ところめいあう》にして、其《そ》の路《みち》の幽迥《いうけい》なるを以《もつ》てにあらずや。或《ある》いは景《かげ》を重溟《ちようめい》に倒《さかしま》にし、或《ある》いは峰《みね》を千嶺《せんれい》に匿《かく》す。始《はじ》めは魑魅《ちみ》の塗《みち》を經《へ》、卒《をはり》は無人《むじん》の境《さかひ》を踐《ふ》む。世《よ》を擧《あ》げて能《よ》く登陟《とうちよく》すること罕《まれ》に、王者《わうじや》も禋祀《いんし》するに由莫《よしな》し。故《ゆゑ》に事《こと》は常篇《じやうへん》に絶《た》え、名《な》は奇紀《きき》に標《へう》せり。然《しか》れども図像《づざう》の興《おこ》る、豈虚《あにむな》しからんや。夫《か》の世《よ》を遺《す》て道《みち》を翫《もてあそ》び、粒《りふ》を絶《た》ち芝《し》を茹《くら》ふ者《もの》に非《あら》ずんば、烏《いづく》んぞ能《よ》く軽挙《けいきよ》して之《これ》に宅《を》らんや。

江賦一首（江《かう》の賦《ふ》一首《いつしゆ》）　晉　郭景純（276～324）

咨《ああ》五才《ごさい》の竝び用《もち》ふる寔《まこと》に水徳靈長《すゐとくれいちやう》なり。惟《こ》れ岷山《びんざん》の江《かう》を導《みちび》く、初《はじ》め源《みなもと》を濫觴《らんしやう》に發《はつ》す。聿《つひ》に洛沫《らくまい》に經始《けいし》し、萬川《ばんせん》を巴梁《はりやう》に攏《つか》む。巫峡《ふけふ》を衝《つ》いて以《もつ》て迅《と》く激《そそ》ぎ、江津《かうしん》に躋《のぼ》りて漲《なみ》を起《お》こす。泓量《わうりやう》を極《きは》めて海《うみ》のごとく運《めぐ》り、狀天《じやうてん》に滔《はびこ》りて以《もつ》て淼茫《べうばう》たり。漢泗《かんし》を揔《そう》括《くわつ》し、淮湘《わいしやう》を兼包《けんばう》す。沅澧《げんれい》を幷呑《へいどん》し、沮漳《しよしやう》を汲引《きふいん》す。源《みなもと》は崌崍《きよらい》に二分《にぶん》し、流れは潯陽《じんやう》に九派《きうは》す。洪濤《こうたう》を赤岸《せきがん》に鼓《こ》し、餘波《よは》を柴《さい》桑《さう》に淪《しづ》む。

羣流《ぐんりゆう》を綱絡《かうらく》し、涓澮《けんくわい》を商推《しやうかく》す。神委《しんゐ》を江都《かうと》を表《へう》し、流宗《りうそう》を混《こん》じて東《ひがし》に會《くわい》す。五湖《ごこ》に注《そそ》いで以《もつ》て漫滂《まんばう》たり、三江《さんかう》に灌《そそ》いで滮沛《ほうはい》たり、六州《りくしう》の域《さかひ》に滈汗《かうかん》し、炎景《えんけい》の外《そと》に經營《けいえい》す。限《かぎ》りを華裔《くわえい》に作《な》して、天地《てんち》の嶮介《けんかい》を壯《さかん》にする所以《ゆゑん》なり。

山家興序　唐　王勃（650～676）

仁者は山を楽しみ、智者は水を楽しむなれば、即ち深山大澤は龍蛇性を得るの場たり、廣漢巨川は珠貝の藏輝を有する山壑なり。豈に徒だ茂林脩竹の王右軍が山陰の蘭亭、流水長堤の石委倫が河陽の梓澤のみならんや。

畫二山水序一　宗炳（375～443）

聖人は道を含みて暎らし、賢者は懐《おもい》を澄ませて像を味はふ。山水に至りては、質は有にして趣きは靈なり。是を以て軒轅・堯・孔・廣成・大隗・許由・孤竹の流《たぐい》も、必ず崆峒《くうどう》・具茨《くじ》・藐姑《はこ》・箕《き》・首・大蒙《だいもう》の遊び有り。又仁智の楽しみと稱す。

夫れ聖人は神を以て道を法とし、而して賢者は通じ、山水は形を以て道を媚にし、而して仁者は楽しむ。亦《まこと》に幾《ちか》からずや。余は盧衡《ろこう》に眷戀《けんれん》し、荊巫《けいふ》に契闊《けいかつ》して、老の将に至らんとするを知らず。氣を凝らし身を怡《やすら》ぐる能はざるを愧《は》ぢ、石門の流に跕《とど》まるを傷む。是に於て象《かたち》を畫き色を布き、茲の雲嶺を構《うつ》せり。

②『懐風藻』の山水観

・「智水仁山」の儒家的山水観
・遊仙詩風な神仙思想的山水観
・玄言詩風な老荘思想的山水観

⑨「秋日言志」　釋　智藏

欲知得性所　性を得る所を知らまく欲り
来尋仁智情　来り尋ぬ仁智の情
氣爽山川麗　氣爽けくして山川麗しく
風高物候芳　風高くして物候芳ふ
燕巣辞夏色　燕巣夏色辞《さ》り
雁渚聴秋聲　雁渚秋聲を聴く
因茲竹林友　茲の竹林の友に因りて
栄辱莫相驚　栄辱相驚くこと莫し

⑫「遊㆓吉野川㆒」　藤原宇合

芝蕙蘭蓀澤　芝蕙蘭蓀の澤
松柏桂椿岑　松柏桂椿の岑
野客初披薜《へい》　野客初めて薜を披《かがふ》り
朝隠蹔投簪　朝隠蹔《しまし》く簪《しん》を投ぐ
忘筌陸機海　筌《せん》を忘る陸機が海
飛繳張衡林　繳《しやく》を飛ばす張衡が林
清風入阮嘯　清風阮嘯に入り

流水韵嵆琴　　流水嵆琴に韵《ひび》く
天高槎路遠　　天高くして槎路遠く
河廻桃源深　　河廻りて桃源深し
山中明月夜　　山中明月の夜
自得幽居心　　自らに得たり幽居の心

欲レ知二得レ性所一　來尋仁智情　（釋智藏　⑨「秋日言レ志」）
留連仁智閒　縱賞如二談倫一　（犬上王　㉑「遊二覧山水一」）
諸性抯二流水一　素心開二静仁一　（藤原史　㉜「遊二吉野一」）
祇爲二仁智賞一　何論朝市遊　（大神安麻呂　㊴「山齋言レ志」）
惟山且惟水　能智亦能仁　（中臣人足　㊺「遊二吉野宮一」）
仁山狎二鳳閣一　智水啓二龍樓一　（同名　㊻「同右」其二）
山幽仁趣遠　川浄智懐深　（大伴王　㊽「従二駕吉野宮一」其二）
鳳蓋停二南岳一　追尋智與レ仁　（紀男人　(73)「扈二従吉野宮一」）
縱歌臨二水智一　長嘯楽二山仁一　（藤原萬里　(98)「遊二吉野川一」）
開レ仁対二山路一　猟レ智賞二河津一　（葛井廣成　(119)「奉二和藤太政佳野之作一」）

(73)嘯レ谷將レ孫語　攀レ藤共レ許親
(83)虚レ懐対二林野一　陶レ性在二風煙一
(98)友非二干レ祿友一　賓是滄レ霞賓
　縱歌臨二水智一　長嘯楽二山仁一
(99)放曠多二幽趣一　超然少二俗塵一

③『万葉集』の山水観

三九八五　　二上山《ふたがみやま》の賦《ふ》一首　この山は射水郡《いみづのこほり》にあり
射水川《いみづかは》　い行《ゆ》き巡《めぐ》れる　玉匣《たま》　二上山は　春花《はるはな》の　咲ける盛りに　秋の葉の　にほへる時に　出で立ちて　振《ふ》り放《さ》
け見れば　神柄《かむ》や　許多貴《たふと》き　山柄や　見が欲《ほ》しからむ　すめ神の　裾廻《すそみ》の山の　渋谿《しぶたに》の　崎《さき》の荒礒《ありそ》に　朝凪ぎに
寄する白波　夕凪ぎに　満ち来《く》る潮《しほ》の　いや増しに　絶ゆること無く　古《いにしへ》ゆ　今の現《をつつ》に　かくしこそ　見る人ごと
　に　懸けて賞美はめ
三九八六　渋谿の崎の荒礒に寄する波いやしくしくに古《いにしへ》思ほゆ
三九八七　玉匣二上山に鳴く鳥の声の恋《こひ》しき時は来にけり
　　右は、三月三十日に興に依りて作れり。大伴宿禰家持のなり。
　　布勢《ふせ》の水海《みづうみ》に遊覧する賦一首　短歌を幷せたり　此の海は射水郡《いみづのこほり》の旧江村《ふるえのむら》にあり
三九九一　物部の　八十伴《やそとも》の緒《を》の　思ふどち　心遣《や》らむと　馬並《な》めて　うちくちぶりの　白波の　荒磯《ありそ》に寄する　渋谿《しぶたに》の　崎《さき》
徘徊り　松田江《まつだえ》の　長浜過《ながはます》ぎて　宇奈比川《うなひがは》　清き瀬ごとに　鵜川《うかは》立ち　か行《ゆ》きかく行《ゆ》き　見つれども　そこも飽《あ》か
にと　布勢の海に　船浮け据《す》ゑて　沖《おき》へ漕《こ》ぎ　辺に漕ぎ見れば　渚《なぎさ》には　あぢ群騒《むらさわ》き　島廻《しまみ》には　木末《こぬれ》花咲き　許
多も　見《み》の清けきか　玉匣　二上山《ふたがみやま》に　延《は》ふ蔦の　行きは別れず　あり通《がよ》ひ　いや毎年に　思ふどち　かくし遊ば
　む　今も見るごと
三九九二　布勢《ふせ》の海の沖つ白波あり通《がよ》ひいや毎年に見つつ賞美はむ
　　右は、守大伴宿禰家持《かみおほとものすくねやかもち》作れり。四月二十四日
　　布勢の水海《みづうみ》に遊覧《ゆうらん》する賦《ふ》に敬《つつし》み和《こた》ふる一首　一絶を幷せたり
三九九三　藤波《ふじなみ》は　咲きて散りにき　卯《う》の花《はな》は　今そ盛りと　あしひきの　山にも野にも　霍公鳥　鳴きし響めば　うち靡く
心もしのに　そこをしも　うら恋《ごひ》しみと　思ふどち　馬うち群《む》れて　携《たづさ》はり　出で立ち見れば　射水川《いみづかは》　湊《みなと》の渚鳥《すどり》
朝凪ぎに　潟《かた》に求食し　潮満てば　妻呼び交《かは》す　羨しきに　見つつ過ぎ行《ゆ》き　渋谿《しぶたに》の　荒磯《ありそ》の崎に　沖つ波　寄せ

来る玉藻《たまも》　片搓《かたよ》りに　縵《かづら》に作り　妹《いも》がため　手に巻き持ちて　うらぐはし　布勢の水海に　海人舟《あまぶね》に　真梶櫂貫《かぢかいぬ》き
白栲の　袖《そで》振り反し　率《あども》ひて　わが漕《こ》ぎ行《ゆ》けば　乎布《をふ》の崎　花散りまがひ　渚《なぎさ》には　葦鴨騒《あしがもさわ》き　さざれ波　立ちて
も居《ゐ》ても　漕《こ》ぎ巡《めぐ》り　見れども飽《あ》かず　秋さらば　黄葉《もみち》の時に　春さらば　花の盛りに　かもかくも　君がまにま
と　かくしこそ　見も明《あき》らめめ　絶ゆる日あらめや

三九九四　白波の寄せ来《く》る玉藻《たまも》世《よ》の間《あいだ》も継《つ》ぎて見に来《こ》む清き浜傍《はまび》を

右は、掾《じょう》大伴宿禰池主の作なり。　四月二十六日追ひて和ふ。

立山《たちやま》の賦《ふ》一首　短歌を幷《あは》せたり　此の立山は新川郡《にひかはのこほり》にあり

四〇〇〇　天離《あまざか》る　鄙《ひな》に名懸かす　越《こし》の中《なか》　国内《くぬち》ことごと　山はしも　繁にあれども　川はしも　多に行《ゆ》けども　すめ神《かみ》の
領き坐す　新川《にひかは》の　その立山《たちやま》に　常夏《とこなつ》に　雪降り敷きて　帯《お》ばせる　片貝川《かたかひがは》の　清き瀬に　朝夕《あさよひ》ごとに　立つ霧の
思ひ過ぎめや　あり通ひ　いや毎年に　外《よそ》のみも　振《ふ》り放《さ》け見つつ　万代《よろづよ》の　語らひ草と　いまだ見ぬ　人にも
告《つ》げむ　音《おと》のみも　名のみも聞きて　羨しぶるがね

四〇〇一　立山に降り置ける雪を常夏に見れども飽かず神からならし

四〇〇二　片貝《かたかひ》の川の瀬清く行《ゆ》く水の絶ゆることなくあり通《がよ》ひ見む

四月二十七日に、大伴宿禰家持《おおとものすくねやかもち》作れり。

立山《たちやま》の賦《ふ》に敬《つつし》み和《こた》ふる一首　二絶を幷《あは》せたり

四〇〇三　朝日さし　背向に見ゆる　神《かむ》ながら　御名に帯《お》ばせる　白雲の　千重《ちへ》を押し別《わ》け　天《あま》そそり　高《たか》き立山《たちやま》　冬夏《ふゆなつ》と
分《わ》くこともなく　白《しろ》栲に　雪は降り置きて　古《いにしへ》ゆ　あり来《き》にければ　こごしかも　巌の神《かむ》さび　たまきはる　幾代《いくよ》
経《へ》にけむ　立ちて居《ゐ》て　見れども奇《あや》し　峰高《みねだか》み　谷を深みと　落ち激《たぎ》つ　清き河内《かふち》に　朝去《あさ》らず　霧立ち渡り　夕
されば　雲居《くもゐ》棚引き　雲居なす　心もしのに　立つ霧の　思ひ過さず　行く水の　音《おと》も清けく　万代《よろづよ》に　言ひ継《つ》ぎ
行《ゆ》かむ　川し絶えずは

四〇〇四　立山《たちやま》に降り置ける雪の常夏《とこなつ》に消《け》ずてわたるは神《かむ》ながらとそ

四〇〇五　落ち激《たぎ》つ片貝川《かたかひがは》の絶えぬ如今見る人も止《や》まず通はむ

右、掾《じよう》大伴《おおともの》宿禰《すくね》家持《いえもち》池主《いけぬし》の和《こた》へなり。四月二十八日

六日、布勢《ふせ》の水海《みづうみ》に遊覧して作る歌一首　短歌を并せたり

四一八七　思ふどち　大夫の　木の暗《くれ》の　繁《しげ》き思ひを　見明《みあきら》め　情遣《や》らむと　布勢《ふせ》の海に　小船《をぶね》連並《な》め　真櫂《かい》懸け　い漕《こ》ぎ廻《めぐ》れば　乎布《をふ》の浦に　霞《かすみ》たなびき　垂姫《たるひめ》に　藤波《ふじなみ》咲きて　浜清く　白波騒《さわ》き　しくしくに　恋は益《まさ》れど　今日《けふ》のみに　飽《あ》き足《だ》らめやも　斯くしこそ　いや毎年に　春花の　繁《しげ》き盛りに　秋の葉の　黄色ふ時に　あり通《がよ》ひ　見つつ賞美はめ　この布勢の海を

四一八八　藤波の　花の盛りにかくしこそ浦漕《こ》ぎ廻《み》つつ年に賞美はめ

不尽の山を詠《よ》む歌一首　并せて短歌

三一九　なまよみの　甲斐《かひ》の国　うち寄する　駿河《するが》の国と　こちごちの　国のみ中《なか》ゆ　出《い》で立てる　不尽の高嶺は　天雲《あまくも》もい行《ゆ》きはばかり　飛ぶ鳥も　飛びも上《のぼ》らず　燃ゆる火を　雪もち消《け》ち　降る雪を　火もち消ちつつ　言ひもえず名づけも知らず　霊《くす》しくも　います神かも　石花《せ》の海と　名づけてあるも　その山の　つつめる海そ　不尽河《ふじかは》と人の渡るも　その山の　水の激《たぎ》ちそ　日《ひ》の本《もと》の　大和《やまと》の国の　鎮《しづめ》とも　座す神かも　宝とも　生れる山かも　駿河《するが》なる　不尽の高嶺《たかね》は　見れど飽《あ》かぬかも

反　歌

三二〇　富士の嶺《ね》に降り置く雪は六月《みなづき》の十五日《もち》に消《け》ぬければその夜《よ》降りけり

三二一　富士の嶺を高み恐《かしこ》み天雲《あまくも》もい行きはばかりたなびくものを

吉野《よしの》宮《みや》に幸《いでま》す時に、柿本《かきのもとの》朝臣《あそみ》人麻呂《ひとまろ》の作る歌

三六　やすみしし　わご大君《おほきみ》の　聞こし食《め》す　天《あめ》の下《した》に　国はしも　多にあれども　山川《やまかは》の　清き河内《かふち》と　御心《みこころ》を　吉野の国の　花散《はなぢ》らふ　秋津《あきづ》の野辺《のへ》に　宮柱《みやばしら》　太敷《ふとし》きませば　百磯城の　大宮人《おほみやひと》は　船並《ふねな》めて　朝川《あさかは》渡り　舟競《ふなぎほ》ひ　夕《ゆふ》河《かは》渡る　この川の　絶ゆることなく　この山の　いや高知《たかし》らす　水激つ　滝の都は　見れど飽《あ》かぬかも

反　歌

三七　見れど飽《あ》かぬ吉野の河の常滑《とこなめ》の絶ゆることなくまた還り見む

三八　やすみしし　わご大君《おほきみ》　神《かむ》ながら　神さびせすと　吉野川　激《たぎ》つ河内《かふち》に　高殿《たかどの》を　高知《たかし》りまして　登り立ち　国見をせせば　畳づく　青垣山《あをかきやま》　山神の　奉《まつ》る御調《みつき》と　春べは　花かざし持ち　秋立てば　黄葉《もみち》かざせり〈一に云ふ、「黄葉《もみちば》かざし」〉逝き副ふ　川の神も　大御食《おほみけ》に　仕《つか》へ奉《まつ》ると　上《かみ》つ瀬に　鵜川《うかは》を立ち　下《しも》つ瀬に　小網《さで》さし渡す　山川《やまかは》も　依《よ》りて仕ふる　神の御代《みよ》かも

反　歌

三九　山川《やまかは》も依《よ》りて仕ふる神《かむ》ながらたぎつ河内に船出《ふなで》せすかも

藤原宮の御井《みゐ》の歌

五二　やすみしし　わご大君《おほきみ》　高照《たかて》らす　日の皇子《みこ》　荒栲の　藤井《ふぢゐ》が原に　大御門《おほみかど》　始め給ひて　埴安《はにやす》の　堤《つつみ》の上《うへ》に　あり立たし　見《め》し給へば　大和《やまと》の　青香具山《あをかぐやま》は　日の経《たて》の　大御門《おほみかど》に　春山と　繁さび立てり　畝火《うねび》の　この瑞山《みづやま》は　日の緯《よこ》の　大御門に　瑞山と　山さびいます　耳成《みみなし》の　青菅山《あをすがやま》は　背面《そとも》の　大御門に　宜《よろ》しなべ　神《かむ》さび立てり　名くはし　吉野《よしの》の山は　影面《かげとも》の　大御門ゆ　雲居《くもゐ》にそ　遠くありける　高知《たかし》るや　天《あめ》の御蔭《みかげ》　天知《あめし》るや　日の御蔭の　水こそば　常《つね》にあらめ　御井《みゐ》の清水《すみみづ》

四　結　語

西都賦（西都《せいと》の賦《ふ》）　後漢　班孟堅（32～92）

漢《かん》の西都《せいと》は、雍州《ようしゆう》に在《あ》り、寔《これ》を長安《ちやうあん》と曰《い》ふ。左《ひがし》は函谷《かんこく》　二崤《にかう》の阻《そ》に據《よ》り、表《へう》するに太華《たいくわ》　終南《しゆうなん》の山《やま》を以《もつ》てし、右《にし》は褒斜《はうや》　隴首《ろうしゆ》の険《けん》に界《さかひ》し、帶《めぐら》すに洪河《こうか》　涇渭《けいゐ》の川《かは》を以《もつ》てし、衆流《しゆうりう》の隈《くま》、汧其《けんそ》の西《にし》に湧《わ》く。華實《くわじつ》の毛《もう》は、則《すなは》ち九州《きゆうしゆう》の上腴《じやうゆ》にして、防禦《ばうぎよ》の阻《そ》は、則《すなは》ち天地《てんち》の隩區《あうく》なり。是《こ》の故《ゆゑ》に六合《りくかふ》に横被《おうひ》し、三《み》たび帝畿《ていき》と成《な》り、周以《しうもつ》て龍興《りようこう》し、秦以《しんもつ》て虎視《こし》す。

西京賦一首（西京《せいけい》の賦一首《ふいつしゆ》）　後漢　張平子（78～139）

漢氏《かんし》の初《はじ》め都《みやこ》するや、渭《い》の涘《ほとり》に在《おい》てし、秦其《しんそ》の朔《きた》に里《を》りて、寔《これ》を咸陽《かんやう》と爲《い》ふ。左《ひがし》には崤函《かうかん》の重《かさ》なれる險《けん》、桃林《たうりん》の塞《とりで》有《あ》り、綴《てい》する二華《にくわ》を以《もつ》てす。巨靈贔屓《きよれいひいき》し、掌《たなごころ》を高くし蹠《あし》を遠《とお》くし、以《もつ》て河曲《かきよく》を流《なが》せり。厥《そ》の跡《あと》　猶《な》ほ存《そん》す。右《にし》には隴坻《ろうてい》の隘《あいあ》有り、華戎《くわじゆう》を

隔て閡《かぎ》り、岐梁《きりやう》汧雍《けんよう》、陳寶《ちんばう》鳴雞《めいけい》在《あ》り。前《まえ》には、則《すなは》ち終南《しゆうなん》太一《たいいつ》、隆崛《りゆうくつ》崔崒《さいしゆつ》、隱轔《いんりん》鬱律《うつりつ》として、岡《をか》を嶓冢《はちよう》に連《つら》ね、杜《と》を抱《いだ》き鄠《こ》を含《ふく》み、灃《ほう》を欱《す》ひ鎬《かう》を吐《は》く、爰《ここ》に藍田《らんでん》有《あ》りて、珍玉《ちんぎよく》是《ここ》自《よ》り出《い》づ。後《うしろ》には、則《すなは》ち高陵《かうりよう》平原《へいげん》あり、渭《ゐ》に據《よ》り涇《けい》に踞《うづくま》り、澶漫《たんまん》靡迤《びい》として、近《ちか》きに鎮《ちん》作《た》り。其《そ》の遠《とほ》きは、則《すなは》ち九嵕《きうそう》甘泉《かんせん》あり。

蜀都賦一首（蜀都《しよくと》の賦《ふ》一首《いつしゆ》）　　晋　左太沖（280～289）

夫《そ》れ蜀都《しよくと》は、蓋《けだ》し基《もとゐ》を上世に兆《きざ》し、國《くに》を中古《ちゆうこ》に開《ひら》けり。靈闕《れいくわん》を廓《ひら》きて以《もつ》て門《もん》と爲《な》し、玉壘《ぎよくるゐ》を包《か》ねて宇《う》と爲《な》す。二江《にかう》の雙流《さうりう》を帯《お》び、峨眉《がび》の重阻《ちようそ》に抗《むか》ふ。水陸《すいりく》の湊《あつま》る所《ところ》、六合《りくがふ》を兼《か》ねて交會《かうくわい》し、豊蔚《ほううつ》の盛《さかん》なる所《ところ》、八區《はつく》に茂《さかん》にして菴藹《あんあい》たり。前《まえ》には則《すなは》ち犍牂《けんそう》を跨《また》り躡《ふ》み、交趾《かうし》に枕《のぞ》み輢《よ》る。經途《みち》の亘《わた》る所、五千餘里《ごせんより》。山阜《さんぷ》は、相屬《あひつらな》り、谿《たに》を含《ふく》み谷《たに》を懐《いだ》く。崗巒《かうらん》糺紛《きうふん》し、石に觸《ふ》れ雲《くも》を吐《は》く。鬱葐蒕《うつふんうん》として以《もつ》て翠微《すゐび》たり、崛巍巍《くつぎぎ》として以て峨峨《がが》たり。青霄《せいせう》を干《をか》して秀出《しうしゆつ》し、丹氣《たんき》を舒《の》べて霞《かすみ》と爲《な》る。龍池《りようち》滈瀑《けかくばく》として其《そ》の隈《くま》に潰《わ》き、漏江《ろうかう》伏流《ふくりう》して其《そ》の阿《くま》に潰《も》る。

放逸《はういつ》せる鷹《たか》を思ひ、夢《いめ》に見て感悦《かんえつ》して作る歌一首　幷《あは》せて短歌

四〇一一　大君《おおきみ》の　遠《とほ》の朝廷《みかど》そ　み雪降る　越《こし》と名に負《お》へる　天離《あまざか》る　鄙《ひな》にしあれば　山高《やまたか》み　川とほしろし　野を広み　草こそ繁《しげ》き　鮎走《あゆはし》る　夏の盛りと　島つ鳥　鵜養《うかひ》が伴《とも》は　行《ゆ》く川の清き瀬ごとに　篝《かがり》さし　なづさひ上《のぼ》る　露霜《つゆしも》の　秋に至れば　野もさはに　鳥すだけりと　ますらをの　伴誘《ともいざな》ひて　鷹《たか》はしも　あまたあれども……

第二篇　嵯峨天皇と空海

第一章　遣唐使節の人たちの文学

一　前言

遣唐使の主たる使命は、平たく言えば、唐を中心とする友好的国際関係の中において、わが国の国際的地位を高く維持させること、及び唐の宮廷文化を広く学び、書物をはじめとする貴重な文物を請来することにあった。

古代日本は、聖徳太子の時代から、神国としての日本の独立自主を標榜しながら、同時に、唐帝国を主軸とする漢字文化圏においては、唐帝国と等質の文化国家実現をめざそうとしたので、使節の任にあたる者には、日本の文化水準の高さを誇示すべく、殊に優れた学識・教養と人格とが要求されたことは言うまでもない。とりわけ遣唐大使・副使・判官・録事などの幹部は、家柄よく高位の者で、かつ学識、教養、風姿、文才の優れるものが選ばれた。留学生は、主に中下流の官人の子弟に限られ、好学の徒であることが必須条件であったし、また鎮護国家の仏教を本格的に栄えさせるために、学問僧・請益僧には秀才好学の徒が選ばれた。唐への朝貢品（国信）も銀や瑪瑙などの宝石類、極上の綿・布・絁・紙・筆墨・漆などをはじめ国の威信をかけての贈物が用意された。

これに対し、唐帝国は、「遠夷存撫」の方針をもって周辺の朝貢国を厚遇し、またその異文化を大いに吸収もした。日本からの使節に対しても同様の扱いであったから、日本側の、隣国意識をもってする大使らの礼節を重んじた態度は、時に朝廷において讃嘆されもしたが、またしばしば虚言を吐くなどとも揶揄されることもあった。

舒明天皇二年（六三〇）から承和五年（八三八）までの十数回の遣唐使節の中、著名な文人を掲げるならば、粟田真人、山上憶良、藤原宇合、多治比広成、吉備真備、菅原清公、上毛野頴人、朝野鹿取、藤原常嗣・菅原善主らが挙げられよう。留学生には吉備真備、阿倍仲麻呂、丹福成、橘逸勢らが名高い。また留学僧には智蔵、弁正、道慈、空海、円仁、円珍らがいた。ちなみに、遣唐使たちは、帰国後は、その高い家柄を背景にさらに官位累進の誉れが約束されていたし、留学僧たちも大いに活躍の場が与えられたのであったが、しかし、留学生については、頭脳明晰にしてせっかく修学の功を得ても、彼らの出自家柄が低いために、帰国後も昇進は微々たるものであったから、優秀なるものは阿倍仲麻呂・井真成のように唐朝廷に仕官するか、またはそのまま中国のどこかに居着いて帰国しない者も少なくなかった。

彼ら遣唐使人が果たした役割は、国際外交上および日本国内において、多岐にわたって大きいものがあるが、文学的な面に限っても、たとえば吉備真備らによる大学寮の学制改革、そして菅原清公による文章院の設立などの教育機関の充実、また、かれら遣唐使たちが唐で見聞・学習して持ち帰った膨大な詩集・詩論書が当時の宮廷詩壇及び文人たちに与えた影響は計り知れないものがあった。たとえば持統朝の釈智蔵（第五次か第六次の留学生として渡唐し、中国で出家した詩僧）は、はやく初唐の四傑の王勃・楊炯らの詩風を体得していて、『懐風藻』の詩人たちに多大な影響を与えており、また、山上憶良・藤原宇合をはじめとして彼ら自身の帰国後の作品にはあきらかに新風といえるものがあった。菅原清公や空海の請来した唐詩集や詩論書が、当時の嵯峨天皇中心の宮廷詩壇の詩風を一変させるほどのものがあったことなど、特筆に値しよう。

このように時代を代表する優れた文人が、遣唐使・留学生・留学僧として唐の文学をじかに見聞し、自ら新たな文学を試みながら、七〜九世紀の日本の宮廷文学を牽引し、かつわが国の文運隆盛に大きな働きを示したのであったが、それらの文学的営為、及び遣唐使派遣に関連する詩歌をも併せて、日本文学史上における「遣唐使人の文学」と称することができようかと思う。

二　『万葉集』及び『懐風藻』の遣唐使関連詩歌

『万葉集』には遣唐使に関連する歌が二十四首ほど載るが、この時代と重なる遣唐使派遣は八回に及んでいる。その歌の多くは、航海安全の祈願を主とするもので、同時にまた惜別の歌であった。果てしない航路を「天雲のそきへの極み」と詠む切迫悲哀の情が横溢する別れの歌、また、わが子の無事を「天の鶴群」に託し頼む母親の切なる思いなど、胸打たれる送別・留別の歌群である。たとえば、

ありねよし対馬の渡り海中に幣取り向けて早帰り来ね　（六十二番歌）

対馬の海の海神に幣を捧げて、一日も早く帰国なさい。

この歌は、大宝二年（七〇二）の使節（大使は、粟田真人）の一人、三野岡麻呂に贈った春日老の歌であり、また、天平勝宝三年（七五一）の二月、光明皇太后は春日社に遣唐使の無事の渡海を祈願して大使藤原清河に次の歌を贈った。

大船に真梶繁貫きこの吾子を韓国へ遣る斎へ神たち　（四二四〇番歌）

大船に梶をいっぱい取り付けて、このいとしい子を唐国へ遣わします。守らせたまえ、神々たちよ。

二首ともに神々の加護を得んとの祈祷の主旨である。ちなみに、この時の藤原清河の歌は、次のようであった。

春日野に斎く三諸の梅の花栄えてあり待て還り来るまで（四二四一番歌）

春日野に祀る社の梅の花よ、栄えて待っていておくれ、帰って来るまで。

神前の梅花にむかつて無事の帰還を誓う趣旨の歌である。送別・留別ともに、ここに見られるのは、航海の無事を祈る、いわば「祈りの文学」であるといえるものである。もっとも航海の無事を諸神に祈るのは、遣唐使に限らず、遣新羅使のばあいも同じであったし、また瀬戸内海の航海においても爾来詠われていったところで、たとえば『土佐日記』にも「わたつみの　ちふりの神に　手向けする　幣の追風　やまず吹かなむ」とあるとおり同一の発想が見られる。

こうした遣唐使送別の歌としては、天平五年（七三三）、第九次遣唐大使多治比広成らに贈った山上憶良の「好去好来の歌　一首　反歌二首」が、その代表的な作品といえよう。この歌には、遣唐使のもつべき高邁な国家意識および気概が詠われ、また遣唐使たるものは、往路も帰路もともに天地の神々に先導を受け、加護を受けるべき誉れ高い存在であることが詠い上げられているのである。

神代より　言ひ伝て来らく
そらみつ　倭の国は　皇神の　厳しき国
言霊の　幸はふ国と　語り継ぎ　言ひ継がひけり
今の世の　人も悉《ことごと》　目の前に　見たり知りたり
人多に　満ちてはあれども

高光る　日の朝廷　神ながら　愛の盛りに
天の下　奏し給ひし　家の子と　選び給ひて
勅旨　戴き持ちて　唐の　遠き境に　遣され　罷り坐《いま》せ
海原の　辺にも奥にも　神づまり　領き坐す　諸の　大御神たち
船舶に　導き申し
天地の　大御神たち　倭の　大国霊
ひさかたの　天の御空ゆ　天翔り　見渡し給ひ
事了り　帰らむ日は
またさらに　大御神たち　船舳に　御手うち懸けて
墨縄を　延へたる如く　あちかをし　値嘉の岬より
大伴の　御津の浜辺に　直泊てに　御船は泊てむ
恙無く　幸く坐して　早帰りませ（八九四番歌）

神代の昔から、言い伝えられていることですが、大和の国は国つ神が厳めしくある神の国であり、言霊が幸をもたらす国であると、語り継がれてきています。それは今の世の人々も、みなことごとくよく見知っています。国中に人は満ち溢れるほど多くいますが、大朝廷の中で、天皇の御心のまま、格別に嘉賞されて、天下の政治を担う名家の子としてお選びになり、

勅旨を捧げもって唐の遠い国に遣わされお出かけになるので、
海原の岸にも沖にも留まって支配なさる諸々の神たちは、
遣唐船のへさきで大使たちを先導もうしあげ、
天地の神々、とりわけ大和の大国御魂の神は、
大空を飛び翔り、見渡して加護なさって、
務めを終えて、帰国される日には、
またさらに、海原の神々は、船のへさきに御手を掛けてご先導し、
墨縄を張ったように、値嘉の崎（平戸・五島列島などの諸島の総称）を経て、
難波の御津の浜辺に、まっすぐに御船は着くでしょう。
つつがなくお元気にいらして、早くお帰りなさいませ。

かつて自らも遣唐少録として渡唐した憶良が、大使らに、神の国日本の国威を背負い、晴れがましく堂々と勤めを果たして無事に帰国してもらいたいとの、力強い、激励の歌である。

日本は、神代よりの言い伝えとして「皇神の　厳しき国　言霊の幸はふ国（言葉の霊力が幸をもたらす国）」すなわち「わが日本国は神の国であり、文運隆盛の国である」と詠うこの憶良の国家観は、唐帝国という「天子の国、文字をもつ国」を強く意識して発せられたもので、唐国に並び立つ国であるとの言挙げであり、対等の隣国意識を堅持しようとする姿勢がうかがえるものであった。さらに遣唐使なるものは、現人神である天皇が特別に嘉賞して選ばれた名家の子なのであるから、諸々の神たちも「導き申す（先導もうしあげる）」ほどに誉れ高く貴き存在であることをも明言している。この山上憶良の歌は、すでに先学が論究したとおり、儀礼歌としてのいくつもの類型を踏まえたうえでの優れた創作であり、歌の主旨は、憶良個人の見解というよりも、当時の日本の宮廷人一般の見解を代弁するもので

あった。
これに対しての唐国側は「遠夷存撫」の方針をもっての、他の朝貢国同様の待遇でしかなかったことは、前述したとおりである。
次に、遣唐使人の在唐の作品としては、まず、その山上憶良が大宝二年（七〇二）、遣唐少録として再び派遣されたときの歌がよく知られている。

山上臣憶良在大唐時、憶本郷作歌
いざ子ども早く大和へ大伴の御津の浜松待ち恋ひぬらむ　（六十三番歌）

さあみんな、早く日本へ帰ろう。大伴の御津の浜松も我らを待ち焦がれているであろう。

かつて日本を船出した時の御津の港を思い、その難波津の松の木に事寄せた望郷の歌である。前述した藤原清河の歌と同じく、自らの思いを樹木の霊に事寄せるこの詠法は、記紀歌謡以来の発想であるが、この憶良の歌は、それに加えて、官人たちへ呼びかけている力強さが特徴的である。
また、同時期の留学僧であった弁正（囲碁が得意で、即位前の玄宗に賞遇せられた）にも、憶良とほぼ同じ詩題の望郷の詩が『懐風藻』に載る。
五言　唐に在りて本郷を憶ふ　一絶
日辺日本を瞻　雲裏雲端を望む
五言　在唐憶本郷　一絶
日辺瞻日本　雲裏望雲端

遠遊遠国に労き　長恨長安に苦しぶ　　遠遊労遠園　長恨苦長安

日の出るあたりに本国日本があるかと、遠い雲の中から雲の切れ目を望みやる。私は遠く遊学して、この遠い唐の国で疲れ苦しみ、長安の都で（長安どころか長い恨みの）尽きない旅愁に苦しんでいる。

斉梁朝および初唐期に流行した、一句中に同字を用いる双擬対を用いて、旅愁・望郷の念いを詠う。全句に同字を繰り返しながら、それらが意味上、種々の響き合いを示している佳吟である。

『懐風藻』には、この弁正の詩がもう一首載っている。それは、当時の唐の大国ぶりと国際色豊かな長安の都を活写したものである。

五言　朝主人に与ふ　一首　　五言　与朝主人　一首

鐘鼓城闉に沸き　戎蕃国親に預る　　鐘鼓沸城闉　戎蕃預国親
神明今の漢主　柔遠胡塵を静む　　神明今漢主　柔遠静胡塵
琴歌馬上の怨　楊柳曲中の春　　琴歌馬上怨　楊柳曲中春
唯だ有り関山の月日　偏へに迎ふ北塞の人　　唯有関山月　偏迎北塞人

時を告げる鐘や太鼓の音が城内に鳴り響き、諸々の蕃国が中国と和親を結ぶ。今上の皇帝こそ聖徳の持ち主であって、遠方の異民族をも和らげ平定して騒ぎを静められた。（いまや都では）西域から伝わった「折楊柳」の哀曲を、異国伝来の琵琶を用いて馬上で奏で、また北方の辺塞の月の悲曲「関山月」を歌って、ひたすら北塞の人を歓迎していることだ。

慶雲元年（七〇四）の当時、大唐帝国に朝貢する諸蕃は五十カ国を越えたとも言われており、この詩に詠われているとおり当時の長安にはさまざまな異国の風俗・文化が見られ、周辺の朝貢国の音楽・舞踊などが好んで宮中に奏上されていたことは、唐詩に多く詠われたとおりであった。国際都市長安は、じつにさまざまな文化を受けいれてもいたことがこの詩にも詠われている。なお、この留学僧弁正は、唐で還俗し、妻帯したものらしく、二子のうちの次男の朝元のみを帰国させ、自身は長男朝慶とともに唐で歿している。その朝元は、天平五年（七三三）遣唐判官として渡唐し、特に玄宗皇帝の優詔を得、厚遇されている。

憶良の滞唐は大宝二年～慶雲四年（七〇二～七〇七）までで、唐の詩壇は初唐末期にあたる。帰国後の憶良の作歌活動には目覚しいものがあるが、ことに「沈痾自哀文」「悲嘆俗道假合即離易去難留詩」「悼亡詩」などにみえる儒道仏三教にわたる思想観やその詩文の典故となった数多の書籍は、隋唐の中国の三教交渉史をじかに見聞してきた者にして可能な作であったといえる。養老五年（七二一）、首皇子（後の聖武天皇）の東宮侍講に選ばれて漢籍を授講し、また『類聚歌林』の作成、そして筑前守の任命を受けると、大宰帥大伴旅人ら共に筑紫詩壇・歌壇を形成するなど、言わば大宰府文学圏の中心的存在として活躍をしたのであった。

三　藤原宇合・吉備真備・阿倍仲麻呂

養老元年（七一七）の遣唐使は、押使が多治比県守、大使大伴山守、副使藤原宇合であって、留学生には吉備真備・阿倍仲麻呂らがいた。藤原宇合には、私撰漢詩集『宇合集』二巻があったと伝えられるが早くに散逸してしまい、したがって渡唐、在唐時の作品は現存しない。天平勝宝三年（七五一）成立の『懐風藻』には、詩六篇・詩序二篇が載るが、藤原不比等の五首をも抜いて、最も多く収載されている。当時、五言古詩中心の宮廷詩壇の中で、彼の詩は七言古詩あり玄言詩ありと異彩を放つ存在であった。ほかに「棗賦」（『経国集』所収）があり、また『常陸風土記』の編纂にも携わったらしく、遣唐使を経験した彼の学識と文才は（藤原貴族でありながら遅々たる栄進に不満を抱きつつも）、地方官僚・中央官僚を通じて大いに発揮されたのであった。

また、この時の留学生のひとり、吉備真備は、十七年間の留学中、三史・五経・名刑・兵法・兵器・書道など該博な知識を貯え、かつそれらの膨大な書物を持ち帰った。前述のように、留学生は、家柄が寒門であることにより、帰国後の栄進は微々たるものであるのが通常であったが、吉備真備は、異例の出世を遂げ得たのであった。彼はその該博な学徳をもって、大学助教に採りたてられ、大学の学生たちに五経・三史・明法・算術・音韻・籀篆の六道を教えた。とりわけ三史の教授は、学制改革の新機軸であったが、このことが、日本の大学における修学内容が、経学本位から紀伝道へと替わる端緒となったのである。同時にまたそれは日本の国史の撰修の上にも多いに役立つところとなった。吉備真備自身は、詩歌を詠まなかったが、晩年『私教類聚』なる教訓の書を著わした。この書は、多くを『顔氏家訓』に倣いつつも、経学を勧め、儒仏一体の思想を説き、道教を排斥する一方、卜筮・医方・書算などの実学を奨励するなど、当時の日本の実情に合わせた書であった。

もうひとりの留学生阿倍仲麻呂については、大学に入り仕官して左補闕にまで昇進したこと、王維・李白・趙驊・包佶・儲光羲らの詩人との交友、「天の原ふりさけ見れば」の望郷の歌、そしてついに唐土に七十三歳（一節には七十歳）で歿したことなど周知のとおりであるが、ここで特筆しておきたいことは、その盛唐の詩人たちとの詩の応酬についてである。

かつての長屋王宅宴において新羅使たちと交わした応酬詩（『懐風藻』）、また渤海使節たちとの応酬詩（三勅撰漢詩集及び『菅家文草』）――それら現存作品のほとんどは日本側の詩人のものに限られてはいるが――などに加えて、この遣唐使たちの唐土における応酬詩をあわせ見るとき、ひとつの「大海を越えての友情の文学」の世界が見えてくるのである。

仲麻呂遭難の報を受けた李白の詩「日本晁卿帝都を辞し　征帆一片蓬壺を遶る　明月帰らず碧海に沈み　白雲愁色蒼梧に満つ」（哭二晁卿衡一）はよく知られているが、とりわけ王維の次の送別詩は、「海東の国、日本を大と為す。聖人の訓に服し、君子の風有り」の文を含む長文の序を併せもった、秀吟である。


（『文苑英華』）

秘書晁監の日本国に還るを送る　王維

積水極む可からず　安んぞ知らん滄海の東
九州何れの処か遠き　万里空に乗ずるが若し
国に向かつて惟だ日を看　帰帆但だ風に信す
鰲身天に映じて黒く　魚眼波を射て紅なり
郷樹扶桑の外　主人孤島の中
別離方に異域　音信いかにして通ぜん

送秘書晁監還日本国

積水不可極　安知滄海東
九州何処遠　万里若乗空
向国惟看日　帰帆但信風
鰲身映天黒　魚眼射波紅
郷樹扶桑外　主人孤島中
別離方異域　音信若為通

大海は果てしなく、青海原の東（日本）のことは知るべくもない。

世界の中でどこが遠い地かといえば、あなたの国日本であって、万里の航海は空を飛ぶようようなものでとても遠い。

日本への航海はただ太陽を目指して、帰国の船はただ順風に任せるだけ。

黒光りの巨大な亀が現れたり、波間に大魚の真っ赤な目が光ったりすることであろう。

今こうしてお別れすることは、まさに世界を異にすること。どのようにして便りを通わせたらいいのであろ

うか（なんとも別れが耐え難いことだ）

この送別詩は、王維の仲麻呂への厚い友情を物語っているが、また、大海を航行する苦難、および大海に隔てられた異空間を思いやる詩情を帯びていることから、また「海洋の文学」の性格をもつものと言えるであろう。

四　空　海

王維の詩に詠われたような、遣唐使一行の暴風雨に見舞われながら大海を渡る苦難。それらを綴った遣唐使たちの詩文は多くは現存しないが、次に掲げるような優れた作があり、これらこそ「遣唐使人の文学」の中核をなすものと言えるであろう。

為二大使一与二福州観察使一書　（『遍照発揮性霊集』巻五）

賀能等　身を忘れて命を銜み、
死を冒して海に入る。
既に本涯を辞して中途に及ぶ比に、
暴雨　帆を穿つて、戕風　柁を折り、
高波　漢に沃いで、短舟　裔裔たり。
凱風　朝に扇いで　肝を耽羅の狼心に摧き、
北気　夕に発つて　膽を留求の虎性に失ふ。
猛風に顰蹙して　葬を鼈口に待ち、

驚汰に攅眉して　宅を鯨腹に占む。
浪に随つて昇沈し、風に任せて南北して、
但だ天水の碧色のみを見る、豈に山谷の白霧を視んや。
波上に掣掣たること　二月有余、水尽き人疲れて　海長く　陸遠し。
虚を飛ぶに翼脱け、水を泳ぐに鰭殺がれたるも、何ぞ喩へとするに足らん。
僅かに八月初日、乍ちに雲峰を見て欣悦極り罔し。
赤子の母を得たるに過ぎ、旱苗の霖に遇へるに越えたり。

藤原葛野麻呂らは、身命を省みず勅命に従って、死の危険を冒して、渡海の人となりました。日本を離れて航路の半ばにおよんだころ、暴風雨に遭って、帆には穴が開き、暴風が舵をへし折ってしまい、高波が夜空高くふりそそいで、小さな遣唐船はきりきり舞いをしました。朝になって南風が吹くと、（漂着して）狼のように獰猛な耽羅（済州島）の人々に苦しめられはせぬかと心配し、夕べになって北風が吹くと、（漂着して）虎のように獰猛な琉球の人々に苦しめられるのではないかと肝を冷やしたことでした。暴風に顔をしかめながら、（海に投げ出されて）大亀の餌食になるかと憂い、巨大な高波に眉をひそめては、（海に投げ出されて）鯨の餌食になるかと心配したことです。浪のまにまに浮き沈みつつ、風の吹くままに南北に流されて、その間、ただ空と海との青い色が見えているのみで、山や谷に立つ白い霧を見ることはありませんでした。

波の上を風にまかせて二た月あまり、飲み水は尽き、人々は疲れきり、海路は長く陸は遠いことでした。

空を飛ぼうにも羽は無く、海を泳ごうにも鰭は無く、疲れきったさまは喩えようもありません。

やっと八月の初め、雲のかかった峰が見えたときは、喜びこの上もありませんでした。

赤ん坊が母親に会えたのよりも、日照りの中の苗が長雨に会えたのよりも、もっとうれしいことでした。


右の文は、周知のとおり留学僧空海が、延暦二十三年（八〇四）八月、福州に漂着した時、遣唐大使藤原葛野麻呂に替わって、上陸入京を請うて、福州の観察使に手渡した「為大使与福州観察使書」冒頭の一節である。空海の才筆をもって航海途中の危難のさまが活写された臨場感あふれる名文であり、帰国の時の「与越州節度使求内外経書啓」も同様に渡唐の苦難のことを記している。航海の苦難のさまを記したものといえば、先に天平勝宝五年（七五三）、第十次の大使藤原清河・副使吉備真備・大伴胡麻呂と渡日した鑑真和尚の『唐大和上東征伝』（淡海三船著）一巻があり、また後には、承和五年（八三八）の請益僧円仁の著わした『入唐求法巡礼行記』も優れた海洋紀行の性格を有する名文といえよう。

すなわち遣唐使人の文学は、先の『万葉集』中の関連歌をも含めて、「海の文学」という一性格を与えることができよう。海を舞台の文学といえば歌学入門の書でもある紀貫之の『土佐日記』が挙げられるけれども、荒波の東シナ海を越える遣唐使たちの航海は、瀬戸内を航行することの比ではなかった。

密教求法のために渡唐した空海は、青龍寺恵果和尚より授法して真言第八祖となりえたが、長安在中には朱千乗・朱少瑞ら多くの文人との交友があり、また当時、巷間に流布し流行していた詩集や詩論書などをも収集して請来して『文鏡秘府論』の大編著を著わし、嵯峨天皇に、王昌齢の詩集五巻・詩論書『詩格』一巻・劉希夷の詩集四巻をはじめその他多くの唐人撰唐詩集を献上している。これらの詩集・詩論書は、即、嵯峨天皇の詩壇においてよく読まれたものとみえ、その華麗な詩風や詩語など学んだ跡は勅撰漢詩文集中の作品に歴然としている。さらに、空海自身、帰国後は、文選学によるいわゆる四六駢儷体の文体の他に、『三教指帰』の序文や『十住心論』の文のように簡潔にして達意の文体をも用いるようになった。駢文でなければ名文とされなかった当時、空海はいち早く雅麗な修辞をはずした達意の文体を修得していたことも注目すべき点であろう。空海在唐中はまだ韓愈・柳宗元の古文復興の動きも目立っておらず、白居易も官途についたばかりの頃であったが、当時、唐においては時代はすでに簡潔な達意の文体を求めて動いていたのである。

五　菅原清公

菅原清公は、遣唐判官として、延暦二十三年（八〇四）渡唐した。『凌雲集』に汴州（河南省開封県）の上源駅附近での詩が載る。

汴州上源駅詠レ雪

雲霞　未だ旧を辞せざるに　梅柳　忽ち春に逢ふ
不分なりな瓊瑤の屑　来たりて旅客の巾を霑すは

雲霞未辞旧　梅柳忽逢春
不分瓊瑤屑　来霑旅客巾

空模様はまだ冬なのに、降る白雪は白梅や柳絮のようで、まるで春景色である。けれどもこの白玉の切片のような雪が、旅人われの手拭を濡らすことの困ったことよ。

この詩は、雪を白梅・柳絮・瓊瑤屑に見立てた六朝詩以来の伝統的な発想と、当時の唐詩のひとつの特徴であった口語、「不分（不都合である意）」を用いた点が眼目である。おそらく菅原清公は、唐の文人官僚や長安の詩人たちとの詩の応酬をしたことであって、この詩もそのうちの一つであったのであろう。朝賀の折、大使とともに、文徳高名であった徳宗皇帝に拝謁したところ、彼は特に皇帝より「顧眄を蒙るを得た」が、それは彼の文才を嘉してのことであったと思われる。彼は帰国後も、ますます詩文をよくし、他の高位の文人官僚たちと同じく、嵯峨天皇の御製に奉和し、また嵯峨天皇、藤原冬嗣もまた、清公の詩に唱和している。『経国集』に載る「嘯賦」は、六朝以来の音楽の賦の伝統を踏まえ、かつ「嘯」の歴史を熟知した名文であるが、創作の動機には、在唐のみぎり長安の都などで嘯を吹く景を見聞したことも与っていよう。ちなみに、日本における観月の行事は、菅家に始まるが、これも同じく清公の在唐中の見聞に因るものであった。彼の在唐中は、折悪しくいわゆる皇帝崩御・二王劉柳の左遷で、宮中紊乱の空気が漂ってはいたが、清公の見聞した唐朝廷の威厳及び長安の都の新奇な文物・事物・風俗・諸行事などは、彼自身を生き字引とすべく、帰国後の嵯峨天皇の政策に多大な貢献をしたのであった。弘仁九年（八一八）三月、嵯峨天皇は、数度に亘って詔勅を下して、宮廷の儀式・礼法、官服および建造物名にいたるまで唐風化することを命じた。この改法に際してはとりわけ清公の意見を重んじたことは周知のとおりである。

六 結語

以上、日本の遣唐使節たちの内、主として詩文の才に優れる人たちの幾人かの作品に触れて、遣唐使人たちの文学というものを試考してみた。なお、遣唐使人の文学活動を考えるにあたっては、言うまでもなく彼らが唐土において見聞した諸々の制度、儀礼、宮廷・民間行事、宮中・宮都風俗などの諸文化、体得した思想・文学、そして請来した膨大な文物などが、当時およびそれ以後の日本の文化・文学に、どのような影響を与えたかということと、また、彼ら自身の著わした文学世界の特徴を見究めることとの、二点から考究されるべきであろう。およそ二十次に亘って、毎次、何百という単位の留学生・留学僧が派遣されたにしては、現存する彼らの作品群はあまりに少なすぎるが、しかしながら、現存する彼らの詩文は、大きな使命と雄渾な志を胸に、死の恐怖に耐えて時化の大海を越える苦難、異域・異郷の地に暮らす悲嘆・悲愁という時空のなかで、唐土の新風を学び取っていて、その詩境は気宇峻遠にして、燦然と輝くものがあった。送別・友情・望郷の思いを詠うなかにも、海洋航行によって二国にまたがるという文学空間によって、おのずから異彩を放っていると言えよう。唐土に歿した、仲麻呂や井真成のような文才優れた遣唐使人たちの作品のほとんどは散逸してしまって、現在、われわれはその一部を垣間見得るに過ぎないが、それでもその文学世界の豊かさを知ることは充分可能なのである。

［主な参考文献］
森克己氏『遣唐使』（日本歴史新書）
高木博氏『万葉の遣唐使船』（教育出版センター）
中西進氏『山上憶良』（河出書房新社）
杉本直治郎氏『阿倍仲麻呂研究』（育芳社）
今枝二郎氏『唐代文化の考察（1）―阿倍仲麻呂研究―』（高文堂出版社）
王勇氏『唐から見た遣唐使―混血児たちの大唐帝国―』（講談社選書メチエ）
江上波夫編『遣唐使時代の日本と中国』（小学館）
池田温氏『古代を考える　唐と日本』（吉川弘文館）
古瀬奈津子氏『遣唐使の見た中国』（吉川弘文館）

第二章　嵯峨御製の梵門詩

一　前言

奈良朝末期の仏教界は、朝廷の庇護のもとに東大寺大仏の造営、来朝した鑑真による戒律の整備などによって隆盛に向かうかに見えたが、実際には僧綱がゆるみ、道鏡事件をはじめとする乱脈、無秩序の混乱をきたしたと言われる。しかし、光仁朝になって、律令政治が建て直されるとともに、道鏡を追放し、仏教界全体の改革に乗り出した。また、光仁朝では、即位の直後に、僧綱よりの願いを容認して、それまで民衆を惑わすことがあるとして禁じていた僧徒の山岳修行を、「僧尼令」を遵守する条件のもとに許可することとしたのであった。元来、仏教は山岳修行とは深いつながりを有するものであり、日本においても古くから山岳信仰と関わり合いつつ、山岳修錬の私度僧が多くいたのであったが、この解禁によって、山林寺院が次々と建立された。主な例として、たとえば勝道が日光山に登り、最澄が比叡山に登り、空海が紀伊・四国の山野を跋渉するなど、山岳修行者が続出し、そうした中から山岳仏教はいよいよ隆盛の傾向を示し、これが引いては平安朝初・中期の仏教および仏教文化の発展をもたらしたのであった。

二　桓武天皇と梵釈寺

桓武朝においても、先の光仁朝の政策を引き継ぐかたちで、年分度者制度の徹底強化、寺院経済に対する統制を強化するなどの引き締め政策をとったが、その一方で、僧尼育成の方針を従来の護国経典の暗誦中心から、経論研究中心へと大転換させるなど、画期的な政策を講じて仏教の興隆を図った。ただし桓武天皇の仏教に対する基本的な姿勢は、仏教を教学的価値において尊重し、これを外護する立場に徹しようとしたものであった(1)。

桓武天皇は、延暦五年(七八六)、皇宗天智天皇ゆかりの近江大津に山水の名区を披いて梵釈寺を建立し、「七廟」すなわち皇祖の御霊を慰める勅願を発して、清行の禅師十人を置き、これを六宗兼学の禅院とした(2)。この梵釈寺は、寺名の由来が仏法の守護神梵天・帝釈天であることが示しているとおり、東大寺の「護国」に対して、「護法(仏教保護)」の道場であり学院であった。この桓武天皇の仏教に対する基本姿勢は、すなわち、仏教は高遠な教理のもとに国家を鎮護し、除災招福の現世利益及び衆生救済を目指すものであるから、為政者としてはこれに敬意をはらってその事業を整備し増強すべく努めるが、しかし、かつての聖武天皇のような篤信の信仰者とはならず、一線を画したかたちでの外護者の立場をとったものであった。

桓武天皇のこの仏教政策の中、ことに、僧尼の育成の方針を経典暗誦から経論研究に切り替えさせたことは、僧団のみならず、平安貴族たちの精神生活にも多大に影響するところとなって、仏教教理が貴族社会の知識人たちに浸透し、精神的支柱ともなってゆく大きな機縁となったのであった。

三　嵯峨天皇の仏教観と梵門詩

嵯峨天皇の治政は、桓武天皇の政策を受け継ぎ、発展させていったもので、仏教界に対しては数度にわたって寺院の統制強化を命じてもいるが、南都六宗および天台・真言の各宗派をひとしく庇護援助し、かつ『日本後紀』の大同・弘仁年間にも、玄賓・聴福・勤操・常楼・最澄・空海ら高僧との交流の記事が載るごとく、時の高僧を厚遇した。嵯峨天皇は、これら玄賓・最澄・空海ら高僧との交流を通して、仏教教理を深く学び、且つ導かれて、みずからの仏教観を切り拓いていったと思われる。たとえば、『凌雲集』に載る次ぎの御製「聴法華経各賦一品　得方便品　題中取韻」は、そうした嵯峨天皇の『法華経』教理の理解の深さをよく表しているものである。

聴法華経　各賦一品　得方便品　題中取韻　　御製

春暮　禅心　何ぞ寂莫たる
恭恭として耳を傾けて　経王を聴く
甚深《じんじん》たる知慧　極めて解し難く
微妙なる因縁　豈に量り易からんや
火を続《つ》ぐ香爐　烟　滅《き》えず
風に従ふ清梵　響き猶ほ長し
唯だ一乗に帰するも　権《かり》に二を立つ
群生を引入するに　万方有り

春暮禅心何寂莫
恭恭傾耳聴経王
甚深知慧極難解
微妙因縁豈易量
続火香爐烟不滅
従風清梵響猶長
唯帰一乗権立二
引入群生有万方

晩春、禅定する心は、なんと静寂な境地にあることであろう。
うやうやしく耳を傾けて法華経の誦経を聴く。
仏の深遠な智恵は、甚だ会得し難く、
仏の得も言えぬ因縁の道理は、とても推量しがたいものである。
法会の間じゅう、火は絶やすことなく、香炉のけむりはくゆり続け、
風にのって清らかな読経の声はどこまでも遠く響いてゆく。

法華経の教えは、ただ一乗の理法に帰依することを説くものだが、仮に方便として二乗の法をたてている。それは、多くの人々を悟りの道へ導くために、たくさんの方便・手段を考えているからである。（これが「方便品」の意義なのである。）

この御製の首聯は、まず俗念を去って心静かに法華経の誦経を聴くさまを述べる。「経王」は経典中の王者である法華経を指す。頷聯は、「方便品」中の「諸仏智慧　甚深無量　其智慧門　難解難入」と「甚深微妙法、難見難可了」の経文を踏まえながら、仏の智慧の深遠なることを述べる。頸聯は、誦経の場の清浄感を描く。結聯は、「方便品」の「十方仏土中　唯有一乗法　無二無三　除仏方便説」と「化城喩品」の「引入群生」との経文を踏まえて、「方便品」の核である一乗三乗の法を説いて結びとする。この詩の内容は、嵯峨天皇自身が、法華経の教理に深く通じていることを如実に示しており、かつ、ことに首聯・頸聯の写実的な表現に詩情が汪溢する。

『日本後紀』によれば、当時、朝廷においては『大般若経』『最勝王経』『維摩経』『仁王経』などの誦経や斎会が行なわれており、『法華経』の誦経も、記載は無いものの、この詩が示すとおり、折々催されていたことが分かる。

なお、経典を詩題とする詩は、勅撰集中にはこの嵯峨天皇の御製しか残っていないが、この詩は「賦得詩」という集団詠であった。したがって、それは、すでに弘仁当初には、こうした「賦得詩」を催し得るほどに、仏教教理に深く通じていた文人が少なからずいたということをも示しているのである。

嵯峨天皇はみずから進んで高僧と交流したが、ことに桓武・平城天皇にも厚い信頼を寄せられながら、大同元年（八〇六）大法師玄賓大僧都となるも辞し、道鏡とは真反対に、身を山中に清く律した玄賓和尚とのことは、『古今著聞集』『江談抄』にも載る有名な話である。また『凌雲集』に「贈賓和尚」、『文華秀麗集』には「哭賓和尚」の御製が載る。

その『凌雲集』の「贈賓和尚」の御製は以下のとおりである。

賓和尚に贈る　御製

賓公　跡を遁《かく》して　星霜久し
万事　無情　寂然を愛す
水月　尋常に空性を涼しくし
風雷　未だ敢へて安禅を動かさず
苦行　独り老ゆ　山中の室
盥嗽《かんそう》　偏へに宜し　林下の泉
遥かに想ふ　焚香　観念の処
寥寥に　日夜　雲烟に対するを

贈賓和尚

賓公遁跡星霜久
万事無情愛寂然
水月尋常涼空性
風雷未敢動安禅
苦行独老山中室
盥嗽偏宜林下泉
遥想焚香観念処
寥寥日夜対雲烟

玄賓和尚、貴僧が俗世間からお隠れになって以来、ずいぶん長い年月が過ぎた。和尚は、この世の一切万事を非情と観じて閑寂を好まれる人である。水に映る月かげの空しさは、(返って)いつも和尚の空の心を涼しくさせ、風や雷だって、決して和尚の安らかな禅を妨げることはない。和尚は、難行苦行のうちに、山中の庵室に老いてゆかれるが、その山中の林の下の泉で、洗顔したり口を漱いだりするのはじつによろしいことである。私は都から遥か遠く思いやる、和尚の香を焚き座禅三昧でいる伯耆大山のあたり、もの静かに、日夜、雲霞に対している和尚のことを。

首聯に「賓公跡を遁して星霜久し　万事無情寂然を愛す」とあり、また「哭賓和尚」にも「大士は古来住著無く名山に跡を晦めて風霜に老ゆ」とあって、いずれも詩意は、玄賓和尚の高潔な風貌と山中修行場の清浄観を詠うものである。この山岳仏教に見える山中の清浄観は、詩人嵯峨天皇自身の以後の山水観および自然観、またその詩境を大いに深めることとなったと思われる。

たとえば、

・幽栖す東岳の上　禅座して林巒に対す（「和光法師遊東山之作」）
・雲嶺の禅扃人蹤絶え　昔と今日と再たび攀登す
　幽奇なる巖嶂泉水を吐き　老大なる杉松旧藤を離く（「過梵釈寺」）
・禅扃雲閉ぢて春山寒く　林下の苔万古の壇を封ず（「春日過山寺観菩薩旧壇」）
・古寺従来人蹤絶え　吾が師坐夏して雲峯に老ゆ（「寄浄公山房」）

などの山岳描写は、同じく御製の「秋日入深山」（『凌雲集』）が宋玉「九弁」の悲秋文学を踏まえるのみのものと比べて、格段の深まりがあると思う。

ただし、これらの仏教的山岳観は、詩人嵯峨天皇の詩的想像による創造力の所産であり、詩中において空の観念への深い理解を示しているとはいいながら、もとより嵯峨天皇自身の苦行によるところのものではないし、また空の観念そのものもみずから会得しようとしているものでもない。それは先の「聴法華経各賦一品　得方便品　題中取韻」の詩の場合も同様であろう。仏教教理を理解し、仏教的世界に心を寄せながらも、仏教徒として修行をし、捨身帰依するという内容ではないのである。繰り返しになるが、嵯峨天皇のこれらの詩は、仏教教理を深く理解しようと努め、仏教を庇護し、ことに高僧との交流を求め、すすんで喜捨を行なおうとするためのものであった。

『凌雲集』には続いて、空海に贈った詩が載る。

綿を贈りて空法師に寄す　御製

問僧　久しく住む　雲中の嶺
遥かに想ふ　深山　春　尚ほ寒きことを
松柏　料り知る　甚だ静黙なるを
烟霞　解せず　幾年か湌する
禅関　近日　消息断つ
京邑　如今　花柳寛かなり
菩薩　嫌ふこと莫れ　此の軽贈を
為に救へ　施者　世間の難を

贈綿寄空法師
問僧久住雲中嶺
遥想深山春尚寒
松柏料知甚静黙
烟霞不解幾年湌
禅関近日消息断
京邑如今花柳寛
菩薩莫嫌此軽贈
為救施者世間難

閑寂の境地の貴僧は、雲間の高嶺の高雄の山寺に、久しいあいだ住み続けている。

私は都から遥か遠く思いやる、その深山では、春とはいえまだまだ寒いことであろう、と。

その深山の松や柏の木々は、空海法師が甚だ静寂にして座禅三昧であることを推し量って知っている。

靄や霞は、空海法師が粗食をし始めてから幾年になるかを知らない。

高雄の山寺のあなたからは、このごろ消息がない。

京の都は、いまや春で、花も柳も豊かに咲き誇っている。

菩薩の空海よ、このささやかな贈り物をいとわず受け取ってもらいたい。

そこで、どうかこの布施者である朕およびひろく世の中の苦難を救ってくれたまえ。


この詩は、弘仁五年（八一四）三月の作である。

空海は、大同元年（八〇六）に帰朝の後、三年後の大同四年（八〇九）の嵯峨天皇即位の年には京都に住むことを許され、その年の七月中旬に高雄山寺に移入した（藤原敦光『行化記』）。空海がはじめて嵯峨天皇に拝謁したのがいつであるかは未詳であるが、高雄山寺に入住した同年の十月には、『世説新語』の屏風を自書して天皇に献上している。また、大同五年すなわち弘仁元年（八一〇）十月には「国家の奉為に修法せんことを請ふ表」を奉っており、このころ、嵯峨天皇から真言伝授の宣旨を得て、嵯峨天皇に「二、三の弟子を率いて、日夜教授す」（『高野雑筆集』巻上）している。さらに、弘仁二年（八一一）六月には、劉希夷詩集・王昌齢『詩格』などを、八月には徳宗皇帝・欧陽詢・張誼などの真跡をはじめ多くの書跡を、天皇の要請にしたがって献上しており、嵯峨天皇の求めに応じるかたちで、急速に親密度を増していったようすが見てとれる。さらにこの間、弘仁二年十月には、嵯峨天皇にとって空海が高雄寺に住することが不便であるという理由で、乙訓寺へ移住させ、乙訓寺の別当として同寺の修造の事に当らせてもいる。空海は、修造ののち、弘仁三年十二月、また高雄寺に帰っている。

首聯の「久住」は、その高雄山寺在住のことを指す。ただし、この詩も、先の「贈賓和尚」と同じく「遥かに想ふ深山尚ほ寒きことを」とあって、嵯峨天皇は、都の地から遥か遠い雲中深山の空海の久修練行を想うという詩意である。頸聯の「京邑如今花柳寛かなり」は、都は花紅柳緑の春爛漫であると、春の都の隆盛ぶりを詠んだものであるが、それは、都を誇示するためでなく、むしろ静寂な山寺との対比として詠んだにすぎないものであろう。尾聯では、空海を「菩薩」と呼び「為に救へ施者世間の難を」と、嵯峨天皇の仏教による鎮護国家の願いが直叙されている。この詩に対して、空海は「百屯の綿と兼ねて七言の詩とを恩賜せらるるを謝し奉る詩　并序」を献上しているが、その序は格調高く、同字韻の七言も見事である。なお、ちなみに、唐には詩僧と称しうる僧侶が多くいたが、平安初期の日本では、詩を作り得る僧は少なくなかったであろうが、詩僧といえるほどの僧は、ひとりこの空海のみであった(3)。嵯峨天皇は、他にも最澄や最澄の弟子の光定らとも詩の応酬があったけれど、空海が『経国集』『性霊集』『高野雑筆集』に多くの秀吟を残したのに比べて、彼らの現存する作品はきわめて少ない。

百屯の綿と兼て七言詩を恩賜さるるに奉謝す　空海

方袍　苦行す　雲山の裏
風雪　無情にして　春夜寒し
五綴　持錫して　妙法を観じ
六年　蘿衣して　蔬飡を啜ふ
日よ　月よ　丹誠を尽くしたれば
覆瓫　今見る　尭日の寛かなるを
諸仏　威護して　一《ひと》へに子愛あり
何ぞ惆悵することを須ゐん　人間の難きを

奉謝恩賜百屯綿兼七言詩

方袍苦行雲山裏
風雪無情春夜寒
五綴持錫観妙法
六年蘿衣啜蔬飡
日与月与丹誠尽
覆瓫今見尭日寛
諸仏威護一子愛
何須惆悵人間難

雲山の中で苦行する仏僧の私にとって、
風まじりの雪はつれなく、春の夜は寒い。
錫杖を手に托鉢して妙なる仏法を観想し、
六年の間、粗衣粗食の暮らしをした。
日よ、月よ、そのように私は真心を尽くしたおかげで、
愚昧な私にも、今こそ日光のごとき尭帝（嵯峨天皇）の寛大な御心をまのあたりに見ることができたのである。
諸仏は強く加護し、わが子を思う親のような慈悲を注ぐであろうから、
どうして世間の艱難を傷み悲しむ必要があろうか。

この詩は、頚聯に「尭日の寛かなるを」とあるごとく、嵯峨天皇の寛政を讃え、その天皇の威徳によって、おのずと諸仏も威護してくれるので、私（空海）ごときが世間の艱難を歎くまでもないことであると、天皇の威徳を讃美し、諸仏の加護あることを約して結ぶもので、この詩の真意は、仏教に対する嵯峨天皇の鎮護国家の要求に応えたものである。

　嵯峨天皇自身の仏教観は、また、弘仁二年（八一一）十一月、聴福法師に賜った書のなかにも次のように見えている。

> 煙霞憺泊は素より是れ戦勝の場なり。京洛囂塵は誠に染衣の地たり。和上は俗を雲霄に超えて、道を巌穴に味はふ。慧炬に晃有り、戒珠に玷無し。国の元老にして、人の師範たり。薜蘿を披て長へに往き、風月を賞して以て帰るを忘る。朕、爾の令徳を嘉し、夢想に猶ほ存す

「煙霞憺泊は素より是れ戦勝の場なり。京洛囂塵は誠に染衣の地たり」とあるのは、雲霞の山岳地こそ仏教修行の適地であり、囂塵の京都は出家すべき地であるというもの。とくにこの「煙霞憺泊」は嵯峨天皇の求むる境地で、「清虚淡白」「玄虚淡白」と同義の老荘思想的な傾きの強いものであるが、山岳修行者の葱嶺白雲の地を、憧憬の念をもって称した語である(4)。

　それはまた、承和九年（八四二）七月の遺詔に「一林の風は、素心の愛する所なり。無位無号にして山水に詣りて逍遥し、無事無為にして琴書を翫び、以て淡白ならんことを思欲す」とある境地と酷似しているものである。

　この「煙霞憺泊」「俗を雲霄に超えて、道を巌穴に味はふ」と言い、この「一林の風……」以下の文と言い、これらは『荘子』の隠逸を望む境地のごとくであるが、その隠逸的な自然観と見えるものの奥には、山岳仏教の高潔清浄な自然観がうかがえるのである。ただし、嵯峨天皇においては、この「煙霞憺泊」や「一林の風」はむろんのこと、「無位無号にして山水逍遥」も「無事無為にして琴書賞翫」も、それらは隠逸者とか仏教徒としてではなく、詩人として

詩文の世界においての事であったことは言を俟たない。

嵯峨天皇は、高僧たちとの交遊においては、鎮護国家のためのみならず、みずからの心の浄化を求めて、交遊を願い、詩の応酬をしている。嵯峨天皇に奉じた最澄の詩は残らなかったが、御製は、『文華秀麗集』に「答澄公奉献詩」（五言古詩十韻）、「和澄公臥病述懐之作」（五言律詩）。『経国集』に「問浄上疾」（七言絶句）、「寄浄公山房」。『日本詩紀』「哀傷」に、「哭澄上人」（五言古詩六韻）が残る。また、詩僧空海との交は、前述の通り空海には『性霊集』『高野雑筆集』があり、かなり親密な仔細を知ることが出来る。『経国集』の「与海公飲茶送帰山」の作品などは、「道俗」「良縁」「香茶」「雲烟」毎句に仏教的用語を用いながら、平常の心情のにじみ出た作品である。

海公と茶を飲み山に帰るを送　　御製
道俗　相分ちて　数年を経
今秋　晤語　亦た　良縁
香茶　酌み罷みて　日云《ここ》に暮る
稽首　離《わかれ》を傷《いた》み　雲烟を望む

与海公飲茶送帰山
道俗相分経数年
今秋晤語亦良縁
香茶酌罷日云暮
稽首傷離望雲烟

仏道と俗界とに分かれてから数年を経たが、今年のこの秋に向かい合って語り合えるとは、なんと良き縁ではないか。
香りよき茶を飲み終えて、日も暮れ頃となった。
拝礼し、別れを悲しみつつ、あなたの帰られる雲霧のかなたをながめやるのである。

また、同じく『経国集』の次ぎの詩は、老僧とのみあって僧を特定できないが、それだけにかえって詩韻嫋々たる梵門詩の秀吟となったといえるであろう。

老僧の山に帰るを見る　御製
道性本来　塵事遐《とお》く
独り衣鉢を将て煙霞に向かふ
定めて知る行き尽くす秋山の路
白雲深き処　是れ僧家なるを

見老僧帰山
道性本来塵事遐
独将衣鉢向煙霞
定知行尽秋山路
白雲深処是僧家

仏道の人は、もとより俗事からは遠く、
ひとり僧衣をまとい鉄鉢を持って煙霧のかなたに向かって行く。
私にははっきりと分かる、秋の山路を行き尽くして、
白雲の深くたちこめるあたり、そこが老僧の住まって居る所であることを。

ちなみにこの詩は、唐の詩僧、釈霊一の次ぎの詩の転・結句と、発想が酷似するところがあり、この詩の影響を受けた可能性も考えられなくはない。当時、唐人撰唐詩集は多く将来しており、それらの詩集のなかに仏教関連の詩はかなりの数にのぼっている。

僧院　釈霊一
虎渓の間月　引いて相過ぐ
雪を帯ぶる松枝　薜羅《へいら》を掛く

僧院
虎渓間月引相過
帯雪松枝掛薜羅

無限青山行欲尽
白雲深処老僧多

限り無き青山　行くゆく尽きんと欲す
白雲深き処　老僧多し

虎渓を照らすしずかな月光にひかれて、谷川を渡ってきた。
雪のかかる松の枝に、まさきのかずらが垂れている。
どこまでも続く青山を行き尽くそうとして、
白雲のたちこめるあたりに、老僧が多く居られたことであった。

嵯峨天皇は弘仁の宮廷詩壇を庇護するのみならず、親ら御製を示しつつ、つねに文運を隆盛に向かわせるべく詩壇を牽引しつづけた存在であったが、以上のように、この梵門詩の分野においても、嵯峨天皇の活躍は一段と際立っていたのである。

四　結　語

この平安初期の朝廷に見られるような仏教厚遇は、ひとり日本のみでなく、当時の中国・新羅・渤海など、広く漢字文化圏の国の宮廷に共通して見られたところであった。そのことは、当然、それぞれの国の宮廷人たちに仏教思想が広く深く浸透してゆき、仏理を精神的支柱とする者が続出していったであろうことをも意味していよう。また、そうした海外の情勢の一端は、最澄・空海ら入唐僧の事跡からのみでなく、たとえば、当時、来朝した渤海使節が日本の寺院に参拝する姿をじかに見た日本の官人が、彼らの厚い信仰心に触れた感動を詠じた詩（『文華秀麗集』（76）「忽聞渤海客礼仏感而賦之」安倍吉人（77）「同安領客感客等礼仏之作」島田清田）などによっても知られるところである。

こうした仏教興隆の中、嵯峨・淳和天皇の三勅撰集時代には、梵門詩が多く作られたのであった。勅撰詩集に所載されて現存する梵門詩数は、およそ六十七首（ほかに当時の梵門詩関連のものが『日本詩紀』に三首掲載）を数える。これは当時の詩壇の一分野を画したともいえる数である。そのうち嵯峨御製は十八首を占めており、現存する嵯峨御製の総詩数九十七首からみても、嵯峨天皇の梵門詩への思いが厚かったであろうことが察せられる。

なお、これら仏教・仏理関連の詩に対して、嵯峨天皇は、「梵門」という部門立てを用意したのであったが、これはすでに先学に指摘があるように、中国に先例のない用語である。言うまでもなく中国では「仏教」が部立ての名称であった。

嵯峨天皇が「仏教」とせず「梵門」としたわけは不明であるが、おそらくは桓武天皇建立の梵釈寺の寺名の由来の趣旨と同じ理由が考えられると思う。すなわち、嵯峨天皇もしばしば参詣した仏教道場「梵釈寺」は、前述したように、仏法の守護神である梵天・帝釈天にちなむものであって、東大寺の別称「金光明四天王護国寺」の「護国」に対して、「護法（仏教保護）」の道場であり学院であった。この「護国」と「護法」とは、いずれも国家にとって重要な意義をもつ寺院であるが、それは、国家は仏法による鎮護を求め、その仏法を国家が外護するという、朝廷の仏教に対する姿勢を端的に示したものでもあったのである。これと同じく、当時の朝廷の詩作者たちにとっては、仏教を学び仏理を求めつつも、これを外護する立場にあって詠む詩であったがゆえに、その詩の部立てに「梵門」の語を用いたものと思われるのである(5)。

（1）延暦十四年（七九五年）の詔に次のように記されている。「真教に属有り。其の業を隆んにする者は人王なり。法相無辺にして、其の要を闡く者は仏子なり。朕、位四大に膺り、情に億兆を存す。徳を導き礼を斉へ、有国の規に遵ふと雖も、

妙果勝因、無上の道を弘めんことを思ふ」。

（2）延暦二十一年正月十三日の記事にも「正月の最勝王経並びに十月の維摩経の二会、宜しく六宗を請じて、以て学業を広むべし」また、大同元年一月の勅に「いま仏法を興隆し、群生を利楽せんと欲す。凡そ此の諸業は、一をも廃すべからず。宜しく華厳業二人・天台業二人・律業二人・三論業三人・法相業三人・業を分かちて勧催し、共に学を競はしむべし」と、学問仏教を奨励している。

（3）本篇第五章「空海の山岳詩」。原題「空海の詩文と宮廷漢詩」（「日本学―中国趣味の系譜」19）・「空海作『遊山慕仙詩』について――その出典論的考察――」（『上代漢詩文と中國文學』所収）。

（4）池田源太氏『奈良・平安時代の文化と宗教』第三章「奈良・平安時代に於ける『煙霞』と『逍遙』の文化的立場」。

（5）三勅撰漢詩文集の梵門詩についての最近の論考に、井実充史氏「鎮護国家と梵門詩――『文華秀麗集』「梵門」を中心に――」（「福島大学教育学部論集」第77号）、「〈道〉〈俗〉対立の構造――『経国集』「梵門」を中心に――」（「福島大学研究年報」創刊号）がある。

第三章　渤海使節と三勅撰漢詩文集

――『文華秀麗集』と王孝廉・釈仁貞とを中心に――

一　前言

弘仁元年（八一〇）、嵯峨天皇即位の後、天皇を中心とした宮廷詩壇が形成されて漢詩文による活発な文学活動が行われた。のちに弘仁の治と称される嵯峨天皇親政時代の文治政策は、唐の太宗皇帝のそれに比肩すべくあらんとするもので、崇文主義もその一つの現われであり、天皇みずから宮廷詩壇を主導して文運隆盛を目指した（1）。その成果の一つの現われとして『凌雲集』・『文華秀麗集』・『経国集』が相次いで編纂されたことが挙げられるが、これらの勅撰漢詩文集は、嵯峨天皇のいわゆる文章経国的文学観に基づくものであり、当時の宮中においては、漢詩文の政治的役割はきわめて大きいものがあったことが知られる。なかでも、渤海使節とわが国の接待役の官人との間の詩の応酬は、時に、両国それぞれの国威に関わるまでの意義・役割を担うこともあった。渤海国側も、唐との武力的な緊張関係が大方和らいできた時期にあたり、使節の大使を第六回目（西暦七六二）以降は、それまでの武官をやめて文官を派遣することとし、その目的を当初の軍事的な意味合いから、政治的外交および文物の交易を主とするものへと移行させてきていた時期であった。

ところで、しかし、周知のとおり、その歴代の日本と渤海使節たちとの応酬詩はわずかに嵯峨・淳和朝の三勅撰漢詩文集・『都氏文集』・『田氏家集』・『菅家文草』などに、渤海関連詩が総計七十首余り現存するのみであり、十世紀前期に滅亡した渤海国側の作品は、数首しか現存しない。

ちなみに日本国朝廷の渤海国に対する蕃国意識は、藤原仲麻呂時代の多賀城碑文に、当時の国境意識として、蝦夷(艮の方角)・常陸(巽の方角)・下野(坤の方角)の国名をあげ、乾の方角として「靺鞨国の界を去ること三千里」とあるように、以前の高句麗国時代と変わらず、蕃国の一つとみなす姿勢を維持し続けていた。さらに、菅野真道の『続日本紀』編纂の上表文中にも、桓武天皇の威徳を周の文王のようであったと讃美し、「遂に仁は渤海の北に被ひ、貊種をして心を帰せしめ、威は日河の東に振ひ、毛狄をして息を屏めしむ」(『日本後紀』巻五)と、桓武天皇の徳化が渤海国までに及んでいたことが強調されている。ただし、このように渤海国を日本の一蕃国とみなしてはいたが、この蕃国意識は、中国の冊封制のような覇権主義的・干渉主義的政策などを伴うものではなかった。渤海国としては、建国当初の唐との軋轢のある間は、軍事的同盟の目的で朝貢の使節を送ってきたが、唐との緊張関係が和らいだ後も、貿易外交を望んで朝貢使を派遣してきており、その実際は、両国ともに善隣友好の関係を保とうとしたことは、当時の国書や使節の饗応ぶりからも分かることであるが、また、たとえば、遣唐大使藤原葛野麻呂が長安において、渤海国の王子に宛てた書簡中に「隣を善みし義を結び、相貴んで通聘す」(「為藤大使与渤海王子書」『遍照発揮性霊集』巻五所収)とあることなどからも知られるところである。すなわち、日本国は政治的には、渤海国に対して臣義の礼を要めたが、その実、使節たちとの文化的交流は善隣友好を旨とする親密なものであった。

渤海国側は、日本国の文化が唐風文化を受容し昇華して、文運隆盛の時期にあることは、第十五・六次の渤海大使の高南容らから伝え聞いていたのであった。それゆえ、「日本の朝廷で漢詩文化に対する憧憬が高まっていた嵯峨天皇の治世下に、日本でもその名が知られていた渤海の文人が大使として、多数の文人を引き連れて来日したのであるから、連日の饗宴の席での漢詩の応酬は最高潮に盛り上がったことが想像される」(上田雄氏『渤海使の研究』四二八頁)のである。

本章は、その平安朝初期の文運隆盛の中で編纂された勅撰漢詩集である『文華秀麗集』に、渤海使節の王孝廉・釈仁貞の詩が収載された所以について論及したい。それは、むろん、彼らの作品が優れていたからであることは言うまでもないが、『文華秀麗集』にとって彼らの詩が収載されることには格別の意義があったと思われる。単に、彼らが客死したその悲運に同情したからとか、或いは文才に秀でた王孝廉がかねてより遣唐使や空海らと親交があったからとかと、いうようなことではなかったのである。

二　不刊の書『文華秀麗集』

弘仁五年（八一五）頃に編纂された勅撰漢詩集『凌雲集』に続いて、弘仁九年（八一九）頃に成立した勅撰漢詩集『文華秀麗集』は、その序文のはじめに記されてあるとおり、この詩集の編纂意識には、『凌雲集』を量・質ともに超えた、秀麗の漢詩集であるという自負をもつものであった。


臣仲雄言へらく、凌雲集は、陸奥守臣小野岑守等が撰びし所なり。延暦元年より起こりて、弘仁五年に逮ぶ。凡て綴緝する所九十二篇。

厥れより以来、文章間出し、未だ四祀を逾えざるに、巻は百余に盈てり。

豈に□□儲聡、文を製るに虚しき月無く、朝英国俊、藻を掞ぶるに絶ゆる時靡からざらんや。

或いは気骨弥高く、風騒を声律に諧へ、或いは軽清漸くに長けて、綺靡を艶流に映す。（『文華秀麗集』序）

そして、この序の文末において、

凡て作者二十六人、詩百四十八首、分かちて三巻と為す。名づけて文華秀麗集と曰ふ。鳳掖の宸章、龍闈の令製、別に綸旨を降し、俯して縹帙を同じくすと雖も、天尊く地卑く、君唱へ臣和す。故に作者の数に略き、採摭の中に編む。（同　上）

とある。すなわち「鳳掖の宸章、龍闈の令製、別に綸旨を降し、俯して縹帙を同じくすと雖も、天尊く地卑く、君唱へ臣和す」と、この『文華秀麗集』が、君臣唱和の詩集であることを明示するとともに、「天尊く地卑」きがゆえに、嵯峨天皇と皇太弟（淳和天皇）とは作者の数から省くとある。これは、この集の編集の体裁が部門別であるため、各部門の中では、詩題別・君臣・身分順・創作年月順などを併用して配列した結果、御製・令製が君臣の詩群と入り混じったかたちになっているので、特に序文において天皇・皇太弟は「作者の数に略く」と、ことわったものであろう。ちなみに、『凌雲集』の序文では、「存亡を言ふことなく、一に爵次に依る。御製・令製の若きに至りては、句は象外に高く、韵は環中に絶ゆ。豈に臣等のよく議る所ならんや」とあり、その体裁は、『文華秀麗集』や『経国集』の部門別ではなく、作者別に編まれており、劈頭に太上天皇（平城天皇）二首、今上天皇（嵯峨天皇）二十二首、皇太弟（淳和天皇）五首と続き、それから藤原冬嗣以下二十一人の臣下の詩が「爵次」順（ただし、仲雄王のみ例外）に配列されている。御製・令製の高く秀でること絶世であるとあるが、しかし「作者二十三人、詩総て九十首、合せて一巻と為す」とある「二十三人」は、平城・嵯峨・淳和の三天皇を含んだ数であった。

また、『経国集』の序文では、嵯峨上皇と淳和天皇とを尭・舜に比して次のように讃美する。

尭が克譲文思なる、舜が濬哲好問なる、先聖後聖、其の揆一なり。

そして、これに続けて、

先歳昇霞の駕、叡藻猶ほ遺り、当代重輪の光、精華弥よ盛りなり。

とある。すなわち先年崩御された平城天皇および当代の嵯峨上皇・淳和天皇の御製は、輝くばかりの優れた作品でますます盛んである、との讃美である。さらに、「製令の如きに至りては、敢えて評論せず」ともあって、御製・令製への畏敬の意を表している(2)。

三集の序において、以上のような御製・令製に対する畏敬の表記は、勅撰の集として当然のことと言ってしまえることではあるが、しかし、このことは、嵯峨天皇の「文章経国」の文学観に基づいた詩文隆盛のこの時代においては、ことほど左様に漢詩文が徹底して統治のための文学という性格をもつものであったことを物語っているものなのである。

その三勅撰漢詩文集の中でも、とりわけ『文華秀麗集』は、「不刊の書(一字も削ることのできない、優れた書)」(『経国集』序)として高く評価されていたものであった。

三　渤海関連詩収載の意義

『文華秀麗集』収載の詩の作者数は、嵯峨天皇・淳和天皇を含むと二十八人となる。収載詩の総数は序に記すとおり百四十八首である。

そのうち、収載詩数の多い順に作者名を列挙すれば、嵯峨天皇 三十四首、巨勢識人 二十首、仲雄王 十三首、桑原腹赤 十首、淳和天皇 八首、小野岑守 八首、菅原清公 七首、藤原冬嗣 六首、朝野鹿取 六首、滋野貞主 六首、王孝廉 五首、良岑安世 四首の十二人が目立つ。ほかの十六人はすべて一首のみ収載された者である。これで見ると、第十七次渤海大使の王孝廉の五首収載は、破格の扱いともいえる感がある。つまり、さほどに宮廷詩壇におけるその評価が高かったことを意味するであろう。加えて渤海録事の釈 仁貞の詩も一首収載されていることも注目に値する。

渤海使節との詩の応酬の実態については、すでに先行論文に詳述されているとおり、盛んであった時期が幾度かあったのであるが（3）、現存する作品数は多くはない。そのうちの最古の作品は第四次（天平宝字二年〈七五八〉）の副使であった楊泰師の「夜聴擣衣」・「奉和紀朝臣詠雪詩」二首であるが、この二首は淳和朝の『経国集』に載ったものである。天平宝字三年は『懐風藻』が成立した年であったが、当時はその『懐風藻』序に記されてあるとおり、漢詩文の衰退を危惧し慨嘆すべき時代であり、楊泰師の詩との日本側の応酬詩は伝わっていない。

その後は、第十六次弘仁元年（八一〇）の渤海使節に対する大伴氏上の「渤海入朝」一首が『凌雲集』に収載されているのみである。

ところが、『文華秀麗集』には渤海関連詩が十二首ある。それは、弘仁五年（八一四）の第十七次の渤海大使の来日によるもので、漢詩の応酬が活発に行われたためであるが、全百四十八首のうちの十二首という詩数は一割弱を占めるもので、その収載詩数から見ても、当時、渤海関連詩への関心及び評価が高いものであったことが分かる。

『類聚国史』「渤海」の記事は、この第十七次の使節の事が、他のどの使節の時よりも詳細に書かれている。大使王孝廉、副使高景秀、判官高英善・王昇基、録事釈仁貞、鳥賢偲、訳語李俊雄の名が載るが、彼らはみな一流の文人であった。

『文華秀麗集』の渤海関連詩十二首の内訳は、以下のとおりである。

（16）奉勅陪内宴詩　王孝廉
（18）春日対雨　探得情字　王孝廉
（39）在辺亭賦得山花。戯寄両箇領客使併滋三　王孝廉
（40）和坂領客対月思郷見贈之作　王孝廉
（41）従出雲州書情、寄両箇勅使　王孝廉
（17）七日禁中陪宴詩　釈仁貞
（24）春日餞野柱史奉使存問渤海客　巨勢識人

(31) 書懐呈王中書　　仲雄王
(35) 秋朝聴鴈、寄渤海入朝高判官釈録事　　坂上今雄
(36) 和渤海大使見寄之作　　坂上今雄
(37) 春夜宿鴻臚、簡渤海入朝王大使　　滋野貞主
(38) 和渤海入覲副使公賜対竜顔之作　　桑原腹赤

これら十二首を部門別に見れば、「宴集」三首、「餞別」一首、「贈答」八首であるが、そのうち王孝廉の詩は「宴集」二首と「贈答三首」、釈仁貞の詩は「宴集」一首である。

『文華秀麗集』三巻のうちの上巻の部門とその収載詩数は、「遊覧」十四首、「宴集」四首、「餞別」十首、「贈答」十三首となっているが、その「宴集」四首のうち二首が王孝廉、一首は釈仁貞なのである。つまり「宴集」部は、四首中三首が渤海の詩人の作からなっているのである。

また、「餞別」部は、全十三首中の九首が、渤海関連詩であり、その九首のうちの三首が王孝廉の作なのである。このように部門の詩数を仔細に見てみると、『文華秀麗集』の「宴集」「餞別」の二部門における渤海関連詩の占める比重の大きさ、わけても王孝廉・釈仁貞の詩収載の意義は大なるものがあるといえよう。換言すれば、『文華秀麗集』は、これら渤海の詩人の作および渤海関連詩を収載することによって、ますます「文章経国」的文学観の意義を深めた勅撰漢詩集になしえたという捉え方ができよう。「軺は椎より変はりて華を増し、氷は水より生りて厲しきを加」(『文華秀麗集』序)えたとあるのは、むろん、作品のより秀麗に進展したことを意味するもので、この集が『凌雲集』を超えた勅撰集であるとの自負がうかがえるところであるが、桓武天皇の偉業を継承し、飛躍的に進展させつつある嵯峨天皇にとって、渤海関連詩収載は、文運隆盛の国威をより拡め、高からしめるものであったと言えよう。

今、「宴集」のうちの王孝廉と釈仁貞の詩を見てみよう。

奉勅陪内宴詩　　王孝廉
海国来朝自遠方
百年一酔謁天裳
日宮座外何攸見
五色雲飛万歳光

勅を奉じて内宴に陪る詩
海国　来朝　遠方自りす
百年　一酔　天裳に謁す
日宮　座外　何の見る攸ぞ
五色　雲飛び　万歳に光やく

七日禁中陪宴詩　　釈仁貞
入朝貴国慙下客
七日承恩作上賓
更見鳳声舞妓態（4）
風流変動一国春

七日禁中にて宴に陪る詩
貴国に入朝して下客たるを慙づ
七日　恩を承けて　上賓と作る
更に見る　鳳声　舞妓の態
風流　変動す　一国の春

この二首の禁中陪宴詩の修辞技巧については紙数の都合でここでは省くが（5）、帝徳を讃美したその詩意は、かつての『懐風藻』に載る侍宴詩群のどれともよく似るものである。たとえば、『懐風藻』劈頭に載る大友皇子の「侍宴」の詩は、以下のように天智天皇の帝徳とその治世を賛美したものであるが、他の侍宴詩はこれに宴会描写・禁苑描写を加えたもので（6）、その詩意は、どれも上記の王孝廉・釈仁貞の詩意と大同小異である。

侍宴　　大友皇子
皇明光日月
帝徳載天地

宴に侍る
皇明　日月と光ち
帝徳　天地と載す

三才　並な　泰昌
万国　臣義を表はす

三才並泰昌
万国表臣義

むろん、王孝廉らの詩は、『懐風藻』の五言古詩の詩型とは違って七言律詩であり、優れた修辞技巧を凝らした秀作といえるものであるが、じつは、『文華秀麗集』にとって肝腎なのは、言うまでもなく、天皇の徳を讃美し、「万国臣義を表はす」という意の詩を、海彼の渤海国の詩人が詠んだという点なのである。そしてこれらの詩を収載するところに、嵯峨天皇の文章経国の文学観の実りがより充ち満ちた勅撰詩集となったと言えるのである。なお、また「餞別」「贈答」の詩群は、渤海国使節の詩人たちと日本国の存問使・領客使の詩人たちとの間に交わされた友情の文学といえるもので、これらの詩の収載によって嵯峨朝における文学の場がより大きく規模を拡げ得たことを示す勅撰詩集となったと言えるのである（7）。

（1）拙稿「勅撰三集序文考——その継承と革新」（『上代漢詩文と中國文學』所収）。
（2）なお、『経国集』の「作者百七十八人、賦十七首、詩九百十七首、序五十一首、対策三十八首、分かちて両帙と為し、編して二十巻と為す」は、大方が散逸したので、作者数百七十八人の内訳は不明である。また、現存の『経国集』における渤海関連詩の内訳は、楊泰師二首、嵯峨天皇一首、滋野貞主二首、安倍吉人一首、島田清臣一首である。
（3）上田雄氏『渤海使の研究』及び同著の付録「文献目録」参照。浜田久美子氏「漢詩文にみる弘仁六年の渤海使」（『法政史学』第六十六号）・同氏「弘仁十二年の渤海使——『経国集』の漢詩を手がかりに」（『法政大学紀要』第五十七号）・同氏「渤海との文化交流——領客使と漢詩文」（『東アジアの古代文化』百三十六号）・同氏「九世紀の日本と渤海——年期制の成立とその影響」（『ヒストリア』第二百十号）・河野貴美子氏（「渤海使と平安時代の宮廷文学」『王朝文学と東アジ

ア の宮廷文学』所収）等。

（4） この句は諸本すべて「更見鳳声無妓態」とあるが、「無」では意味が解せず、こうした宴で管絃のみということはありえないことであると思うので、私案によって「更見鳳声舞妓態」とした。詳しくは「渤海関連詩を読む」（「アジア遊学」第54号以下の号連載）の第七回を参照のこと。

（5） この二首の口語訳および注釈などは、注（4）と同上。第六・七回参照。

（6）『懐風藻』侍宴詩考——作品構造とその類型」（『上代漢詩文と中國文學』所収）。

（7） 拙稿「渤海の文学——日渤応酬詩史概観」（「しにか」通巻102号）（『宮廷詩人菅原道真』所収。）原題「遣唐使人の文学」（「東アジアの古代文化」第123号）（同上書所収）。

第四章　空海の詩文

――その文学性と同時代への影響――

一　前　言

空海は、延暦十六年（七九七）二十四歳の時、儒教・道教及び小乗仏教を批判して、大乗仏教への道を、処女作『聾瞽指帰』（後に『三教指帰』）二巻に示した。この書は、忠孝思想と無常観とを支柱にした、儒道仏三教優劣論の思想書であるが、同時にまた四六駢儷文による文学的修辞を凝らした文学作品でもある。それは、『文選』所収の諸作品にも劣らない優れた文学的価値を有する。今、その文学性について論及したいが、まず先に思想書としての概略を述べておこう。

この書は、日本思想史の上から見ると、第一にその明快にして且つ重厚な理論体系をもつ点で優れる。それと言うのも、奈良朝末期から平安朝初頭にかけて、三教を体系的に論じたものは本書のみだからである。もちろん三教に精通した知識人はいたのであるが、たとえば、山上憶良の「沈痾自哀文」のように、それは自己救済のために三教の教理をすべてを受け入れることに終始した。また孔子と老子の優劣を弁じさせた対策文もあるが、本書の比ではない。当時、三教論関係の文献は、『広弘明集』をはじめ数多渡来しており、青年空海もこれを繙いたであろうが、しかし、本書は、そうした中国の三教論争の影響のみによって著わされたものではなかった。凡夫の愚陋蒙昧の心を直視することに始まって、自らの修行の体験を、内外の典籍を用いて理論化したものである。そのことは「唯だ憤懣の逸気を写せり」（序）と、自ら発憤の書であることを強調していることからも知られる。

空海の宗教上の理論体系は、晩年の『十住心論』天長七年（八三〇）に結実するが、それは『大日経』『華厳経』等の内典や五経をはじめ外典に拠りながらも、自らの宗教的体験に基づいて、つぎつぎに高次の境地を展開し、遂に密教の秘鍵を開くに到らしめるものである。これは『聾瞽指帰』以来一貫した著述態度なのであって、湯浅泰雄氏の説かれるごとく、「修行と瞑想体験を基盤にした哲学」であった。この意味で空海は「独特の思想体系を構築した最初の日本人」（湯川秀樹氏）なのである。空海の偉業は平安京という大きな器に、嵯峨朝の唐風化（国際化とも称し得る）の路線に沿って盛り込まれた、大きな文化そのものの一つであった。

『聾瞽指帰』二巻の内訳は、序一篇・論三篇・五言古詩一首から成り、論の中に頌一首（「写スレ懐頌ヲ」）・賦二首（「観ズル二無常ヲ一賦」）・「生死海ノ賦」）を含む。これらが互いに有機的に支え合い構築されて一書をなしているが、また個々に独立させても、それぞれが優れた文学的価値をもつ。そもそも空海は、本書を著わすにあたって『文選』所収の諸作品を殊更に意識した。そしてこれに比肩し得るものを著わそうとする文学的創作意欲を、はっきりと序文の中に記しているのである。序文（総字数四百六十七字）は、文学評論的内容を主とするが、殊に『文選』作品に触れて以下のように記す。

曹建が詩も未だ齟齬《そご》を免れず、
沈休が筆も猶ほ病累多し。
（中略）
余恨むらくは高志妙弁妄《みだ》りに雅製に乖《そむ》くことを。
加ふるに山を歴《へ》楼に登るに、
孫・王の巧無きことを羞《は》ぢ、

江に臨み海に汎ぶに、
木・郭の才無きことを慨く。

曹植・沈約のことを言い、孫綽・王粲・木華・郭璞らのごとき文才の無いことを慨嘆するところ、余程『文選』所収の諸作品を強く意識している。かつて岡田正之氏は、本書が司馬相如の「子虚・上林賦」の結構に倣うところがあると指摘されたが、単に倣うというよりもむしろ『文選』を凌駕する意気込みで創作されたものと言い得る。（なお、本論の「亀毛先生論」中にも、韋昭の「博奕論」や宋玉の「登徒子好色賦」を始め揚雄・班固・禰衡などの名が見える。）

そして空海の意気込みどおり、これら各作品は、思想内容は言うに及ばず、その規模・構造・修辞技巧などすべての点で傑出した文学性を有する、未曾有の出来栄えである。本論部（「亀毛先生論」「虚亡隠士論」「仮名乞児論」）三篇は言うまでも無く、論の中の「生死海賦」一首を見ても、一千字を超える大作である。奈良・平安朝の賦で、量的にこれを越えた作品は無い。それというのも、当時の宮廷漢詩人たちは、『文選』や正史・五経の古典、それに類書等を範としながらも、絶えず同時代の中国の文学の流行を享受し、すばやく新様式を取り入れてきた。詩における五言詩の短篇化・賦の短篇化などはその顕著な例である。しかし青年空海は、いまだ宮廷の文学圏とはほとんど無縁であったので、そうした動向に自らの文学観が左右されることは無かった。これを要するに、『聾瞽指帰』は、文才豊かな空海が、沈思翰藻の文学観をもつ『文選』に正面から体当りした作品なのであったと言えるであろう。

二　修辞と達意と

空海は、延暦二十三年（三十一歳）に渡唐し、大同元年（三十三歳）に帰朝した。帰朝後の空海は次第に嵯峨天皇と宮廷漢詩人たちとの交友を深めていった。入唐及び宮廷人との交わりによって空海の詩文に、新たな作風が加わったことは言うまでもない。しかしそれは作風が変容したことを意味しない。従来の『文選』的文学観は終生持ち続けたのである。それはたとえば、「遊山慕仙詩」五百三十言の五言詩長篇や『秘蔵宝鑰』の文体等から窺える。そして一方では、中唐の達意主義的な文体や中唐の宮廷詩に詩風をもつ作品をも創作している。空海入唐時は、韓柳や元白の活躍し始める直前の時ではあるが、盛唐以来、修辞主義から達意主義へと文体は大きく変わりつつあり、また徳宗皇帝下の詩壇隆盛（大暦の十才子等）の余波が感ぜられる状態であった。そうした文学の流れを空海は的確にとらえて、以後の詩文創作に加味していった。そこには、修辞と達意との相剋は見られず、二つの文体を使い分け、補い合って自らの文学を拡大させていった形跡が伺えるのみである。たとえば前述の『聾瞽指帰』の序文と、帰朝後に改題改序した『三教指帰』の序文とは明らかに文体が異なる。

・夫れ列飇《れつぴよう》倏起《しゆくき》す、起るは虎の嘯《うそぶ》くに従ふ。暴雨霶霈《ぼうはい》たり、霈たるは兎の離《やど》るを待つ。是を以て翽翽《かいかい》たる丹鳳、翔《かけ》るは必ず由《ゆえ》有り。蜿蜿たる赤龍、縁に感じて来り格《いた》る。是の故に詩人は或は宴楽に倍して以て娯意を奏し、或は患吟を懐いて而して憂心を賦す。
（『聾瞽指帰』序）

・文の起るや必ず由有り。天朗らかなれば、則ち象を垂れ、人感ずれば、則ち筆を含む。是の故に鱗卦《りんか》・聃《べん》篇・周詩・楚賦、中に動いて紙に書す。凡聖貫殊に、古今時異なりと云ふと雖も、人の憤りを写す、何ぞ志を言はざらむ。
（『三教指帰』序）

右は同じく冒頭の、文学の発生を説く部分であるが、前者は讖緯思想を踏まえて修辞に凝るが、後者は簡潔で直截的な文体である。すなわち前者は文学書『聾瞽指帰』の序文であり、後者は思想書『三教指帰』の序文として相応しい文体と言えるのである。
右の二つの文体は、晩年の作品にも以下のように使い分けられている。

・夫れ蟭螟《しょうめい》は大鵬の翼を見ず、蝘蜓《えんてい》何ぞ難陀《なんだ》が鱗を知らん。蝸角は穹昊《きゅうこう》の頂を衝《つ》くことを得ず。僬僥《しょうぎょう》何ぞ能く溟《めい》渤《ぼっ》の底を践《ふ》まん。生盲は日月を見ず、聾聵《ろうがい》は雷鼓《らいく》を聞かず。（『秘蔵宝鑰』）

・夫れ大仙の物を利するや、名教もて基と為し、君子の時を済《すく》ふや、文章是れ本なり。故に能く空中塵中に、本有の字を開き、亀上龍上に、自然の文を演《の》ぶ。（『文鏡秘府論』序）

前者『秘蔵宝鑰』は、『十住心論』の略本と言われているが、単に内容を圧縮したものではなく、明晰な構造をもち、更に修辞の勝った文体でもある。事象の列挙・比喩の用い方等に明らかに『文選』的文学観が伺えるものである。後者は六朝・唐代の文学評論の集大成の書であるから、全体に修辞性を廃して論理の明快性を主とする文体で統一している。

その他、「沙門勝道歴テ二山水ヲ一瑩《みが》クノ二玄珠ヲ一碑」・「大和ノ州益田ノ池ノ碑銘」を始め、表・啓・書・願文等の作品は、みな前者の文学観から成るものであり、『十住心論』以下宗教関係の書は後者の達意主義の文体に拠っている。

空海の詩については、先述したように、帰朝後も、「遊山慕仙詩」等の長篇を著わしたが、同時に渡唐中の詩や帰朝後の天皇・官人との交流において雑言・七絶等（『経国集』・『性霊集』所収）により、当時の梵門詩流行の先導的役割を果たしている。

要するに、空海においては、詩文ともに、青年期に培った『文選』的文学観を根幹としつつ、中唐期の詩文の作風、及び、宮廷文壇の流行を包含して、自らの文学を広く深く推し進めて行ったのである。それは、『文鏡秘府論』・『文筆眼心抄』を繙くことによっても確認し得るところである。

三　無常観と無常感

空海の著作は、文学史上の巨峰であり、後世への影響は甚大であるが、今その同時代に限って、一、二の例を掲げよう。

平安朝以降、わが国の文学には無常感が色濃く投影されてゆくが、その淵源の一つを、最澄・空海に認めることができる。無常観と言えば、夙に推古朝の聖徳太子が、この世の無常を観じて「世間虚仮」（「曼陀羅繍帳」）と道破したのであったが、その無常観は、奈良朝の仏教徒や宮廷の知識人層の漢詩文には影を落としていない。それが表われるのは、まず『万葉集』も後期の、山上憶良・大伴旅人・家持らの詩歌においてであった。〈世の中は空しきものと知る時しいよよますます悲しかりけり　旅人〉〈天地の遠き始めよ世の中は常無きものと……家持〉等は、世の無常をはっきりと自覚した歌人の声である。だがこれらは仏教の無常観に啓発されながらも、その悲哀を嘆じるのみの無常感にとどまっている。

万葉後期の歌人たちが、悲哀のまなざしで無常を歌い上げていた頃、これに少しく後れて最澄、更に十年近く後に空海が、それぞれに、この世の無常を強く観じて、苦修練行の途についた。すなわち最澄は延暦四年（七八五）二十歳の時に衆生済度の悲願を立てて「願文」を著わし、比叡山に籠る。その「願文」の前半のあたりに以下のごとき記事がある。

> 風命保ち難く、露体消え易し。草堂楽しみ無しと雖も、然も老少白骨を散じ曝《さら》す。土室闇く迮《せま》しと雖も、貴賤魂魄を争ひ宿す。彼を瞻《み》己れを省みるに、気の理必定せり。仙丸未だ服せず、遊魂留め難し。命通未だ得ず、死辰

何とか定めむ。

人の世の無常を綿々と綴って、求道心を燃え立たせているくだりである。

空海は、前述のごとく延暦十六年（七九七）二十四歳の時、『聾瞽指帰』を著わし、その前後に山野を跋渉したが、同書下巻には『観《ズルノ》二無常一賦《ヲ》』（八百六十四字）が載る。無常の様を多彩な比喩で表現するが、たとえば美女の変衰の様を以下のように描写して、無常を説く。

朱を施せる紅瞼は、卒に青蠅の蹋蹴《とうしゆく》たり。
丹に染めし赤脣は、化して烏鳥の哺宍《ほじく》となる。
百媚の巧笑は、枯曝の骨中に更に値《あ》ひ難く、
千嬌の妙態は、腐爛の体裏に誰か敢て進まむ。
峨峨たる漆髪は、縦横として藪上の流芥となり、
繊繊たる素手は、沈淪《ちんりん》として草中の腐敗となる。
馥馥《ふくふく》たる蘭気は、八風に随つて飛び去り、
涓涓《けんけん》たる臭液は、九竅《きゆうきよう》に従つて沸き挙がる。

無常を観ずることは、仏教悟得への道の一つであるから、最澄・空海が右のように無常観を説くのは宗教上の問題ではある。しかしそれが駢文や賦によって詠じられている点、これらを無常観の文学の系譜の先例として位置付けることも可能であろう。

空海は右の他にも、渡唐中に入手した『劉希夷集』中の「代下悲二白頭一翁上」に、無常感の主題を読みとり、自作

の「入レ山興」（雑言詩）にその影を残した。また同集を嵯峨天皇に献上し、御製及び宮廷詩人の作（殊に『文華秀麗集』所収の作品）に影響を与えた。更には前述の「遊山慕仙詩」中にも景物の変衰を描写して無常を詠じ、最晩年の作『秘蔵宝鑰』の序にも、〈生れ生れ生れ生れて生の始めに暗く、死に死に死に死んで死の終りに冥し〉とある。

八世紀初頭のこの二人の高僧によって、無常は内奥深く観ぜられ、修辞を凝らして詩文に詠じられた。以後の日本文学に見え続ける無常観もしくは無常感の淵源の一つは、ここに求められると言えるであろう。殊に空海については、その入定の後に世に現れた「いろは歌」や「玉造小町子壮衰書」までも、彼の作と信じる風潮があったのは、それらのもつ無常感が明らかに空海に発するものであったことに拠るのである。

四　山岳清浄と梵門詩

平安仏教は鎮護国家を標榜しつつも、山岳仏教の性格を帯びていた。最澄・空海も山岳の清浄を説き、それぞれ比叡山・高野山に道場を開いたのであった。最澄は、『顕戒論』下巻に、「玄奘山に入る」の故事を踏まえて、山岳を洗浄な場と説き、山岳は仏道修行に最適且つ不可欠の地であると論じた。空海は、「入《ル》レ山《ノ》興《ニ》」や「山中有《ル》二何《ノ》楽《シミカ》一」等の雑言詩によって自らの体験を通して語り、また「於二紀伊国伊都郡高野《ノ》峯《ニ》一被《ルノ》三請《ケ》二乞《ハ》入定《ノ》処《ヲ》一表」等にも山岳の清浄な様子を示している。この山岳及び寺院の清浄観が、嵯峨朝の詩壇に影響して、彼らの文学の場を拡げ、山水描写の興趣を深めて、言わば仏教的自然観をも芽生えさせたのである。ただし平安仏教の興隆は、光仁・桓武・平城・嵯峨の歴代天皇の仏教政策が功を奏したものであり、平安朝初頭の梵門詩の流行もこのことを抜きにしては語れない。

また、当時の僧侶で、天皇及び宮廷人と詩賦の交流があったのは、最澄・空海・玄賓・永忠・光定等を数え得るのみで、しかもとりわけ空海のみが傑出していたのであった。したがって梵門詩の流行というのは（勅撰三集で見る限り六十五首現存するが）もっぱら天皇と宮廷漢詩人たちにおいてのものであった。（とりわけ嵯峨天皇は、仏教に帰依し、譲位後ただちに空海より灌頂を受けた方であり、梵門詩は二十一首も現存する。）

梵門詩の特徴は、詩中に仏教用語を用い、仏教の教理を垣間見ようとする点にある。けれどもそれは自ら努力して悟得の境地を究めようとする主題の作品よりも、高僧の心境を慕い、寺院という聖地を讃仰する傾向の作が圧倒的に多い。したがって「雪深く渓路遥かなり」・「人蹤絶す」また「雲峯の裡」とかの詩句が頻用された。詩題としては、前述の高僧らとの贈答詩と、「過《ギル》二〇〇寺《ニ》一」とが最も多い。そしてこれらの梵門詩に見える清浄観は、最澄・空海の求めたそれに追随し、同化したものなのである。嵯峨天皇の詩を一、二見てみよう。次は「与二海公一飲レ茶《ヲ》送《ル》レ帰《ルヲ》レ山《ニ》一」の詩。

道俗分かつて数年を経たり
今秋晤語するも亦た良縁なり
香茶酌み罷めて日云《ここ》に暮れ
稽首して離《わか》れを傷み雲煙を望む

結句の「雲煙」に清浄なる仏界への憧憬の眼差を感じる。また、「見《ル》二老僧《ノ》送《ル》レ帰《ルヲ》レ山《ニ》一」の詩。

道性本来塵事遐《とお》く
独り衣鉢を将《もつ》て煙霞に向かふ
定めて知る秋山の路を行き尽くし
白雲深き処是れ僧家なりと

山中の寺院の清浄性を讃仰してやまないのである。ただし、こうした詩の発想には、唐王朝の仏教詩の詩風が投影していることも見逃せない。右の詩の場合も、唐の釈霊一「僧院」七絶中の「限り無き青山行くゆく尽きむと欲し白雲深き処老僧多し」と酷似する。すなわち嵯峨天皇と宮廷人たちは、仏典を繙き、僧侶と交友し、寺院を訪れると共に、中国の仏教詩の詩風をも学んで詩才を磨いたのである。そうした詩壇で折々に披露された、空海の孤高の境地を歌い上げた作品は、大きな光を放って宮廷人を魅了したことであろう。殊に「入《ルノ》レ山興《ニ》」と「山中有《ニル》二何《ノ》楽《シミカ》一」とは、山岳修行中の空海の姿までも彷彿させる佳吟である。〈南山の松石は看れども厭かず　南嶽の清流は憐み已まず〉（「入《ルノ》レ山興《ニ》」）は、山岳の清浄観を体得した人の絶唱であり、また、〈澗水一坏朝に命を支へ　山霞一咽夕に神を谷《やしな》ふ……山鳥時に来りて歌ひて一奏し　山猿軽く跳ねて伎は倫に絶す　春華秋菊笑つて我に向かひ　暁月朝風情塵を洗ふ〉（「山中《ニ》有《ル》二何《ノ》楽《シミカ》一」）などのくだりは、山中の楽しさを活写して、まさに空海の独擅場である。

第五章　空海の山岳詩

一　前　言

空海は若い頃より常に山岳修行僧であり続けた。その詩文集『性霊集』は、開巻劈頭の「遊山慕仙詩」をはじめ、山岳の奇観や山居の清浄さを詠じた作品が多く、山岳文学の一面をもつといえる。

しかしまた、高野山に山居修禅しながら、空海の対社会における宗教的文化的活動は幅広く且つ遍く深く浸透していったことも周知のとおりである。文学面に限ってみても、その弘仁・天長の宮廷詩壇における影響力は甚だ大きいものがあった。たとえば彼が唐より請来した詩文集や詩論書は、宮廷詩人の詩嚢を豊かにしたし、またその編著『文鏡秘府論』や彼の詩文を通して、自然観、文学観を深めた文人も少なくなかった(1)。空海は山居しつつも、皇室であれ僧俗であれ時機あらば積極的に需めに応じて活動した。そうした空海の姿勢について、一、二卑見を述べたい。

二　山岳修行僧

日本の山岳修行僧には、すでに奈良期以前に、役の小角のごとく密教をとり入れていた者もあり、行基に代表されるような私度僧も多くいた。しかし、それらの中には、民衆を混迷させたり、また反体制的な勢力をもつ集団も生じたりしたので、朝廷は仏教の統制にのりだし、民衆仏教禁止の詔及び異端・幻術・厭魅呪咀禁止の詔等を発して禁圧につとめた。無論『僧尼令』では私度僧を禁止しており、また僧の山岳修行についても、養老二年（七一八）の太政官布告に、「凡そ諸の僧徒は、浮遊せしむることなかれ」と禁じている。すなわち、山岳修行者は、「其の居、精舎に非ず、行は練行に乖《そむ》き、意に任せて山に入り、輙《たやす》く菴窟を造るは、山河の清を混濁して、煙霧の彩を雑熏する」者であるから、「斯くの如き輩は、慎みて禁喩を加へよ」(2)というものである。この山岳修行の禁は、藤原仲麻呂の乱、すなわち天平宝字八年（七六四）に、更に厳しい勅令が発せられた。しかし、僧徒にとって出塵行道は欠くべからざることであるとして、宝亀元年（七七〇）十月には僧綱より解禁の願いが奏上され、許可されるところとなった。

丙辰（二八日）、僧綱言《まを》す。去る天平宝字八年の勅を奉りて、逆党の徒、山林寺院に於て、私《ひそ》かに一僧已上を聚《あつ》めて、読経悔過する者は、僧綱固く禁制を加ふ。是れに由りて山林樹下、長く禅迹を絶ち、伽藍院中、永く梵響を息《や》む。俗士の巣許すら、猶ほ嘉遁を尚ぶ。況むや復た出家の釈衆、寧ろ閑居する者無からんや。伏して乞ふ、長往の徒、其の修行するを聴《ゆる》さむことをと。詔して之を許す。

（『続日本紀』巻三十一）

即位直後の光仁天皇は、詔してこの禁を解いた。右の奏上のうち、「俗子巣父や許由すら嘉遁を尚ぶ。まして出家の釈衆にはなおさら山林閑居は重要で不可欠なことである」とあるのは、単に解禁を要求するのみでなく、僧徒の山岳修行の必要性を強調しているのである。この山岳修行解禁の詔は、平安期の山岳仏教隆盛への一因となったものといえよう。ただし、右の僧綱の奏上が聴き入れられたからといって、以後、自由に山岳修行が認められたわけではなく、それは『僧尼令』の規定に従ってのみ許されるものであった。すなわち『僧尼令』には、「意に寂静を楽《ねが》ひ、俗は交はらず、山居服餌を求めんと欲する者」は、三綱の連署の上、所定の管轄下で法的な手続きをとって許可される、とある。

この詔の後、諸処に山林寺院が建立された。宝亀元年（七七〇）、紀伊国粉河寺建立。延暦元年（七八二）、徳一が筑波山に中禅寺を建立。三年（七八四）、勝道が日光に神宮寺を建立等である。そして四年七月には、具足戒を受けた最澄がはじめて比叡山に登龍している。青年空海が、優婆塞の身で山野を跋渉し、山岳修行に励んだ延暦の頃は、ほぼこのような趨勢であった。すなわち、空海のような優婆塞とか私度僧の山岳修行は、もとより公けには認可されるものではなかったが、しかし時代的には、漸々に山岳仏教興隆の起運が生じていたのである。

三　空海の山岳観

修行者にとって、山林閑居が望ましい環境であることは言うまでもないことであるが、衆生救済を目指す僧徒にとっても、山林閑居はなくてはならないものであろうか。また山岳に寺院を建立することにどのような積極的な意義があるのか。言うまでもなく、深山幽谷に霊妙なはたらきがあることを感得することは、中国魏晋の玄言詩や宋の宋炳の画論中の山水観に窺え、由来、隠遁思想にも見えるところである。また日本古来の山岳信仰は、山岳の霊威に深く観応するところから発してもいた。仏教においては、山岳は何を意味するのか。たとえば『大日経』具縁品には、

行者悲念の心をして、当に為に平地を択ぶべし。山林に華果多く、悦意の諸の清泉は諸仏の称嘆したまふ所なり。応に円壇の事を作すべし。

とあり、『大日経疏』にも、

諸の勝処の中には、最も山林を以て上とす。

とある(3)。空海が「禅経の説に准ずるに、深山の平地、尤も修禅に宜し。」(4)と言うのは、これらの経典に拠るのであろう。しかし、この『大日経』の経文は山林に華果多しと言うのみで詳しくは説かない。空海はその理由を明確に示す。それは彼の詩文中の諸処に見えるが、たとえば弘仁五年（八一四）の「沙門勝道歴二山水一瑩二玄珠一碑」の冒頭には、次のごとく記す。

蘇巓鷲嶽《そてんじゅがく》は異人の都する所。達水龍坎《だっすいりょうかん》、霊物斯《ここ》に在り。異人の卜宅する所以、霊物の化産する所以為は、豈に徒然ならんや。請ふ試みに之を論ぜむ。

右の大意は、以下のとおりである。須弥山には帝釈天が住み、霊鷲山には釈尊が住む。また阿耨達池には霊獣の龍が住む。そのような峻嶺や幽池を、異人（釈尊や帝釈天）や異物（龍）が居処するのにはわけがある云々。すなわち峻嶺幽池のもつ霊妙なはたらきを説こうという書き出しである。峻嶺幽池と異人異物とには不可分の関係があることを想定した主旨である。そこで空海はまず境と心との関係から説きはじめる。

夫れ境は心に随つて変ず。心垢《けが》るれば則ち境濁る。心は境を逐ひて移る。境閑《しづ》かなれば則ち心朗らかなり。心境冥会して、道徳玄存す。

右の大意は、閑静で且つ清浄な地において、心は明朗となり、それによってこそ天の上道とそのはたらきである人の至徳とがほんとうに存在するのである、というものである。仏道修行に出塵閑居の場が望ましい理由は、この記事にすでに言い尽くされている。そしてそれはまたいわゆる隠遁思想で説くところとさして変わらないものでもある。しかし空海は、この心と境との論を、単に修行者と山岳との関係を説くために用意したのではなかった。すなわち仏教上の偉大な霊験の事例を掲げる前提として述べているのである。

　能寂《のうじゃく》常に居りて以て利見し、妙祥鎮《つね》に住して以て接引《せふいん》し、提山《だいせん》に迹を垂れ、孤岸に津梁するが如きに至りては、並びに皆仁山に依り智水に託し、台鏡瑩《みが》き磨いて、機水に俯応せざる者靡《な》きなり。

右の大意は以下のとおり。釈尊は佉羅提耶山《からだやせん》に住んでいて、種々に化身して衆生を救済し、文殊菩薩が補陀洛山に住んで衆生を手引きし済度するようなことになってからは、すべて修行者は、仁智の徳を具現する山水に身を託して、修行を重ね宗教心を発動させるようになった。

すなわち、峻嶺幽池には霊威がある。それ故に異人霊物がそこに住む。そして異人霊物が住む故に、ますますその峻嶺幽池の境には、霊力が高まり、奇瑞が絶えない、という山岳観である。この山岳観は、右の碑文を記した二年後の弘仁七年（八一六）に、高野山を禅定の地として賜わりたいという次の上表文にも見える。

　沙門空海言す。空海聞けり、山高ければ雲雨物を潤し、水積れば魚龍産化すと。是の故に耆闍《ぎじゃ》の峻嶺には能仁の迹休せず。孤岸の奇峰には観世の蹤相続す。其の所由を尋ぬれば、地勢自《おのづ》から爾《しか》るなり。又、台嶺の五寺に禅客比肩し、天山の一院に定侶連袂する有り。是れ国の宝、民の梁《はし》なり。

（「於二紀伊国伊都郡高野峯一被レ請二乞人定処一表」）

右は、その冒頭である。まず、高山深海の森羅万象におよぼす霊力の存在を説く。同様の表現は、「勧二唱鐘知識一文」にも「夫れ滄海は鱗甲の潜む所、泰岳は翔蹄の集まる所なり。」とある。このように空海は常に高山深海に神秘の霊力が存することから説きはじめる。そこで神秘の霊力が宿る故に、その霊鷲山には釈尊が垂迹して奇瑞が絶えないのであるし、補陀洛山には観音菩薩が応現して霊験が続いておこるというのである。つまり、奇瑞や霊験がおこるわけは、峻嶺奇峰という地勢に拠るのである。それ故、中国においても五台山の五寺や天台山の一院には、多くの僧徒が集まり修行をしている、と説く。そしてこれら山林の修行者こそ、国の宝であり、民衆を救済する架け橋となる人々である、とある。

右の上表文は、次に、我が朝の現状に及び、歴代の皇帝は心を仏法に寄せられ、立派な伽藍が朝野に並び建立されて、仏法の教義を説く名僧が輩出し、仏法は興隆した、と記す。しかし、このように一応現状を肯定した後で、以下のように説く。

但だ恨むらくは、高山深嶺に四禅の客乏しく、幽藪窮巖に入定の賓希なり。実に是れ禅教未だ伝はらず、住処相応せざるが致す所なり。今、禅経の説に准ずるに、深山の平地、尤も修禅に宜し。

いまだ高山深嶺において禅定を修する者が少ないが、それは実は密教の禅定の教えが伝わっていないために、修行の場が相応しくないのである。今、密教の経典に照らして考えるのに、深山の平地が、もっとも禅定を修めるのに適っている。という意。すなわち、ここには密教の禅定の場は、高山深嶺の地でなければならないという強い主張が見られる。

以上のように、空海は、山岳の霊威を説き、それと異人（釈尊）との深いつながりを指摘し、そこから生じる奇瑞や霊験に言及して、深山に禅定を修する寺院を建立する必要を説く(5)。この明解な山岳観は、隠遁者のものにも、また従前の山岳修行者のものにも見えないものである。すなわち、山岳仏教の真の意義は、空海によって明確にされたといえるのである。
空海が少年の日、山野を跋渉したことは彼自ら詩文の諸処で語るところであるが、その若き日、虚空蔵求聞持法を修して霊験を得、また入唐して恵果和尚より伝法潅頂を受けた後も、空海は山中に禅定し、密教の咒験力を養うことに勤めたのであった(6)。

四　白雲の人

ところで、引仁・天長年間の嵯峨天皇を中心とする宮廷詩壇では、梵門詩も流行したが、それは高僧との贈答詩や山岳の寺院を訪れた内容のものがほとんどである。高僧の住する山岳の寺院の幽勝の詠述に詩才をふるうが、その山岳描写の巧みさが詩の世界をふくらませて、梵門詩を単なる仏教臭のみの梵門詩におわらせていない。

渓流に猿と共に漱ぎ
野飯を鬼と相飡ふ
（嵯峨天皇「和下光法師遊二東山一之作上」）

幽奇なる巖嶂泉水を吐き
老大なる杉松旧藤を離《か》く
（嵯峨天皇「過二梵釈寺一」）

飛桟樹杪雲を踏みて過ぎ
石燈岩頭煙を払ひて通ふ
（淳和天皇「扈二従梵釈寺一」）

山岳仏教の隆盛は、おのずから詩人の目を山岳に向けさせて、煙霞幽藪の山水観がひらかれていった。しかもそこには仏道を修する高僧の存在があって、現に宗教的な清浄さが流れている。それはかつての懐風藻詩人たちの仙境にあこがれていた吉野詩の山水観とは似て非なるものであった。

ところで、その梵門詩では、高僧たちの住処を表現するのに、「雲峯の裡」・「雲嶺の禅扃」とか、「雲煙に臥す」とある。山岳の寺院はまさしく朝夕に雲霧のかかる所であろうが、言うまでもなくこれは実景であるとともに、塵俗からかけ離れた、浄明の世界の象徴的表現である。その地は「人蹤絶え」ているのである。そして宮廷詩人たちは、梵釈寺や延暦寺、また北山の寺院など山岳の寺院の描写には共通して白雲のイメージを用いた。とりわけ嵯峨天皇の次の詩などは、白雲が最も象徴的に用いられている。

老僧の山に帰るを見る　嵯峨天皇

道性本来塵事遐《はる》かなり
独り衣鉢を将《も》つて煙霞に向かふ
定めて知る秋山の路を生き尽して
白雲深き処《ところ》是れ僧家なることを

詩題を老僧とのみ言って特定の高僧名にしていないのも、この詩を味わい深くしているが、詩中の「白雲深き処」は、その山岳の寺院の清閑にして清浄なることを暗示している。

山林修行者に白雲はつきものだが、「弱冠より知命に及ぶまで山藪《さんそう》を宅《いへ》とし、禅黙《ぜんもく》を心とし」(7)た空海は、「雪の中に肱を枕にし、雲峯に菜を喫ふ」(8)修行を積んだ人であって、以下に示すようにみずから「白雲の人」(9)と称している。すなわち山林修行者の意味である。

蒼嶺白雲観念の人　（「勅賜屏風書了即献表詩」）

方袍苦行す雲山の裏　（「奉レ謝二恩賜百屯綿兼七言詩詩一」）

また、

雲中に独り坐して松と与に老いたり
万事に情無くして唯だ道を念ふのみ　（「和二陸州東博士一」）

吾此の山に住して春を記《おぼ》えず
空しく雲日を観て人を見ず　（「南山中新羅道者見レ過」）

白雲軽重山谷に起こり
蒼嶺高低本《もと》空に入る　（「秋山望二雲雨一以憶二此心一」）

とある。真済の「遍照発揮性霊集序」に、「或るときには煙霞に臥して独り嘯いて意に任せて賦詠す。」と、空海の詩作の一面を示すが、これらの詩句にはその感がある。空海自らは呪験力を得るための修行を続けたが、その中でも詩情を涸らすことはなかった。たとえば高僧玄賓の巡錫についても次のように詠んでいる。

形は山水に静かなり、
神《たましひ》は煙霞に王たり。
春の花は錦を織る、
之に対《むか》つて情《こころ》を陶す。
秋の葉は帷を散ず、
之を見て帰ることを忘る。

（「贈二玄賓法師一勅書」）

玄賓法師その人を詠んだものであるが、それに共鳴する空海の心も偲ばれるものである。

嵯峨天皇が「間僧久しく住む雲中の嶺」（「贈レ綿寄二空法師一」）と詠み、仲雄王が「仏隴白雲の情」（「和二澄上人臥レ病述懐之作一」）と詠んだものと、空海がみずからを「白雲の人」と詠んだものとは、ほとんど等しい詩境であるといえるかと思う。その点、引仁・天長詩壇は山岳仏教の世界を詩中によく詠み得ている。しかし山岳修行を実践する者と、これを遙か遠くより望む者とでは、おのずから隔たる面も大きい。「沙門勝道歴二山水一瑩二玄珠一碑」は、日光山開山の勝道上人の徳を讃えたものであるが、この優れた登攀記は、勝道と同じ密教修法を行じた空海でなければ書けないものであった。また次の詩も、山岳修行者にして詩才豊かな空海ならではの作である。

納涼房に雲雷を望む

雲蒸して谿は浅きに似たり
雷渡つて空は地の如し
颯颯として風は房に満ち

祁祁《きき》として雨は飂を伴なふ
天光暗くして色無く
楼月待てども至り難し
魑魅《ちび》は媚びて人を殺す
夜深くして寐ぬる能はず

　　後夜に仏法僧の鳥を聞く
閑林に独坐す草堂の暁
三宝の声一鳥に聞く
一鳥声有り人心有り
声心雲水倶に了了

前者は高雄山寺での壮年期の作。後者は高野山での晩年の作である。

五　空海と良岑安世

空海と直接に詩文の交流があった皇族・官人・僧侶ら文化人の数は実に多い。弘仁・天長期の漢詩文は、言うまでもなく嵯峨天皇を軸として展開したのであったが、その文学圏に重なるようにして空海を軸とした文学圏を想定してみることも可能であろう。嵯峨天皇との親密な交流は、たとえば御製の「与二海公一飲レ茶送レ帰レ山」などの詩情からは、時に詩友の間柄であったかとまで思わせるものがある。また、藤原冬嗣・良岑安世・仲雄王・小野岑守らとの詩文の交流にも親密なものがあった。無論それらは、文学上の範疇にとどまるものでなくすべて密教布教上に及ぶ事柄であったが、とりわけ冬嗣・安世兄弟との交流は、空海の宗教活動に深くかかわるものであった。たとえば空海自身、冬嗣への書簡の中で、「両相の知己に憑《よ》るに非ずんば、何ぞ三密の玄風を扇がむ。」と言い、僧俗力を合わせて密教流布の機縁を熟さしめ、民衆を救済することは、「二公の舟梁、貧道の宿誓なり。」と言う。

『性霊集』巻一には、この良岑安世に宛てた五篇の作品が載る。その冒頭に「良相公、我に桃李を投ず。余報ずるに一章の五言の詩と三篇の雑体の歌とを以てす。」とある。それは、「良相公に贈る詩」・「山に入る興」・「山中に何の楽か有る」・「徒らに玉を懐く」であり、それに「蘿《ら》皮《ひ》函《かん》の詞」が文箱に記されたのであろう。この作品群は成立年が不明であるが、おそらく作品の内容からして推して、高野山開創後まもなくの時、すなわち弘仁九年（八一八）の頃の作であろう。良岑安世という、詩人にして密教信奉者であり且つ年来の支援者からの問いかけは、山居冥想のよろこびを伝えるのに、絶好の機会であった。すなわち、この五篇の作品の成立は、空海と安世とが知音の間柄であったことによるものである。

五篇は、それぞれ独立した作品だが、同時に互いに有機的なつながりを持っている。すなわち、「贈二良相公一詩」は、この作品群の主題をあらまし示し、次の「入レ山興」は、俗世の厭うべきことを主に述べ、「山中有二何楽一」で山居冥想のよろこびを歌い、「徒懐レ玉」で、深山に居る理由を説く。「蘿皮函詞」は、山中よりこれを贈ることを言うのみ。展開のしかたから見て、問答を繰り返した構成となっているが、空海が雑言詩に問答形式を用いて、一度にまとめて著わしたものである。

孤雲定処無く
本自《よ》り高峯を愛す
知らず人里の日

月を観て青松に臥す

（「贈二良相公一詩」）

右は、詩の冒頭である。高野山中のくらしぶりを描いて、そのまま白雲観念の人空海の自画像となっている。詩は、次に安世の手紙に対する礼を述べたあと、

伝燈は君が雅致なり
余も愚庸を済ふことを誓ふ

と述懐する。仏法を世に保持し伝えることはあなたの願いであり、私も衆生を救うことを誓っている、というのである。すなわち、利他の心を抱くことにおいて、二人は同じであるという。安世の心を深いところで了解し、自らの立場を表明して、二人の悲願の一致することを確認する。

しかし、利他の心、すなわち衆生救済を誓う者が、なぜ俗世から離れて山中に籠るのか。それは詳しくは「徒懐レ玉」で説かれるが、この詩でも、それは衆生は塵濁にまみれているがゆえに、救済が至難なのであり、しかも今はまだその機を得ていないのだ、と説いて結ぶ。

次に、雑言詩三篇の作品名は、すべてそれぞれの冒頭の問いによって附けられている。

「入レ山興」は、不気味で危険な深山になぜ入るのか、という問いかけで始まる。それに答えて、帝都の落花流水を描述し、古今の人事を列挙して、世の無常を説く。殊に落花の描述には、空海自らが請来した劉希夷集の「代下悲二白頭一翁上」の影響が窺えて華麗である。

君見ずや　君見ずや

京城の御苑桃季の紅
灼灼芬芬顔色同じ
一たびは雨に開き一たびは風に散じ
上に飄り下に飄りて園中に落つ
春女群り来たりて一手に折り
春鸎翔り集まつて啄んで空に飛ぶ

しかし、「代下悲二白頭一翁上」とは異なり、作品の唱導性は、後半に至って非常に強くなる。

歌堂舞閣は野狐の里
夢の如く泡の如し電影の賓
君知るや否や　君知るや否や
人此くの如し　汝何ぞ長からむ
朝夕に思ひ思へば腸を断つに堪ふ
汝が日は西山にして半死の士なり
汝が年は過半にして尸の起てるが若《ごと》し

言うまでもなく、この無常の理は、安世に対して説いているのではない。唱導の対象は、不特定多数の一般民衆である。すなわち、深く無常の理を悟得している安世であるからこそ、空海はこの作品を彼に提示しているのであって、安世に教誡し出離を求めているのではない。この「入レ山興」は、無常を説き俗世の厭うべきことを説くが、詩の終

り近くで、

　南山の松石は看れども厭かず
　南嶽の清流は憐むこと已まず

と、高野山中の清浄さを、詩情豊かに詠いあげる。
「山中有二何楽一」は、山岳修行僧空海の姿が躍如としている。ここでもまず、霊鷲山と釈尊、五台山と文殊菩薩との関係を説く。そして自身を、

　我は息悪修善の人と名づけ
　法界を家と為して恩に報ずる賓なり

と、沙門であり、四恩に報いる徒であることを述べて、以下、山中の真の楽しみを描述する。それは七言二十余句に亘るが、空海はまず山中の景物を描いて詩情を高める。

　澗水一杯朝に命を支へ
　山霞一咽夕に神を谷《やしな》ふ
　懸蘿細草体を覆ふに堪へ
　荊葉杉皮是れ我が茵《しとね》なり
　有意の天公紺幕垂れ

龍王篤信にして白帳陳ねたり
山鳥時に来たりて歌ひて一奏し
山猿軽く跳ねて伎は倫に絶す
春華秋菊笑つて我に向かひ
暁月朝風情塵を洗ふ

この詩句は、勅撰三集中の遊覧・梵門・雑詠などの部門の詩に見られる典雅な自然描写とは趣きを異にする。これらの山岳修行者の特異な自然描写の迫力は、宮廷人の自然観を更に深めたに違いない。詩はつづいて、禅定三昧の描写に入ってゆくが、「一片の香煙経一口」とか「詩華一掬讃一句」など、奥義を説く中にも優れて詩的である。詩の結びは、この山中は仏陀の光明が遍く輝くさとりの世界であり、真の楽しみのある所であると結ぶ。

大虚寥廓として円光遍し
寂寞無為にして楽しきや不や

次の「徒懐レ玉」は、利他の人でありながらなぜ俗世から離れて山中に籠るのか、に答えたもの。空海は、利他の行は人と時機とを得てはじめて成し得るのであると説く。

輪王の妙薬も鄙《いや》しめば毒と為り
法帝の醍醐も謗《そし》れば災を作す
夏月の涼風

冬天の淵風
一種の気なるも
嗔喜《しんき》同じからず

そしてまた、美味な料理も病人と飢えた人とでは味わいが異なるであろうし、西旋ほどの美人でも、人は恋い焦がれても魚鳥は逃げるのみ、と例証する。詩の結びは、

同じきと同じからざると
時あると時あらざると
昇沈讃毀黙語君之を知るや
之を知り之を知るを知音と名づく
知音よ知音よ蘭契深し

とある。利他の心をもって、山居修禅をする今の空海をよく理解する人こそ、知音である。換言すれば、空海は安世という知音の存在があってこそ、その懐いを披瀝できたのであった。
最後の「蘿皮函詞」は、再び山岳修行の自身を描述し、安世にこの書簡を送ることを詠む。

南峰独立すること幾千年
松柏を隣と為して銀漢の前なり
日を戴き蘿衣して物外に久し

函書今向かふ相公の辺

高野山を開創し得て、空海はいよいよ葱嶺白雲観念の人であり続けた。そして山岳修禅を行ないつつ、時機ある毎にすすんで利他の行を実践していった。宮廷詩壇との交流も、無論その範疇におけるものであったのである。

（1）小西甚一氏『文鏡秘府論考』。小島憲之氏『古今集以前』。本篇第六章「空海の文学観」――『文鏡秘府論』を中心に――」原題「古今集以前――空海の詩論をめぐって――」（和漢比較文学叢書『古今集と漢文学』）。

（2）『続日本紀』養老二年十月十日。

（3）『遍照発揮性霊集便蒙』巻第九（真言宗全書第四十一）。

（4）「於二紀伊国伊都郡高野峯一被レ請二乞入定処一表」。

（5）「遊山慕仙詩」冒頭にも、同様の山岳観が見える。「高山風易起　深海水難量　空際無人察　法身独能詳」。拙著『上代漢詩文と中國文學』。

（6）五来重氏編『高野山と真言密教の研究』。

（7）「辞二少僧都一表」。

（8）「与二福州観察使一入レ京啓」。

（9）「贈二野陸州一歌序」。

第六章　空海の文学観

——『文鏡秘府論』を中心に——

一　前　言

空海の漢詩文の多くは、おおむね讃仏を主題とした仏教色の濃厚なものである。それゆえ彼を簡単に詩人とのみ称することは必ずしも妥当ではないかもしれない。たとえば、江村北海の『日本詩史』には次のように言う。

古昔中世の緇流の詩偈、諸選に見ゆるもの尠なからず。空海の若きは最も傑出と称される。而れども率ね讃仏喩法の言にして、詩家の本色にあらず、故に収録せず。〈古昔中世緇流詩偈、見諸選者不尠。若空海最称傑出。而率讃仏喩法之言、非詩家本色、故不収録。〉

（『日本詩史』巻二）

右は、空海の詩は仏を讃美し仏法を喩し教えることばであり、詩人の本領を示したものではないから収録しなかった、というものである。ただしこのことは、宗教家空海の作品が、詩人の名のみでは包みきれないものであるという見方をも成り立たせ得るであろう。しかしまた、山折哲雄氏は、「空海に詩人の名を冠するのは、たしかに性急すぎる。ひとつには、近代以前における『詩人』という概念の不安定性によるということもある。だが詩人空海は、見かけ以上の私的鉱脈を掘りあてているようにはみえないし、宗教者空海の個性的なあくの強さに比べたら、いまだ修辞の圏内に低迷している。（中略）むしろ空海は、詩論家として当代第一級の知識人であったというほうが実情に近いかもしれない。」（1）という。

空海の詩文が修辞の圏内に低迷しているかどうかは、一概に言い切れまいと思うが、この山折氏の論や江村北海の「詩家の本色にあらず」の言は一応首肯すべきものかと思う。しかし、空海に詩人の名を冠することはともかく、彼の詩人的特性や作品の詩性を抜きにしては、平安初頭期の文学は語れないのである。もとより空海自身の文学創作活動は、宮廷詩人圏の渦中においてなされたものではないが、嵯峨天皇をはじめとして、仲雄王・良岑安世・小野岑守らの官僚との交流を通して、当時の宮廷詩人圏内に多大な影響を与えたものだからである。たとえば、弘仁・天長年間の勅撰三集の作品中に、空海が中国からもたらした詩論や詩集（『劉希夷集』・『王昌齢集』等）を学んだ成果の一端が窺えるのは、その証左の一つである。また彼が編纂した『文鏡秘府論』・『文筆眼心抄』は、当時の宮廷詩人たちにとって創作上の典範となったものである。

本稿は、以上のことを前提として、空海の詩論をめぐって、一、二管見を述べたい。

二　空海の文学観と『文鏡秘府論』南巻「論文意」

嵯峨天皇の文学圏における文学観が文章経国論を拠りどころとしたのと同じく、空海の文学観も終生、経世済民に立脚するものであった。たとえば『文鏡秘府論』序文（2）には以下のごとく述べる。

・夫れ大仙の物を利するや、名教もて基と為し、君子の時を済《すく》ふや、文章是れ本なり。

夫大仙利物、名教為基、君子済時、文章是本也。（『文鏡秘府論』序）

・然らば則ち一は名の始めとし、文は則ち教の源なり。名教を以て宗と為せば、則ち文章は紀綱の要為《た》るなり。世間出世、誰れか能く此れを遺《わす》れんや。故に経に説かく、阿毘跋致《あびばっち》菩薩は、必ず須く先づ文章を解すべしと。孔宣言へる有り、小子何ぞ夫《か》の詩を学ぶ莫きや。詩は以て興すべく、以て観るべし、之を邇《ちか》くしては父に事へ、之を遠くして君に事ふ。人にして周南・邵南を為《まな》ばざれば、其れ猶ほ正しく墻《かべ》に面して立つがごときなりと。是《ここ》に知る、文章の義は大なるかな遠いかな。

然則一為名始、文則教源。以名教為宗、則文章為紀綱之要也。世間出世、誰能遺此乎。故経説、阿毘跋致菩薩、必須先解文章。孔宣有言、小子何莫学夫詩。詩可以興、可以観。邇之事父、遠之事君。人而不為周南邵南。其猶正墻面而立也。是知文章之義大哉遠哉。

（同右）

右の大意は、大仙すなわち仏が衆生を済度するには、名教（言葉による教え）を基とし、君子が時世を救済するには、文章を本とする。つまり、言葉による教えを第一義とすれば、文章は国家を秩序づけるかなめである、の意。仏教と国家・社会との関係に基づいて述べた右の文学観は、経世済民に立脚するもので、それは仏教の衆生済度の思想に基づくとともに、孔子の言葉を引くところからも知られるように、儒学的な載道主義を踏まえている。

この空海の文学に対する同様の姿勢は、早く処女作『聾瞽指帰』序文の中にも見えている。

翽翽《くわいくわい》たる丹鳳翔るに必ず由《ゆゑ》有り、蜿蜿たる赤龍縁に感じて来り格《いた》る。是の故に詩人は、或は宴楽に倍して以て娯意を奏し、或は患吟を懐いて而して憂心を賦す。賢能を視て以て褒讃を馳せ、愚悪を愍《あはれ》んで而して誡箴を飛ばす。

翽翽丹鳳翔必有由、蜿蜿赤龍感縁来格。是故詩人、或倍宴楽以奏娯意、或懐患吟而賦憂心。視賢能以馳褒讃、愍愚悪而飛誡箴。

（『聾瞽指帰』序）

右の詩人とは、『詩経』の詩人たちを指すが、詩はそれぞれ由るところがあって詠じられるもの、という主旨の中「愚悪を愍んで而して誡箴を飛ばす」とあるのは、文学の教誡性を説くもので、載道主義的な説き方である。また、この文のあとにも、張文成の『遊仙窟』や日雄人の『睡覚記』(佚書)は、「並びに先人の遺美と雖も、未だ後誡の準的に足らず、〈並雖先人之遺美、未足後誡之準的。〉」と述べる。すなわち、この処女作の「後誡の準的」から、先の『文鏡秘府論』序文の「文章は紀綱の要」まで、空海の文学に対する基本的な姿勢は一貫していたと見てよい。それは嵯峨天皇の指向する文章経国論とも軌を一にする。換言すれば、空海の仏法・王法両面からのこの文学論は嵯峨天皇の文学観の更なる拠りどころとも成り得るものであった。言うまでもなく空海自身は更に真言哲学の孤高の道を極めていったのであるが。

空海はまた、「詩は志を言ふ」という所謂言志主義的な文学観をも持ち続けていた。そのことは先の『聾瞽指帰』序にも窺えるが、空海自身が後に改作した別本『三教指帰』序文に明確に示す。

文の起るや必ず由《ゆゑ》有り。天朗《ほが》らかなれば象を垂れ、人感ずれば筆を含む。是の故に鱗掛・耼篇・周詩・禁賦、中に動いて紙に書す。凡聖貫殊に、古今時異なりと云ふと雖も、人の憤りを写《そそ》ぐ、何ぞ志を言はざらむ。

文之起必有由。天朗則垂象、人感則含筆。是故鱗卦耼篇周詩楚賦、動乎中書于紙。雖云凡聖殊貫、古今異時、人之写憤、何不言志。

(『三教指帰』序)

「文」は心に感動することがあって、心の中から噴き出てきたもの、すなわち志を述べたものであるという。この詩言志の文学観は、言うまでもなく、『書経』舜典及び『毛詩』大序が原拠である。

・詩は志を言ひ、言を永くし、声は永きに依り、律は声を和す。〈詩言志、永言、声依永、律和声〉（『書経』舜典）

・詩は志の之く所なり。心に在るを志と為し、言に発《あらは》るるを詩と為す。情中に動いて、言に形はる。〈詩者志之所之也。在心為志、発言為詩。情動於中、而形於言〉（『毛詩』大序）

『毛詩』大序にはまた先述した載道主義的な文学観も説かれており、要するに『毛詩』大序は、空海の文学観形成の上で、一つの原点であったのである。

ところで、右の『三教指帰』序文の記事は、山折氏も指摘するように、『文鏡秘府論』南巻の中の「論文意」（王昌齢『詩格』からの引用）に見える記事と主旨は同一である（3）。

・詩は本《もと》志なり。心に在るを志と為し、言に発《あらは》るるを詩と為す。情中に動いて言に形はる。然る後に之を紙に書す。
詩本志也。在心為志、発言為詩。情動於中、而形於言。然後書之於紙也。（『文鏡秘府論』南巻）

・若《も》し詩の中に身無くんば、即ち詩何に従《よ》りてか有らん。若し身心を書かずんば、何を以てか詩と為さん。是の故に詩は身心の行李を書して、当時の憤気を序づ。
若詩中無身、即詩従何有。若不書身心、何以為詩。是故詩者書身心之行李、序当時之憤気。（同右）

この王昌齢の文学観も、先の『毛詩』大序を淵源とするものであることは一目瞭然である。すなわち、空海は、『文鏡秘府論』の編纂において王昌齢の『詩格』を最も大きな支柱として用いているが、それはまず何よりも王昌齢の文学観が、空海が少荘期より培ってきた自らの文学観と根幹を同じくするものがあったからであろう。空海が在唐中に手にした詩論書はおびただしい数量であるが、とりわけ王昌齢の『詩格』を重用している。そのことは『文鏡秘府論』

六巻のうち、天地東南の四巻に王昌齢『詩格』の記事がそれぞれの中心に捉えられていることからも言えることである（4）。

また、『文鏡秘府論』の成立（弘仁十年頃）以前、弘仁二年六月に空海は嵯峨天皇に『劉希夷集』四巻、王昌齢『詩格』一巻その他を、書写して献納したが、その上表文中に以下の記事がある。

王昌齢が詩格一巻。此は是れ在唐の日、作者の辺にして偶《たま》たま此の書を得たり。古詩格等、数家有りと雖も、近代の才子切に此の格を愛す。当今堯日天に麗《つ》き、薫風地に通ず。垂拱無為にして徳を頌すること街に溢てり。手足に任《た》へず。敢へて奉進す。庶くは属文の士をして之を知見せしめよ。還つて恐らくは恥を遼豕に招かむことを。

王昌齢詩格一巻。此是在唐之日、於作者辺偶得此書。古詩格等雖有数家、近代才子切愛此格。当今堯日麗天、薫風通地。乗拱無為、頌徳溢街。不任手足、敢以奉進。庶令属文士知見之矣。還恐招恥遼豕。（「書劉希夷集献納表」）

右の文の大意は、王昌齢の『詩格』一巻は在唐中に或る詩人のところで入手した。古詩格は幾人かのものがあるが、この王昌齢の『詩格』は唐代の優れた詩人たちが非常に愛用しているものである。今は聖代でもあり、聖天子の嵯峨天皇に奉進することは感激の極みである。どうかこの『詩格』の書を文人たちにも知見させてやっていただきたいという主旨である。無論、文末の「遼豕云々」は常套的な謙辞である。

これによれば、空海自身がまずこの書を熟読し、自らの文学観の支えとしたものであることは勿論であるが、嵯峨天皇及び嵯峨天皇を中心とする宮廷文学圏の詩人たちにも広く読まれたこと、そして勅撰三集所収作品の創作時における手引きとなったであろうことは想像にかたくない。空海は宮廷文学圏との係わりをみずから積極的に持とうというのではなかったが、求められれば拒むことなく交游している。それはたとえば『文鏡秘府論』の編纂動機の一つとして数人の後輩の詩人たちが空海に教えを求めてきたことを掲げていることや、またその序文の結びに次のように記すところからも知られる。

庶はくは緇素《しそ》好事の人、山野文会の士の千里を尋ねずして、陀珠自づから得、旁捜を煩はさずして、雕龍期す可きことを。

庶緇素好事之人、山野文会之士、不尋千里、蛇珠自得、雕龍可期。

（『文鏡秘府論』序）

右は、僧俗の詩文を愛好する人々、山野で詩宴をおこなう人々が、あれこれ手引き書を探す苦労をせず、この書によって雕琢をほどこした立派な詩文を創作できるよう願う、という意である。すなわち空海は、宮廷文学圏と一定の距離を保ちながらも、時に、右のごとく機を得た時は、みずからすすんで求めに応じて教示しているのである。

さて、その空海が最も拠りどころとした王昌齢の『詩格』は、詩文創作において「意」を「声」とともに重要な要素とみるところに特徴がある。王昌齢の文学論については先学の論（5）があり、筆者も若干述べたことがあるが（6）、空海の詩論の拠りどころを探る観点から、ここに要点のみ記す。

『文鏡秘府論』南巻の「論文意」の前半は、王昌齢『詩格』からの引用であり、「意」について特に詳しい。しかし、その構成は、断章の寄せ集めで秩序立ってはいない。以下、主要な部分を幾つか掲げる。

凡そ作詩の体、意は是れ格にして、声は是れ律なり。意高ければ則ち格高く、声弁《わ》かてば則ち律清し。格律全くして、然る後に始めて調べ有り。意を古人の上に用ゐれば、則ち天地の境は、洞焉として観る可し。

凡作詩之体、意是格、声是律。意高則格高、声弁則律清。格律全、然後始有調。用意於古人之上、則天地之境洞焉可観。

（『文鏡秘府論』南巻）

右の大意は以下のとおりである。詩を作る原理としては、作者の趣意すなわち詩的感興の表現志向が、詩の「格調」となり、音声が詩の音律なのである。すなわち作者の趣意が高ければ、詩の格調は高くなり、音声が明らかであれば、詩の音律は清く澄む。格と律が完全であってはじめて詩の調べが整う。詩的感興の表現志向を、古の優れた詩人のように用いたならば、この世界のことは、奥深くまで見通すことができる。すなわち、詩の格調は、作者の趣意の高低に比例するものであると、「意」の役割の大いなることを説いているのである。また次のごとく言う。

凡そ文を属する人は、常に須く意を作《おこ》すべし。心を天海の外に凝らし、思ひを元気の前に用ゐ、巧みに言詞を運《めぐ》らして、意魄を精練す。

凡属文之人、常須作意。凝心天海之外、用思元気之前、巧運言詞，精練意魂。（同右）

文を作る人は、常に「意」をさかんにおこす必要がある。すなわち精神をひろく空のかなた海の果てに集中させ、思念を万物生成の根元をなす精気にまではたらかせて、巧みにことばを用いて、心のはたらきを練りあげよ、というのである。「意を作《おこ》す」とは、そのようなことを言う。詩文の創作にあたって、まず「意」をおこす必要があると説くのは、

・夫れ文章を作るには、但だ多く意を立つ。

夫作文章、但多立意。（同右）

・夫れ意を置きて詩を作るには、即ち須く心を凝らして、其の物を目撃すべし。

夫置意作詩、即須凝心、目撃其物。（同右）

・詩頭には皆須く意を造るべし。意竪つを須ちて、然る後に縦横に変転す。

詩頭皆須造意。意須竪、然後縦横変転。（同右）

など諸所に散見する。また、どうすれば「意」が生じるのか、その詩作の具体的な方法にまで及んだくだりもある。

・凡そ詩人は、夜間牀頭に明らかに一盞の灯を置く。若し睡り来たらば睡るに任せ、睡り覚むれば即ち起く。興発し意生じ、精神清爽にして、了了として明白なり。

凡詩人、夜間牀頭、明置一盞灯。若睡来任睡、睡覚即起。興発意生、精神清爽、了了明白。（同右）

さて、その次に、「意」すなわち「詩的感興の表現志向」を発揮するにあたっては、「景物」すなわち四季ごとの自然物及び自然現象を「意」とともに写すのがよいと、以下のごとく「意」と「景物」との融合を説く。

詩は題目中の意を銷かし尽すを貴ぶ。然れば当に見る所の景物の意と愜《かな》ふべきを看ば、相ひ兼ねて道《い》ふべし。若《も》し一向《いっかう》に意を言はば、詩中妙ならず、及び味はひ無し。景語若《も》し多くして、意と相兼ぬること緊ならざれば、理通ずと雖も、亦た味はひ無し。昏旦の景色、四時の気象は、皆意を以て之を排《つら》ねて、次序有らしめ、意を兼ねしめて之を説くを妙と為す。（中略）春夏秋冬の気色は、時に随ひて意を生ず。之《こ》の意を取り用ゐるには、之を用ゐる時に、必ず須く神を安んじ慮を浄《きよ》くすべし。

詩貴銷題目中意尽。然看当所見景物与意愜者、相兼道。若一向言意、詩中不妙、及無味。景語若多、与意相兼不緊、雖理通亦無味。昏旦景色、四時気象、皆以意排之、令有次序、令兼意説之為妙。（中略）春夏秋冬気色、随時生意。取用之意、用之時、必須安神浄慮。（同右）

詩は題目中の「意」を詩の中に溶かし尽すことが大切である。そこで眼にした景物が「意」とうまく合っているならば、「景物」と「意」とをともに述べる。もしもっぱら「意」のみを述べたならば、詩の妙味は無い。逆に「景物」の語が多くて、「意」と緊密になっていなければ、すじみちはわかるにしても、無味である。朝夕の気色や四季の気象は、皆「意」をきちんと順序よく排列して、「意」とともに述べてこそ、妙趣がある。季節ごとの景色は、折り折りに「意」を生じさせる。その「意」を詩作に用いるには、精神を安らかに思慮を清浄にする必要がある。という主旨である。

王昌齢は、右のごとく「意」と「景」との融合の必要性に説き及んでいるのである。そして、更にその「意」と「景」との融合の兼ね合いを、作詞法「十七勢」(『文鏡秘府論』地巻)に、分類して詳説している。

空海の詩文制作における王昌齢の影響は、詩論全般に亙っており、一口に特徴を言いあてることはむずかしいが、音声律の理論の他には、以上の「意」と「景」との融合の理論が大きな支えとなったと思われるのである。

三 『性霊集』中に見える詩論

ところで、空海は『文鏡秘府論』・『文筆眼心抄』を編纂することにより中国の詩論書を集約して、それを自らの詩作上の理論の拠りどころとしたので、他にまとまった文学論は展開していない。しかし『性霊集』中の詩序や上表文などに、空海自らのことばで、詩文についての考えが述べられているところがある。たとえば、「勅賜屏風書了即献表」には、書についての上表文であるが、後漢の蔡邕『筆論』・晋の王羲之『筆経』を始め唐代に至る多くの書論に拠りつつも、それを同時に詩論と関連づけて述べている。

古人の筆論に云ふ。書は散なりと。但だ結裹《けっくわ》を以て能しと為すに非ず。必ず須く心を境物に遊ばして、懐抱を散逸し、法を四時に取りて、形を万類に象《かたど》るべし。此を以て妙なりと為す。

古人筆論云、書者散也。非但以結裹為能。必須遊心境物、散逸懐抱、取法四時、象形万類。以此為妙矣。

（「勅賜屏風書了即献表」）

右の文の大意は以下のとおりである。後漢の蔡邕『筆論』に、「書は散である」とある。書はただ字画の正しさだけをよしとするのではない。必ず心を自由に対象物に巡らして、胸の思いを解き放つようにし、法は四季の運行にとり、形は万物に似せるべきである。それがもっとも優れた技である、という意。これは「書論に云ふ」とあるごとく、後漢の蔡邕『筆論』からの引用を混じえてあるが、「境物」・「四時」・「万物」など、詩論における原理と同じ説き方である。更にまた次のようにも説く。

或るひと曰く、筆論筆経は、譬へば詩家の格律の如しと。詩に声を調へ、病を避ける制有り。書も亦病を除き、理に会ふ道有り。詩人声病を解せざれば、誰か詩什を編まむ。書者病理に明らかならざれば、何ぞ書評に預らむ。又詩を作る者、古の体を学ぶを以て妙とし、古の詩を写すを以て能しとせず。書も古の意に擬するを以て善しとし、古の跡に似たるを以て功とせず。

或曰、筆論筆経、譬如詩家之格律。詩有調声、避病之制。書亦有除病、会理之道。詩人不解声病、誰編詩什。書者不明病理、何預書評。又作詩者、以学古体為妙、不以写古詩為能。書亦以擬古意為善、不以似古跡為功。

（同右）

筆論筆経は、蔡邕の『筆経』・王義之の『筆論』などの書論を指すが、関連づけて説く持論は、『文鏡秘府論』中の

王昌齢『詩格』を踏まえている。たとえば右の「不以写古詩為能」は、『文鏡秘府論』南巻に、

凡そ詩は、惟だ古に敵するを以て上と為し、古を写すを以て能しとせず、
凡詩者、惟以敵古為上、不以写古為能。

とあるのに拠る。そして、特に「意」を重んじるところにもその影響が窺われるのである。
この上表文には十韻詩を附すが、その作詞のしかたを以下のごとく記す。

山に対して管を握《と》りて、物に触れて興有り。自然の応、覚えずして吟詠す。輒ち十韻を抽んでて敢へて後に書す。
対山握管、触物有興。自然之応、不覚吟詠。輒抽十韻、敢書于後。（「勅賜屏風書了即献表」）

山に向かい合って筆をとり、自然の景物に触れて感興が起こり、自然に感応して思わず詩をうたった、というのである。景物に感応して詩を作るという述べ方は、他にも、

此の景物に対して誰か手足に耐へむ。及ち志を写して曰く、
対此景物、誰耐手足。及写志曰、（「中寿感興詩」）

とか

斯の節物に対して誰か懐ひを述べざらむ。乃ち詩を賄して曰く、

対斯節物、誰不述懐。乃脩詩曰、（「秋日奉賀僧正大師詩」）

などとある。空海はこのように、景物を触れて感興が起こり、意に任せて作詩する人であった。それは直弟子真済も『性霊集』序に述べているところである。

或いは煙霞に臥して独り嘯いて意に任せて賦詠し、或いは天問に対へて献納して手に随つて章を成す。（中略）夫れ其の詩賦哀讃の作、碑誦表書の制、遇ふ所にして作す。草案を仮らず。纔かに了つて競ひ把らざれば、再び之を看るに由無し。

或臥煙霞而独嘯任意賦詠、或対天問以献納随手成章。（中略）夫其詩賦哀讃之作、碑誦表書之制、所遇而作不仮草案、纔了不競把、無由再看之。（『性霊集』序）

機会があって、手の動くままに草案もねらずただちに詩文をなしたとあるのは、空海のずば抜けた詩才を物語る記事であるが、同時に、『文鏡秘府論』南巻の王昌齢の作詩態度についての記事にも通じるところがある。それは前章に掲げた記事からも知られようが、また更に掲げるならば、

意に文を作らんと欲せば、興に乗じて便ち作れ。若し煩に似たれば即ち止めて、心をして倦ましむる無かれ。常に此くの如く之を運らさば、即ち興は休歇する無く、神《つひ》に疲れず。

意欲作文、乗興便作。若似煩即止、無令心倦。常如此運之、即興無休歇、神終不疲。（『文鏡秘府論』南巻）

という作詩態度に通じるであろう。

また、空海は「沙門勝道山水瑩玄珠碑」序文において、「心」と「境」との関連を説く。それは、仏道修行が山岳においてなされるべき所以を説いたものであるが、同時に詩論としても通用し得る内容である。

蘇巓鷲嶽は異人の都する所、達水《だつすい》龍坎《りようかん》は霊物斯に在り。異人の卜宅する所以にして、霊物の化産する所以は、豈に徒然ならむや。請ふ試みに之を論ぜん。夫れ境は心に随ひて変ず。心垢《にご》るれば則ち境濁る。心は境を逐ひて移る。境閑《しづか》なれば則ち心朗らかなり。心境冥会して、道徳玄存す。能寂常に居りて以て利見し、妙祥鎮《つね》に住して以て接引《せふいん》し、提山《だいせん》に迹を垂れ、孤岸に津梁するが如きに至りては、並びに皆仁山に依り智水に託し、台鏡瑩《みが》き磨いて、機水に俯応せざる者靡《な》きなり。

蘇巓鷲嶽、異人所都、達水龍坎、霊物斯在。所以異人卜宅、所以霊物化産、豈徒然乎。請試論之。夫境随心変。心垢則境濁。心逐境移、境閑則心朗。心境冥会、道徳玄存。至如能寂常居以利見、妙祥鎮住以接引、提山垂迹、孤岸津梁、並皆依仁山託智水、台鏡瑩磨、俯応機水者也。

（「沙門勝道山水瑩玄珠碑」序）

右の大意は以下のとおりである。須彌山《しゅみせん》・鷲峰山《じゅぶせん》は仏の住む所であり、阿耨達《あのくた》池。龍坎は龍という霊獣の住む所である。仏や霊獣がそうした険しい山奥に住むには理由がある。そもそも「境」は「心」に従って変わるものである。「心」が汚れていると「境」は濁る。「心」は「境」につれて移動する。「境」が閑であると「心」は朗らかになる。「心」と「境」が知らず知らず合致して、万物の根源である道とそのはたらきである徳とが存在することになる。仏や菩薩は衆生を救うために山水に身を託して修行を重ねたのである。

右は、勝道が日光山で修行し開山したことを顕彰した碑文である。仏道修行に深山の平地という「境」が望ましいことは、この碑文の二年後、弘仁七年六月の「於紀伊国伊都郡高野峯被請乞入定処表」にも述べていて、山岳仏教を知る上で貴重な資料である。山岳が修行に望ましい環境であるのは、第一に閑静で清浄であるからであろうが、右の「心」と「境」との関連についてのくだりは、これも『文鏡秘府論』南巻（王昌齢の『詩格』）の次の文が想起される。

夫れ意を置きて詩を作るには、即ち須く心を凝らして、其の物を目撃すべし。便ち心を以て之を撃ち、深く其の境を穿《うが》つ。高山の絶頂に登るが如く、下に万象に臨みて、掌中に在るが如くす。此を以て象を見れば、心中に了《あき》らかに見る。

夫置意作詩、即須凝心、目撃其物。便以心撃之、深穿其境。如登高山絶頂、下臨万象、如在掌中、以此見象、心中了見。

（『文鏡秘府論』南巻）

右の大意は以下のとおりである。「意」を設けて詩を作るには、「心」を集中させて対象を瞬時に見抜き、深くその対象の「境」を掘りあてるべきである。高山に登ったときのように、森羅万象を見おろして、掌上にあるごとくにして見れば、心中にはっきりとあらわれる。これは、右の「沙門勝道山水瑩玄珠碑」中の「境閑なれば則ち心朗らかなり」の意と同主旨である。

四　結語

空海の詩文は、はじめにも述べたように讃仏を主題とした仏教色の強いものであり、また仏典の教理を説くべく難解な仏教用語を駆使し、且つ外典の典故も頻用して修辞を凝らしたものである。それは一見観念的哲学的な雰囲気を漂わせている。がしかし、それでいて実は随所にみずみずしい感性による景物描写や清澄な自然観照のくだりが配されていて、豊かな詩性を覚えるものである。それは『経国集』に載る詩や『性霊集』前半の山岳美を詠じた詩文は言うまでもないが、殊に仏教色の強い願文等についても言えることである。

・昊天の爰《ここ》に極り罔きを難き、　難昊天爰罔極、
苦海越《ここ》に無辺なるを悲しむ。　悲苦海越無辺。
況むや復た春の蘂風に飄り、　況復春蘂風飄、
秋の葉雨に散ずるをや。　秋葉雨散。
（「荒城大夫奉造幡上仏像願文」）

・嗟呼《ああ》桃李未だ華《はなさ》かず、　嗟呼桃李未華、
暴風幹より折る。　暴風折幹。
蘭菊未だ吐《ひら》かず、　蘭菊未吐、
厳霜苗を萎《しぼ》ます。　厳霜萎苗。
朝衣夕餐、　朝衣夕餐、
誰をか憑《たの》み誰をか仰がむ。　誰憑誰仰。
（「林学先生考妣忌日造仏飯僧願文」）

・生縁聚まれば、則ち春苑の花も、其の咲《ゑ》めるに譬ふるに足らず、死業至れば、則ち秋林の葉も、何ぞ其の悲しみに喩ふるを得む。一たびは生まれ一たびは死して、人をして苦楽の水に溺れしむ。乍ちに離れ乍ちに歿して、幾許か人間の腸を絶つ。
生縁聚、則春苑之花、不足譬其咲。死業至、則秋林之葉、何得喩其悲。一生一死、令人溺苦楽之水。乍離乍歿、幾許絶人間之腸。
（「三嶋大夫為亡息女書写供養法華経講説表白文」）

右の数例は、無常を自然の景物で表したくだりである（7）。

空海は自らを「蒼嶺白雲観念の人」(「勅賜屏風書了即献表」詩)と称し、山岳の清浄さを詠い上げた。生涯の大半を山岳を跋渉し、山林を道場とした空海の詩文は、ひとつの山居文学の世界を形成している(8)。空海のこれら自然観照の深さが、その詩性のきらめきの一つになっていると言えるが、同時にそれは彼の王昌齢『詩格』より学んだ「意」と「景」との融合を重んじる文学観の指向するところのものであったのである。

(1) 山折哲雄氏『日本仏教思想論序説』(三一書房)第Ⅰ部人と思想。
(2) 『弘法大師空海全集』第五巻(筑摩書房)以下同じ。
(3) 注(1)に同じ。
(4) 目加田誠氏「『詩格』及び『詩境』について」(「文学研究」三八・九州大学)。興膳宏氏「王昌齢の創作論」(『中国詩人論 岡村繁教授退官記念論集』)。渡辺秀夫氏「初期文学論の形成―『文鏡秘府論』から古今的表現へ―」(『日本文学講座8 評論』)
(5) 拙著『上代漢詩文と中國文學』第二篇第五章。
(6) 注(2)の書の「解説」。
(7) 空海「遊山慕仙詩」序にも、「遂に乃ち筆を抽いて素を染め、大仙の窟房を指し、兼ねて煩擾を俗塵に悲しみ、無常を景物に比す。〈遂乃抽筆染素、指大仙之窟房、兼悲煩擾於俗塵、比無常於景物。〉」とある。
(8) 本篇第五章「空海の山岳詩」・原題「空海の詩文と宮廷漢詩」(「日本学」第十九号)。

附　『玉造小町子壮衰書』の出典に就いて

一　前　言（小町説話の生成と『玉造小町子壮衰書』）

此の作品は、序文（駢驪体）一四五二字、本文（五言の古調詩）一三〇〇字からなる短篇の漢文である。内容は美女盛衰譚とでも言うべきもので、必ずしも歌人小野小町の伝記とは言えないのであるが、文献で知り得る限りでは、『宝物集』（一一七九以前の作）の著わされた頃、すでにこれを小野小町伝とみなす説があった。

小野小町伝トテ玉造ト申文ハ弘法大師ノカキ給タリケルトカヤトゾ承給ハリシ　（『宝物集』）

同じ頃の藤原清輔『袋草子』には、玉造小町・小野小町別人説が伺えるのであるが、しかしその後、『平家物語』巻九・『十訓抄』第二可離憍慢事・『古今著聞集』巻第五（和歌第六小野小町が壮衰の事）等は、同人説になっており、此の作品は小町説話の主要な素材として用いられてきたのであった。つまり美女盛衰譚が、小野小町盛衰譚に変貌してしまったのである。ところで小町説話は、その他にも『伊勢物語』の中古・中世期の研究者たちの手により、その二段から八段までの解釈を軸にして、『日本霊異記』中にも見える古くからの髑髏説話が、髑髏小町説話として取り入れられた。また『古今和歌集』巻十五「暁のしぎのはねがきもゝはがき君がこぬよは我ぞかずかく」の歌から、百夜通いの説話が盛り込まれて、その内容を膨らませていったのであった。

小町盛衰譚と髑髏小町とが合流したのは、文献で知り得る限りでは、鴨長明『無名抄』の著わされた頃（一二一〇年頃）と思われる。この頃の数奇の人々の間では、玉造・小町別人説が取り沙汰されながらも、業平説話にも関連して、説話としての小町像は、ますます多面的に変貌したと思われる。その間、知識人の中には、吉田兼好のごとく、『玉造小町子壮衰書』が空海作であるということと小野小町の生没年とが逆であるとして、此の作品を小野小町伝として扱うことに疑問をさしはさむ者もいたのであるが、強く否定するまでに至らず、『玉造小町子壮衰書』は小町説話において、動かぬ位置を占めていったものと思われる。こうして小町説話は、室町期に至り、「小町草紙」や謡曲では七小町（殊に観阿弥「卒都婆小町」・世阿弥「関寺小町」・観阿弥「通ひ小町」・作者不詳の「鸚鵡小町」等）の作品において、定着し、文学的にも完成をみたのであった。とりわけ「卒塔婆小町」への影響は著しい。

さて、その小町説話の形成上、主要な一素材となった『玉造小町子壮衰書』についてであるが、作者及び創作年代共に不詳である。作者は空海とも言われ、清行または仁海とも伝えられるが確証はない。創作年代も「続浦島子伝」が成った延喜年間の頃と私は想定するのだが、これも現在のところでは十分に論証をなし得ない。

そこで此の稿では、まず作品の構成と語句に着目し、その直接の出典となったと思える一、二の資料との比較検討をする。これにより、この作品の一性格に言及し、併せてそうした語句や文体についての一系譜にも触れたいと思う。

二　白居易「秦中吟」の投影

此の作品の創作動機には、白居易の「秦中吟」十首が大いに関連している。それは序文の末尾に明示されている。

茲に因りて且つは楽天の「秦中吟」の詩を学び、且つは幸地の魯上詠の賦に効ひ、韻は古調に造りて、詩は新章に賦せりとしかいふ。

因レ茲且学二楽天秦中吟之詩一、且効二幸地魯上詠之賦一、韻造二古調一、詩賦二新章一云レ爾。

ここにいう「幸地魯上詠」は仮空の人物及び作品であろう。「楽天」に対し「幸地」。「秦中」に対し「魯上」とは対句仕立てのための虚構である。「新章」という語も、「古調」の語が白居易「聴二阮咸一詩」に見えるのに対し、出典未詳の語である。したがって、ここの文意は、白居易の「秦中吟」を学んで、古調の韻による詩を作ったということである。

さて、その「秦中吟」から、作者は詩を創作する上での、最も本質的なものを学んだと思われる。それは、創作態度であり、詩の主題であり、題材の選び方、詩の構成についてである。単なる語句の引用ではない。それは「秦中吟」の序文を読めば首肯できるのである。

貞元・元和の際、予長安に在り、聞見の間に悲しむに足る者有り。因って直ちに其の事を歌ひ、命《なづ》けて秦中吟と為す。

貞元元和之際、予在二長安一、聞見之閒、有二足レ悲者一。因直歌二其事一、命為二秦中吟一。

白居易は、「秦中吟」十首を、すべて「聞見の間」から取材したというのである。実際に見聞した悲哀の事実を題材にして、人間のあり方を歌ったのである。このような白居易の創作態度及び方法については、花房英樹氏が『白居易研究』―表現形式―（462頁以下）に詳述されているが、さて『玉造小町子壮衰書』の作者は、このことを学んだのであった。すなわち、『玉造小町子壮衰書』は、その冒頭において、顔色顦顇して醜悪な老婆に、路傍で作者が出会うという設定になっている。そして、此の作品は、単にその老婆に同情するための詩ではなく、ましてその老婆の若き日の栄華を追憶し詠嘆するための詩でもない。詩の眼目は、その現在の悲惨な状態から老婆を救済するところにある。すなわち、本文の詩の最後は、次の句で結ばれている。

凡そ讃仏の乗の為に、筆を乗りて斯の詩を作る。
凡為㆓讃仏乗㆒、乗㆑筆作㆓斯詩㆒。

つまり、仏の功徳を讃美し、衆生を教化することが、この詩の眼目であった。このことから、此の作品が、唱導文学の範疇に入るものであることは明らかであるが、この、いわば美女盛衰譚が、衆生を教化救済することを眼目として、五言の古調詩で著わされた動機というものは、以上述べたごとく、実際に見聞した悲哀の事実を題材にして、人間のあり方を歌う点において『秦中吟』をはじめとする白居易の諷諭詩の創作態度を学んだことに因ると思うのである。

次に、此の作品の語句の出典について考察する。この面でも、白居易的語彙と看做し得るものは多くないが、その主たる部分を一例示す。

齢未だ二八の員に及ばざるに、名は殆ど三千の列を兼ねたり。
齢未㆑及㆓二八之員㆒、名殆兼㆓三千之列㆒。

「二八之員」は「秦中吟」の「議婚」(『貧家女』ともいう)に「嬌癡二八初」とあるのと、主人公の設定の上で類似している。そして「三千之列」は「長恨歌」の「後宮佳麗三千人、三千寵愛在㆓一身㆒」の句を踏まえている。その他には、「長恨歌」中の多くの語、また「紅蠟」(「遊㆓城東㆒」)・「鼙牙」—米の異称—(「官舎閒題詩」)等を指摘し得る。

ところで、此の作品は、むしろ六朝から初唐にかけての詩文からの影響が大きいと思う。中でも直接的な出典資料としては、唐の張文成『遊仙窟』を掲げ得るのである。

三　張文成『遊仙窟』の影響

『遊仙窟』の影響は、特に序文において顕著である。とりわけ美人の形容・宮殿内の描写・山海の珍しい食物の物尽しといった箇所の此の作品での最も華麗な文章において、著しい。そこで、この三点に絞って論を進めたい。

a　美人の形容

美人の形容の描写において、最も類似しているのは、次の箇所である。

光は麒麟の釧を照らし、香は鴛鴦の被に薫ず。巫峡の行雲は恒に襟上に有り、洛川の廻雪は常に袖の中に処る。
光照㆓麒麟釵㆒、香薫㆓鴛鴦被㆒。巫峡行雲恒有㆓襟上㆒、洛川廻雲常処㆓袖中㆒。

巫山の女神・洛川の女神の美しさを踏まえた故事であるが、『遊仙窟』では、文成が十娘に贈る手紙の中において、十娘の美貌を讃嘆した箇所に同じ用法が伺える。

能く西施をして面を掩いて、百遍粧を焼き、南国をして心を傷めて、千廻鏡を撲たしむ。洛川の廻雪も、只衣裳を畳ましむるに堪え、巫峡の仙雲も、未だ敢て靴履を擎ぐるを為さず。
能使㆓西施掩㆑面、百遍焼㆑粧、南国傷㆑心、千廻撲㆑鏡。洛川廻雪、只堪㆑使㆑畳㆓衣裳㆒、巫峡仙雲、未敢㆑為㆑

擎二靴履一。（慶安刊本『遊仙窟』五丁表）

「巫峡仙雲」は『文選』巻十九の宋玉「高唐賦」、「洛川廻雪」は同じく巻十九の曹植の「洛神賦」が原典であるが、両者を対句仕立てに併記した用い方は、『玉台新詠』に散見し、また初唐の駱賓王「揚州春意詩序」に見えるが、『遊仙窟』にも見える。また『遊仙窟』のこの条での、西施や南国の佳人の故事を踏まえた語に相応する箇所としては、（『玉造小町子荘衰書』の方は、やや表現が平淡で弛緩したきらいがあるが、）次の文との関連に着目したい。

　暐曄と面子のあざやかなるかほばせは芙蓉の暁の浪に浮かべるかと疑ひ、婀娜なる腰支のたをやかなるこしは楊柳の春風に乱るるかと誤たる、楊貴妃の花の眼をもなんともせず、李夫人の蓮の睫をもものかずにせず。

　暐曄面子疑三芙蓉之浮二暁浪一、婀娜腰支誤三楊柳之乱二春風一、不レ奈二楊貴妃之花眼一、不レ屑二李夫人之蓮睫一。

『遊仙窟』は、「西施掩面」が『文選』巻十九の宋玉「神女賦」を、「南国傷心」が巻二十九の曹植「雑詩六首」を踏まえた平隔句の洗錬された語句であるのに比して、『玉造小町子壮衰書』の方は、「楊貴妃之花眼」「李夫人之蓮睫」とあって、長句対である。けれどもここには「暐曄面子」や「婀娜腰支」の語句が同時に用いられており、これがやはり『遊仙窟』と類似するのである。

　華容婀娜として、天上にも儔無く、玉体逶迤として、人間に疋少し、耀耀たる面子は、荏苒として弾穿を畏れ、細細たる腰支は、参差として勒断を疑ふ。

　華容婀娜、天上無レ儔、玉体逶迤、人間少レ疋、耀耀面子、荏苒畏二弾穿一、細細腰支、参差疑二勒断一。（五丁表）

但しこれらの個々の語句の原典は、曹植「洛神賦」や張衡「西京賦」等の『文選』にまで遡り得るのであり、また美人形容の常套的用法でもある。したがってこの箇所のみでは厳密には単に類似しているとしか言えないであろう。更に、別の箇所における類似を指摘しよう。

朝には鸞鏡に向ひ、蛾眉を点じて容貌のかほばせを好くし、暮には鳳釵を取り、蟬翼を画きて艶色を理ろふ。
朝向二鸞鏡一、点二蛾眉一而好二容貌一、暮取二鳳釵一、画二蟬翼一而理二艶色一。

この文は、『遊仙窟』のやはり十娘を描写した次の箇所を想起させる。

艶色とうつくしげなるいろ粧粉を浮かべたり、含める香口の脂を乱る、鬢は蟬の鬢を成せるに非ざることを欺き、眉は蛾の眉の是れ眉ならざることを咲ふ。
艶色浮二粧粉一、含香乱二口脂一、鬢欺二蟬鬢非一レ成レ鬢、眉咲三蛾眉不二是眉一。（十四丁表）

これも艶色・蟬鬢・蟬翼・蛾眉の原典は『文選』以上に古く、また白居易の詩にも見え、殊に蟬翼や蛾眉は美人形容の常套語であるから、この文もその影響関係を論ずる拠としては附会であるかも知れない。しかし、先の「鸞鏡」を始め、その他「鳳管」「鶴琴」等の持ち物や、付帯物の模様に「麒麟」「鸚鵡」「鴦鴛」等が織られている点等も、（これらは白居易の詩中にも散見するけれども）『玉造小町子壮衰書』の美人像は『遊仙窟』からの影響を最も強く受けているると思われる。

b　宮殿内の描写

次に、玉造小町なる女人が、盛時に居住していたという宮殿の、描写の一部分を見てみよう。

羅の韈・綾の鞋は、竜鬢の席の表に集め、緗の履・帛の跣は、象牙の床の端に並ぶ。薫馨尽ること無く、光彩余り有り。（中略）家には瑇瑁を装り、室には瓊瑤を粧れり。壁には白粉を塗り、垣には丹青を画く。（中略）窓には雲母を流し、戸には水精を浮かべ、床には珊瑚を鋪き、台には瑪瑙を鏤む。

羅韈綾鞋、集二竜鬢之席表一、緗履帛跣並二象牙之床端一、薫馨無レ尽、光彩有レ余。（中略）家装二瑇瑁一、室粧二瓊瑤一、壁塗二白粉一、垣画二丹青一。（中略）窓流二雲母一、戸浮二水精一、床鋪二珊瑚一、台鏤二瑪瑙一

『遊仙窟』では次の一節である。類似語句の集中している条のみを引用する。

水精のたま浮かべる柱は、的皪とあきらかにて星を含み雲母のきらら窓を餝れる。玲瓏とてりて日に映やく、長廊のあゆみどの四に注いで、争って玳瑁のかめのこうの椽を施き、高閣のかどや三重にして、悉くに瑠璃のたまの瓦を用ひたり。白銀のしろがねを壁と為し、魚鱗を照曜とてらす。碧玉のたまを陛に縁らして、鴈歯ときさめることを参差としなにす。（中略）五彩の竜鬢の席、銀繍のぬいもの緑辺の氈、八尺の象牙の床、緋綾帖薦の褥あり。車渠等の宝、倶に優曇の花に映めき、馬瑙真珠のたま、並びに頗梨の線に貫けり。

水精浮柱、的皪含レ星、雲母餝レ窓。玲瓏映レ日、長廊四注、争施二玳瑁之椽一、高閣三重、悉用二瑠璃之瓦一、白銀為レ壁、照二曜於魚鱗一。碧玉縁レ陛、参二差於鴈歯一。（中略）五彩竜鬢席、銀繍縁辺氈、八尺象牙床、緋綾帖薦褥。車渠等宝、倶映二優曇之花一、馬瑙真珠、並貫二頗梨之線一。（二十一丁表―二十四丁裏）

「竜鬢」は諸橋轍次『大漢和辞典』に依れば、「花莫蓙の類。細藺を五色に染めて織る」とあるが、この語の用例は

『遊仙窟』以外には見当らない。よく似た語の「竜鬚」ならば、孟浩然「陽公宅飲歌」や李白「白頭吟」等に用例があるが、竜鬚は、百合科の竜鬚草（和名竜のひげ）を織った敷物である。また「象牙之床」も少なくとも『文選』中には見当らぬ語である。

『玉造小町子壮衰書』の宮殿は、このように象牙・雲母・水精や七宝等を用いて豪壮華麗を極めたものであるが、その雰囲気は唐風であり、そして多分に空想的な建造物であると思えるのは、右の二文を比較して知れる如く、『遊仙窟』の仙窟を模したからである。『遊仙窟』の仙窟の描写は、唐代の遊郭の楼の雰囲気を漂わすという説もあるが、それによれば、この玉造小町なる女人の遊び女としての性格は一層鮮明に浮き彫りされることになるが、それは附会の域を出ないのでこれ以上の論は、控えたい。

c　食物尽し

此の作品の三つめの華麗な場面は、この玉造小町が盛時に、右の宮殿内において、朝夕の玉卓に陳列された山海の珍なる料理物を列記した箇所である。そしてこの部分が遊仙窟との比較上、最も顕著に類似語句を指摘し得る箇所でもある。

『玉造小町子壮衰書』では次のとおりである。

素粳之紅粒、炊㆓玉爨㆒而盛㆓金垸㆒、緑醪之清酣、溢㆓珠壺㆒而斟㆓鈿樽㆒、鱠非㆓頳鯉之腴㆒不㆑嘗、鮨非㆓紅鱸之鰓㆒未㆑味、魭鮒之炰、翠鱒之炙、蛸鱖之羹、鮭鰹之臕膜、沸㆓東河之鮎㆒、臓煮㆓北海之鯛㆒、鮭条、鯔楚、鱣脂、鮪鱐、鶉膜、鴨膝、鴈醢、鳳脯、雉臛、鶩臏、熊掌、菟髀、麝髄、竜脳、煮蚫、煎蚌、焼蛸、焦蠟、蟹螯、螺膽、亀尾、鶴頭、備㆓於銀盤㆒、調㆓於金机㆒、饌㆓於鈿盞㆒、膳㆓於鏤塁㆒、又集㆓神嶺之美菓㆒、聚㆓霊沢之味菜㆒、東門五色之苽、西窓七班之茄、敦煌八子之棕、爌煥五孫之李、大谷張公之梨、広陵楚王之杏、東王父之仙桂、西王母之神桃、魏南牛乳之椒、趙北鶏心之棗。泰山花岳之乾柿、勝丘玉阜之篩栗、嶺南丹橘、渓北青柚、河東素菱、江南翠茈、万号千名、珍味香矣

『遊仙窟』では、張文成の前に陳列された飲食物は次のとおりであった。二度に別る。初めは、下酒物（酒の肴）としての食物である。

東海鯔条、西山鳳脯、鹿尾鹿舌、乾魚炙魚、鴈醢荇葅、鶉臛桂糝熊掌菟髀、雉臎狸脣、百味五辛、談レ之不レ能レ尽。（三十丁裏）

そして、双六の賭け事の遊び事がありその後、正餐となる。

少時飲食倶到、薫香満レ室、赤白兼レ前、窮二水陸之珍羞一、備二川原之菓菜一、肉則竜肝鳳髄、酒則玉瓊漿、城南雀噪之禾、江上蟬鳴之稲、鶏臛雉臛、鼈醢鶉羹、椹下肥肫、荷間細鯉、鵝子鴨卵照二曜銀盤一、麟脯豹胎、紛二綸於玉畳一、熊腥純白、蟹醤純黄、鮮鱠共二紅縷一争レ輝、冷肝与二青絲一乱レ色、蒲桃甘蔗、楩棗石榴、河東紫塩、嶺南丹橘、燉煌八子柰、青門五色瓜、太谷張公之梨房陵朱仲之李、東王公之仙桂、西王母之神桃、南燕牛乳之椒、北趙鶏心之棗、千名万種、不レ可二倶論一（三十四丁裏）

『玉造小町子壮衰書』には海産物を料理した物が多く、その点『遊仙窟』とは異なり海の国の文学の感があるが、しかしその多くは、『遊仙窟』からの語句である。

但し、その『遊仙窟』自体の物尽しはそれらの品名を、古くは『史記』貨殖列伝、そして『文選』では巻十六の潘

岳「閑居賦」や巻三十四の枚乗「七発八首」・巻三十五の張協「七命八首」等に拠っているのである。

以上のことから、『玉造小町子荘衰書』は、『文選』を頂点とする六朝詩文の流れの中において、直接には初唐の張文成『遊仙窟』を出典資料の一つとして著わされた作品であると言えるのである。すなわち、その用語を配置法から見て、その語句が『文選』と『遊仙窟』との両方に用いられていても、出典資料としての影響の程度は、『文選』よりも『遊仙窟』からの方が大きいと言えるのである。

四　空海『三教指帰』の投影

前項では、美麗な場面について述べたが、しかし、『玉造小町子壮衰書』の冒頭は、容色衰えた老婆の醜い姿を描き出している。この部分は緊句仕立てを中心として、醜い様子を滑稽にそして極めて現実的《リアリスティック》に描写している。これは前述の美麗な場面が幻想的・空想的であったのとは、対称的になっている。冒頭の文は次のとおりである。

予行路の次、歩道の間、径の辺途の傍にひとりの女人有り。容貌のかほばせは顦顇とかしげ、身体のすがたは疲痩とやせたり。頭は霜蓬の如く、膚は凍梨に似たり。骨は竦ち筋は抗って、面は黒く歯は黄ばめり。裸形とはだかにして衣無く、徒跣とはだしにして履無し。声振へて言ふこと能はず、足蹇へて歩むこと能はず。糇糧のかて已に尽きて、朝夕の飡ひ支へ難く、糠粃のぬか悉く畢って、旦暮の命知られず。左の臂には破れたる筐を懸け、右の手には壊れたる笠を提ぐ。頸には一の嚢を係け、背には一の袋を負ふ、(中略)子女に問うて曰く、汝は何くの郷の人、誰が家の子ぞ。何れの村にか往還し、何なる県にか去来せる。父母有りや。子孫無きか。兄弟無きか。親戚有りや、女答へて曰く、吾は是れ倡家の子、良室の女なり。壮んなりし時は憍慢最も甚しく、衰へたる日は愁歎猶ほ深し。

予行路之次、歩道之閒、径辺途傍有二一女人一。容貌顦顇、身躰疲痩、頭如二霜蓬一、膚似二凍梨一、骨竦筋抗、面黒歯黄、裸形無レ衣、徒跣無レ履、声振不レ能レ言、足蹇不レ能レ歩、糇糧已尽、朝夕之飡難レ支、糠粃悉畢、旦暮之命不レ知、左臂懸二破筐一、右手提二壊笠一、頸係二一裹一、背負二一袋一。（中略）予問レ女曰、汝何郷之人、誰家之子、何村往還、何懸去来、有父母哉、無子孫歟、無兄弟歟、有二親戚一哉。女答レ予曰、吾是倡家之子、良室之女焉。壮時憍慢寂甚、衰日愁歎猶深。

醜悪な人物像を、緊句で滑稽に描写し、それに文選読みを施したものは、此の作品以前の我が国における作品では、空海『三教指帰』の中の巻下・仮名乞児論があるが、その類似語句の多い点から見て、この部分は空海『三教指帰』に拠ったと思われる。

仮名乞児といふもの有り。何人ということを詳にせず。蓬茨の衡に生れて縄枢の戸に長れり。高く囂塵を屏けて、道を仰いで勤苦す。漆髪剃り隕して、頭は銅の瓫に似たり。粉艶都べて失せて、面は瓦の堝かと疑ふ、容色のかほばせ顦顇とかしげ、体形のすがた蕞爾といやし、長き脚は骨竪って、池辺の鷺の若く、縮まれる頸筋連なって、泥中の亀に似たり。五綴の木鉢は、牛嚢に比して、常に左の肱に繋けたり。百八の櫕子は、馬絆に方むで、右の手に係けたり。道神の屩を著いて、牛皮の履を棄つ。駄馬の索を帯にして、犀角の帯を擲つ。（中略）隠士答へて曰く、吾熟公を視るに、已に世の人に異なり、頭を視るに一の毛無し、体を視るに多物を持てり（注、玉造の老婆も多物を持つ）公は是れ何の州・何の県・誰が子・誰が資ぞと。仮名大きに笑って曰く、三界は家無し、六趣は不定なり。

有二仮名乞児一、不レ詳二何人一、生二蓬茨衡一、長二縄枢戸一、高屏二囂塵一、仰レ道勤苦、漆髪剃隕、頭似二銅瓫一、粉艶都失、面疑二瓦堝一、容色顦顇、体形蕞爾、長脚骨竪、若二池辺鷺一、縮頸筋連、似二泥中亀一、五綴木鉢、比二牛嚢一、以常繫二左肱一、百八槓子、方二馬絆一、而亦係二右手一、著二道神屩一、弁二牛皮履一、帯二駄馬紫一、擲二犀角帯一、（中略）隠士答曰、吾熟視レ公、已異二世人一、視レ頭無レ毛、視レ体持二多物一、公是何州何県誰子誰資。仮名大笑曰、三界無レ家、六趣不定。（『三教指帰』仮名乞児論）

『玉造小町子荘衰書』の作者として空海説が有力であった根拠の一つは、ここにもあったのである。若き頃『遊仙窟』を読み、『三教指帰』中でもその語句を用いた部分があり、更に伝説ではあるが、入唐時に白居易に会ったという仏徒空海であってみれば、そういう説の起こったことも首肯できる。けれども、此の作品の仏教観は浄土宗的であり、また「秦中吟」の成立（810）は空海の帰朝（806）後であり、『白氏長慶集』の伝来も空海入滅（835）後であるから、恐らく空海は「秦中吟」を見ていないと思われる。したがって空海作者説は否定されるべきなのである。しかし、この『三教指帰』も直接的な出典資料とみなし得るのである。

五 結語

おわりに、『玉造小町子壮衰書』中の文体及び表現法について、此の作品以前のものから、下って謡曲『卒塔婆小町』までの間の主な作品名を列記しておこう。

まず、緊句による、醜悪な人物を滑稽に描写する文体の主なものは、前項で述べた『三教指帰』の他には、古くは、『文選』巻十九の宋玉「好色賦」があり、『三教指帰』や『玉造小町子壮衰書』の作品以後の作と思われるものに、藤原明衡『新猿楽記』がある。これは「好色賦」からほとんどそのままを引用している。また緊句ではないが、この系列に入るものに、『常盤媼物語』（群書類従504）がある。これは室町後期の成立と思われるが、内容は『玉造小町子壮衰書』の後日譚ともパロディーとも言うべき作品である。

次に『玉造小町子壮衰書』に見えるもう一つの文体、「物尽し」について触れておきたい。「物尽し」の文体というものは、林和比古氏の説（『枕草子の研究』第五章第二節）に拠れば、『古事記』・『万葉集』・『祝詞』等、日本古来から存する形式で、それが『枕草子』・『梁塵秘抄』・『堤中納言物語』等へ連なってゆくのであるが、しかし、私はこの『玉造小町子壮衰書』を扱う上では、次のような一系譜を仙り得ると思うのである。すなわち、『史記』（貨殖列伝）・『文選』（『閑居賦』・『七発』・『七命』）・『遊仙窟』・『玉造小町子壮衰書』・『新猿楽記』・『異制庭訓往来』・『尺素往来』。そして漢文体ではないが、『常盤媼物語』である。

さてこれらの中でも、『新猿楽記』は、「鶉目之飯、蟇眼之粥、鯖粉切、鰯酢煎、鯛中骨、鯉丸焼。」とか、「信濃梨子、丹波栗、尾張粔、近江鮒、若狭椎子、越後鮭………」と、その産物が日本国産であり、また、『常盤媼物語』では、その食物もそしてその描写も、卑俗化して、「いもがなくはむやはく〳〵と。柿がなくはむあまく〳〵と。（中略）ゆやかうじ橋けんざくろ。栗柿なつめ梅すもも。りむごやなしやくはばやな。びはや山もも山いちご。榎の実も拾ひくはばやな。あぢきやな。（中略）鯉ふなわかあゆますうぐひ。ぶりたいすずきいかめしく、思ひのままにくはばやな。しとりうさぎまむじな。かはいりにしてくひたやな。あはびやさざいにしはまぐりもあらほしや。………」等とあり、苦労をして育てた子供らから見捨てられて餓鬼の如くになった老婆が描かれている。

このように、「物尽し」（殊にこの『玉造小町子壮衰書』の場合は「食物尽し」であるが）の文体の移り変りは、形式・内容共に興味深いものがある。

以上、小町伝説の大きな素材となって、説話・物語・謡曲・歌舞伎・小説等に多大な影響を及ぼした『玉造小町子壮衰書』に就いて出典とその文体の一系譜について述べた次第である。

※『玉造小町子壮衰書』（136）・『新猿楽記』（136）・『常盤媼物語』（504）は群書類従本に拠った。

第三篇　島田忠臣・菅原道真

第一章　島田忠臣の釈奠詩

一　前言

島田忠臣（八二八—八九二）は、紀長谷雄をして「当代の詩匠」（「延喜以後詩序」『本朝文粋』）と讃嘆せしめ、菅原道真をして「是より春風秋月の下、詩人の名のみ在りて実は無かるべし」（347）「田詩伯を哭す」『菅家文草』）と慨嘆せしめたほどに、宇多天皇の聖代において活躍した、卓絶した詩人であったことは周知の通りである。

島田忠臣は、父母の事跡は不明であり、祖父の島田清田は従五位上・治部少輔で逝去している。したがって貴族としては寒門の出といえようが、その才学は傑出していた。彼は大学入学（十六歳頃）と同時に、菅原是善の菅家廊下に入門し、是善はその才学を認めて、子の道真の師とした。忠臣は、のちに長女宣来子《のぶきこ》を道真に嫁がせて、道真の岳父となる。

忠臣は、殊に詩に秀で、その詩才により藤原基経の恩顧を蒙るところとなり、詩人として当時の文人社会に重きをなした。生来、温厚篤実の学者肌の詩人であったようで、殊に白居易の詩を深く学び、白居易という詩人に傾倒し、その詩風・詩観の影響を色濃く享けている。

元慶五年（八八一）、忠臣五十四歳の時の作、（78）「自詠」に、忠臣は自身を以下のように詠んでいる。

（78）自　詠

厭はず 吟諷して年を終へむとするを
自ら課《こころ》みて初めて知る 自性の然るを
聖年を祝著す 三百首
良史を賛来す 半千篇
学耕 何ぞ必ずしも元吉に逢はむ
詩癖 曽て十全に入ること無し
形相 亦飛びて肉を食ふに非ず
筆硯 抛たむと欲すれば 更に何にか縁らむ

自詠
不厭吟諷欲終年
自課初知自性然
祝著聖年三百首
賛来良史半千篇
学耕何必逢元吉
詩癖曽無入十全
形相亦非飛食肉
欲抛筆硯更何縁

＊頷聯三句目に「貞観元年春、年調三百六十首を献ず」四句目に「斉衡三年秋、詠史四百十六首を製る」の自注がある。

私は、わが生涯の尽きるまで詩作しつづけることに倦むことはない。
自分で試してみて、それが自分の本性であることを知ったのであった。
たとえば、かつて私は、貞観元年には、清和天皇の聖代を祝して、三百首の詩を作り、
また、斉衡三年には、すぐれた史官を称賛して、五百首の詩を詠んだことがある。
学問に生きることは、必ずしも大きな幸運に逢えるとはかぎらず、
詩作癖があるとはいえ、私の詩は決して完全なものであったことがない。
とはいえ、私の人相は、班超のような勇悍な武官の相すらなく、
詩文の創作しか、縁るべきものは無いのである。

この詩に見えるとおり、生来の詩人であることを自認していたようである。また、浄土教的信仰に篤く、典薬頭に任ぜられたことからも知られるように道教的な知識も豊かで、儒仏道に通じてもいたようである。職階は典薬頭・従五位上で、文人官僚としては栄達の道とはほど遠かったが、彼の晩年は、自身、詩に詠むごとく、清貧に甘んじ、悠々として、竹林の七賢を慕い、あるいは荘子の虚白の境地を体現しつつ、赤心（真心）を守った暮らしぶりであったことが分かる。

「釈奠」については、先に「菅原道真の釈奠詩」（『宮廷詩人 菅原道真』）において、その概略を述べたのであったが、釈奠の儀礼祭祀は、孔子歿後まもなく魯国にはじまり、儒学が国学となった漢王朝には、国家的祭祀となった。六朝期には儀式次第が整い、祭祀後に詩宴が催され、釈奠詩が作られるようになった。わが国では、『続日本紀』巻二「文武天皇紀」の「大宝元年（七〇一）二月丁巳、釈奠」の記事が文献上の初見である。『令義解』巻三に「凡そ大学・国学は、毎年春秋二仲月之上丁、先聖孔宣父を釈奠す」とあり、大学寮の廟堂において催された。

この儀礼は、様式・構成ともに『大唐開元礼』を典拠として整備されたが、「内論議」、「七経輪転講読」と、講書の後の宴座は、わが国独特のものである。釈奠は、大学寮における祭祀行事であって公事ではあるが、上巳や重陽などの節会とは異なり、天皇は出御しない。しかしながら、上卿・寮官・諸博士および得業生以下学生たちが参列するこの儀礼および宴座は、儒学を至高とする文治国家として、殊の外に重要な意義をもつものであった。たとえば、菅原文時は「釈奠は、蓋し先王の聖に奉じ賢を欽《うやま》ひ、師を崇びて道を重んずる所以の大典なり」（『本朝文粋』巻九「仲春釈奠、毛詩講後、賦詩者志之所之序」）と言い、大江匡衡は「夫れ釈奠は、国家の洪規、闕里の栄観なり」（『江吏部集』中「仲春釈奠、聴講古文孝経、同賦孝徳本序」と言うごとく、殊に文人官僚にとって、重要な行事であり、その宴座において釈奠詩を作詩・披露できることはじつに栄誉あることであった。

二　島田忠臣の釈奠詩

島田忠臣の現存する総作品数は、現存する『田氏家集』三巻に二百十三首と、その他『雑言奉和』『類題古詩』『和漢朗詠集』『新撰朗詠集』などに数首ずつ散見する。なお『田氏家集』先述(78)の詩の自注によれば、斉衡三年（八五六）に「詠史百四十首」、貞観元年（八五九）に「年調三六〇首」、元慶五年（八八一）「基経屛風五百余首」とある（ただし、これらはすべて散逸して現存しない）。このことから推察すると、島田忠臣は、即興多作の詩才の人でもあったといえよう。

いま、島田忠臣の釈奠詩について考察するにあたって、まず、『田氏家集』に見える彼の宮廷宴詩についてそれぞれの詩数を見ておきたい。

島田忠臣がはじめて宮廷詩宴に参席したのは、斉衡元年（八五四）、二十七歳の時で、省試及第した年の内宴であった。忠臣の内宴詩は、この時の作を含めて二首である。そして上巳の宴詩は三首。重陽宴詩は六首。重陽後朝宴詩は二首。その他『後漢書』竟宴詩が一首。これに、春秋の釈奠の宴詩が六首である。『田氏家集』に載る宮廷宴詩二十篇うち、釈奠の宴詩六首は、重陽宴詩と並んで最も多い数といえる。

ちなみに、奈良・平安時代の釈奠詩で現存するものは、三十四首。そのうち、菅原道真の作が十二首で最も多く、次いで大江匡衡の八首、そして島田忠臣の六首がこれに続く。むろん、この外にも宮廷詩宴において、作詩・披露した作品が多くあったことは予想しうるが、ほとんど現存せず、惜しまれてならない。

島田忠臣の現存する釈奠詩六首の内訳は、成立年順にすると以下の通りである。

(42)「仲春釈奠、聴講論語、同賦仲尼如日月」
　　貞観七年（八六五）二月五日、忠臣三十八歳、文章生の時の作。

この時、道真も二十一歳で文章生として参席し、五言律詩を作詩している『菅家文草』巻一（23）。

（92）「仲春釈奠、聴講古文尚書」

元慶六年（八八二）二月十四日、忠臣五十五歳、兵部少輔・従五位上。

（146）「七言、仲春釈奠、聴講論語、同賦為政以徳」

寛平三年（八九一）二月七日、忠臣六十四歳、典薬頭・従五位上。

この時、道真も四十七歳で、讃岐守解任の身（三月、式部少輔・蔵人頭、四月、左中弁を兼ねる）で参席し、七言絶句を作詩している『菅家文草』巻五（385）。

（156）「七言、仲秋釈奠、聴講周易、賦従龍」

寛平三年（八九一）八月十日、忠臣六十四歳、典薬頭・従五位上。

（167）「仲秋釈奠、聴講周易」

寛平三年（八九一）八月十日、（156）の詩と同じ時の作か。

（180）「仲春釈奠、聴講春秋、賦左氏艶而富」

寛平四年（八九二）二月、忠臣六十五歳、典薬頭・従五位上。

＊これらの詩作の年については先学に諸説あるが、それらを参考にしつつ、私見によるものである。

三　文章生時代の作

島田忠臣は、斉衡元年（八五四）、二十七歳の時、省試に及第した。この年、内宴の詩宴、及び冷然院における重陽の詩宴に参席するという栄に浴している。ついで斉衡三年（八五六）、二十九歳の時、先述のとおり、詠史四百十六首を作り、三十三歳の頃より藤原基経の恩顧を蒙り、その卓抜した詩才を発揮してゆく。

つぎの詩は、貞観七年（八六五）二月五日、忠臣三十八歳、文章生の時の作である。

（42）仲春釈奠、『論語』を聴講し、同じく「仲尼は日月の如し」を賦す。

仲春釈奠、聴講論語、同賦仲尼如日月

人間有道仲尼生
天上無雲日月行
能在人間天上一
短翮低眼仰高明

人間　道有りて　仲尼生まる
天上　雲無くして　日月行《めぐ》る
能く人間に在りて　天上の一なり
短翮　低眼して　高明を仰がん

仲春の釈奠に論語を聴講し、皆同じく「仲尼は日月の如し」という題で詩を作る。

この人間界には、正道が行われているので、孔子がお生まれになった。

天空は雲一つ無く晴れわたり、日月はただしく運行している。

孔子は日月であるから、この人間界にありながら、天空に在るのと同じなのである。

我ら短才の者は、恭敬して、天を仰ぎ見、日月のごとき孔子の高徳を讃仰するのである。


この詩は、貞観七年（八六五）二月五日、忠臣三十八歳の時の詩で、すでに藤原基経の恩顧を蒙る詩人であったが、いまだ文章生の身の時の作である。

七言絶句のこの詩の賦題「仲尼如日月」は、『論語』「子張」の「他人之賢者丘陵也、猶可踰也。仲尼日月也、無得而踰焉」による。詩題が賦されれば、その与えられた詩題の主旨そのものをいかに表現するかが大事なのである。古今の秀句を踏まえた典故と、自らの詩才を駆使しての表現技巧に腐心する。詩宴では、賦題の活かし方、及び、その表現技巧の斬新さ卓抜さを競うのである。

この詩の全体の印象は、極めて簡潔で、詩語も結句の「短翮」「低眼」以外は平明であり、賦題の主旨を立体的に、且つ明瞭に展開している。起句に孔子のことを詠み、承句に日月のことを詠むが、「人間」と「天上」、「有道」と「無雲」、「仲尼」と「日月」と起承の二句を対句仕立てにし、転句では、その起句の「人間」と承句の「天上」の語とを再度組み合わせて用い、これを「一なり」の語によって、賦題の「仲尼如日月」の意を導き出している。なお、「一」というのは、『春秋左氏伝』「荘公三十二年」に、「神、聡明正直、而壹也」とあるのが想起される。「高明」は、『尚書』「周書、洪範」に「沈潜剛克、高明柔克」とあり、孔安国伝に「沈潜謂地、高明謂天」とあり、「高明を仰ぐ」に孔子を尊崇する意を込めて結んでいる。すなわち、忠臣は、この作の翌年の貞観八年春、三十九歳にして少外記に任ぜられるのであるが、この詩からは、学儒の官を目指す者としての高邁な志を読みとることができよう。

忠臣は、詩才および学徳に優れていたが、寒門の出のゆえに、その官途は栄進とはほど遠いものがあった。貞観元年（八五九）三十二歳の当時、越前権少掾従七位下であったが、渤海使節を迎え饗応する役の存問渤海客使を拝命した。その折り、忠臣の職階が低過ぎるというので、仮に加賀権掾に任ぜられた。が、それは臨時のことであった。

その後、貞観八年（八六六）、忠臣三十九歳の時、少外記に任ぜられ、貞観十一年（八六九）、四十二歳の時、従五位下、因幡権介。貞観十五年（八七三）、四十六歳から五十一歳まで、大宰少弐。元慶三年（八七九）、五十二歳、従五位上。そして、元慶五年（八八一）の時、忠臣は五十四歳にして、兵部少輔に任ぜられている。

四　兵部少輔時代の作

この間、すなわち貞観七年（八六五）、以来十七年間、忠臣の釈奠詩は残っていない。次の詩は、兵部少輔に任ぜられた翌年の元慶六年（八八二）の二月十四日、忠臣五十五歳の時の作である。

(92) 仲春釈奠、『古文尚書』を聴講す。

今人 聴かむと欲す 古人の帰せるを
耳を属けたる春堂 落暉到る
拾ひ得たり 百篇中の義 実にして
象牙 犀角 翠毛の衣ごとくなるを

仲春釈奠、聴講古文尚書

今人欲聴古人帰
属耳春堂到落暉
拾得百篇中義実
象牙犀角翠毛衣

今の世の私どもは、古の賢人の行き着いた所を拝聴しようとして、熱心に耳を傾けている間に、この春堂は、いつの間にか夕暮れになった。今日の講義により『尚書』百篇に説かれている真の道理を知ることができた。『古文尚書』は、まさに孔穎達がその「序」に「翡翠之羽毛、抜犀象之牙角」に譬えたとおり、世にも貴重な宝物である。

この詩も七言絶句。ただし、賦題は無い。起句は、「今人欲聴」「古人帰」の句中対である。儒学において「帰す」といえば、『論語』「顔淵」「一日克己復礼、天下帰仁焉」に同じく「帰仁」の意であろう。承句は、仲春釈奠における春堂（大学寮）での聴講の、日が暮れるまでの時の経過を詠む。転句の「属耳」は、耳を傾けて聴く意で、『文選』晋の張華「答何劭二首」に「属耳聴鶯鳥」とある。『尚書』を「百篇」と表現したのは、孔安国「古文尚書序」に「以其上古之書、謂之尚書、百篇之義、世莫得聞」に拠る。結句は、『尚書』が、入手困難な宝物に匹敵する優れた価値をもつ書物である、という意であるが、ここはすべて、孔穎達「尚書正義序」の「上断唐虞、下終秦魯。時経五代、書揔百篇。採翡翠之羽毛、抜犀象之牙角」を典拠とした表現である。律令の「学令」には「凡教授正業、周易鄭玄、王弼注。尚書孔安国、鄭玄注」とあるが、むろん、忠臣は、『五経正義』をも修学している文人であったから、『古文尚書』の優れていることを、「尚書正義序」の語句に拠って讃美した。これによって結句の句意を深めるとともに、『尚書』讃美という詩の主旨を、より強めているのであり、忠臣の詩才の冴えを窺わせる技巧といえよう。

右の(92)の詩の翌元慶七年(八八三)年、五十六歳の忠臣は、美濃介として赴任する。ただしこの年の四月には、渤海使節饗応の任のため一時帰京し、権行玄蕃頭として、式部少輔兼文章博士菅原道真とともに任務を果たしている。美濃介の任を終えて帰京したのは、四年後の仁和三年(八八七)、六十歳の時であった。その後、寛平二年(八九〇)、六十三歳の時に、忠臣は、内宴に参席して詩を賦しており、その二月には、典薬頭に任ぜられている。

五　典薬頭時代の作

つぎの詩は、寛平三年(八九一)二月七日、忠臣六十四歳、典薬頭・従五位上の時の作である。

(146)七言。仲春釈奠、『論語』を聴講し、同じく「政を為すに徳を以てす」を賦す。一首。

政は徳に帰し　徳は隣を為す
猶ほ衆星の北辰に拱くが若し
今日　神農　何処にか席せる
拝奠するに　顔無し　孔堂の春

＊転句の自注に「時に典薬頭を拝す」とある。

七言。仲春釈奠、聴講論語。同賦為政以徳。一首。

政帰於徳徳為隣
猶若衆星拱北辰
今日神農何処席
無顔拝奠孔堂春

政治は徳に帰するものであり、徳あればかならず隣人（共鳴する者）がいるのである。それは、あたかも多くの星が北極星を敬い慕って、心を寄せるのと同じである。ところで、今日、医薬の神の神農の廟所はどこに祀られているのであろうか。典薬頭の私は、神農の廟所を拝すべき身でありながら、面目なくもかたじけなくも、こうして春の釈奠の孔子堂に参席させていただいている。

賦題は、『論語』「為政」の「子曰、為政以徳、譬如北辰、居其所、而衆星共之」に拠る。この時の詩宴には、菅原道真（前年、讃岐守を終えて、まだ復官の命は下らず）も参席しており、「北辰　高き所　無為の徳　疑ふらくは是れ明珠の衆星と作りしかと　北辰高所無為徳　疑是明珠作衆星」と、『論語』を称え、宇多天皇の聖徳を讃美する内容の七言絶句を作っているが、忠臣の詩は、賦題を的確に展き詠むとともに、前年に任ぜられた典薬頭としての自身の職掌を詠んで詩を結ぶ。

起句は、賦題の「為政以徳」と、同じく『論語』「里仁」の「子曰、徳不孤、必有隣」とを組み合わせ、句中対・聯綿対にしてあり、承句は、同じく賦題の典拠の句の「譬如北辰、居其所、而衆星共之」によっており、簡潔に且つ明瞭に賦題を詠み展いている。そして、転句・結句において、孔子を礼拝するにつけても、典薬頭の職官たる自分（忠臣）は、医薬の神の神農を礼拝すべきであろう、と結んだのは、典薬頭を拝命した恩恵に感謝の意を込めたものと言えよう。が、同時にまた、結句の「無顔」は「顔色無し」の意であろうから、学儒の本道からいささか外れた職官の身であることを、暗に惜しむ心が見えなくもない。すなわち、釈奠詩として、学識と詩嚢と詩才とで技巧を凝らして賦題を詠み展くのみでなく、自身の官人としての志を述懐している作なのである。

つぎの詩も、同じく寛平三年（八九一）の作であるが、八月十日、秋の釈奠の詩である。

（156）七言。仲秋釈奠、『周易』を聴講し、「従龍」を賦す。一首。

七言。仲秋釈奠、聴講周易。賦従龍。一首。

曽て緇帷に侍りて 分有るを知れるも　　曽侍緇帷知有分
心無くも 薬を服して 仙羣に入る　　無心服薬入仙羣
幡龍 未だ得ず 昇天の便　　幡龍未得昇天便
空しく望む 連山 一片の雲　　空望連山一片雲

＊承句の自注に、「誤りて薬司を忝くするも、自ら分とするに非ざるを知る」とある。

かつて私は、大学寮に学んでいたときは、儒官となって朝廷にお仕えする身になるであろうと思っていた。
ところが、はしなくも（典薬頭に任ぜられ）仙薬を飲んで、仙人の仲間入りをしている。
地上にわだかまる龍である私は、いまだ天に昇る機会を得られず、
むなしく遠い連山の上に浮かぶひとひらの雲を望み見ているのみである。

賦題は、『周易』「乾」の「文言伝」に「九五曰、飛龍在天、利見大人、何謂也。子曰、同声相応、同気相求。水流湿、火就燥。雲従龍、風従虎。聖人作而万物覩。本乎天者親上、本乎地者親下。則各従其類也」による。「従龍」の賦題の意味するところは、「聖人作《た》ちて万物覩る」に関わるもので、聖君主の用賢による理想的な政治の在り方を言い、賢臣が聖天子に従って国家の大業に貢献することを言う。

起句の「緇帷」は、木々が鬱蒼と茂って黒い幕のようである意であるが、『荘子』「雑篇・漁父篇」に「孔子遊乎緇帷之林、休坐乎杏壇之上」とあり、孔子が茂林で『毛詩』・『周易』を講読した故事から、学問をする所。すなわち、ここでは大学寮を指す。そこで、起句の大意は、昔、文章生として大学寮で学問をしていた頃は、自分は学儒になれ

る命運だと思っていたのだが、というものである。承句の「無心」は、心無くも、思いがけずも典薬頭になったの意で、自注に「誤りて薬司を忝くするも、自ら分とするに非ざるを知る」とあるように、薬司は自分の任ではないと謙遜しているのであるが、忠臣の本心は、必ずしもこの職分に満足してはおらず、学儒としての本道を行くことをこそ望んでいたであろう。むろん、「薬を服して　仙羣に入る」とあるように、忠臣は薬草学にも通じていて、薬司としても適任であったのではあるが。つぎの転句の「皤龍」が、そのように志を得ないでいる忠臣自身を指す語であることは言うまでもない。そして、「未だ得ず昇天の便　空しく望む連山一片の雲」とあるのは、「雲従龍」を踏まえた詩的表現であって、今もなお、更によく政治に貢献すべく、学儒となる好機を得たいと願う意を込めているのである。

つぎの（167）詩は、先学の説にあるように、（156）詩と同じ時の作と考えられる。詩の内容は、（167）の詩よりもさらに踏み込んで、官を辞して隠遁し、孔子の晩年のように『周易』を愛読しようと、自らの本心を吐露している。賦題が無い詩だけに、（156）詩よりもより直截的である。

（167）仲秋釈奠、『周易』を聴講す。　　仲秋釈奠、聴講周易。

文宣　未だ説かず　薬の仙となることを　　文宣未説薬為仙
恨むらくは　緇帷に背きて　赭鞭を執ることを　　恨背緇帷執赭鞭
老邁　田に帰するも晩からざるを知る　　老邁帰田知不晩
応に職役を休め　韋編を絶つべし　　応休職役絶韋編

孔子は、服薬によって仙人となる道は説かなかった。
ところが私は、遺憾ながら学儒ではなく、典薬寮の職にある。
すっかり老いさらばえた身ではあるが、官を辞して隠遁するのに遅すぎることはない。

典薬頭の職を辞して、晩年の孔子のように書物の綴じ紐が何度も切れるほど『周易』を何度も繰り返し読んで学ぶとしよう。

起句の「文宣」は、孔子の諡。『旧唐書』巻九「玄宗紀下」に「追贈孔宣父為文宣王」による。この「孔子は、服薬によって仙人となる道は説かなかった」というのは、自らの典薬頭という職に対する否定的な見解である。そして、承句では、(156)の詩では「心無くも」であったが、ここでは「恨むらくは」と無念さをより際立たせており、「緇帷に背きて 赭鞭を執る」と句中対によって、学儒ではなく典薬頭になっていることを強調している。「赭鞭」は、赤い鞭の意で、『史記』巻一「三皇本紀」の神農の条に「以赭鞭鞭草木、始嘗百草、始有医薬」による。「緇帷」の黒色と「赭鞭」の赤色との対比が効いている。転句の「帰田」は、官を辞して隠遁する意であるが、『文選』巻十五、後漢の張衡の「帰田賦」の旧注の「帰田賦者張衡仕不得志、欲帰於田、因作此賦」による。結句の「絶韋編」は、『史記』巻四十七「孔子世家」に「孔子晩年而喜易、…読易、韋編三絶」による。また、張衡「帰田賦」にも「弾五弦之妙指、詠周孔之図書」とある。

なお、島田忠臣は、かねてより『周易』にも深く通暁しており、大学博士善淵愛成が、宇多天皇に、寛平元年十月九日から同三年六月十三日にかけて、『周易』のご進講を行ったとき、時に侍読を補佐して都講を務めている。その折りの竟宴の「詩序」及び「七言排律」が『田氏家集』巻三に、(167)の詩に次いで収載されている。

忠臣は、右の詩の翌年の寛平四年(八九二)八月頃に歿したらしい。そうだとすると官を辞して隠遁したいと詠んでから、ちょうど一年後の頃である。しかし、忠臣の詩の創作力はいまだ衰えず、この亡くなる年の七月七日にも、七言律詩の(212)「七月七日代牛女惜暁更、各分一字」という応製詩を奏上している。このことから考えると、(180)の七言律詩の釈奠詩も、おそらくは、この寛平四年春二月の作であろうと思われるのである。

(180) 仲秋釈奠、『春秋』を聴講し、「左氏は艶にして富む」を賦す。

仲秋釈奠、聴講春秋、賦左氏艶而富。

翫鶯春講獲麟章
酔飽官厨閲歳芳
千載文華奢巻軸
一家詞玉瞻縑緗
看来更訝開珍蔵
聴得初知向艶陽
賀了丘明還悵望
公羊無貨穀梁瘡

鶯を翫《め》で 春に講ず 獲麟の章
官厨に酔飽して 歳芳を閲す
千載の文華 巻軸に奢り
一家の詞玉 縑緗に瞻《と》む
看来たれば 更に訝る 珍蔵を開くを
聴き得たれば 初めて知る 艶陽に向ふを
丘明を賀了して 還た悵望す
公羊 貨無く 穀梁 瘡ふ

鶯の囀りを耳にしつつ、この春の釈奠に、『春秋左氏伝』を聴講した。まるで宴の酒肴に酔飽するかのように『春秋左氏伝』を拝聴し味読して、この良き春を過ごしえたことであった。

千歳の時を経た『春秋左氏伝』の文章の精華は、その美が全巻にあふれでており、左氏の学派から出た珠玉の文章は、この書物の中に満ち満ちている。

『春秋左氏伝』を繙けば、世にも珍しい宝物が開陳されているかのようであり、聴講してみて、はじめて『春秋左氏伝』が、華やかで豊かなものであることを知り得たことであった。

そこで、左丘明の学徳を讃美するのであるが、逆にまたがっかりしたこともある。それは『公羊伝』には取るべき価値がなく、『穀梁伝』は難点が残ると分かったからである。

賦題の「左氏艶而富」は、晋の范甯の『春秋穀梁伝集解』「序」に「左氏艶而富、其失也巫」による。また唐の楊士勛の疏に「范氏以為富艶、艶者文辞可美之称也。云其失也巫者、謂多叙鬼神之事」による。首聯の「獲麟章」は、『春秋』の最終章、魯の哀公十四年に「春、西狩獲麟」とあることから、『春秋』の書物の意。「官厨に酔飽して歳芳を閲す」は、宴の酒肴を充分に飲食し、春のよき季節を過ごす、という意であるが、むしろここは、心行くまで『左氏伝』を聴講味読し、堪能していることの比喩的表現であろう。頷聯・頸聯は『左氏伝』が珠玉の文章であり、貴重な内容であることを、それぞれ対句仕立てで述べる。頸聯の「艶陽」は、白居易の「三月三十日作」に「艶陽残一日」とあり、晩春の意であるが、ここは賦題の「左氏艶而富」の「艶」にも掛けた用法である。尾聯の『公羊伝』を「無貨」と言い、『穀梁伝』を「瘠」と言う用例は未詳であるが、修辞としては、賦題の「艶而富」の「艶」と「富」とを、頸聯で「富」を「珍蔵」、「艶」を「艶陽」と展開したのを受けて、「富」「珍蔵」に対して「無貨」の語を、「艶」「艶陽」に対して「瘠」の語を対応させたのであろう。

この詩は、賦題を華麗に詠み展き、繊細優美な修辞技巧を凝らし、かつ機智に富んだ措辞の作品であって、詩人忠臣の面目躍如たる作といえる。

六　結　語

以上、島田忠臣の釈奠詩六首について、その作品構造と修辞技巧、及び主要な出典語句をもとに、その詩境を見てみた。道真の釈奠詩十二首についての論考でも述べたことであるが、宮廷宴詩の中でも、釈奠詩というものは、聴講の経書からの賦題を詠み展くもので、経書の章句を踏まえて詠むことにおいては、文人官僚の本分とするところではあるが、経書の世界を詠むのであるから、とかく理知の勝った観念的な内容に陥りがちで、詩情に欠ける詩が多かったはずである。歴代、数多く釈奠が執り行われたわりには、釈奠詩がさほど残らなかった所以であろう。そうした中で、この島田忠臣の釈奠詩は、菅原道真の釈奠詩と同様に、詩才きらめく優れた作品と言えるものである。ことに寛平三年の（156）（167）の詩は、詩題を踏まえて詩を展開させつつも、自らの志す心境を吐露した秀作であり、（180）は、最晩年の作でありながら、見事な修辞技巧を駆使した力作と言えよう。

〔参考文献〕

彌永貞三氏「古代の釈奠について」（坂本太郎博士古希記念会編『続日本古代史論集　下巻』
倉林正次氏『饗宴の研究』歳事・索引編「饗宴論」
福田俊昭氏「平安朝の釈奠詩」（『大東文化大学「日本文学研究」24』
川口久雄氏『平安朝日本漢文学史の研究　上』第五章第四節　釈奠の作文」（昭和34・3初版、昭和57・5三訂版再版、明治書院）
金原理氏「嶋田忠臣伝考」（『語文研究』第20号、昭和40・6、のち同氏著『平安朝漢詩文の研究』昭和56・10、九州大学出版会に所収）
小島憲之氏監修『田氏家集注　上中下巻』（和泉書院）
蔵中スミ氏「島田忠臣年譜覚え書」（小島氏監修『田氏家集注』上の巻末所収）
中村璋八・島田伸一郎氏『田氏家集全釋』平成5・4、汲古書院）
拙稿「菅原道真の釈奠詩―文章生時代を中心に―」（『儀礼文化』28、平成13・3、のち拙著『宮廷詩人　菅原道真』平成17・2、笠間書院に所収）
拙稿「菅原道真の釈奠詩―式部少輔時代以後―」（『儀礼文化』29、平成13・6、のち拙著『宮廷詩人　菅原道真』平成17・2、笠間書院に所収）

第二章　白居易「閑適」詩と島田忠臣の詩境
──島田忠臣詩に見える白居易詩境からの行禅の受容──

一　前　言──白居易の詩境の特長──

『白氏文集』が平安朝文学に与えた影響の大きさ、深さは、つとに諸先学に高説があり（1）、いまさらここに贅言を要しないが、とりわけ太田次男氏の『中唐文人考』「平安時代に於る白居易受容の史的考察・付 平安女流と白氏文集」には、その影響・浸透の諸相が詳説されている。また、日本文学になぜ白居易の詩文が重く大きく受容されたのか、ということについても、岡田正之『日本漢文学史』・水野平次氏『白楽天と日本文学』・金子彦二郎氏『平安時代文学と白氏文集』・神田秀夫氏『白楽天の影響に関する比較文学的一考察』（下）があり、これらについての藤井貞和氏の解説論評もある（2）。

以上の先学の説を踏まえて、白居易の詩が平安朝文学に重く大きく受容された要因およびその詩境の特長について言えば、おおよそ以下のようなことが言えるであろう。

まず、その作風が、風雅にして平易な表現であったこと。言い換えれば、詩意が主に日常的叙事内容であってしかも絶妙な表現力を備えた作品であったこと。すなわち、ふだんの生活の中からの詩興を詠み、ふだんの心境の中からの詩興を詠む。そこに、おのずからなる日常性・自照性の傾向の強い文学があること。この日常性・自照性については、白居易の「与元九書」に「閑適詩 百首。公より病を移して閑居し、足るを知り和を保ちて、情性を吟玩する者」

とあるとおり、病む時ですらも、つねに禅の「知足安分」「平常心」の生き方を希求していたというものであったから、ときに自嘲性の濃い表現のまじることがあっても、詩境自体が低俗に陥ることはなかった。また、緻密な修辞技巧や高雅な典故を用いるときも、つとめて親しみやすい詩語をもって平易な表現に腐心した作品であったこと。さらにまた、その詩境の深み高みは、儒道仏三教にわたって思念をこらすところからなるものであって、すなわち儒学・隠逸思想・老荘思想・行禅・浄土信仰にまで及んでいる。中でも、特筆すべきことは『荘子』の語を頻用し、時に『孟子』の語をも用いながら、その詩情の根柢に、知足安分・平常心であろうとする禅行の心得をもって詠んでいること。これらが白居易の閑適詩の特長といえるものであろう(3)。

また、その諷諭詩の、時に強烈な政治批判・汚濁社会を風刺した作品群は、平安朝の中級文人官僚層及び一部の不遇な貴族の知識層の深く共鳴するところであり、政道諷諭の文学としてあるいは教導性の文学として享受されたのであったと言えよう(4)。

なお、ついでに、白居易自身の文学観について確認しておきたいことが一点ある。白居易が、みずからの閑適詩・諷諭詩を、自身の文学の二大支柱と考えていたということは、現今すでに定説となっている。そして、その拠りどころが『孟子』の独善と兼済とであることも周知のことである。ただし、私見によれば、白居易の文学観は、『孟子』の論をそのまま踏襲しているのではない。以前にも論じているので詳細はそれに譲るが(5)、その違いは、次のとおりである。すなわち、『孟子』「尽心章句上」には「窮すれば則ち独り其の身を善くし、達すれば則ち兼ねて天下を善くす」とあるが、白居易「与元九書」には、「僕、志は兼済に在り、行ひは独善に在り」とある。すなわち、孟子は、窮・達との関連においてこの二義を説くが、白居易は、窮・達の境遇観を切り離して、兼済と独善とをつねに併せ行なうと言っているのである。換言すれば、文人官僚の白居易にとって、この兼済と独善とは、孟子が説くような窮・達によって二者択一するというものではなく、この二つの道は、自身の生涯を通して、心がけてゆくべき志であり行ないでなのであり、兼済を志しつつ独善を行ない、独善を志しつつ兼済を行なうことを希求しようとするものなのであった。それは、つねに互いに支え合い、両有すべき両道として捉えたものなのであったのである。そして、このことは、そのまま文人官僚白居易にとって、みずからの諷諭詩と閑適詩とが、自負自恃し得る、同等価値の意義をもつとする所以であったと思われるのである。

二 白詩渡来と島田忠臣

承和五年（八三八）、白居易の詩が渡来してのち、まもなく『白氏文集』も渡来し、これが宮廷文学に大流行して以後、わが国の詩風は一変する。その白詩流行の最初の隆盛期の最中が、ちょうど菅原道真（八四五―九〇三）、紀長谷雄（八四五―九一二）等の詩人形成期にあたっており、とりわけ道真は、この今来の新詩風を、いち早く受容しその影響色の濃い島田忠臣（八二八―八九二）を師として成長したことに関してはすでに述べたことがある(6)。そこで、この稿では、その島田忠臣自身の詩境について論究しておきたい。

白詩が渡来した当時、忠臣は十歳であった。白詩が流行する渦中、十五、六歳の頃、大学寮に入学し、菅原是喜に師事し、菅家廊下に学んでいる。忠臣は、祖父清田以来の儒家に生まれ、文人官僚の道を歩むが、道真が学問の領袖としての家門を自負自恃し意識するあまり、大宰府左遷という不遇の究極においては、竟に白居易の詩境と相容れない詩境に至ったのに比べると、島田忠臣の詩人としての歩みすなわちその詩境の展開は、白居易のそれに、より近いものが見られる。むろん、忠臣における白詩受容のことは、つとに多くの先行論文があるので(7)、ここに多言を弄することは控えたい。が、ここで、いま少し論じておきたいのは、忠臣が、白居易の希求する行禅の心を、特にその閑適詩の中から見出し、忠臣自身も同じく詩中に行禅の心を詠出している点である。白居易に同じく島田忠臣も『荘子』からの典故語を頻用するが、それは、荘子の思想を求めることに留まらないものであって、『荘子』の語を用いて禅の心の「知足安分」・「平常心」を詠んでいるのである。禅でいうところのこれらの境地を、ただ禅語によって詠むことは、詩境を浅くするのみであって、返って禅に遠ざかるものでもある。

なお、白居易の禅に対する姿勢は、その身そのままの自分を認めるものであり、漸悟の北宗禅、頓悟の南宗禅、いずれにも学ぶところがあり、即心即仏の境地を願わぬものではないが、みずからの迷妄を詠むのも行禅の心に適うものとして、それは、行ない澄ますことでも、悟ることでもなく、平常心への思いを感じ続けること、詠み続けることなのであった。

島田忠臣は、以下に述べるように、そうした白居易の「閑適逍遥」・「独善」・「止足」・「知足安分」の風を学び取りつつ、みずからの詩境を拓き、深めていったのである。

三　島田忠臣の白詩讃仰

(127)　白舎人の詩を吟ず
坐しては吟じ 臥しては詠じ 詩媒を翫ぶ
白家を除却けば 余は能はず
応に是れ 戊申の年に子有り
文集に付きて海東に来たるべし

吟白舎人詩
坐吟臥詠翫詩媒
除却白家余不能
応是戊申年有子
付於文集海東来

この詩は元慶七年(八八三)、忠臣五十六歳の作と推定されるが、当時、彼は従五位上美濃介であり、地方官吏としての職分を忠実に果たすほかは、行住坐臥、『白氏文集』を愛読し、詩作の詩媒としていた。この詩の自注に、「唐の太和戊申の年、白舎人、始めて男子有り。甲子余と同じ」とあるのは、つまり、「白家を除却けば 余は能はず(自分から『白氏文集』を除き去ったらほかに詩媒となるものはまったく無い)」と思うほどに、『白氏文集』に強烈に惹かれつづけているわけの根源が、白居易の子の阿崔と自分とが同じ年の生まれであったことに因るものだと解したからである。その阿崔は生まれて二年後に亡くなったのではあったが、じつはその子はこの『白氏文集』に付いて日本に来たのであった、というのである。それはまるで自身を白居易の一子であるかのごとく看做す口吻であるが、そうではなく、要するに、自分は、まるで『白氏文集』の申し子のごとく、この文集とは深い縁によって結ばれているのだと言いたいのである。

このことは、少しさかのぼること二年前の詩の（80）「身無繫累」の結聯にいささか似るところがある。

身無繫累

身無繫累又無労
豈是営求自作豪
生事任情甘素食
官銜随分忝閑曹
魚遊放海淇涯闊
鳥挙凌霄碧落高
白舎終年何異事
汁来東日出蟠桃

（80）身に繫累無し

身に繫累なく 又 労無し
豈に是れ営み求めて 自から豪とならんや
情に任せて 素食に甘んじ
官銜 分に随ひて 閑曹を忝くす
魚は遊びて 海に放たれ 淇涯闊く
鳥は挙りて 霄を凌ぎ 碧落高し
白舎の終年に何ぞ異なる事あらん
汁 東日に来りて 蟠桃を出だす

詩の大意は、知足安分にして伸び伸びしたこの境地は、白居易の送った生涯と何の違いがあろうか、まるでこの扶桑国に長寿のしるしの「蟠桃」がなったかのごとき心持ちである、というものである。ただし、「汁来」の意が不詳である。私案では、おそらく「汁」は「什」の誤写ではないかと思う。もし「什」ならば、むろん『白氏文集』を指すわけで、先の（127）の結句の意とも類似する。試訳すれば「『白氏文集』がこの東の国の日本に渡来して、まるで「蟠桃」がなったかのごとき心持ちである」となろう。論が枝葉に及んだが、いずれにしても、これらの詩は、島田忠臣自身が、文人官僚白居易を讃嘆し、強く『白氏文集』に惹かれるわけを浅からぬ因縁に因るとまで感嘆している詩なのである。

右に掲げた二首は、直截に白詩を讃仰したものである。

島田忠臣について、川口久雄氏は「詩癖に徹して世間を顧みず、貧居と閑職に安んずる風格ある文人」と説かれたが（8）、むろん、彼も、まったく世間を顧みなかったはずはなく、煩悶し苦悩した時が長く続いたであろうことは想像に難くない。が、概して、彼は、白詩を通して、白居易の詩的感興の所以と、その詩想の行方を学び取って、みずからの詩境を拓いていった詩人であり、その意味では、詩癖に徹した人と言えるのである。

さて、その「詩癖」という語も周知のとおり白詩語であり、忠臣の詩には元慶五年（八八三）五十六歳の作（78）「自詠」に「詩癖」の語が見えるが、同義のことは、（4）「早秋」結聯にすでに見えている。

感傷物色還成癖
此癖無方莫肯治（4「早秋」）

物色に感傷すること 還た 癖と成す
此の癖 方無く 肯へて治すること莫し

この句意は、自然界の景物にわが心が感傷してしまうことがずっと癖になってしまっており、この癖は、治す術はなく、あえて治そうとも思わない、というものである。「物色に感傷する」こころ、すなわち「愁人のこころ」つまりは「詩人のこころ」なのである。こころに深く感じ続けること、それが詩人のこころであるという、いわば詩の創作についての文学意識を矜持したものである。この詩の製作年代は不詳であるが、『田氏家集』収載の順から見て、二十代前半と思われる。

白詩の「詩癖」は、文集の(952)「四十五」や(2910)「酔後重贈晦叔」等に散見するが、たとえば、元和十三年(八一八)四十七歳の時の次の詩句の詩想は、この忠臣の詩句に直截的に投影したものの一つであろう。

人各有一癖
我癖在章句
万縁皆已消
此病独未去(330「山中独吟」のうち前半)

(330) 山中独吟
人各おの 一癖有り
我が癖は 章句に在り
万縁 皆 已に消えたるに
此の病のみ 独り未だ去らず

白居易は、みずからを「詩魔」とまで看做すにいたるが、忠臣の詩癖も、白詩の深奥から受け継いだかのごとく深いものであった。

なお、白詩の自照性についての忠臣の享受はここでは割愛せざるを得ない。が、そのうちの特に自嘲性の部分については一言しておきたい。白居易は、元和十年(八一五)四十四歳、太子左賛善太夫の閑職の時、次のように花鳥を詠んで自嘲の意を込めている。

(848) 白牡丹
白花 冷淡 人の愛する無きも
亦た芳名を占めて牡丹と道ふ
応に東宮の白賛善の
人に還た朝官と喚び作さるるに似たるべし

白牡丹
白花冷淡無人愛
亦占芳名道牡丹
応似東宮白賛善
被人還喚作朝官

（871）白鷺

人生四十 未だ全くは衰へず
我 愁へ多きが為に 白髪垂る
何の故ぞ 水辺の双白鷺
愁へ無きも 頭上 亦た糸を垂るるは

白鷺
人生四十未全衰
我為愁多白髪垂
何故水辺双白鷺
無愁頭上亦垂糸

忠臣は、白詩のこうした自嘲性の濃い詩からも、詩想を吸収するところがあった。それは、たとえば貞観十一年以降の従五位・少外記の時代、おそらく四十五、六歳の頃に、次の詩がある。

（57）海老を賦す 卅十絶句

泉を脱けて 枯れ又槁る
踊背長髯 海老と称す
応に朝中緋衣の一大夫に似たるべし
形消え 命薄くして 明時の好きを作さず

賦海老 卅十絶句
脱泉枯又槁
踊背長髯称海老
応似朝中緋衣一大夫
形消命薄不作明時好

先の詩のように、白居易の自嘲詩には、不遇や老醜についての悲哀感のみでなく、その詠む対象へのほのかな温かい思いやりがあり、滑稽味を帯びているところが特長的であるが、この忠臣の、みずからの老いたる薄官の身の上を海老に重ね合わせた詩意にも、滑稽味がのこり、わずかながらこころのゆとりも感じられる。こうしたところにも、白詩への心酔ぶりが窺えるのである。

四　忠臣の閑適詩と禅――『荘子』語の多用の真意――

白居易の閑適詩に見える禅については、いささか先に述べたことがあるので(9)、ここでは、島田忠臣の詩境に見える行禅に言及したい。

『田氏家集』収載の忠臣の仏教関連詩は十八首を数える。そのうちには、(63)「奉拝西方幀因以詩讃浄土之意」のように浄土思想を詠んだ詩もあるが、禅の心を詠むものも多い。中でも(64)「和戸部侍郎問禅門意」は、直截、禅門の意を詠んでいる。

(64) 和戸部侍郎の禅門の意を問ふに和す　　和戸部侍郎問禅門意

是れ禅門にして 別に門有るに有らず　　不是禅門別有門
門は 人意に随ひて 旧より存すること無し　　門随人意旧無存
若し 帰依の路を識らんと欲せば　　若[為]欲識帰依路
心は 営み求めず 一言にして了るべし　　心不営求了一言

＊転句の二字目は、欠字で、助辞があるべきところ。私案、或いは「為」か。

この詩の大意は、禅門というのは、決して特別な門があるというものではない。その門は、人の心に随うものであって、もとから存在するものではない。もしも帰依の手だてが知りたければ、心中であれこれ詮索するのではなく、一言で悟るものなのである、というものである。この詩は貞観十七、八年(八七五―八七六)頃、忠臣四十八、九歳の頃の作と思われる。その「禅門観」は、すでに先学の指摘のとおり白居易の(3154)「禅経を読む」の詩中に、

言下忘言一時了　言下に言を忘れて 一時に了る
夢中説夢両重虚　夢中に夢を説いて 両重虚し（「読禅経」）

とあるのに近い。白居易は、さらに「微之に和す 二十三首 非を知るに和す」に、

第一莫若禅　第一は禅に若くは莫く
第二無如酔　第二は酔に如くは莫し
禅能泯人我　禅は能く人我を泯ぼし
酔可忘栄悴　酔は栄悴を忘れしむべし（「和微之 二十三首　和知非」）

とあり、また、(290)「睡りより起きて晏坐す」に、

本是無何有　本は是れ無有の郷
亦名不用処　亦た不用の処と名づく
行禅与坐忘　行禅と坐忘と
同帰無異路　同帰にして異路無し（「睡起晏坐」）

とも詠んでいて、その自注に、「道書に無何有の郷を云ひ、禅経に不用処を云ふ。二者は名を異にするも同帰なり」とある。白居易は、禅と荘子とは「同帰にして異路無し」と詠むとおり、禅の思想を格別視したり、事々しく営求し

たりはしない。そう意識すること自体、行禅にそむくことだからである。忠臣においても然り。それゆえ、『田氏家集』における『荘子』の思想およびその語彙を頻用した作品の詩境については、そこに忠臣の行禅があることを思うべきなのである。たとえば、貞観三年（八六一）頃、忠臣三十四歳の頃の次の詩がそれである。

（32）病後閑坐して偶たま懐ふ所を吟ず

死に任せ　生に任せ　為す所無し
何ぞ曽て意を用ゐて　尫羸を患へむ
さもあらばあれ　軟脚　行歩難きこと
只だ　幸ひに　凝神して　坐馳せず
物理の是非は　閑裏に得たり
人情の疎密は　病中に知れり
天は方寸をして　虚舟に似しめ
為めに平常を憂苦に移せしめず

病後閑坐偶吟所懐

任死任生無所為
何曽用意患尫羸
従他軟脚難行歩
只幸凝神不坐馳
物理是非閑裏得
人情疎密病中知
天教方寸虚舟似
不為平常憂苦移

＊□は白詩語、―は『荘子』語彙。

この詩における白詩語や荘子の語句の典故はすでに指摘されているとおりだが(10)、結聯についての私見は、いささか異なる。先学の説では「天は方寸をして虚舟に似しめ　為めに平常の憂苦を移さず」また「天は方寸をして虚舟に似せ　平常の憂苦を移さしめず」と読む。が、この八句目の「平常」は、「平生」と同義で、ふだんを意味する。しかし、この「平常」の語こそ行禅における大事の語なのではないであろうか。それゆえ、ここは、「平常の憂苦」と読むよりは「為めに平常を憂苦に移せしめず」または「平常をして憂苦に移さしめず」と詠んでこそ、詩意がしっかり通るのである。

「平常」といえば、白居易が修学した数多の禅の経典のうちの『馬祖語録』(11)に言う「平常心是道」の「平常」がこれに当たる。『馬祖語録』には「何をか平常心と謂ふ。造作無く是非無く、取捨無く断常無く、凡無く聖無し。経に云はく、凡夫行に非ず聖賢行に非ず、是れ菩薩行なりと」とある。ただし、白詩には「平常心」の語も「平常」の語も無い。同義の「平生」は多く、たとえば(456)「兄弟を送り雪の夜を迴る」後半部に、

念ひを迴して坐忘に入り　　迴念入坐忘
憂ひを転じて禅悦を作す　　転憂作禅悦
平生 洗心の法は　　平生洗心法
正に今宵の為めに設く　　正為今宵設（「送兄弟迴雪夜」）

とある。白居易が、詩中にまったく「平常心」の語を用いなかった理由は不明であるが、でき得るかぎり禅語を用いずして、その境地を詠もうとするためであったと思われる。もっとも、島田忠臣の詩のこの「平常」の語については、無論、『馬祖語録』を踏まえたものではない。『馬祖語録』がいつ頃日本に渡来したのかは未詳である、が、しかし、島田忠臣のこの「平常」の語は、白詩の詩境に窺える「平常心是道」の境位を探りあてたものであったとは言えるのではないか、と私考する。

なお、この島田忠臣の(32)「病後閑坐偶吟所懐」詩の詩境は、白詩の(184)「病仮中南亭閑望」をはじめ、「病中——」「病後——」と題する多くの詩の詩境に相似していて、「止足」の想いを詠んだものである。

五　結語

白居易の閑適詩には、行禅と荘子の思想および隠逸思想とが表裏一体となって詠まれたものが多いことについては、先の拙稿でも述べたところであるが(12)、このことは、以上、垣間見たごとく、島田忠臣の『田氏家集』の閑適詩にも言えるところであろう。それは、平生の沈静した境位なのであるが、白居易の詩境と同様、「知足安分」の暮らしぶりを詠みつつも、それらの詩意どおりに、島田忠臣が悠々自適の境地を達観していたことを意味するものではない。白居易がそうであったように、常日頃、保持すべき境位として、「知足安分」の境地であり続けようと努める、ふだんの心得を詠ったものなのであった。この意味においても、島田忠臣の白居易閑適詩の享受は真徹なるものであったと言えよう。

(1) 金子彦二郎氏『平安時代文学と白氏文集』(全三冊)・水野平次氏『白楽天と日本文学』・神田秀夫氏「白楽天の影響に関する比較文学的一考察」〈下〉(「国語と国文学」一九四八・十一)・川口久雄氏『平安朝日本漢文学史の研究』(全三冊)・同氏『平安朝の漢文学』・大田次男氏『中唐文人考』「平安時代に於る白居易受容の史的考察 付平安朝女流と白氏文集」・中西進氏『源氏物語と白楽天』・白居易研究会編「白居易研究年報」(第一号〜第九号)等。
(2) 水野平次氏『白楽天と日本文学』の藤井貞和氏補注解説。
(3) 拙稿「白居易閑適詩について」(「國學院中國學會報」第五十一号)。
(4) 注1の太田次男氏『中唐文人考』〈平安時代に於る白居易受容の史的考察 付平安朝女流と白氏文集〉。
(5) 注3に同じ。

（6）拙稿「漢字文化圏の中の菅原道真」（『宮廷詩人菅原道真』）。
（7）『田氏家集』の注釈書は、小島憲之氏監修『田氏家集注』（全三巻）・中村璋八・島田伸一郎両氏『田氏家集全釋』。また、主要な先行論文は、金原理氏・蔵中スミ氏・後藤昭雄氏・芳賀紀雄氏・三木雅博氏。特に、金原理氏「嶋田忠臣と白詩」「『田氏家集』の諸本」「嶋田氏の系譜」「嶋田忠臣傳考」（『平安朝漢詩文の研究』所収）、「注釈の意味」『嶋田忠臣と『荘子』』（『詩歌の表現―平安朝韻文攷』）。三木雅博氏「嶋田忠臣と白詩」（『白居易研究講座』三）。
（8）川口久雄氏『平安朝日本漢文学史の研究』上。
（9）拙稿「白居易閑適詩考序説」（『國學院雑誌』第106巻11号）及び注3。なお、孫昌武氏・副島一郎訳「白居易と仏教・禅と浄土」、蜂屋邦夫氏「白居易と老荘思想」（『白居易研究講座』一所収）参照。
（10）注7に同じ。
（11）入矢義高編『馬祖の語録』。
（12）注3に同じ。

第三章　菅原道真「讃州客中詩」
――「行春詞」を中心に――

一　前言

菅原道真は、仁和二年（八八五）四十二歳の時、文章博士から讃岐守となった。道真はこの任官を左遷同然と受けとめて我が身の不遇を託ち、胸中悲嘆し続け、任国讃岐において旅愁・孤愁・懐郷の悲哀を多く詩に詠みもしたが、むろん、在任中、国司の職務に精励努力したことはいうまでもない。しかし、その政務精励の事跡を物語る直接の史料などの手がかりは現存しない。そして、たとえば（221）「路遇白頭翁」の掉尾「欲学奔波身最嬾　将随臥聴年未衰　自余政理難無変　奔波之間我詠詩（奔波を学ばんと欲するも身最も嬾く　将に臥聴に随はんとするも年未だ衰へず　自余政理変無きこと難し　奔波の間我詩を詠まん）」に見られるがごとき、道真の慨嘆ぶりや謙遜的表現をそのままに解釈して、道真の任務遂行が真面目ではあっても積極的ではなかったとの見方をする歴史家も少なくないようである。

けれども、この讃岐守在任の間（仁和二年―寛平二年（八八六―八九〇）・道真四十二歳―四十六歳）に詠まれた詩（仮に「讃州客中詩」と呼ぶ。約百四十首）には、国司としての政務に励むさまを詠んだ詩、国司として巡察し、実地に見聞した庶民の暮らしぶりの実情・実態を克明に詠んだ連作の詩などが三十首余ある。これらの作品の詩境と詩の真意とをつぶさに読み解くとき、讃岐守菅原道真の政務精励ぶりが見えてくるのである(1)。

ことに国司の任務の一つである勧農巡視を主題にして詳細に詠んだ「行春詞」は、道真の謹直な政務精励ぶりが窺えるもので、他に類を見ない特筆すべき詩であろう（2）。

治国内の貧苦の庶民の実情を詠むことは、和歌では、山上憶良の「貧窮問答歌」の先例はあるが、それに加えて国司としての政務の遂行の様子や、国司としての貧苦の庶民に対する心情をつぶさに詩に詠むというのは、きわめて珍しいといえるのではないか（3）。

道真は、後年昌泰三年（九〇〇）、五十六歳の時、醍醐天皇に菅家三代の家集を献上したが、その上奏文中に、「今之所集、多是仁和年中、讃州客意、寛平以降、応制雑詠而已」と述べたが、この時、道真にとって、この讃州客中の詩群は、宮中宴詩の詩群と双璧をなすものと自負していたことが分かる。すなわち、道真詩においては、讃州客中の詩群は「諷諭」の詩であり、宮中宴詩の詩群は王沢讃美の「雅」の詩であって、これが道真詩の詩観の二大支柱をなすものであったといえるであろう。このことから見ても、「讃州客中詩」群は、詩人道真にとって大きな意義をもつものであったのである。

本稿は、道真の讃岐守時代の詩について、ことに「行春詞」を中心に、その国司任務の精励ぶりについて考究する。

二　若き日の道真が描いた良吏像

貞観九年（八六七）、道真二十三歳の春、正六位下・下野権小掾に任ぜられるが、これは実際に任地に赴くものではなかった。この頃の作に（25）「喜雨詩」がある。この詩の題注には「龍を以て韻と為す。八十字を限る。句毎に漢代の良吏の名を用ゐる」とあって、詩の毎句に漢代の良吏の「姓名」の「名」を折り込んでいる。これらの官吏は道真にとって規範とすべき理想の良吏像であったと思われる。

その良吏とは、朱博（巻八十三）「朱博鳥集」、蒔宣（巻八十三）、児寛（巻五十八）、汲黯（巻五十）「汲黯開倉」、諸葛豊（巻七十七）「葛豊刺挙」、朱邑（巻八十九）、王城（巻八十九）、蕭育（巻七十八）「蕭朱結綬」、何武（巻七十八）「何武

去思」、公孫弘（巻五十八）「漢相東閤」、杜延年（巻六十）、趙広漢（巻七十六）「広漢鈎距」、龔遂（巻八十九）「龔遂勧農」、王尊（巻七十六）「王尊叱馭」、尹翁帰（巻七十六）、馮立（巻七十九）。以上の十六人の名が各句に折り込まれている。

＊上記の巻数はすべて『漢書』であり、「　」は『蒙求』掲出の題名である。

慈雨によって豊作の秋を予祝するという主旨の詩に、良吏の名を詠み込んだことは、詩作上の知的遊戯にすぎないが、しかし、『漢書』『後漢書』を家学として習熟している道真ならではの修辞技巧と言えるであろう。

また、貞観十一年（八六九）、道真二十五歳の春、(44)「花下餞諸同門出外吏、各分一字」の詩は、菅家廊下の同門が地方官吏として赴任するのを送る送別詩であるが、その絶句の結びに「万里程の間　一たび轅《ながえ》を折《くじ》かれんことを　万里程間一折轅」と詠んだ。これは、『後漢書』巻五十六「侯覇」（『蒙求』「侯覇臥轍」）に、善政を施した侯覇が、任務を終えて召喚されるとき、百姓たちは「轅に攀ぢ轍に臥して」留まらんことを願ったという故事を踏まえているのである。このように若き日の道真は、良吏・能吏という理想像を菅家の学である『漢書』『後漢書』によって学んでいたのであった。

三　讃岐守菅原道真の詩境

仁和二年（八八六）、菅原道真四十二歳、讃岐守の拝命を左遷と受け取って悲嘆に暮れながら任地に赴いたのであったが、その年の秋、国守道真は重陽の日に官舎において小飲を催し次の詩を詠んでいる。

(197)　重陽の日、府衙に小飲す　　重陽日府衙小飲
秋来りて客思幾ばくか紛紛たる　　秋来客思幾紛紛
況んや復た重陽暮景の曛ずるをや　　況復重陽暮景曛

菊は園を窺ひ村老をして送らしめ
萸は土にまかせて薬丁の分つに従《よ》る
盃を停めて且らく論ず租を輸す法
筆を走らせて唯だ書す訴を弁ずる文
十八にして登科し初めて宴に侍り
今年独り対す海辺の雲

菊遣窺園村老送
萸従任土薬丁分
停盃且論輸租法
走筆唯書弁訴文
十八登科初侍宴
今年独対海辺雲

この詩の結聯にあるように、道真は讃岐在任中、何彼につけて都を想い宮中を恋しがっている。ことにこの重陽の日は、若き頃初めて参席を許された宴であったので格別の想いがあった。それゆえ、都を恋慕し、その悲しみのあまり「今年独り対す海辺の雲」と孤独を託っているのである。このような道真の心境から推し量ると、道真の讃岐での治政はとかく消極的であったかのようにも思えてくる。しかし、「盃を停めて且らく論ず租を輸す法　筆を走らせて唯だ書す訴を弁ずる文」と、宴のさ中にあって、租税の取り立て方を論じさせたり、民からの訴状の判決などを話題にしたりしているのは、いかにも無粋で厭わしいことであったはずだが、道真は煩わしく思いつつも、任務に励んでいるからこそ、このように詠んでいるのである。

この詩の数カ月後には、（200—209）「寒早十首」を詠んでいるが、この連作は、題注に「同じく人身貧頻の四字を用ゐる」とあるように、一般庶民の暮らしぶりではなく、道真が見聞した社会の最下層の貧民の困苦窮乏する実情を描述した作品群である。すなわち、（200）の「走還人」は、逃散した地から放還されてまた讃岐に舞い戻った者の悲惨さを叙したもので、「慈悲を以て繋がざれば　浮逃定めて頻りなるべし」と結ぶ。（201）の「浪来人」は、他国から逃散してきた人の悲惨さを叙したもので、「子を負ひ兼ねて婦を提ぐ　行く行く乞与頻りなり」と貧苦のさまを詠む。（202）の「老鰥人」は、老いた鰥夫の飢渇のさまを叙し、（204）の「夙孤人」は、孤児の貧苦悲歎のさまを詠む。これら四首に詠まれた者については、『律令』戸令に「鰥寡・孤独・貧窮・老疾にして自存すること能はざる者」を救済すべしとあるとおり、国守として救済の対象者を詠んだのである。そして、(205)「薬圃人」・(206)「駅亭人」・(207)「賃船人」・(208)「釣魚人」・(209)「売塩人」・(209)「採樵人」の六首は、過酷不遇な使役に従事する人々の苦渋ぶりを描述する。こうした貧苦に喘ぐ人々の実情を詠んだ国守道真がどのような救済策を講じたかは詳らかではないが、その暗然たる実情を把握し詩とするところ道真の国守としての真摯な政治姿勢がよく分かる。一般庶民の農民や職人の世界よりもさらに底辺の社会層に目を向けているのである。

四　行春詞の構造

翌仁和三年（八八七）道真四十三歳の春、長篇の(219)「行春詞」を詠む。「詞」は、楽府体であることを意味するが、この詩はまた七言排律でもある。讃岐守時代の傑作といえるものである。『菅家文草』の配列から推して、釈奠詩の前にあるので、二月三日以前の作と思われる。

「行春詞」の行春とは、春に太守が県を巡って農桑を勧める意である。『後漢書』「鄭弘伝」に「弘少かりしとき郷の嗇夫たりき。太守第五倫行春し、見て深く之を奇とし、署督郵に召して孝廉に挙ぐ。弘少為郷嗇夫、太守第五倫行春、見而深奇之。召署督郵、挙孝廉」とあり、李賢の注に「太守、常に春を以て主る所の県を行りて、人に農桑を勧め、乏絶を振救す。太守常以春行所主県、勧人農桑、振救乏絶」とあり、また、『律令』戸令の「国守巡行条」に詳しく説くところである(4)。

国守巡行については、道真自身も(221)「路遇白頭翁」の詩中に、「春は春に行かずして春遍く達し　秋は秋を省みずして秋大いに成し」とあり、春秋の巡行が国守の政務の一つであることを自覚して詠んでいる。

道真の「行春詞」は、以下、詩句の下に示したように、随所に『漢書』『後漢書』の良吏の記事を典故とする表現が見える。

なお、この詩については、先に三木雅博・谷口真起子両氏による「『行春詞』札記—讃岐守菅原道真の国内巡視—」の論文がある。以下の論はこれを参照した上で、私見を加えた論であることを予めおことわりしておく。

いま詩の構造を知る上で、全体を六段落に分けてみる。

まず第一段落は、春の巡行に対する国守の心構えを述べる。

（218）行春詞　　菅原道真

第一段落［行春と国守の気構え］

① 欲貌春風不受憎　春風の憎しみを受けざるを貌んと欲して

② 周流四望睇先凝　周流 四望して 睇ること先づ凝らす　（『楚辞』「離騒」「九歌」）

③ 才愚只合嫌傷錦　才は愚かにして 只だ合に傷錦を嫌ふべく　（『春秋左伝』「襄公」「子産」）

④ 慮短何為理乱縄　慮は短くして 何すれぞ乱縄を理めん　（『漢書』「循吏伝」「龔遂」）

⑤ 慙愧城陽因勇進　慙愧らくは城陽に 勇に因りて進まんことを　（『後漢書』「劉祉」）

⑥ 庶幾馮翊以廉称　庶幾はくは馮翊が廉を以て称せられんことを　（『漢書』「黄覇」）

春風の憎しみを受けざるを貌んと欲して　周流　四望して　睇ること先づ凝らす」この①②句の解釈は「春風が人々から好まれるように自分も春風のようになって、国内をあまねく巡行し、目をこらしてしっかり世情を見ようと思う」との意。ここの「春風」は、たとえば、『宋書』「楽志」の「威厲秋霜、恵過春風」とあるように、恵風のことであり、道真もこの詩の前に（216）「正月二十日有感」に、「寒気遍身夜涙多　春風為我不誰何」と用い、また（218）「春日尋山」に、「従初到任心情冷　被勧春風適破顔」と、春風を好もしい恵風として詠んでいる。このように恵みをもたらす春風の徳をもって巡行しようと歌い出しているのである。なお、韻字の「憎」の字は、句意に意外性をもたせるためにあえて用いたものであろう。

③—⑥句は、「けれども自分の才覚は愚かなので、政務に習熟しないまま国務に就いて仕損なった尹何のようになりはせぬかとおそれ、思慮も浅はかなので、かの能吏の龔遂のように民をよく治めることはできないであろう。恥じいることには、劉祉のように武勇によって進み出る力がないこと。せめてどうか馮翊に任じられた黄覇のように、清廉な政治をした者と称せられたいものだ」の意。ここは、道真自身の非才を嘆いて悲観的かつ謙遜の表現を連ねるが、これは修辞上のことであって、国守政務の不安とか不満を述べたのではないと思われる。すべては、こうした良吏たちを目標とするとまでは行かずとも、彼らの功績を胸中に思いながら、政務に精励してゆこうという国守としての気構えを述べたものと言えるのではないか。

第二段落　「巡行の様子」

⑦　莓苔の石上　心は陸に沈み　　　莓苔石上心陸沈
⑧　楊柳の花前　脚は氷を履む　　　楊柳花前脚履氷
⑨　辞謝す　頑民の来たりて謁拝するを　　　辞謝頑民来謁拝
⑩　許容す　小吏の送りて祇承するを　　　許容小吏送祇承
⑪　身を繞る文墨　徒らに相逐ひ　　　繞身文墨徒相逐
⑫　口に任す謳吟　罷むること能はず　　　任口謳吟罷不能
⑬　事事　当に仁義の下に資るべく　　　事事当資仁義下
⑭　行行　且に稲粱の登《みの》ることを祷らんとす　　　行行且祷稲粱登

この段の詩意は、苔むした堅い石の上を歩いていても、心は重く地中に沈んでゆくかのように気が塞ぎ、やわらかな楊柳の絮花の前を通っていても、戦線兢兢として氷の上を踏むがごとく足のすくむ思いがする。頑固な民たちの拝謁は辞退するが、下役人たちの奉仕はまあ許すとしよう。身のまわりの筆硯を用いてそぞろに詩を書き、口をついて出るままに詩句を歌ってつきることがない。一事一事に情を厚く筋を通して民をたすけてやり、巡行のみちすがら今年の稲の豊作を祈るのであるの意。

この段では、まず「陸沈」「履氷」の典故を用いて巡行時の不安と緊張とを述べるが、この表現によって詩意の緊張度を高めているのである。ついで巡行時に直接拝謁を願い出てくる民人たちを「頑民（『書経』「多士」）」と称し、それを「辞謝」するというのは、旧弊を改めもせず直訴してくる頑迷な民には会いたくないという意だが、これは、つまり巡行時にはそうした民の訴えが絶えなかったことを意味している。そして郡司たちの接待も拒みたいところだが、些少のことなら許容してもよいというのであって、両句とも巡行時の煩わしさを述べたものである。こうした煩わしい巡行時中にも、みずからの心を晴らすべく詩を書き付け、口ずさむとあるのは、詩人の業なのであろう。そして、国守の務めである「農功を勧め務めしめよ」（『令義解』「国守巡行条」）を踏まえ、巡行しながら所々の寺社に豊作を祈願する、とある。

第三段落　国司の政務精励

⑮　霊祠に怪語するは　年高き祝　　霊祠怪語年高祝
⑯　古寺に玄談するは　臈老の僧　　古寺玄談臈老僧
⑰　雨を過ごして　経営して　府庫を修め　　過雨経営修府庫
⑱　煙に臨みて　刻鏤して　溝塍を弁ふ　　臨煙刻鏤弁溝塍
⑲　遍く草褥を開いて　寃囚を録し　　遍開草褥寃囚録

⑳　軽く蒲鞭を挙げて　宿悪を懲らす　　　　　　軽挙蒲鞭宿悪懲　　（『後漢書』「劉寛」『蒙求』）

この段の詩意は、霊験あらたかな神社では長老の神官が摩訶不思議な話をしてくれ、古刹では長老の僧が奥深い仏教の教義を語ってくれた。巡行途中の雨を過ごして、あちこち奔走して国府の倉庫を修繕し、夕暮れの靄が立ち込めるまで田畑を調査して記録する。冤罪があるかを確認するため牢獄の囚人を調べては、悪行や不正の者を寛容の心を持って懲罰するの意。

巡行時には、頑迷固陋な民人や媚び諂いの郡司を相手にするだけでなく、寺社に巡拝して祈願し、またそこの長老の神官や老僧と高談を交わしたというのである。それは、道真にとって心洗われるひと時であったと思われる。⑰―⑳は、国司のなすべき政務を具象的に仔細に述べる。実務を忠実謹直に実行し、劉寛のように寛容な政治を行っている、というのである。

第四段落　貧窮の民の実情

㉑　尊長は　卑幼を順はしめんことを思ひ　　　　尊長思教卑幼順
㉒　卑貧は　富強に凌げられんかと恐る　　　　　卑貧恐被富強凌
㉓　安存す　耄邁の飡の肉に非ざるを　　　　　　安存耄邁飡非肉
㉔　賑恤す　孤惸の餓ゑて肱を曲ぐるを　　　　　賑恤孤惸餓曲肱　　（『論語』「述而篇」）
㉕　襤褸の家の門には　留まりて主を問ひ　　　　襤褸家門留問主
㉖　耦耕の田の畔には　立ちて朋を尋ぬ　　　　　耦耕田畔立尋朋　　（『論語』「微子篇」）

この段の詩意は、身分高い者が卑しく弱い者を無理に従えようとしてはいないかと憂慮し、独り身の貧しい者が富裕で権勢を誇る者にしいたげられていないかと心配する。肉を食べることのできない貧しい老人を慰問し、身よりのない貧窮者に救助の手を憐れんで援助する。襤褸を纏った人のいる家の門では立ち止まって主人に（どうしてこんなに困窮しているのかと）問いかけ、畑で耕している人には仲間はいるのかと尋ねてみる、という意である。これらは、国司の任務遂行を仔細に述べたものである。「戸令」鰥寡条に「凡そ鰥寡孤独、貧窮老疾の自存する能はざる者は、近親をして収養せしめよ。若し近親無くんば、坊里に付けて安恤せしめよ」に拠るところである。

第五段落　国司としての声価

㉗ 遊童の竹馬は　郊迎を廃し　　遊童竹馬郊迎廃　（『後漢書』「郭伋」）
㉘ 隠士の藜杖は　路次に興す　　隠士藜杖路次興　（『蒙求』「原憲桑枢」）
㉙ 冥感　終に白鹿に馴るること無く　　感終無馴白鹿　（『後漢書』「鄭弘」）
㉚ 外聞　幸ひに蒼鷹と喚ばるることを免る　　外聞幸免喚蒼鷹　（『史記』「酷吏列伝」）
㉛ 応に政の拙きに縁りて　声名の墜つるなるべし　　応縁政拙声名墜
㉜ 豈に敢て功成り　善最に昇らんや　　豈敢功成善最昇

この段の詩意は、子供たちは竹馬で遊んでいて、郭伋の故事のように国司が来たからと郊外まで迎えることはしないが、あかざの杖をつく隠者は通りすがりに杖を上げて挨拶してくれる。天が感応して鄭弘のように白鹿がついてくるようなことはついにないが、しかし、私の国内の評判は幸い蒼鷹のような冷酷な酷吏とは言われていないようだ。とはいえ、私の治政は拙いので名声は揚がることはないであろう。どうして私の事績が「善最」と評価されることがあろうか、ありえないことだ、の意である。国司としての道真に対する民の評判は、幸い悪くはなさそうだが、古の能吏たちのような高い声価は望めない。可もなく不可もなくというところか。いや、それどころかおそらく治政の拙さによって声名が墜ちるに違いないとも不安に駆られる。そして、任期満了の後の考課すなわち勤務評定は、とても「善」や「最」の高い評価は得られないであろう、と悲観しているのである。だが、これは、むしろ道真自身は国司として高い評価を得たいと願って、日頃、勤務に精励しているがゆえの表現なのである。表現上では悲観的であるが、それはむしろ「善」や「最」の評価を得たいとの願望を表明していることでもある。なお言うまでもなく「善」も「最」も「考課令」にある律令語である。

第六段落　巡行後の心境

㉝ 轡を廻して　出づる時　朝日　旭らかに　　廻轡出時朝日旭
㉞ 巾を墊じて　帰る処　暮雲　蒸したり　　墊巾帰処暮雲蒸　（『漢書』「郭泰」）
㉟ 駅亭の楼上　三通の鼓　　駅亭楼上三通鼓
㊱ 公館の窓中　一点の燈　　公館窓中一点燈
㊲ 人　散じて　閑居すれば　悲しみ　触れ易く　　人散閑居悲易触
㊳ 夜　深けて　独臥すれば　涙　勝へ難し　　夜深独臥涙難勝
㊴ 州に到りて　半秋　清兼た慎　　到州半秋清兼慎
㊵ 恨むらくは　青青たる汚染の蠅あるを　　恨有青青汚染蠅

この段の詩意は、馬のくつわを転じて次の巡察地にむけて旅立つ時朝日は上り、頭巾だけは郭泰よろしく折れて宿舎に帰る時夕暮れの雲が湧きおこる。駅亭のたかどのの上では時を告げる三度の鐘鼓、公館の窓のうちには一点のともしび。人々がいなくなってひとり静かに座っていると感傷的になって、夜更けにひとり臥していると涙の湧き上がるのがおさえられない。この讃州に着任して半年、私は「清」と「慎」の両方を心がけてきたが、残念なのは青く汚れた蠅のような輩がいることである、という意である。讃岐に赴任してはや一年近くになるのだが、詩では「半秋（半年）」としている。また、「青青たる汚染の蠅」は、『詩経』小雅「蒼蠅」を踏まえる語で、小人の意であるが、ここは、讃岐国内の貪吏および讒言をする佞臣を指すのであろう。国司として清廉に務め慎重に事を行ってゆこうという心構えを示して結ぼうとして、最後に、その自分を煩わせ邪魔する汚濁の佞臣がいることが忌々しいことを付け加えている。

以上、この詩は、国司としての気構えを述べ、行春という公務の実際を描述し、貧窮の民の暮らしぶりを描き、民の自分への評判のことに及び、行春を終えての心境を述べて結ぶ長篇の詩である。国司道真の生真面目さと意欲が良く窺える内容である。道真は、『史記』『漢書』『後漢書』の能吏たちの行動を理想としながらも、現実にそれを実行するのは至難の業であることを痛切に感じたことであろう。これが任期一年目の道真の心境であった。

付「行春詞」（口語訳）

春風が人々から愛されるように自分も春風となって、
国内をあまねく巡察して目をこらしてしっかり世情を見たいと思う。
けれども、自分の才は愚かなので、ちょうど政務に習熟しないまま国務に就いて国を損なった尹何のように
なることをおそれ、
思慮も浅はかなので、能吏の龔遂のように民をよく治めることはできないであろう。
恥じいることには、石崇のように蛮勇のみによって進み出たことである。
どうか馮翊に任じられた黄覇のような清廉な政治家と称せられたいものだ。
苔むす石の上に坐せば、身は陸にありながら心は深く沈む。
楊柳の花の前にいても、戦戦兢兢として氷の上を踏む思いである。

愚かな民たちの拝謁は辞退したいものだが、下役人たちの少々のもてなしは許すとしよう。
身のまわりの筆硯を用いてそぞろに書画を表わし、口をついて出るままに詩句を詠じて尽きることがない。
一事一事に情を厚く筋を通して民をたすけてやり、巡行しながら道すがら今年の稲の豊作を祈るのである。
霊験あらたかな神社では長老の神官が不思議な話を語ってくれ、
歴史ある寺院では長老の僧が奥深い仏教の教義を語ってくれた。
巡行途中の雨をやり過ごしては、あちこち奔走して国府の倉庫を修繕し、
夕暮れの靄が立ち込めるまで田畑を調査しては記録する。
冤罪があるかを確認するため牢獄の囚人を調べ、
悪行や不正の者を寛容の心を持って懲罰する。
身分高い者が卑しく弱い者を従えようとしてはいないかと憂慮し、
独り身の貧しい者が富裕で権勢を誇る者にしいたげられていないかと心配する。
肉を食べることのできない貧しい老人を慰問し、
身よりのない貧窮乏者に救助の手を憐れみ手をさしのべる。
襤褸を纏った人のいる家の門では立ち止まって主人に（どうしてこんなに困窮しているのかと）問いかけてみ、
畑で耕している人には、仲間はいるのかと尋ねてみる。
子供たちは竹馬で遊んでいて、郭伋の故事のように国司が来たからと郊外まで迎えることはしないが、
あかざの杖をつく隠者は通りすがりに杖を上げて挨拶してくれる。
天が感応して鄭弘のように白鹿がついてくるようなことは遂にないけれど、
私の国内の評判は、幸いにも蒼鷹のような冷酷な酷吏とは言われていないようだ。
とはいえ、私の治政は拙いので、名声は墜ちているにちがいないであろう。

どうして私の事績が「善最」と高く評価されることがあろうか。
馬の向きを次の巡察地にむけて旅立つ時、朝日は上り、
頭巾だけは郭泰よろしく折れて宿舎に帰る時、夕暮れの雲は湧きおこる。
駅亭のたかどのの上では時を告げる三度の鐘鼓、
公館の窓のうちには一点のともしび。
人々がいなくなってひとり静かに座っていると感傷的になって、
夜更けにひとり臥していると涙の湧き上がるのがおさえられない。
この讃州にきて半年、私は「清」と「慎」の両方を心がけてきたが、
残念なのは青く汚れた蠅のような輩がいることである。

五　「路遇白頭翁」と「藺笥翁問答詩」と

「行春詞」を詠んだ後、道真は、国学の孔子廟において釈奠を行っている。

(220)　州廟釈奠有感
一趨一拝意如泥
罇俎蕭疎礼用迷
暁漏春風三献後
若非供祀定児啼

州廟の釈奠感有り
一趨一拝 意 泥の如し
罇俎 蕭疎にして 礼用迷ふ
暁漏 春風 三献の後
若し供祀するに非ずんば定めて児のごとく啼かむ

「意泥の如し」とあるのは、祭具類が不備でお粗末なので礼が整わないのを、心憂いている、という意である。大学寮で指揮をとっていた道真には、祭器も揃わないさびれた国学での釈奠は不快なものであったが率先して催行したのであった。言うまでもなくこれも国司の大事な務めだからである。

また、同時期の作の（221）「路遇白頭翁」では、前々任者の安倍興行（元慶二年・讃岐介着任）と前任者の藤原保則（元慶六年・讃岐守着任）が善政を施したことを顕彰している。

路に白頭翁に遇ふ

適逢明府安為氏　（「明府安為氏」は安倍興行のこと）
奔波昼夜巡郷里
遠感名声走者還
周施賑恤疲者起
吏民相対下尊上
老弱相携母知子
更得使君保在名　（「使君保在名」は藤原保則のこと）
臥聴如流境内清　（『史記』「汲黯」）
春不行春春遍達
秋不省秋秋大成
二天五袴康衢頌　（『後漢書』「廉范」）
多黍雨岐道路声　（『後漢書』「張湛」）

（221）路遇白頭翁

・・・・

適たま明府に逢ふ安を氏と為す
昼夜に奔波して郷里を巡る
遠く名声に感じて走者還り
周く賑恤を施して疲者起つ
吏民相対して下は上を尊び
老弱相携へて母子知る
更に使君保の名在るを得たり
臥しながら聴くこと流るるが如く境内清み
春は春に行かずして春遍く達し
秋は秋を省みずして秋大いに成し
二天五袴康衢の頌
多黍雨岐道路の声

愚翁幸遇保安徳　　愚翁幸ひに保安の徳に遇ひ
無妻不農心自得　　妻無く農せずあるも心自らに得たり
・・・・
安為氏者我兄義　（「安為氏者」は安倍興行のこと）　　安を氏と為す者は我が兄の義あり
保在名者我父慈　（「保在各者」は藤原保則のこと）　　保の名在る者は我が父の慈あり
已有父兄遺愛在　　已に父兄の遺愛の在ること有り
願因積善得能治　　願はくは積善に因りて能く治むることを得んと
・・・・

このように前任者の功績を顕彰することもまた、現国司としての務めと言えるであろう。そして、詩はさらに、その前任者たちと道真自身との親密な関係についても詠み及んでいる。すなわち前々任者の安倍興行は兄ともいうべき義の間柄であり、前任者の藤原保則は父ともいうべき慈を賜った間柄であるとある。年上の安倍興行とは菅家廊下の同門で若い頃から親しく詩の応酬をする中であり、藤原保則もまた菅家廊下に出入りした年長者であったのであろう。この二人の功績を顕彰するとともに、またその遺徳積善によりて、道真自身はその余慶に預かって良き治政ができればと願っているのである。

右の詩と同じ仁和三年の秋、先の長篇の楽府体「路遇白頭翁」に対して、藺笥売り翁についての詩（228―231）「藺笥翁問答詩」は七言絶句の問答体である。道真は、このように様々な詩型を用いており、極力、同詩型・同趣旨の作とならないように配慮していたことが窺えるのである。

この藺笥売り翁との問答詩の最後の詩では、

（231）重答

二女三男　一老妻
茅簷の内外にして声を合せて啼く
今朝幸ひに軟なり慇懃に問ふこと
杖に扶けられて帰る時斗米を提げたり

重ねて答ふ
二女三男一老妻
茅簷内外合声啼
今朝幸軟慇懃問
扶杖帰時斗米提

とあって、翁が帰るとき「一斗の米を提げていた」とある。もちろん、道真が施したのであろうが、これはこの翁が「令義解」「戸令」の「貧窮老疾の自存する能はざるもの」に相当するので、郡司に命じて安養ならしむようにしたというのである。

「藺笥翁問答詩」と先の「路遇白頭翁」とは、詩境・詩型を異としながらも、道真国司時代の翁問答の詩として好対照をなすものといえる。

六　結　語

同じ年の秋、道真は一時帰京するが、その旅中でも、塩商人や漁師らの話に耳を傾けている。

語り得たり塩商の意　随はんと欲す釣叟の声
此の間塵染断つ　更に家情を問ふに懶し

語得塩商意　欲随釣叟声
此間塵染断　更懶問家情（235）「宿舟中」

また同時期の作（236）「舟行五事」の「一株磯上松」「白頭已釣翁」「区区渡海麑」「海中不繋舟」「疲羸絶粒僧」の

詩は、海辺の情景を描述しつつ、身近に見聞した種々の世相に対して厳しく批判的な目をもってその実態を捉え、道真みずからの今後あるべき処世の仕方について思考を巡らした連作である。世相の実態を見抜こうとするこの道真の厳しい眼差しは、国司としての巡行時のそれと同一のものであった。物珍しい光景を賞翫するというような閑雅な心境とはほど遠く、国司としての気構えを強く遵守し厳しく巡視する道真のようすが読みとれるのである。

なお、翌仁和四年（八八八）の作には、

好去鶯花今已後
冷心一向勧農蚕（251）「四年三月廿六日作　到任之三年也」

好し去れ鶯と花と今より已後
冷しき心もて一向に農蚕を勧めん

とあり、また、（255）「寄雨多県令江維緒　一絶」にも、

不雨応縁政不良
唯馮大般若経王
州官県吏更相混
乙丑同年鬢早霜

雨ふらざるは応に政の良からざるに縁るべし
唯だ馮むらくは大般若経王
州官県吏更ごも相混り
乙丑の同年にして鬢に早霜あり

とあって、真摯に政務に励んでいることが窺える。また、この年五月六日、旱魃のため、城山の神に降雨祈願の祭文（525）「祭城山神文」をしたため、その後、雨が降ると、

（295）雨を喜ぶ　　喜雨

田父何に因りてか使君を賀す　　田父何因賀使君
陰霖六月未だ前に聞かず　　陰霖六月未前聞
満簡の僚吏俸多しと雖も　　満簡僚吏雖多俸
若かず東風一片の雲には　　不若東風一片雲

と、農夫たちとともに喜びをともにしているのであった。

以上、「行春詞」を中心に、詩から窺える道真の国司任務の精励ぶりについて述べた。道真は、讃岐守任官を当初は左遷と悲嘆し、任期中もまた旅愁と懐郷の悲哀の念にかられつづけたのであったが、しかし政務は怠ることなく精励忠勤に勤め上げたことが、これら讃州客中詩群によって知られるのである(5)。

（1）菅原道真の讃岐守任官については、彌永貞三氏「菅原道真の前半生—讃岐時代を中心に—」（川崎庸之編『日本人物史大系』1）、春名宏昭氏「菅原道真の任讃岐守」（和漢比較文学会編『菅原道真論集』）等。なお、拙稿に「讃岐守時代の道真—『讃州の客意は道を失へるを述べたるなり』—」（『宮廷詩人　菅原道真』所収）。

（2）「行春」については、瀧川政次郎氏「越中守大伴家持の能登郡巡行」（『万葉律令考』）、「行春詞」については、藤原克己氏「菅原道真の詩と思想」（『菅原道真と平安朝漢文学』）及び三木雅博・谷口真起子両氏「『行春詞』札記—讃岐守菅原道真の国内巡視—」（和漢比較文学会編『菅原道真論集』）。

（3）ただし、道真の岳父島田忠臣の美濃介時代に勧農巡視を詠んだ詩がある。『田氏家集』(115)「和野秀才叙徳吟見寄」「農桑を勧課するは我が力に非ず　只だ応に州境に化して吟詩するのみ　勧課農桑非我力　只応州境化吟詩」(128)「元慶七年冬、美濃大雪。以詩記之」「且く豊歳の瑞を誇張する莫れ　先づは須らく孝廉の家を労問すべし　且莫誇張豊歳瑞　先須労問孝廉家」。

（4）　注2に同じ。特に、三木雅博・谷口真起子両氏「『行春詞』札記―讃岐守菅原道真の国内巡視―」（和漢比較文学会編『菅原道真論集』）。

（5）　注1の拙稿「讃岐守時代の道真―『讃州の客意は道を失へるを述べたるなり』―」（『宮廷詩人　菅原道真』）「第三編　菅原道真の不遇とその詩境　第一章　讃岐守時代の四、讃岐行政に対する道真の自己評価」。

第四章　菅原道真「秋湖賦」

――感は事に因りて発し、興は物に遇うて起こる――

一　前言

菅原道真は、菅家という学問の領袖・詩文の本主としての家の後継者として、みずからを詩臣と称し、宮廷詩人としての自負自恃していたが、しかしまた、道真は、一己の詩人としての境位を、「客来たり春去りて迎送に疲る　我は是れ花前の駅伝の人」（343「詩客見過、同賦掃庭花自落、各分一字」）あるいは「人の共に見て春意を陶くるもの無く物に触れては空しく添ふる旅客の愁」（287「亜水花」）と詠んだように、詩人の心というものは四季の事物に触れては、季節の移ろいを悲しみ、詩的感興を催すものであることを言う。詩人を「愁人」と詩に詠んだのは、晋の傅玄「雑詩」の「志士は日の短きを惜しみ　愁人は夜の長きを知る」が古いもので、白居易詩にも多く見られる語であるが（1）、道真の詩人観も同じく愁人をこそ、詩人の境位の核心に据えていたと思われる。そのことは、後に昌泰三年（九〇〇年　道真五十六歳）の八月十六日の（676）「献家集状」にも「物に触るるの感、覚えずして滋く多し。詩人の興、推して量るべし」と述べているとおりである。

本章では、仁和四年（八八八）の秋の作である「秋湖賦」の主題が、そうした道真の詩人観を主題とした作品であることを論及したい。この賦の概略は、晩秋の暮れ方、長途に疲れた旅人が湖畔に佇み、その絶勝に心ふるわせつつ旅愁の晴れゆくことを述べたものである。

なお、この賦については、すでに柿村重松氏の詳注(2)、川口久雄氏の説(3)、および金原理氏の論考(4)がある。ことに金原氏の論考は、全文の平仄を示し、柿村氏の典故を補って、この賦が華麗な駢儷体であることを説き、全体を五段落に分けて詳述されている。本章では、これら先学の説を踏まえながら、なお、二、三の典故を探り、とくにこの賦の主題について考察を加えたい。

二　秋湖賦の構造と典故

全体は、金原氏の説のとおり、五段落に分け得る。まず第一段落は、晩秋の湖畔に佇む疲弊した旅人を描いている。

客の湖の頭に在る有り。　　有客在湖頭。
日は惟れ西に暮れ、　　日惟西暮、
年は季秋なり。　　年也季秋。
回頽の羸馬に策ち、　　策回頽之羸馬、
繋がざる虚舟を嗤ふ。　　嗤不繫之虚舟。

湖水のほとりにたたずむこの旅人を、川口久雄氏は、仁和四年(八八八)の秋、文章得業生に及第した文室時実として、彼が恩師である菅原道真を讃岐に尋ねてくれた時の作とする。金原理氏はこれをうけて、「むしろ作者自身の投影と考えられないか」とする。この賦の創作の年月および動機は、川口氏の説くとおり、文室時実が讃岐に師の道真を訪ね来たときであり、道真の同時期の作に(264)「謝文進士新及第、拝辞老母、尋訪旧師」(265)「聞早雁寄文進士」(268)「別文進士」がある。したがってこの旅人は文室時実に相違ないのであるが、道真は道真自身の心情をこの文室時実に重ね合わせることによって、詩人たるものの心を説き明かそうとしているのである。道真は、この作以前にも、地方官に赴任する知人をその人の身になって詠述した詩が数首あるが、この賦には、彼自身、二年前の仁和二年（八八六）の春と、そしてこの年の春の二度にわたっての讃岐への長旅の実経験が裏づけとなっていることも思うべきであろう。すなわち、身分、事情は異なるけれども長旅の疲労感は通底するものがあろう。

次の「日は惟れ西に暮れ、年は季秋なり」は、晩秋の日暮れをいうが、過ぎ行く秋を悲しむ意の対句と倒置による強調表現である。「囘頽」は、老衰のさまの意で、『詩経』「巻耳」の「陟彼崔嵬　我馬虺隤」の伝に「虺隤は病なり」とあり、また『説文』に「隤は徒壊の切。頽に作る」とある。「羸馬」の「羸」は『廣雅』「釋言」に「羸は瘠なり」とある。痩せ衰えた馬の意で、古楽府の「古西門行」にも用例がある。むろん、ここは単に馬の描写をしたのみでなく、長旅に疲れた旅人自身を暗示してもいる。「不繫之虚舟」は、『莊子』「列御寇」の「汎若不繫之舟虚而遨遊者也」を踏まえるが、また金原氏の説くとおり、白居易の「236　適意」「一朝帰威渭水、泛如不繫舟。置心世事外、無喜亦無憂」などに拠る。この旅人は、荘子のそうした無為自然の境地を嘲笑すると言うのである。ただし、これは金原氏は、「その姿を『不繫之虚舟』に見立てて、自嘲気味だという構図である」とするが、単なる自嘲ではない。「不繫之虚舟」を嘲笑するとあるのは、荘子の思想を否定しているのである。すなわち、この旅人は、荘子的な無為自然に生きる処世を熟知しているが、自分はその生き方には拠らないと言っているのである。

第二段落は、秋風に波打つ湖の渚辺に、湖水を掬えば心は清まるので、仏門は求めない。宿駅を望んで今日の宿りを目指すべく、さて、いくら清浄の地だからとて、ここに隠棲したいとは思わない。旅路は厳しいが、まことに自足した日々であるの意。

是に於て商飈瑟瑟として、　　於是商飈瑟瑟、
沙渚　悠悠たり。　　沙渚悠悠。

波浪を掬ひて以て心を清め、
斗藪を求めず。
郵亭を望みて以て宿を問ふ、
何の暇ありてか流れに枕せん。
行路の艱澁なりと云ふと雖も、
誠に是れ歳を卒ふること優游たり。

掬波浪以清心、
不求斗藪。
望郵亭以問宿、
何暇枕流。
雖云行路之艱澁、
誠是卒歳之優游。

「商飈」は『文選』「演連珠」に「商飈漂山不興　盈尺之雲谷　風垂條必降　彌天之潤」とあり、秋風の意。「瑟瑟」は、ひゅうひゅうと吹く風音。「沙渚」は、なぎさ。「悠悠」は、渚辺のはるかにつづく様であり、また湖の波のゆらゆら揺れる様。「斗藪」は、梵語の「頭陀」の漢訳。仏門をいう。白居易の(101)「和思帰楽」に「心は頭陀経に付す」とある。「斗藪を求めず」というのは、仏道修行を求めないということ。つまり、ここでは、清い湖水を手に掬えば、それだけで心は清浄になるのだから、仏門の道とも無縁であるというのである。「郵亭」は、宿駅・旅館。『漢書』など用例は古く、白居易の詩に「和思帰楽」に「亦た此の郵亭に宿す」、(394)「送劉谷」に「郵亭已に征車の発するを送る」とある。「枕流」は、『世説新語』「排調」の孫子荊の「漱石枕流」の故事に拠る。「何の暇ありてか流れに枕せん」というのは、つまり、隠逸思想的な生き方をも否定しているのである。すなわち、秋の暮れの湖水を賞玩しつつも、今宵の宿に赴こうとしているのであって、詩人の心は隠棲の境位とは異なると言うのである。

「行路之艱渋」は、「楽府解題」に「行路難は世路の艱難及び離別悲傷の意を備言す」とある。『三国志』「魏志」「高柔伝」にも「道路艱澀兵寇縦横」とある。「卒歳之優游」は『史記』「孔子世家」に「蓋ぞ優なるかな游なるかな、維に以て歳を卒へざる」とある。『孔叢子』「独治」にも「徒だに能く其の祖業を保ち、優游以て歳を卒ふるなり」とある。すなわち、讃岐までの旅路は難渋したものの、今のこの秋湖の美景は、心穏やかにのびのびとした気持ちになりえたという意。身は寒門の官人であっても、こうして美しい風光と出合ったことによって、しばし心くつろぐことを喜びうべなっているくだりである。

観れば夫れ　　　　　　　　観夫
物に二理無く、　　　　　　物無二理、
義は一指に同じ。　　　　　義同一指。
其の性為るや、潤下克く柔らかにして、　其為性也、潤下克柔、
其の徳為るや、霊長爰に止まる。　　其為徳也、霊長爰止。

「観れば夫れ」とあるのは、ここからがこの賦の核心部であることを示すもので、以下に水の性質と徳性を説く。「物に二理無く」は、物の道理は一つである意。「一指」は、『荘子』「斉物論」に「天地は一指なり、万物は一馬なり」に拠る。ここは天地万物すべて同一物であるの意。「潤下」は『書経』「洪範」に「水を潤下と曰ふ、火を炎上と曰ふ」とある。「克柔」は、『淮南子』「原道訓」に「天下の物、水より柔弱なるは無く、然れども大なること極むべからず、深きこと測るべからず、…蟠委錯紾、是れ至徳と謂ふ」とある。「靈長」は、郭景純「江賦」に「咨五才之竝用、寔水徳之靈長」とある。水は万物を潤し、どんな事物にも順応するとその徳性を説き、この湖水も然りというのである。

感は事に因りて發し、　　　感因事而發、
興は物に遇うて起る。　　　興遇物而起。
我が感の秋を悲しむべきこと有りて、　有我感之可悲秋、
我が興の能く水を楽しむこと無し。　　無我興之能楽水。

「感は事に因りて發し、興は物に遇うて起る」は、感興は事物に出合って生じるものの意。

この「感は事に因りて發し、興は物に遇うて起る」はは白居易詩に用例が多く（「遇物感興」）、道真は、白居易詩かられに共鳴しみずからの詩観の支柱の一つに据えている。（30）「戊子之歳、八月十五夜、陪月台」に「詩人境に遇ひて感何ぞ勝へん」、また前述したように（674）「献家集状」に「物に触るるの感、覚えずして滋く多し。詩人の興、推して量るべし」とあるとおりである。「悲秋」は、言うまでもなく『楚辭』宋玉「九弁」に発するもので、悲秋を主題とする古今の名作があり悲秋文学の系譜が辿れる。ちなみに悲秋文学の本流の主題には、秋の衰亡の悲哀感および秋景の描写のほかに嘆老と失志の要素が併せ詠まれるものであり、道真詩においては、昌泰四年の（473）「九日後朝、同賦秋思、応制」詩がそれである。ただし、この賦においては秋の哀れを感じ入るとするのみに止まる。「楽水」は、『論語』の「雍也篇」に「知者は水を楽しみ、仁者は山を楽しむ」に拠るが、「我が興の能く水を楽しむ無し」としてこれを否定している。すなわち智水仁山という儒教思想の自然観を知悉した上で、ただ秋の哀れを感じるところが詩心の肝要なのであって、そうした智水仁山という悟得の境地はとらないとしているのである。

第四段落は、この晩秋の夕月かかる頃合い、天地が湖水に映る情景を、白居易の詩句を踏まえつつ具象的に描述する。

況んや復た霽れて雲斷え、天と水と俱にし、
潜魚を窺ふに漁火の畳まるを以てし、
帰鳥を逐ふに釣帆の孤なるを以てするをや。
山影倒まに穿つ、表裏千重の翠。
月輪落ち照らす、高低両顆の珠。

況復霽而雲斷、天与水俱。
窺潜魚以漁火疊、
逐帰鳥以釣帆孤。
山影倒穿、表裏千重之翠。
月輪落照、高低両顆之珠。

勝趣斯れ絶れ、風流既に殊なれり。

世間希に有りて、天下に亦た無し。

勝趣斯絶、風流既殊。

世間希有、天下亦無。

漁火や釣舟の点景は、瀬戸内の夕景美が活かされていよう。湖の近くの青山が湖面に映り、夕空の月と湖面の月とを詠んだ「千重之翠　兩顆之珠」は、白居易の(2331)「春題湖上」に「松は排す山面千重の翠　月は点ず波心一顆の珠」とあり、また(3182)「八月十五夜同諸客翫月」に「嵩山表裏千重の雪　洛水高低両顆の珠」などに拠る。「風流」は、世俗的なことを捨てて高尚な遊びをする意。『文選』任昉「王文憲集序」に、風流を弘奨し標勝を増益すべきことあらざるより、未だ嘗て心を留めず。〈自非可以弘奨風流増益標勝未嘗留心〉」とあり、その注に習鑿齒『秦漢春秋』の「王夷甫・樂廣は倶に心事の外に宅するを以て、名時に重んぜらる。故に天下の風流を言ふ者は王楽と称す。〈王夷甫楽広倶以宅心事外名重於時。故天下之言風流者稱王楽焉〉」とある。旅人は、ただただこの晩秋の湖畔の風趣を絶賛してやまないのである。

ああ、意相忘れず。　嗟呼、意不相忘。
憂ひは須らく以て散ずべし。　憂須以散。
旅思の辺涯する所を叙べて、　叙旅思之所辺涯、
湖水の涯岸なきに喩ふる者なり。　喩湖水之無涯岸者也。

この結びの段落は、この勝趣を忘れず、憂いは放散して、旅情のひろがりが、眼前の湖水のごとく果てしないものであることを述べる。

ところで、荘子や仏門に心の拠りどころのを求める境地を詠むことは、白居易詩に多く見られる(5)。ことに『白

氏文集』巻一の「和答詩十首」は、左遷されて旅する元稹への答詩であるが、そのうちの（101）「和思帰楽」は、この賦に通じるところがある。道真は、白居易のこの詩の「身は逍遥篇に委ね　心は頭陀経に付す」をちょうど裏返しにしたかたちで「秋湖賦」の旅人の心を詠んだかのごとく、部分的に酷似している。
和答詩十首（101）「和思帰楽」
峡猿亦た何の意ぞ　隴水復た何の情ぞ
為に愁人の耳に入りて　皆腸断の声と為る
請へ看よ元侍御　亦た此の郵亭に宿す
因りて思帰鳥を聴いて　神気独り安寧なり
・・・・
人生百歳の内　天地暫く形を寓す
太倉の一稊米　大海の一浮萍
身は逍遥篇に委ね　心は頭陀経に付す
尚ほ死生の観に達す　寧ぞ寵辱の為に驚かんや
中懐苟に主有り　外物安んぞ能く縈はらんや
思帰楽に和す
峡猿亦何意　隴水復何情
為愁人入耳　皆為腸断声
請看元侍御　亦宿此郵亭
因聴思帰鳥　神気独安寧
人生百歳内　天地暫寓形
太倉一稊米　大海一浮萍
身委逍遥篇　心付頭陀経
尚達死生観　寧為寵辱驚
中懐苟有主　外物安能縈

三　結　語――秋湖賦の主題

この賦の主人公は、疲れた馬に跨って長旅をしてきた旅人である。川口久雄氏の説のとおり、文章得業生に及第した文室時実が讃岐の道真にその報謝報告に来た、その時、道真が彼の身になって詠んだ賦である。疲馬に跨って長旅をしてきた主人公には憂愁の趣きがあるが、おそらくは受験期の疲弊のなごりと旅の疲れとであろう。しかしまた、彼の心中は文人官僚としての前途に高志を燃やしてもいたはずである。道真はその文室時実の身になり、彼の心をもって、道真自身が日ごろ抱いているところの詩人の詩人たるゆえんの心境を描いてみせたのである。なお、この賦と同時期の作の一つが次の詩である。

（266）江上晩秋

敢へて閑居して任意に愁へず
身を勧めて江畔に清秋に立つ
山は落日を銜みて分陰駐まり
水は凋年を趁うて一種流る
鴟鳥は天性に従将りて狎れ
鱸魚は妄りに土風に羞めらる
憂ひを銷すは自から平沙を歩むに有り
王粲何ぞ煩ひて独り楼に上れる

江上晩秋

不敢閑居任意愁
勧身江畔立清秋
山銜落日分陰駐
水趁凋年一種流
鴟鳥従将天性狎
鱸魚妄被土風羞
銷憂自有平沙歩
王粲何煩独上楼

詩の大意は、次のとおりである。なにも官舎にいて憂鬱にしていることはない。みずから浜辺に出向いて清らかな秋景に佇もう。秋の渚の夕景に、列子の無為無心の寓話のとおり鴟は狎れ遊び、張簡の故事の鱸魚はふんだんにある。なにも王粲のように楼閣に登るまでもなく、この渚辺を歩めばおのずから憂いは消え心は晴れるのだ、というものである。

この詩では、道真は列子の無為無心の境地を詠んでいるが、『秋湖賦』では「不繋の虚舟を嗤う」と老荘の人生観を否定し、「斗藪を求めず」と仏門の道を拒み、「何の暇ありてか流れに枕せん」と隠逸への思いは無いと言い、「水を楽しむなし」と孔子の仁智の自然観に依らないとする。これらすべての思想とそれらの処世を弁え知りつつも、詩人はそれらの思想の悟得や観念を求めず、ひたすら物に寄せて情感を興すことのみを詠む。両作品には、それらの諸思想・諸観念を悟得しないというのと悟得したというのとの違いがあるが、それは表現の仕方の相違に過ぎない。道真がこれらの諸思想に通暁していることは言うまでもないことであって、両作品ともに、晩秋の自然美に物哀しく心を浄化させている詩境は通底する。ちなみに、こうした感興の詩人観は、夙に晋の陸機の「文賦」に見えるところである。

佇中区以玄覧、頤情志典墳。
遵四時以歎逝、瞻万物思紛。
悲落葉勁秋、喜柔条芳春。

中区に佇みて以て玄覧し、情志を典墳に頤ふ。
四時に遵つて以て逝くを歎き、万物を瞻て思ひ紛る。
落葉を勁秋に悲しみ、柔条を芳春に喜ぶ。

このくだりの主意は、すなわち、自身の意識をこの世の中央に置いて、心奥から万物を見て、古典をひもといて心をやしなう。そして、四季の移ろいに従って時の過ぎゆくを歎き、森羅万象をよくよく見てはこもごも情感が思い乱れる。霜や風の厳しい秋は、落葉を見ては悲しみ、香しくうららかな春は、しなやかな若枝をめでて喜ぶ、というのである。

道真のこの「秋湖賦」は、詩人というものは、安易に安住の悟得を求めず、ひたすらに四季の自然美に興を起こし、時の移ろいに心愁える存在であり、そこにこそ、詩の心があるということを詠んでいるのである。

（1）拙著「白居易の詠月詩考」（『宮廷詩人　菅原道真―『菅家文草・菅家後集』の世界―』「補篇2・第三章」）。
（2）柿村重松氏『本朝文粋詳註』。
（3）川口久雄氏校注『菅家文草・菅家後集』（『日本古典文学大系』）。
（4）金原理氏「道真の賦―『秋湖賦』試詠―」（『詩歌の表現―平安朝韻文攷』）。
（5）拙著「白居易閑適詩考序説―初期作品に見える詩境を中心に―」（「國學院雜誌」第106巻11号）同「白居易の閑適詩について」（「國學院中國學會報」）（本書　第四篇所収）。

第五章　白居易詩と菅原道真詩と
――湖上詩を中心として――

一　前言

湖水を前にすれば、だれしも詩的感興を催すものであるが、ことさら詩人たちは、洋の東西を問わず、古来、多くの湖上詩を詠んできている。

むろん、中唐の詩人白居易も、池上・湖上の詩は少なくない。それらの多くは、水景の風情を愛し、あるいは自らの心を安んじるため、閑適の境地を求めるための作であった。白居易は、自然の湖水を愛でるのみでなく、さらに自ら指揮して自身の邸宅の庭に池を造り、詩に詠んだことも周知の事である。たとえば、江州司馬に貶謫の時は、官舎の前の庭に小池を造らせ、廬山草堂にも池を造らせており、また大和三年、五十八歳の時、洛陽履道里の自邸に作らせた池を詠んだ「池上篇并序」はことに有名である。

白居易の影響を著しく享けた平安朝の菅原道真にも、湖上詩が数首あるが、それは、讃岐守時代に限られている。本章では、白居易の湖上詩の詩境の特長を中心に述べ、合わせて菅原道真の「秋湖賦」などの詩賦への、白居易詩の影響関係について述べたい。

二　曲江と白居易詩

白居易の湖上詩は、二百首をはるかに超える詩数である。登高臨水の「水上送別」の詩を数えると更に多くなるが、湖上での感懐、その詩興は一入であったと思われる。

そのうち、曲江は、漢代からの名園中にあって、都人のよく遊宴する所であったが、進士の及第者がこの庭園で皇帝の賜宴を受ける地でもあったので、とりわけ文人官僚や詩人たちにとっては感慨深い地なのであった。白居易も、この曲江のほとりで、多くの詩人同様に、生涯の折々に種々の感懐を詠んでいる。その曲江を詩題とした作品数は、およそ十七首。また、文集の詩中には「曲江」の語は、約四十二カ所に散見する。

まずは、次の詩は貞元二十年か永貞元年（八〇四か八〇五）、白居易三十三、四歳頃の作を見てみよう。当時、白居易は校書郎の身分で、才識兼茂明体用科に向けての受験勉強中であった。

(176) 元八宗簡が同に曲江に遊んで後、明日贈らるるに答ふ

長安千万の人　　門を出づれば各営有り
唯だ我と夫子と　　馬に信せて悠々として行く
行きて曲江の頭に到れば　　反照草樹明らかなり
南山顔色好く　　病客心情有り
水禽白羽を翻し　　風荷翠華を嫋ます
何ぞ必ずしも滄浪に去かん　　此に即いて纓を濯ふべし
時景は重ねて来らず　　賞心再び并せ難し

答元八宗簡同遊曲江後明日見贈

長安千万人　出門各有営
唯我与夫子　信馬悠々行
行到曲江頭　反照草樹明
南山好顔色　病客有心情
水禽翻白羽　風荷嫋翠華
何必滄浪去　即此可濯纓
時景不重来　賞心難再并

坐ろに愁ふ紅塵の裏　夕鼓鼕鼕の声あり
帰り来りて一宿を経　世慮稍や復た生ず
瑤華の唱を聞くに頼り　再び塵襟の清きを得たり

坐愁紅塵裏　夕鼓鼕鼕声
帰来経一宿　世慮稍復生
頼聞瑤華唱　再得塵襟清

白居易は病みあがりの身ながら、親友の元宗簡と曲江に行き、その好風景に気を晴らし、「何必滄浪去　即此可濯纓」と『孟子』「離婁篇」を踏まえながら官人としての清廉の気概を詠んだ。そして帰宅の翌日、また俗念がおこると、前日の曲江での友人の詩を読んで心を浄めたともあるが、要するに「曲江」のほとりで、心を浄めえたというのである。なお、「頼聞瑤華唱」の「瑤華」は『楚辞』「九歌」「大司命」が典故である。

また、同時期の頃の作に、(666)「早春独遊曲江　時為校書郎」の十韻詩があるが、その詩中に、

慵慢人事を疏んじ　幽棲野情を遂ぐ
芸閣を廻看して笑ふ　浮名有るに似ず

慵慢疏人事　幽棲遂野情
廻看芸閣笑　不似有浮名

「自分は世間では秀才という評判だが、じつは怠け者で世情にうとく、静かな暮らしをして野人でいたい」と詠んでいる。湖上において、野情(野人の心の意)を白居易は、文集中、自身を「野夫」「野人」「野客」「野翁」と称し、またその心持ちを「野情」「野心」と詠んだものが十数首ある。白居易は寒門出身であるので、もと野夫と自称するのは事実どおりのことではあるが、官僚の途についても自身の心は「野人」であり、野人でありつづけたいと詠むところは、おそらくは『論語』「先進篇」の「先進於礼楽、野人也」に拠り所があるであろう。白居易は湖上の爽気に身をゆだねながら、こころは「朴野之人」でありつづけたいとの思いを濃くしたものと思われる。なお、(2326)「早春西湖閑游」にも「野情遺世界　酔態任天真」とある。

元和二年（八〇七）秋、三十六歳、白居易は、翰林学士となるが、次の詩はその任命直前の十一月に詠んだ作である。

（398）曲江の早秋

秋波紅蓼の水　夕照青蕪の岸
独り馬蹄に信せて行く　曲江池の四畔
早涼晴れて後至り　残暑暝れて来って散ず
方に喜ぶ炎燠の銷ゆるを　復た嗟く時節の換はるを
我が年三十六　冉々として昏れて復た旦《あ》く
人寿七十稀なり　七十新たに半を過ぐ
且らく当に酒に対して笑ふべし　臨風の嘆を起す勿れ

曲江早秋

秋波紅蓼水　夕照青蕪岸
独信馬蹄行　曲江池四畔
早涼晴後至　残暑暝来散
方喜炎燠銷　復嗟時節換
我年三十六　冉々昏復旦
人寿七十稀　七十新過半
且当対酒笑　勿起臨風嘆

早秋の曲江の風景描写は、はじめの二句において色彩豊かに夕景の湖畔を描くのみで、詩意は、爽涼の湖風をうけながら、老の兆しを意識する。しかし酒を楽しんでいたずらに老いを嘆くまいと詠みとめている。白居易にとって湖上は、自照自省しつつ、心の平穏を求める場であったのであろう。

「臨風嘆」は、『楚辞』「九歌」「少司命」に「臨風怳兮浩歌」、謝荘「月賦」に「臨風嘆兮将焉歇」とあるのに拠る。

この（398）「曲江早秋」から一、二年の後にも（709）「曲江独行　自此後詩、在翰林学士時作」があり、その中でも、

独り来り独り去りて何人か識る　厩馬朝衣野客の心
間に風無きを愛して水辺に坐せば　楊花動かず樹陰陰たり」

独来独去何人識　厩馬朝衣野客心
間愛無風水辺坐　楊花不動樹陰陰

と野自身の野客の心と静謐な心境とを詠む。

また、元和五年（八一〇）四十歳の時にも（717）「曲江早春」（417）「曲江感秋」の作がある。その（417）「曲江感秋」は、

沙草新雨地　岸柳涼風枝
三年感秋思　併在曲江池
早蝉已嘹唳　晩荷復離披
前秋去秋思　一一生此時
昔人三十二　秋興已云悲
我今欲四十　秋懐亦可知
歳月不虚設　此身随日衰
暗老不自覚　直到鬢成糸

沙草新雨の地　岸柳涼風の枝
三年感秋の思ひ　併せて曲江の池に在り
早蝉已に嘹唳　晩荷復た離披す
前秋去秋の思ひ　一一此の時に生ず
昔人三十二　秋興已に云に悲しむ
我今四十成らんと欲し　秋懐亦た知るべし
歳月虚しく設けず　此の身日に随ひて衰ふ
暗に老いて自ら覚らず　直ちに鬢の糸を成すに到る。

と、晋の潘岳の「秋興賦」の「二毛の嘆」を踏まえて、四十歳となった我が身の老いを嘆く詩意である。湖上に佇み、やはり我が身を省み、我が身の今の心境を照らし出すこの詩境は、いわば悲秋文学の系譜につらなるものである。

白居易の曲江の湖畔での詩は、『文集』中に二十篇余り載るが、とりわけ（572）「曲江感秋」の作は、白居易五十一歳の時で、中書舎人知制誥の職を辞し、自ら杭州刺史の赴任を希望して、その七月、長安を離れる直前に、曲江に佇み、これまでの自身の境涯の転変を回想するものでひとしお感慨深い作である。

（572）曲江感秋　二首

元和二年三年四年、予毎歳有曲江有感詩。凡三篇。編在第七集巻。是時予為左拾遺・翰林学士。無何貶江州司馬、忠州刺史。前年主客郎中・知制誥。未周年、授中書舎人。今遊曲江、又値秋日。風物不改、人事屢変。況予中否後遇、昔壮今衰。慨然感懐、復有此作。噫人生多故、明年秋又何許也。時二年七月十日云耳。

元和二年の秋　我年三十七
長慶二年の秋　我年五十一
中間十四年　六年は譴黜に居る
窮通と栄悴と　運に委ね外物に随ふ
遂に廬山の遠を師とし　重ねて湘江の屈を弔ふ
夜は竹枝の愁ひを聴き　秋は灔堆の没するを看る
近ごろ巴郡の印を辞し　又綸闈の筆を秉る
晩遇何ぞ言ふに足らん　白髪朱紱に映ず
銷沈す昔の意気　改換す旧の容質
独り曲江の秋有り　風烟往日の如し

元和二年秋　我年三十七
長慶二年秋　我年五十一
中間十四年　六年居譴黜
窮通与栄悴　委運随外物
遂師廬山遠　重弔湘江屈
夜聴竹枝愁　秋看灔堆没
近辞巴郡印　又秉綸闈筆
晩遇何足言　白髪映朱紱
銷沈昔意気　改換旧容質
独有曲江秋　風烟如往日

かつて元和二年の秋（三十七歳）から長慶二年の秋（五十一歳）の十四年間、白居易は、右の詩中に「窮通（『孟子』「尽心章句上」）と栄悴（『淮南子』「説林訓」）と　運に委ね外物に随ふ（『荘子』「外物」）」とあるとおり、翰林学士・左拾遺・京兆戸曹参軍、そして下封において三年の服喪。後、太子左賛善大夫となるが、その後の六年間「譴黜に居る」とあるというのは、江州司馬に左遷され、そして忠州刺史となったことを指す。元和十五年（四十九歳）冬には、尚書司門員外郎、十二月には主客司郎中知制誥に栄進し、長慶元年（五十歳）には、朝散大夫を加えられ、上柱国に転じ、中書舎人知制誥となった。このように、この十四年の間に白居易は、栄達から困窮へ、困窮から栄達へと境遇の激変を経験したのであったが、また、この間、廬山の白蓮社に参じて祖師の慧遠を師と仰ぎ、また湘江に屈原を弔い、鄙の哀歌の竹枝詞を聴き、灔澦堆の奇岩を看たことなどが、心身の慰めとなったが、この詩の序にも記すとおり、世の中は「風物改まらずして、人事しばしば変ず」るものであり、まして「況んや予（白居易）は、中ごろ否にして後遇ひ（栄転）、昔、壮にして、今、衰ふるをや。慨然として感懐」するのであった。しかしながら、白居易が「窮通と栄悴と　運に委ね外物に随ふ」と詠むのは、『荘子』「外物」の「外物は必とすべからず」を踏まえるもので、もはや努めて境遇の遇不遇には左右されまいとする白居易の心境が窺えるところである。

三　江州時代の白居易の湖上詩

遡って、以下に白居易の「謫黜に居る」とあった六年間、すなわち江州司馬・忠州刺史の時代の湖上詩について見てみる。左賛善太夫の時に、諫書を奉じて咎めを受けた白居易は、周知の通り、以後、諷諭詩を殆ど詠まなくなったと言っていいであろう。自ら閑適・感傷と称する類いの詩に傾斜していった。

次の（1007）「湖上閑望」は、元和十二年（八一七）白居易四十六歳、江州司馬三年目の時の作である。

（1007）湖上の閑望
藤花　浪は払ふ　紫茸《しじょう》條《じょう》
菰葉　風は翻す　緑剪刀
間《しず》かに水芳を弄すれば　楚思を生じ
時時　眼を合して　離騒を詠ず

湖上閑望
藤花浪払紫茸條
菰葉風翻緑剪刀
間弄水芳生楚思
時時合眼詠離騒

「湖上閑望」という詩題は、鄱陽湖のほとりで心静かに湖水の風光を眺望する意であり、起句・承句において、湖岸の藤の花や風にそよぐ菰の葉などを描述する。ところが転句は、急変して「楚思」とあり、結句には「離騒」を詠ずとある。この「楚思」とは、楚客としての憂いの意であり。この語は他にも（882）「盧侍御与…」に一例あるが、あきらかに左遷された我が身のことであるとともに、失脚し湘江に追放された屈原の憂いに白居易自身の憂愁を重ね合わせているのであろう。「水芳を弄すれば」とある「水芳」とは、水草の花の意であり、「離騒」の「製芰荷以為衣兮　集芙蓉以為裳」を彷彿させる語である。

ちなみにこの「水芳」の語は、後述する同時期の作（512）「南湖晩秋」にも用いられている。つまり、起句承句は、詩題にあるとおり「閑望」なのであるが、転句結句は、左遷の身の憂愁を詠んでいるのであり、みずからを屈原の身の上に重ねており、詩題の「閑望」とは趣きを異にしているかのようである。

しかし、転句結句の句意から、逆に起句承句を詠み返してみると、その叙景は、見たままの写生のようだが、寓意が込められていそうである。まず、藤花であるが、これは七年前、白居易三十九歳の作「紫藤」（1）において、国家を腐敗させる佞臣に見立てて激しく非難して詠んだ植物であった。「藤花浪は払ふ紫茸條」の「茸條」とは、茂り乱れるさまの意であるから、佞臣どもの跋扈する様とも解釈できるのである。そして「菰葉風は翻す緑剪刀」とあって、「菰葉」を「緑剪刀」と見立てたのは、この剪刀で以て藤蔓を断ち切りたいものだ、との念いを込めているのではないであろうか。「剪」は、きちんと揃えて切るの意だが、白居易はそれを仕損じて追放された身。それゆえにその無念を詠じ込めていると思われるのである。単なる湖岸の情景描写と見える中に、この寓意を読み取ってこそ、転句結句の「楚思」「離騒」の語が活きてくるのであるが、白居易は詩題を「湖上閑望」とし、つとめてさりげない詠み方をしたのであろう。

同時期の作に、（512）「南湖晩秋」があるが、鄱陽湖の湖上にて、秋の哀しみと嘆老とを詠み、かつまた「有兄在淮楚　有弟在蜀道」と、兄弟（兄の幼文は浮梁県首簿、弟の行簡は剣南東川節度府に従事）離散の境遇を憂えてもいる。

先の（1007）「湖上閑望」及びこの（512）「南湖晩秋」と同時期の作に、（1008）「江南謫居　十韻」がある。

（1008）江南謫居　十韻

自ら哂ふ沈冥の客　曽て献納の臣為りしを
壮心徒らに国に許し　薄命人に如かず
纔かに雲を凌ぐ翅を展べ　俄かに水を失ふ鱗と成る
葵枯れて猶ほ日に向かひ　蓬断ちて即ち春を辞せんとす
沢畔長愁の地　天辺老いんとするの身
蕭條たり残活計　冷落す旧交親
草合ひて門に径無く　煙消えて甑に塵有り
憂へて方に酒の聖を知り　貧して始めて覚銭の神なるを覚ゆ
虎尾は足を容れ難く　羊腸は輪を覆し易し
行蔵と通塞と　一切陶鈞に任す

江南謫居

自哂沈冥客　曽為献納臣
壮心徒許国　薄命不如人
纔展凌雲翅　俄成失水鱗
葵枯猶向日　蓬断即辞春
沢畔長愁地　天辺欲老身
蕭條残活計　冷落旧交親
草合門無径　煙消甑有塵
憂方知酒聖　貧始覚銭神
虎尾難容足　羊腸易覆輪
行蔵与通塞　一切任陶鈞

詩意は、この江州左遷の身も、かつては諫諍の臣たる左拾遺であり、壮大な志をもって国家に尽くしのであったが、運拙くこの上なく落ちぶれてしまった。「葵枯れて猶ほ日に向かひ　蓬断ちて即ち春を辞せんとす」すなわち、枯れても太陽の方を向く向日葵のように私は天子を慕っているのに、転蓬のごとく根こそぎ断ち切られて追放されてしまった。今の我が身は「沢畔長愁の地　天辺老いんとするの身」で、屈原の身の上（「漁父辞」）と同じで、憂愁のうちに老いゆくのを嘆くのであるが、しかしながら、「虎尾は足を容れ難く（『書経』君牙）　羊腸は輪を覆し易し（『文選』魏曹操「苦寒行」）」で、そのような危険きわまりなくかつ複雑な所へ行くのは、身の破滅を招くもとである。それゆえに、我が身の進退も窮達も、いっさいを「陶鈞（ろくろ・天命の意）」に委ねよう、というものである。

この一切を天命に委ねようという心境は、言うまでもなく、そのように真に悟得したということではなく、みずからに言い聞かせ、斯くあろうとすることであって、たとえば（1014）「晩題東林寺双池」に「流れに臨んで一たび惆悵し　還た曲江の春を憶ふ」というような憂愁の詩も繰りかえし詠んではいる。しかし、この天命に委ねようという境地は、先述した白居易五十一歳の時（この「江南謫居　十韻」から六年後）の作（572）「曲江感秋　二首」に、「窮通と栄悴と　運に委ね外物に随ふ」と詠まれたのであり、それは、白居易がこの境地に到ることを求め続けているということなのである。

白居易は、元和十三年（八一八）四十七歳の時、忠州刺史に任ぜられ、翌年三月に忠州に着任する。その江州から忠州に赴く途中、洞庭湖に立ち寄り、「題岳陽楼」を詠んでいる。

（1105）岳陽楼に題す
岳陽城下　水満満たり
独り危楼に上りて　曲欄に凭る
春岸　緑なる時　夢沢に連なり
夕波　紅なる処　長安に近し
猿は樹を攀ぢて立ち　啼くこと何ぞ苦しき
雁は湖に点じて飛び　渡ること亦た難し
此の地　唯だ堪へたり　図障に画き
華堂　貴人に張りて看せんに

題岳陽楼
岳陽城下水満満
独上危楼凭曲欄
春岸緑時連夢沢
夕波紅処近長安
猿攀樹立啼何苦
雁点湖飛渡亦難
此地唯堪画図障
華堂張与貴人看

「春岸緑なる時　夢沢に連なり　夕波紅なる処　長安に近し」は、眺望の叙景であるが、その叙景の中で、はるか雲夢沢に思いを寄せるのは、流謫の身の屈原の面影を偲ぶかのようであり、夕日の沈む方を見やるのは、遠い長安の都への望郷の念を駆り立てられていることを暗示するものであろう。猿声は旅愁を募らせるばかりであり、雁は湖水に点々と低く飛んで、春だというのにまだ北へ帰るのがむずかしそうだと、と詠むのは、自身の都への帰還がまだむずかしいことをいうのであろう。白居易は、岳陽楼からの眺望を美しく描述し、この美景は屏風絵にでも画いて貴人の立派な座敷を飾るとよろしかろう、と結ぶが、その叙景のうちには寓意的に流離の悲哀の情が込められているのである。

白居易は、（1104）「江州赴忠州、至江陵以来、舟中示舎弟　五十韻」の詩には、

早に文場の戦いに接し　曽て翰苑の盟を争ひ　　早接文場戦　曽争翰苑盟
頭を掉って俊造と称せられ　足を翹てて公卿を取らんとす　　掉頭称俊造　翹足取公卿
且つ時に随ふ義に昧く　徒らに国に報ゆる誠を輸す　　且昧随時義　徒輸報国誠
衆排して恩失ひ易く　偏圧せられて勢ひ先づ傾く　　衆排恩易失　偏圧勢先傾
虎尾憂危切にして　鴻毛性命軽し　　虎尾憂危切　鴻毛性命軽

と詠んでいる。同行の弟の白行簡に示した作品であるためであろう、来し方のことを顧みて、直截に讒黜された実情と悔恨とを吐露している。ちなみに上記の詩の大意は、かつて翰林院にて抜きんでようと努め、頭角を現しては俊才・秀才と称されもして、公卿の位にまで昇ろうと切望したが、時流に従うことが下手で、むやみに報国の赤誠を捧げるばかりであった。そのため、結局は衆人から排斥され、恩寵を失い、苦境に陥ってしまった、というものである。

しかし、このような自身の胸中の苦患を直截に詠むことは、以後、しだいに少なくなり、按分知足の境地を目指し

つつ、(2)山川草木・花卉鳥魚を描述し、また、湖上閑望して、自省・自照の詩意を表し、時に先述のような寓意を込めているのであった(3)。

四　菅原道真の湖上詩

ところで、白居易の詩境を学び、多大な影響を享けつつ、自らの詩人形成を成した菅原道真であるが、白居易の湖上詩については、どのような享受が見られるであろうか。若き頃、気比に使いしたことがあり、また、讃岐国守となって瀬戸内海を往復し、ついには大宰府へ左遷されたおりにも、瀬戸内海を通ったのであるが、海上詩を併せても、湖上詩は多くはない。『菅家文草』『菅家後集』併せても、およそ十一首(内、障子詩二首)である。

嵯峨天皇の時代には神泉苑の大池や河陽離宮(山崎付近)の淀川、近江の琵琶湖などでは、詩宴を催しよく詩に詠まれたが、その約八十年余後の、宇多天皇治世であった道真の時代になると、まったく詠まれていない。道真は、あるいは気比への使いの折にも、近江(現・琵琶湖)の見える道をとっていなかったのかも知れないのである。使者としての途上では、湖上に佇む余裕はなかったものと思われる。

道真の湖上詩に相当する主な作品は、以下のごとくである。

(76)「海上月夜」、(235)「宿舟中」、(236)「舟行五事」、(266)「江上晩秋」(287)「亞水花」、(299)「水辺試飲」、(315)「水声」、(363)「漁父詞屏風画也」(466)「傍水行〈近院山水障子詩〉」、(467)「海上春意〈近院山水障子詩〉」、(515)「秋湖賦」等。

これらほとんどは、主に讃岐守時代に讃岐の官舎のほとりの綾川や、瀬戸内を湖水に見立てたものである。そうでないものはたいていは画題や賦題の作である。しかし、讃岐守時代の作(515)「秋湖賦」は、賦作品であって、湖上詩ではなく、しかも、おそらくこれは瀬戸内海の浦辺の景を湖水に見立てたものと思われるが、逸品の力作である。

しかし、大宰府左遷以後は、まったく湖上詩を詠むことはなかった。
(266)「江上晩秋」は、仁和四年(八八八)道真の四十四歳の時、讃岐守になって三年目の秋の作である。詩題は、「江上」とあるが、綾川と見るよりは、瀬戸内海の景を「江」に見立てたものであろう。

(266) 江上晩秋

敢て閑居して 任意に愁ふるにあらず
身を勧めて 江畔 清秋に立つ
山は落日を銜みて 分陰 駐り
水は凋年を趁うて 一種 流る
鷗鳥は天性によりて狎れ
鱸魚は妄りに 土風に羞めらる
憂へを銷さんには 自から平沙の歩み有り
王粲 何ぞ煩ひて独り楼に上れる

江上晩秋

不敢閑居任意愁
勧身江畔立清秋
山銜落日分陰駐
水趁凋年一種流
鷗鳥従将天性狎
鱸魚妄被土風羞
銷憂自有平沙歩
王粲何煩独上楼

「敢て閑居して任意に愁ふるにあらず　身を勧めて江畔清秋に立つ」は、あきらかに白居易の湖上詩に通じ合うものである。以下の「鷗鳥は天性によりて狎れ」は、『列子』「黄帝」、「鱸魚云々」は『晋書』「張翰伝」、そして結聯八句目は、自注に「仲宣賦云、暇日聊以銷憂」とあるとおり、王粲『登楼賦』を踏まえる。なお、詩中の「銷憂」は、『白氏文集』に四例、『菅家文草』に三例見える。

以下の詩については、とくに傍線部分に白居易詩の影響が見られるところである。

(287) 水に亞《た》るる花

花は巌辺に発いて 半は流れに入る
紅匂ひ緑渌《きよ》くして 両つながら悠々たり
日は迅き瀬を焼きて 龍脳を薫き
風は低《た》れたる枝を猟《か》りて 鴨頭を破る
恰も湘妃 岸に臨みて泣くが似く
欺きて蜀錦 波を帯びて浮かべるかと誣《し》ひたり
人無し 共に見て 春意を陶《とろか》すに
物に触れては空しく添ふ 旅客の愁へ

亞水花

花発巌辺半入流
紅匂緑渌両悠々
日焼迅瀬薫龍脳
風猟低枝破鴨頭
恰似湘妃臨岸泣
欺誣蜀錦帯波浮
無人共見陶春意
触物空添旅客愁

(299) 水辺に飲を試みる

憂へを消さんには 見《き》くならく黄醅有りと
江頭に遊び出でて 試みに盃を勧む
先づ三分を飲みて 手の熱きに驚き
更に一酌を添へて 眉の開くを覚ゆ
戯言凛々 秋 酔ひ難く
専酌厭々 夜 廻らず
傾聴す 傍人の相慢語するを
瑠璃の水の畔に 玉山頽《くづ》る

水辺試飲

消憂見説有黄醅
遊出江頭試勧盃
先飲三分驚手熱
更添一酌覚眉開
戯言凛々秋難酔
専酌厭々夜不廻
傾聴傍人相慢語
瑠璃水畔玉山頽

右の詩の末尾の「玉山頽」は、『晋書』嵆康伝及び『世説新語』「容止篇」に「其酔也、傀俄若玉山之将崩」とある。

（315）水声「冬夜九詠」

夜久しく人閑にしてまた風あらず
潺湲として聴に触れて 感 窮り無し
石稜 流れ緊にして 曲を成す如し
疑ふらくは是れ湘妃の水中に怨めるかと

水声
夜久人閑也不風
潺湲触聴感無窮
石稜流緊如成曲
疑是湘妃怨水中

（466）傍水行「障子詩」

春風 誘引して 暫く山を出づ
知音の老鶴 雲間より下る
此の時 楽地 程里無し
形神を鞭轡して独り往還す

傍水行
誘引春風暫出山
知音老鶴下雲間
此時楽地無程里
鞭轡形神独往還

結句の「形神」は、『列子』「仲尼」に、「形神不相偶、不与可群」とある。

（467）海上春意「障子詩」

蹉跎たり 鬢雪と心灰と
覚えず 春光 何れの処より来れるかを
筆を染め 頤を支へて 閑かに計会す
山花 遙かに浪花に向きて開く

海上春意
蹉跎鬢雪与心灰
不覚春光何処来
染筆支頤閑計会
山花遙向浪花開

起句の「心灰」は、『荘子』「斉物論」に、「心固可使如死灰」とある。

五　結　語

なお、(515)「秋湖賦」については、すでに前章で論じたので、ここでは概略に留めたい。

この賦の主人公は、疲れた馬に跨って長旅をしてきた旅人であるが、それは道真の弟子の文屋時実が、文章得業生に及第したことを、讃岐の道真に報謝報告に来たのであった。その時、道真は、文屋時実の身を借りて、道真自身が日ごろ抱いている詩人の詩人たるゆえんの心境を描いてみせたものである。すなわち『秋湖賦』の大意は、まず「不繫の虚舟を嗤う」と老荘の人生観を否定し、「斗藪を求めず」と仏門の道を拒み、「何の暇ありてか流れに枕せん」と隠逸への思いは無いと言い、「水を楽しむなし」と孔子の仁智の自然観に依らないとする。これらすべての思想とそれらの処世を弁え知りつつも、詩人というものはそれらの思想の悟得や観念を求めず、ひたすら物に寄せて情感を興すことのみを詠むものなのである、という。換言すれば、道真はこれらの諸思想に通暁していながらも、晩秋の自然美に心を浸し、悲哀の情をひたすら身に感じて心を浄化させようとするのである。「秋湖賦」は、詩人というものは、安易に安住の悟得を求めず、ひたすら四季の自然美に興を起こし、時の移ろいに心愁える存在であり、そこにこそ詩の心があるということを詠んだものなのである。

---

(1)(38)紫藤(元和五年(八一〇)三十九歳)

藤花は紫にして蒙茸　藤葉は青くして扶疎たり
誰か謂ふ好顔色と　而も害を為すこと余り有り
下りては蛇の屈盤するが如く　上りては縄の縈紆するが如し
憐む可し中間の樹　束縛せられて枯株と成る
柔蔓は自ら勝へずして　嫋嫋として空虚に挂る
豈に知らんや樹木を纏うて　千夫の力も如かざるを
先には柔にして後には害を為すこと　諛佞の徒に似たる有り
君の権勢に附著するも　君迷うて肯て誅せず
又妖婦人の如く　綢繆して其の夫を蠱し
奇邪人の室を壊り　夫惑うて除く能はず
言を寄す邦と家と　慎しむ所は其の初めに在り
毫末も早く弁ぜずんば　滋蔓信に図り難し
願はくは藤を以て戒と為し　之を座隅に銘せんことを

藤花紫蒙茸　藤葉青扶疎
誰謂好顔色　而為害有余
下如蛇屈盤　上若縄縈紆
可憐中間樹　束縛成枯株
柔蔓不自勝　嫋嫋挂空虚
豈知纏樹木　千夫力不如
先柔後為害　有似諛佞徒
附著君権勢　君迷不肯誅
又如妖婦人　綢繆蠱其夫
奇邪壊人室　夫惑不能除
寄言邦与家　所慎在其初
毫末不早弁　滋蔓信難図
願以藤為戒　銘之於座隅

（2）拙稿「白居易閑適詩序説―初期作品に見える詩境を中心に―」（國學院雑誌106巻11号）拙稿「白居易閑適詩について」（國學院中國學會報」第五十一輯）（本書　第四篇所収）。

（3）長慶四年頃（八二四）五十三歳の時、杭州刺史を辞し、洛陽へ帰る春には、西湖を讃美し、この西湖ゆえに、杭州を去りがたいと詠んでいる。

（2331）春題湖上
湖上春来 画図の似し
乱峯 囲繞して 水 平鋪す
松は山面に千重の翠を排し
月は波心に一顆の珠を点ず
碧毯の線頭 早稲抽んで
青羅の裾帯 新蒲を展ぶ

春 湖上に題す
湖上春来似画図
乱峯囲繞水平鋪
松排山面千重翠
月点波心一顆珠
碧毯線頭抽早稲
青羅裾帯展新蒲

未だ杭州を抛ちて去る能はざるは　　未能抛得杭州去
一半　勾留す　是れ此の湖　　一半勾留是此湖

（4）　拙稿「菅原道真『秋湖賦』考―感は事に因りて発し、興は物に遇うて起こる―」（「國學院雑誌」第111巻第3号）（本書第三篇第四章所収）。

第四篇　白居易

第一章　白居易閑適詩序説

一　前言

今日、詩人白居易にとって、閑適詩は諷諭詩とともに彼自身の詩作活動における二大支柱といえるものであったことはもはや定説となっており、それについての補説は不要の感さえある。そしてまた、閑適詩そのものの意味するところについても、松浦友久氏、西村富美子氏、下定雅弘氏、等をはじめ、優れた論究がすでに多くなされている(1)。しかしなお、閑適詩という名のもとに白居易が志向した詩境については、『孟子』の「独善」についての解釈、閑適詩の詩境の特質、閑適詩の詩境と禅及び老荘思想などとの関連において、さらに考究すべき事があるように思う。

本稿はまず白居易の初期作品に見える彼の詩境を窺い、幼少期よりの生活苦、病弱苦にもめげない苦学力文の中に、現実肯定の強い志向性をもっていたこと、遇不遇に動じない精神の安定を保とうとしていたことなどを見ておきたい。このことは白居易が二十代の若い頃より、禅に傾斜し、生涯、禅に関わり禅を修したことと深くつながるものであり、閑適詩の詩境を考察する上でも欠かせない視点であると思われるからである。

二 白居易十代の作

『新唐書』巻一一九に見える白居易の少・青年期の記事には、次のくだりがある。

居易、敏悟人に絶し、文章に工みなり。未だ冠せずして顧況に謁す。況は呉人、才を恃み推可する所少なし。其の文を見て、自失して曰く「吾れ斯文遂に絶えたりと謂ひしに、今復た子を得たり」と。貞元中、進士・抜萃に擢んでられて皆中る。

居易、敏悟絶人、工文章。未冠謁顧況、況呉人、恃才少所推可。見其文自失曰、吾謂斯文遂絶、今復得子矣。貞元中、擢進士抜萃、皆中。

右は、まず「敏悟人に絶し、文章に工みなり」と、居易の頭脳明晰にして文才に秀でることを叙したあとに「未だ冠せずして顧況に謁す」と、ある。この顧況という詩人は、詩歌に長じ絵画にも優れた奇秀の文人であるが、性、詼諧にして、好んで人を狎侮する癖のある人であった(2)。白居易は十四、五歳の時、その顧況に自作の詩を見てもらったというのである。そしてその詩才を絶賛されたことを記す。一説には、この記事自体、伝説に過ぎないとする見解もあるが、すでに花房英樹氏によって考証がなされているとおり(3)、事実と見てよい。これに関連する資料として、唐末の王定保『摭言』に次のような記事がある。

況、公に謔れて曰く、「長安は百物貴く、居ること大いに易からず」と。「原上草送友人」詩の「野火焼くるも尽きず 春風吹いて又生ず」を読むに及び、乃ち歎じて曰く、「句の此くの如きあれば、天下に居ること何ぞ難からん」と。

長安者百物貴、居大不易。及読原上草送友人詩之野火焼不尽、春風吹又生、乃ち歎曰、句如此者、居天下何難。

また、宋の呉曽の『能改斎漫録九則』（巻八）にも次の記事が載る。

白楽天、詩を以つて顧況に謁す。況、其の〈咸陽原上草〉詩云く、〈野火焼くるも尽きず　春風吹いて又生ず〉を喜ぶ。余、以為らく劉長卿の〈春に入りて焼痕青し〉の句に若かず。語は簡にして、意、尽したり。

白楽天以詩謁顧況、況喜其〈咸陽原上草〉詩云、〈野火焼不尽　春風吹又生〉余以為不若劉長卿〈春入焼痕青〉之句、語簡而意尽。

顧況の褒めたという詩は、貞元三年（七八七）頃の十六歳の作（671）「賦得古原草　送別」をさすが、いま、この詩を論じる前に、白居易の十代の時の他の詩について一通り見ておこう。

白居易の十代の詩は『白氏文集』には八首載るが、現存する中で最も早いものは貞元二年（七八六）十五歳の時のものである。

（670）江南送北客、因憑寄徐州兄弟書　時年十五

故園　望み断ちて　何如せんと欲する
楚水　呉山　万里余
今日　君に因りて　兄弟を訪へば
数行の郷涙　一封の書

故園望断欲何如
楚水呉山万里余
今日因君訪兄弟
数行郷涙一封書

この（670）「江南送北客、因憑寄徐州兄弟書」は、前年の貞元元年（七八五）、大旱魃により、北部の動乱からも逃れる避難民として江南（蘇州・杭州）地方に疎開した折の作である。「楚水　呉山　万里余」は、故郷の徐州を望まんとして、時空をさえぎる地形を端的に描写して、古詩の味わいがある。また、この詩は全体的に、「大暦の十才子」の一人で、当時、杭州の官吏であった李端（七三二―七九二）の詩「相逢ふ　万里余…新春両行の涙　故国一封の書〈相逢万里余…新春両行涙　故国一封書〉」に詩境も詩語も酷似することの指摘がすでにあるが（4）、このことは、単なる模倣というよりも、むしろ少年白居易が、当時の詩壇の詩風・詩語をよく学び、習熟していたことの証左とみなし得るものであろう。

白居易の父季庚は、科挙の明経科に合格し、彭城県令・衢州別駕・襄州別駕などを歴任した地方政府の行政官僚であった。したがって白居易たち兄弟は、父母と遠く離れた鄭州〈河南省〉新鄭（滎陽）県の祖父鍠（5）の家で育ったが、その祖父母ともすぐに死別し、幼児期から伯父や従兄弟たちの中で暮らした。時しも各地の節度使の叛乱による動乱の時代であり、白居易は幼くして生活の辛酸を経験する。

この間の苦学力文のようすは、これも周知のように、彼自身が、後に、元和十年（八一五）冬十二月、四十四歳の時に、元稹に宛てた（1486）「与元九書」の書簡の中に、当時を振り返って次のように述べていることから知られる。

五六歳に及んで、便ち学んで詩を為る。九歳にして諳んじて声韻を識る。十五六のとき始めて進士有るを知り、苦節読書す。二十已来、昼は賦を課し、夜は書を課して、間ま又詩を課して、寝息に遑あらざりき。以て口舌に瘡を成し、手肘に胝を成すに至る。既に壮なるに膚革は豊盈ならず、未だ老ならざるに歯髪は早くも衰白し、瞥瞥然として飛蠅垂珠の眸子中に在るや、動に万を以て数ふるが如し。蓋し苦学力文を以て致す所にして、又自ら悲しめり。家貧しくして故多し。二十七にして方に郷試に従ふ。既に第して後、科試を専らにすと雖も、亦た詩を捨てず。

及五六歳、便学為詩。九歳諳識声韻。十五六始知有進士、苦節読書。二十已来、昼課賦、夜課書、間又詩課、不遑寝息矣。以至于口舌成瘡、手肘成胝。既壮而膚革不豊盈、未老而歯髪早衰白、瞥瞥然如飛蠅垂珠在眸子中也、動以万数。蓋以苦学力文所致、亦自悲矣。家貧多故、二十七方従郷試。既第之後、雖専於科試、亦不廃詩。

（1486「与元九書」）

父祖は地方官僚という寒門の出の白居易は、文学との宿習の縁を自らの恃みとして、白家一家の期待を担い、頑健ではない身を酷使しつつ、庶務の仕事を得て家計を助け、家事雑事の中、科挙の受験勉強に精を出し、かつまた詩文の道も磨いたことであろう。

この（670）「江南送北客、因憑寄徐州兄弟書」を表わした貞元二年（七八六）の年、十五歳の白居易はさらに越中〈浙江省〉へ避難した。次の詩はその折の作である。

（680）江楼望帰　　時避難在越中

満眼 雲水の色　　月明 楼上の人　　満眼雲水色　月明楼上人
旅愁 春 越に入り　　郷夢 夜 秦に帰る　　旅愁春入越　郷夢夜帰秦
道路 荒服に通じ　　田園 虜塵を隔つ　　道路通荒服　田園隔虜塵
悠々たる蒼海の畔　　十載 黄巾を避く　　悠々蒼海畔　十載避黄巾

首聯の情景描写は、江上の楼閣からの大江の茫洋たる景を叙し、月下楼上の詩人（白居易自身）の姿を月明と江の水明かりの中に彷彿と浮かびあがらせている。対偶の頷聯および頸聯は、それぞれ旅愁・懐郷の情、辺鄙な越中の地理を、程良く修辞を凝らしながら的確に叙述している。結聯は、当時の李希烈等の乱を、後漢の叛賊、黄巾の乱に喩えて結ぶが、全体に、時空を超えた詩想をはさんで感性豊かな情調の詩である。

この（680）「江楼望帰」は、おそらく晩春の作であろうが、次の詩は、同年暮れの大晦日の夜の作である。

（681）除夜に弟妹に寄す

時に感じて弟妹を思へば　寝ねられずして百憂生ず
万里　経年の別れ　孤燈　此の夜の情
病容　旧日に非ず　帰思　新正に逼る
早晩　重ねて歓会　羇離　各々長成す

除夜寄弟妹

感時思弟妹　不寝百憂生
万里経年別　孤燈此夜情
病容非旧日　帰思逼新正
早晩重歓会　羇離各長成

この詩は、詩題のとおり、動乱によってやむなく離別している弟妹の安否を気遣う兄としての白居易の真情が読む者の胸を打つ。「万里・孤燈」「旧日・新正」の対偶の見事さは言うまでもないが、殊に、いまは異郷に離別していても、再会の日を胸に、それぞれ健やかに成長しようという句意の結聯は、生活苦とまた病みがちな自身の苦難の中にも、伸び盛りの少年期の覇気と志向の明るさが感じとれるものである。

さて、先述の顧況が絶賛したという「咸陽原上草」詩は、この翌年の貞元三年（七八七）、白居易十六歳の時の作である。

（671）賦し得たり古原の草　送別

離離たり原上の草　一歳に一たび枯栄す
野火　焼けども尽きず　春風　吹いて又生ず

賦得古原草　送別

離離原上草　一歳一枯栄
野火焼不尽　春風吹又生

遠芳　古道を侵し　　　　　　　　　　晴翠　荒城に接す

又　王孫を送り去り　　　　　　　　　萋萋として別情満つ

遠芳侵古道　晴翠接荒城

又送王孫去　萋萋満別情

第一句目の「離離原上草」は、一本に「咸陽原上草」とある。「咸陽」という古い地名は頸聯の「古道・荒城」の語と相応じており、また、長安で顧況に謁したという伝説の記事には、「咸陽原上草」の詩句の方が相応しくもある。しかし、おそらく「賦得」の詩としては、長安に限定しないで時空を開放したほうが詩想はより自由に広がるであろうから、草原の草の描写である「離離」（『詩経』「黍離」・「蓼蕭」など）の詩語に推敲したものと思われる。

この詩の構成は、首聯の「一歳一枯栄」の「枯栄」を、頷聯において野火と春風とによって具象化して叙し、さらに頸聯は、古都郊外の草原の広がりようを、「遠芳」と「晴翠」という、鋭い感性による洗練された詩的表現によって描述されている。尾聯の「又王孫を送り去り　萋萋として別情満つ」は、『楚辞』「招隠士」の「王孫遊びて帰らず　春草生じて萋萋たり」以来の伝統的な表現を踏まえたものである。しかし、この詩について、諸書にいうところの顧況が殊に賞賛したという、「離離たり原上の草　一歳に一たび枯栄す　野火焼けども尽きず　春風吹いて又生ず」という詩の前半部は、送別詩一般にみられる、ありきたりの別離の悲哀感とは質を異にしている。とりわけ「野火焼けども尽きず　春風吹いて又生ず」は、自然界の枯栄再生の理をいきいきと実感を込めて叙述したもので、その能動活気の表現は、白居易の本性である生得の明朗性と、自然の理への強い洞察力とによるものといえるであろう。ちなみに、この自然観が、後年、彼自身が詩に詠む「生生の理」につながってゆくのであろうと思われる。

（805・806）王昭君二首は、この詩の翌年、貞元四年（七八八）の作である。

（805）王昭君　　二首

面に満つる胡沙　鬢に満つる風　　　満面胡沙満鬢風

眉は残黛を銷し 臉は紅を銷せり
愁苦辛勤して顦顇し尽き
如今 却つて画図の中に似たり

（806）同

漢使 却廻 憑りて語を寄す
黄金 何れの日か蛾眉を贖ふと
君王 若し妾が顔色を問はば
道ふ莫かれ 宮裏の時に如かずと

眉銷残黛臉銷紅
愁苦辛勤顦顇尽
如今却似画図中

漢使却廻憑寄語
黄金何日贖蛾眉
君王若問妾顔色
莫道不如宮裏時

古来、「王昭君」は多くの詩人に詠まれてきた楽府題詩であるが、瞿宗吉の『帰田詩話』に「詩人昭君を詠ずる者多し。大篇短章率ね其の離愁別恨を叙するのみ。ただ楽天の詩は怨恨を言はずして旧主に惓惓たり」とあるように、その大方は、匈奴へ旅立つ悲しみを詠うものがほとんどであるが、この詩は、その後の王昭君を詠うところ、白居易の発想の非凡さがうかがえるところである。匈奴に暮らす愁苦に容貌の衰えたことを詠うが、これもまた、十七歳の白居易の、すでに生々流転というこの世の道理を洞察し得ていることをものがたるといえるものであろう。しかも、一首目の結びにおいて「君王若し妾が顔色を問はば　道ふ莫かれ宮裏の時に如かずと」と、王昭君への境遇に同情し、深く思いやるところ、人生肯定の処世の姿勢が窺える。

白居易は、貞元十六年（八〇〇）二十九歳で進士に及第する以前は、貧苦に耐えて働きながら学び続け、しばしば病気にも罹った。もともと頑強な体質でなかったようで、官僚となってからも「病中作」と題する詩が幾首かある。

（673）「病中作」は、貞元五年（七八九）十八歳の時の作。

（673）病中の作
久しく労生を事と為し
摂生の道を学ばず
年 少うして已に病多し
此の身 豈に老ゆるに堪へんや

病中作
久為労生事
不学摂生道
年少已多病
此身豈堪老

「労生」は、『荘子』「大宗師」「夫れ大塊は我を載するに形を以てし、我を労するに生を以てし、我を佚するに老を以てし、我を息するに死を以てす。〈夫大塊載我以形、労我以生、佚我以老、息我以死〉」を原拠とする。まさに少年時、白居易は、一家の生計を助け、苦学力文の文字どおりの「労生」であった。「摂生」は、『老子』「貴生第五十」「善く生を摂する者は、陸行して兕虎に遇はず〈善摂生者、陸行不遇兕虎〉」にみえる養生をいう。詩には「摂生の道を学ばず」とあるけれども、それはむしろ逆に、すでに白居易が老荘思想にたいして深い関心をもっていたことを窺わせる表現なのである。したがって、当然、結句の「豈に老ゆるに堪へんや」とある「老」の意味するところも、単に歳を重ねた嘆きとしての「老」ではなく、『荘子』「大宗師」の「我を佚する（楽にさせる）に老を以てす」の「老」の意である。病弱の身の行く末を案じる白居易ではあったが、「短命」という語は用いていない。すなわち、彼にとっての「老」とは、円満なる老境を意味するものであり、この詩の背後にもそれへの憧憬がうかがえるように思う。

三　白居易二十代の作――省試及第以前――

貞元十年（七九四）、白居易二十三歳の時、父季庚が襄陽で亡くなった。（430）「遊襄陽懐孟浩然」の作は、おそらくその前年のものであろう。

（430）襄陽に遊びて孟浩然を懐ふ

楚山碧にして巌巌たり　漢水碧にして湯湯たり
秀気結んで象を成す　孟氏の文章
今我遺文を諷し　人を思うて其の郷に至る
清風人の継ぐ無く　日暮れて襄陽空し
南のかた鹿門山を望めば　藹として余芳有るが若し
旧蔭　処を知らず　雲深くして樹蒼蒼た

遊襄陽懐孟浩然
楚山碧巌巌　漢水碧湯湯
秀気結成象　孟氏之文章
今我諷遺文　思人至其郷
清風無人継　日暮空襄陽
南望鹿門山　藹若有余芳
旧陰不知処　雲深樹蒼蒼

襄陽という孟浩然の故郷を「楚山碧にして巌巌たり　漢水碧にして湯湯たり」と讃え、その襄陽の緑豊かな山水に惹かれ、襄陽の山水の秀気が孟浩然の詩となった、と詠う。若き白居易は、孟浩然という詩人を、その故郷である襄陽の山水とともに身近にも感じ、浩然の詩境を「清風」と見て、「南のかた鹿門山を望めば　藹として余芳有るが若し　旧蔭処を知らず　雲深くして樹蒼蒼たり」と結ぶこの詩は、詩人孟浩然の脱俗・隠逸のすがたを憧憬するものである。ただし、こうした少・青年期における隠逸への憧憬は、由来、ありがちなもので白居易に限らないものではあるが、「今我遺文を諷して　人を思うて其の郷に至る」には、やはり単なるあこがれのみでなく、この時の白居易の孟浩然への心の傾きの深さが読み取れるものであろう。

貞元十四年（七九八）、白居易二十七歳の時の（426）「将之饒江浦夜泊」詩は、兄の幼文が浮梁県（江西省）主簿となったのに従行して、饒州に赴く途中の船泊時の作である。

（426）将に饒州に之《ゆ》かんとして江浦に夜泊す

将之饒州江浦夜泊

明月　深浦に満ち　　愁人　孤舟に臥す
煩冤して　寝ね得ず　　夏夜　秋よりも長し
衣食の資に乏しきに苦しみ　　遠く江海の游を為す
光陰　坐ながら遅暮　　郷国　行くゆく阻修
身病みて鄱陽に向かひ　　家貧にして徐州に寄る
前事と後事と　　豈に心の併せ憂ふるに堪えんや
憂へ来りて起つて長望すれば　　但だ江水の流るるを見るのみ
雲樹藹として蒼蒼たり　　煙波淡として悠悠たり
故園　処所に迷ひ一念　　白頭なるに堪へたり

明月満深浦　愁人臥孤舟
煩冤寝不得　夏夜長於秋
苦乏衣食資　遠為江海游
光陰坐遅暮　郷国行阻修
身病向鄱陽　家貧寄徐州
前事与後事　豈堪心併憂
憂来起長望　但見江水流
雲樹藹蒼蒼　煙波淡悠悠
故園迷処所　一念堪白頭

詩中、「身病みて鄱陽に向かひ　家貧にして徐州に寄る」とあるように、明月の夜、病みがちの身にはいっそう旅愁がつのり、かつ旅路はなおさら心細く、しかも遠い徐州で生活苦にあえぐ家族たちのことを思えば、さらに望郷の思いやみがたいことを述べて、全体に憂悶の情の濃い作品である。けれどもその憂情の目を、明月の水上はるかかなたに向けて、雲樹・煙波の茫洋朦朧たる景を描くところ、ここにもまた孜々として詩才を研磨しつつ、詩嚢を肥やしつつあった若き日の白居易が見える。

この詩の二年後、貞元十六年（八〇〇）二十九歳の春、省試受験のために長安に上京した居易は、深い孤愁にさいなまれつつ（692）「長安早春旅懐」を詠んだ。

（692）長安早春旅懐
軒車　歌吹　都邑に諠し

長安早春旅懐
軒車歌吹諠都邑

中に一人有り　隅に向かひて立てり
夜深くして明月に簾を巻いて愁へ
日暮れて青山に郷を望みて泣く
風　新緑を吹いて　草芽拆け
雨　軽黄に灑いで　柳条湿ふ
此の生　少年の春に負くを知り
愁眉を展かず三十ならんとす

中有一人向隅立
夜深明月巻簾愁
日暮青山望郷泣
風吹新緑草芽拆
雨灑軽黄柳条湿
此生知負少年春
不展愁眉欲三十

「軒車歌吹都邑に諠し　中に一人有り隅に向かひて立てり」と、栄華を誇る大都長安の喧騒ぶりに驚きかつ落胆し、孤独をかこち愁嘆する受験生の白居易であった。が、その孤愁にさいなまれながらも、頸聯では「風新緑を吹いて草芽拆け　雨軽黄に灑いで柳条湿ふ〈風吹新緑草芽拆　雨灑軽黄柳条湿〉」と、鋭い感性によるみずみずしい詩情を横溢させている。これは白居易がいかなる苦境にも詩才を磨き詩情を養ってやまなかったことの一例である。こうした修錬を積んできた白居易であったからこそ、たとえば二年後の貞元十六年（八〇〇）の（1484）「与陳給事書」に、「居易は鄙人なり。上に朝廷附麗の援無く、次いで郷曲吹煦の誉れも無し。然らば則ち孰の為にして来るや。蓋し仗るところのものは文章のみ〈居易者鄙人。上無朝廷附麗之援、次無郷曲吹煦之誉。然則孰為来。蓋所仗者文章耳〉」と、自らの詩文及び詩才を強く自負し自恃し得たのであろう。この「蓋し仗るところのものは文章のみ」とは、白居易、生涯の拠りどころであったのである。

ちなみに、この三年後の貞元十七年（八〇一）、校書郎という官僚の職に就いていた白居易は、長安常楽坊に住み、次のように嘯いて、この上京当時の孤愁は当然ながら払拭されている。

帝都は名利の場　鶏鳴けば安居する無し
独り懶慢の者有り　日高くして頭未だ梳らず
工拙性同じからず　進退迹遂に殊なり
幸ひに太平の代に逢ひ　天子文儒を好む
・・・・・（下略）　・・・・・

帝都名利場　鶏鳴無安居
独有懶慢者　日高頭未梳
工拙性不同　進退迹遂殊
幸逢太平代　天子好文儒

（175）「常楽里閑居偶題十六韻兼寄劉十五公輿……」）

四　省試及第頃の詩

この貞元十六年（八〇〇）の二月、二十九歳の白居易は、「経芸をもって進退を定めん」とする至徳好文の禮部侍郎高郢の下で省試に及第した。この間の詳細は花房英樹氏の論に譲るとして(6)、なお、居易は、この後、十八年冬（八〇二）、書判抜粋科考試に応試し、翌九年（八〇三）、三十二歳の春、及第。さらに元和元年（八〇六）四月、三十五歳の時、制挙（才識謙茂明於体用科）に応試し及第するまでの間、高級官僚の資格取得のための厳しい試練の受験期が続いた。

まず、二十九歳の時、受験者中、最年少で省試に及第した頃、次の詩を詠んでいる。

（210）及第の後帰覲して諸の同年に留別す
十年常に苦学し　一たび上り謬って名を成す
第に擢んでらるは未だ貴しと為さず　親を賀して方に始めて栄なり
時輩六七人　我を送りて帝城を出づ
軒車行色を動かし　糸管離声を挙ぐ

及第後帰覲留別諸同年
十年常苦学　一上謬成名
擢第未為貴　賀親方始栄
時輩六七人　送我出帝城
軒車動行色　糸管挙離声

得意 別恨を減じ　　　　　　　　半酣 遠程を軽んず
翩翩として馬蹄疾し　　　　　　春日 帰郷の情

得意減別恨　半酣軽遠程
翩翩馬蹄疾　春日帰郷情

苦学十年が実り、晴れて及第しえた喜びにあふれる。馬の歩みも軽やかで、まさに春日帰郷の嬉々たる情感で結ぶ。ここには欣喜雀躍するともいえる明朗闊達な白居易がいる。しかし、この詩とほとんど同時期の次の作には、浮き立つような歓喜の情はなく、むしろ、沈鬱というほどではないが、冷静沈着な心情の詩である。

（701）及第の後旧山を憶ふ
偶たま子虚を献して上第に登るも
却つて招隠を吟じ 中林を憶ふ
春蘿秋桂 惆悵する莫かれ
縦ひ浮名有るも心を繫がず

及第後憶旧山
偶献子虚登上第
却吟招隠憶中林
春蘿秋桂莫惆悵
縦有浮名不繫心

この詩の大意は、私も司馬相如のように賦を献じて、首尾よく及第はしたけれど、心は逆に招隠詩を吟じて故郷の山林に隠れたい思いである。故郷の山中の草木たちよ、私が居ないからといって哀しまなくていいんだよ。たとえ、私の名が都で高くなろうともそんな浮き名に心を奪われる私ではない。私が故郷の山を忘れることはないのだから、というものである。

この二つの詩境は、一見矛盾するかに見える。が、どちらもが白居易の真情であることは言うまでもない。一方では、苦節十年、否、苦節二十数年がみごとに実を結びえたことを率直に喜び、いよいよ現実となった官僚の道に高く希望を湧き立たせる心情を詠み、また一方では、帝都という俗界の汚辱に心身を染めまいとする心情を詠む。じつはこれこそが、文人官僚にして詩人である白居易自身の、心の均衡安定を保とうとするためのものと言えるであろう。さらにそれは、引いては、後の兼済と独善への詩の端緒ともなった心情であると言えるものであろうと思う。

五　結語

花房英樹氏・下定雅弘氏の調査（7）に基づいていえば、白居易の十五歳から二十九歳までの作の詩文総数は、およそ詩は五十五首、賦文は十七編が現存する。本稿はその一部の詩を垣間見たに過ぎないのであるが、それら初期作品のうちに、後年の白居易がうち立てた文学観のうちの、詩作の二大支柱とした諷諭詩・閑適詩、ことにその閑適詩についての萌芽的要素を指摘してみたのである。が、これについては、さらに白居易の禅僧との交遊について言及しなければならない。

白居易の禅との出会いは、受験の為に長安に上京した貞元十六年（八〇〇）、二十九歳の頃であり、高僧であった明準上人や正一上人に仏法を問うた詩、定光上人の画像に題し贈った詩などが早い時期のものである（8）。禅はことに唐代になって盛んとなったが、白居易は、はじめ北宗禅、のちに南宗禅の僧侶たちと交遊があり、信仰厚いものがあった。彼が生涯のうちに交遊した僧侶の数は優に百人を超えるといわれているが、とくに法系とか宗派にはこだわらなかったようである。終生、居士として修禅に勤めたといえる。また廬山の白蓮社の流れをくむ禅僧には、禅定によって弥陀や浄土を感得したものがいたことで知られるように、白居易の晩年は、阿弥陀信仰・弥勒信仰にも厚かったようである（9）。

白居易の禅との関わりをもつ最初の詩は、貞元十六年（八〇〇）、二十九歳の時、明準上人に煩悩消滅の法を尋ねた（429）「客路感秋寄明準上人」の詩である。

（429）客路に秋を感じて明準上人に寄す

日暮れて天地冷やかに　雨霽れて山河清し
長風西より来たり　草木秋声を凝らす
已に感ず歳倏忽たる　復た傷む物の凋零するを
孰か能く憯悽たらざる　天時人の情を牽く
借問す空門の子　何の法か修行し易く
我をして心を忘れ得しめ　煩悩をして生ぜしめざる

客路感秋寄明準上人
日暮天地冷　雨霽山河清
長風従西来　草木凝秋声
已感歳倏忽　復傷物凋零
孰能不憯悽　天時牽人情
借問空門子　何法易修行
使我忘得心　不教煩悩生

詩中の悲秋は、『楚辞』宋玉「九弁」以来、くりかえし詩に詠われてきた中国古来の無常感であるが、白居易はこの悲秋の情念を人生の悲哀をかこつ者の「煩悩」とみなし、心の安定を求めてその解決を仏門に求めているのである。この禅への傾斜が白居易の閑適詩に大きく影を落としている事は言うまでもないが、それについては稿を改めたい。

（1）『白居易研究講座』第七巻「日本における白居易の研究」。

（2）『旧唐書』巻百三十に次の記事がある。「居易幼くして聡慧人に絶し、襟懐宏放なり。年十五六の時、文一篇を袖にし、著作郎なる呉人の顧況に投ぜり。況は文を能くすれども性は浮薄にして、後進の文章、意ふべき者なし。居易の文を覧て、覚えずして門に迎へ礼もて遇して曰く、吾れ斯文遂に絶てりと謂ひしに、復た吾子を得たり。〈居易幼聡慧絶人、襟懐宏放。年十五六時、袖文一篇、投著作郎呉人顧況。況能文、而性浮薄、後進文章無可意者。覧居易文、不覚迎門礼遇曰、吾謂斯文遂絶、復得吾子矣〉」。

（3）花房英樹氏『白居易研究』。

（4）A．ウェーリー氏『白居易』。

（5）祖父鍠は、白居易の二歳の時に六十七歳で歿したが、生前、清直をもって一生を貫いた気骨の官僚で、かつ十巻の文集を書き残した文人でもあった。幼少時の白居易はおそらくこの祖父の文集に啓発されたことであろう。花房英樹氏『白居易研究』参照。

（6）注3と同じ。

（7）花房英樹氏『白氏文集の批判的研究』「総集所収作品表」、下定雅弘氏『白氏文集を読む』「白居易作品編年一覧」。

（8）貞元十六年（八〇〇）二十九歳頃の詩では、他に（683）「感芍薬花寄正一上人」、（434）「題贈定光上人」がある。

（9）撫尾正信氏「白居易の仏教信仰について」（「西日本史学」第五号、昭和25・10）。平野顕照氏「白居易の文学と仏教─僧徒との交渉を中心として」（「大谷大学研究年報」16輯、昭和39・3）。篠原寿雄氏「白居易の文学と仏教」（『漢魏文化研究会内野博士還暦記念東洋学論集』昭和39・12）。

第二章 白居易閑適詩と禅

一 前言

元和十年（八一五）八月、白居易（四十四歳）は太子左賛善大夫を解かれ、江州司馬に貶せられた。その年の十二月に書かれた（1486）「与元九書」は、白居易が、当時の腐敗し混濁した官界に対する悲憤を抱きつつも、遇不遇を超克する自らの人生観・文学観を元稹に披瀝した書なのであった（1）。その「与元九書」において、白居易は自らの詩を「諷諭詩・閑適詩・感傷詩・雑律詩」の四つに分類し、そのうちとくに諷諭詩と閑適詩とは自らの詩作の支柱であるとし、その理念として『孟子』「尽心章句上」の「兼善・独善」（2）の意を関連づけたのであった。

しかし、すでに先学の指摘があるように、孟子の説く「独善」の内容と白居易が閑適詩に詠じた「独善」の中身とには、齟齬するところがある。それは、白居易が、閑適詩という詩の性格を、端的に言い当てた概念的な語として『孟子』の「独善」を用いたことによるのであって、もともと白居易の閑適詩自体の詩境は、『孟子』の「独善」には納まりきれないものがあったのである。すなわち、白居易は官人の身であるゆえにその拠りどころを儒学に求めたのであるが、じつは白居易自身の真に求めるところは、ひとえに馬祖禅の「平常心是道」を具有・具現することにあったのであり、その境位に近づかんとして閑適独善の詩境を詠みあげることにあったのである。禅語を用いて禅の境位を表わした詩も皆無ではないが、むしろ、日常を見据えながら、孟子「性善説」や老荘思想および隠逸思想などの思念や用語に拠りながら、馬祖禅の「平常心是れ道なり」の境地に迫ろうと努めた作品群こそが白居易の閑適詩であったと思われるのである。

そこで、本稿は、まず『孟子』「尽心章句上」における「兼善・独善」についての解釈、および白居易がこの『孟子』「尽心章句上」の「兼善・独善」を拠りどころとした所以について論究し、ついで閑適詩の詩境と禅及び老荘思想との関連について述べたい。

二 『孟子』「尽心章句上」における「兼善・独善」

「与元九書」という書翰は、元和十年（八一五）、太子左賛善大夫の職官を解かれて、江州司馬に貶せられた白居易が、元稹からの書翰「叙詩寄楽天書」への返書としてしたためたものであったが、元稹と同じく、当時の腐敗し混濁した官界に対する悲憤を抱きつつ、なお、遇不遇を超克する自らの人生観・文学観を元稹に披瀝した書なのであった(3)。この書翰の中において、白居易は自身の新旧の詩を以下のように四分類している。

僕、数月より来、嚢帙の中を検討して、新旧の詩を得たり。各おの類を以つて分ち、分ちて巻目と為す。拾遺より来、凡そ適する所感ずる所の、美刺興比に関する者、又、武徳より元和に訖るまで、事に因つて題を立つ。題して新楽府と為せる者、共に一百五十首、之を諷諭詩と謂ふ。又、或いは公より退きて独り処り、或いは病を移げて閑居し、足るを知り和を保ちて、情性を吟玩せし者、一百首、之を閑適詩と謂ふ。又、事物の外より牽きて、情理の内に動き、感遇に随つて歎詠に形はるる者、一百首有り、之を感傷詩と謂ふ。又、五言七言、長句絶句の、一百韻より両韻に至る者、四百余首有り、之を雑律詩と謂ふ。凡そ十五巻、約八百首と為せり(4)。

右の記事の八百首余の内訳を整理すると、次のとおりである。

諷諭詩　百五十首。　凡そ適する所感ずる所の、美刺興比に関する者。
　　　　　　　　　　武徳より元和に訖るまでの新楽府。
閑適詩　　百首。　公より病を移して閑居し、足るを知り和を保ちて、情性を吟玩する者。
感傷詩　　百首。　事物の外より牽きて、情理の内に動き、感遇に随つて歎詠に形はるる者。
雑律詩　四百余首。　五言七言長句絶句で一百韻より両韻に至る者。

書翰には、続いてこの四分類の詩についての白居易自身の考えを次のように披瀝している。

古人云く、窮すれば則ち独り其の身を善くし、達すれば則ち兼ねて天下を済ふ、と。僕不肖なりと雖も、常に此の語を師とす。大丈夫守る所の者は道なり、待つ所の者は時なり。時の来たるや、雲龍為り、風鵬為り、勃然突然として、力を陳べて以て出づ。時の来たらざるや、霧豹為り、冥鴻為り、寂たり寥たり、身を奉じて退く。進退出処、何ぞ往くとして自得せざらんや。故に僕、志は兼済に在り、行ひは独善に在り。奉じて之を始終すれば則ち道と為り、言ひて之を発明すれば則ち詩と為る。之を諷諭の詩と謂ふは、兼済の志なり。之を閑適の詩と謂ふは、独善の義なり。故に僕の詩を覧れば、僕の道を知らん。其の余の雑律詩は、或いは一時一物に誘はれ、一笑一吟に発して、卒然として章を成す、平生の尚ぶ所のものにあらず（5）。

白居易自身の手になる、右の詩の四分類について、下定雅弘氏は以下のように述べる。

白居易の元和五年頃そのままの真正直な諫官意識と、元和十年の腐敗混濁した政界の状況とが、ぶつかってはじけた所に、兼済・独善と結合した四分類の概念が生まれた。わかりやすい仮定をすれば、もしも、元和十年の官界が、憲宗を主軸として熱気に漲る元和四・五年と同じ状況であれば、「独善」の主張は入りこむ余地はなかったろう。もし白居易の左降が、元和五年頃の諫官時代に起こったとすれば、やはり「独善」の観念主張はあり得なかったろう。元和十年の官界の混濁と弛緩が、独善を兼済と並んで主張することを可能にしたのである。だから、兼済・独善の観念と結合した四分類の考案は、実は白居易一個の問題ではなく、中唐の官僚の生き方と彼等の文学の全体に関わる重要な意義を持っている（6）。

元和十年の暮れに、白居易が、自らの詩について、兼済・独善の観念と結合した四分類を明確にしたことの意味および時代的な意義については、この下定氏の説に尽きるであろう。白居易の詩観を考察するにあたっては、まずこの説の視点に立つべく、示唆に富んだ説であると思う。

ところで、白居易は、なぜ、『論語』ではなく、「古人云へらく窮すれば則ち独り其の身を善くし、達すれば則ち兼ねて天下を済ふ」、また「僕不肖なりと雖も、常に此の語を師とす」と、『孟子』「尽心章句上」に拠ったのであろうか。これについては、白居易が引用した一文のみでなく、『孟子』「尽心章句上」のその条の全文を掲げて、意味するところを見ておきたい。

孟子、宋句践に謂ひて曰く、子、遊を好むか。吾、子に遊を語げん。人之を知るも亦た囂囂たり。人知らざるも亦た囂囂たりと。曰く、何如なれば斯に以て囂囂たる可きと。曰く、徳を尊び義を楽しめば、則ち以て囂囂たる可し。故に士は窮しても義を失はず、達しても道を離れず。窮しても義を失はず、故に士は己を得。達しても道を離れず、故に民は望みを失はず。古の人は、志を得れば、沢民に加はり、志を得ざれば、身を修めて世に見はる。窮すれば則ち独り其の身を善くし、達すれば則ち兼ねて天下を善くすと(7)。

（『孟子』「尽心章句上」）

白居易の引用はこの条の結びの文に当るが、この条において孟子の説く要点は、徳を尊び義を楽しめば、囂囂たる態度になれる、というものである。「囂囂」とは、趙岐注に「自得無欲之貌」とある。すなわち、境遇の窮達にかかわらず、「尊徳楽義」にして自得無欲に生きることを勧めるのが主意である。その論旨のうちの一文に「志を得れば、沢民に加はり、志を得ざれば、身を修めて世に見はる」とあるが、「世に見はる」というのは、趙注に、「見は立つなり〈見、立也〉」「独り其の身を治めて、以て世間に立つ〈独治其身、以立於世間〉」とある。これはむしろ朱子の注に「見は、名実の顕著なるを謂ふ〈見謂名実之顕著〉」とあるごとく「その名が天下に顕れる」と解釈すべきであろうが、いずれにしても、「身を修めて世に見はる」というのは、つまりは、志を得ても得なくても、遇も不遇も、義を失わず道を離れなければ、世に顕れると言っているのであって、換言すれば、世に顕れる生き方として、兼善と独善との二つが存在すると言うことになろう。言うまでもなく、白居易が、『孟子』のこの章を拠りどころとする所以は、この兼善と独善とを並立させて説いたところにあったのである。

孟子がこの章の結びとして、「窮すれば則ち独り其の身を善くし、達すれば則ち兼ねて天下を善くす」と、「窮・達」と「独善・兼善」とを関連づけたのは、

「滕文公章句下」の「志を得れば民と之に由り、志を得ざれば独り其の道を行なふ〈得志与民由之、不得志独行其道〉」と同じく、それは『論語』「述而篇」に「子、顔淵に謂ひて曰く、之を用ふれば則ち行ひ、之を舎つれば則ち蔵る。唯だ我と爾と是れ有るかなと。〈子謂顔淵曰、用之則行、舎之則蔵。唯我与爾有是夫〉」、また「泰伯篇」に「子曰く、篤く信じて学を好み、死を守りて道を善くす。危邦に入らず、乱邦には居らず。天下道有れば則ち見はれ、道無ければ則ち隠る。邦道有るに、貧且つ賤なるは恥なり。邦道無きに、富み且つ貴きは恥なり。〈子曰、篤信好学、守死善道。危邦不入、乱邦不居。天下有道則見、無道則隠。邦有道、貧且賤焉、恥也。邦無道、富且貴焉、恥也。〉」

とあるように孔子の「用舎行蔵」の説を享けたものなのであった。が、孟子は「用舎行蔵」の説を享けながらも、さらに「身を修めて世に顕れる」とも説いている。『論語』の「用舎行蔵」は「之を舎つれば則ち蔵る」、「道無ければ則ち隠る」というものであって、むろん、それは、隠れて独り修身に努めることを意味してはいるけれども、孟子はそれを「身を修めて世に顕れる」と言い「隠れる」とのみは説かない。それというのも孟子の学説において「修身」の意義は「身を修めて以て之を俟つは、命を立つる所以なり」(「尽心章句上」)とあるように、きわめて重いからである(8)。繰り返しになるが、孟子の説によれば、窮しても達しても、義を失わず道を離れなければ世に顕われる、というもので、独善・兼善は、世に顕われるという点では、同等に並び立つ二つの道として提示したものといえよう。

ところで白居易の見解は、その孟子の「独善・兼善」の並列の説に拠りつつ、さらに、窮達との関連をはずし、「独善・兼善」のみを取り出して、これを「僕、志は兼済に在り、行ひは独善に在り」と、自身の日ごろの「志」と「行」とに関連づけたのであった。この文は、吉川忠夫氏が指摘するように、何休の「公羊伝解詁序」に孔子のことばとして「吾、志は春秋に在り、行ひは孝経に在り」を模したものである(9)。その疏に拠れば「志」と「行」とは、結局、下定氏の言うように「志」は「理想」を意味し、「行」は「実際におこなえること」の意味合いになるのであるが、しかし、官人白居易の場合は、中央にあっても地方にあっても、独善・兼済そのどちらもが、「志」であり且つ「行」とすべきものであったはずである。すなわち官人白居易にとって独善と兼済とは二者択一のものではないのであって、つねに互いに支え合い両有すべき理念として捉えなおしたものと言えるのである。すなわち兼済を志しつつ独善を行ない、また、独善を志しつつ兼済を行なう。それはそのまま、詩人白居易において諷諭詩と閑適詩とが自負すべき同等の意義をもつことの所以でもあったのである。

以上が、官人白居易の自らの詩作活動における積極的な意義およびその理念を、孟子に見出した所以と考えられるものである。

三　閑適詩と行禅

さて、前章で見たとおり、白居易は「閑適の詩と謂ふは、独善の義なり」と定義づけたのであったが、すでに先学の指摘があるように、孟子の説く「独善」の内容と白居易が閑適詩に詠じた「独善」の中身とは、齟齬するところがある。すなわち、白居易の閑適詩自体の詩境は、『孟子』の「独善」には納まりきれないものがあるのである。それは、白居易が、「独善」の語を、閑適詩という詩境を概念的に端的に言い当てた語として用いたからであろうと思われる。閑適詩の中身については、白居易自身、前述のとおり「公より病を移して閑居し、足るを知り和を保ちて、情性を吟玩する者」とも言っており、これは孟子の修身独善の義とはむしろ趣きを異にするものであろう。

すなわち白居易が官人としての儒学の立場から、諷諭詩・閑適詩の理念の拠りどころを孟子に求めたのであったが、じつは白居易自身の日常求める修身なるものは、ひとえに馬祖禅の「平常心是道」を具現することにあったと思われる。ことに閑適詩は、その境位に近づかんとして独善の詩境を詠みあげることを主眼としたものであったと思われるのである。閑適詩には、老荘の思想用語が目立つことがすでに先学によって指摘されているが、白居易が、二十九歳の頃から修めはじめた馬祖禅の「平常心是道」の修禅の観点から彼の閑適詩を見てみると、禅の用語を用いて禅の境位を表わした詩は極めて少なく、むしろ禅の用語を用いないで儒家的な用語や陶淵明をはじめとする隠逸思想、また老荘思想的用語を用いながら、「知足安分」「安心立命」の境地、とりわけ馬祖禅の「平常心是道」を詠みあげているものが圧倒的に多いのである。

白居易の禅との出会いは、(1433)「八漸偈」（貞元二十年作）序によれば、貞元十五年（七九九）二十八歳以後、洛陽聖善寺の法凝大師にしたがって南宗禅を修めたことにはじまるが、その前後にも幾人かの高僧との出会いがあったことは、(429)「客路感寄明準上人」(434)「題贈定光上人」(675)「旅次景空寺宿幽上人院」(683)「感芍薬花寄正一上人」などの詩によって分かる（10）。

（429）客路に感じて明準上人に寄す

日暮れて天地冷やかに　雨霽れて山河清し
長風西より来たり　草木秋声を凝らす
已に感ず歳の倏忽なる　復た傷む物の凋零するを
孰か能く憯悽ならざる　天時人の情を牽く
借問す空門子　何の法か修行し易く
我をして心を忘れ得しめて　煩悩をして生ぜしめざる

客路感寄明準上人
日暮天地冷　雨霽山河清
長風従西来　草木凝秋声
已感歳倏忽　復傷物凋零
孰能不憯悽　天時牽人情
借問空門子　何法易修行
使我忘得心　不教煩悩生

この詩の前半は、いうまでもなく「九弁」以来の悲秋文学の発想を踏まえた詩句であり、歳の倏忽なること、物の凋零することを悲しむ情感は、悲秋文学の主調をなすものであるが、白居易はこれを仏教の無常の観想に仕立て、そうした人の情を煩悩とみなして、これを脱すべき修行法を仏門の人に問うているのである。白居易はこの貞元十五年の秋宣州で郷試を受け、翌年進士に及第したのであったが、それまでの数年間は激しく緊張した日々であったはずである。しかも貞元十年の父の死後以来、符離から兄の赴任先の浮梁に移り住み、また洛陽にも行き来し、さらに宣州へそして長安へと、客路に日を送る苦難続きの時期でもあった。この詩には、その逆境に悩み苦しみ傷つき痛む心を抱きつつも、迷妄に陥らず翻弄されまいとして悟得の道を摸索する白居易の姿が見えている。同様に他の詩も、たとえば以下のように仏法求道の心を詠じたものである。

——（前　略）——

（683）「感芍薬花寄正一上人」

開時不解比色相
落後始知如幻身
空門此去幾多地
欲把残花問上人

開く時解せず色相に比するを
落ちて後始めて知る幻身の如きを
空門此を去つて幾多の地ぞ
残花を把ちて上人に問はんと欲す

（434）「題贈定光上人」

——（前　略）——
我来たりて如し悟る有らば　潜かに心を以て身を照らさん
誤つて聞見中に落ち　憂喜形神を傷ましむ
安んぞ耳目を遺るるを得て　冥然として天真に反らん
我来如有悟　潜以心照身
誤落聞見中　憂喜傷形神
安得遺耳目　冥然反天真
ちなみに、これらの悟得求法を詠んだ詩は、すべて「事物の外より牽きて、情理の内に動き、感遇に随つて歎詠に形はるるもの」の「感傷詩」に収載されている。そのわけは、これらの詩は、ある種の悲哀の情感をもって仏門への憧憬を詠じたものであって、「平常心是道」の修禅そのものを詠じた詩ではないからである。

前述したように、白居易が洛陽聖善寺の法凝大師について南宗禅を修めたのは貞元十五年（七九九）二十八歳の頃からであるが、官途に就いてからもますます禅を学び、翰林学士・左拾遺の直諫激職の時期も平常の心情を禅境に修めようと学び且つ努め続けたようである。そうした平常の禅行のありさまを詠じたのが閑適詩であったのである。白居易はこの「平常心是道」の修養のことを、儒家の発想として「独善」の理念に換言したものであろう。『孟子』の禅に通じる章としては、性善説すべてに及ぶであろうが、たとえば「孟子曰く、求むれば則ち之を得、舎つれば則ち之を失ふ。是れ求むること得るに益有るなり。我に在る者を求むればなり。之を求むるに道有り、之を得るに命有り。

是れ求むること得るに益無きなり、外に在る者を求むればなり、と〈孟子曰、求則得之、舍則失之。是求有益於得也。求在我者也。求之有道、得之有命。是求無益於得也、求在外者也〉」（「尽心章句上」）に見られるように、「我に在るを求むればなり」というのが、これに相応するであろう。

白居易はまたこの禅境を言い表すために、『孟子』のみならず老荘の思想を多用してもいる。もともと中国仏教は、老荘を思想母体とする道教思想を下敷きにして浸透し発展した経緯があり、ことに禅や浄土教は道教の天真や神仙などを基とする面があった。白居易自身、老荘の書もまた常時手離さなかったもののひとつなのであった。したがって、閑適詩には老荘の語が頻出するが、それは必ずしも老荘思想の境地のみを言うに止まらない表現である場合が多いことに留意する必要がある。そのことは、たとえば、「身は逍遥篇に委ね　心は頭陀経に付す…身は居士の衣を著し　手は南華の篇を把る〈身委逍遥篇　心付頭陀経　身著居士衣　手把南華篇〉」（「和思帰楽」巻二）とか「早年には身世を以て　直ちに逍遥篇に付き　近歳は心地を将て　廻つて南宗禅に向かふ〈早年身以世　直付逍遥篇　近歳は心将心廻向南宗禅〉」（(270)「贈杓直」）と、禅と老荘思想とは白居易においては表裏のものであったとあることからも察しられよう。白居易が禅語を用いて禅の境位を詠んだという詩はさして多くは無い。むしろ「閑適詩」中には、老荘・隠逸の語を用いて、南宗禅の『馬祖語録』にいう「平常心是道」「是心是仏」の境位を詠んだものが圧倒的に多いのである。これについては作品を通して詳述したいが、今は、その一例として元和二、三年（八〇七、八年）三十七、八歳頃の作、(190)「松斎自題」を掲げてみよう。

(190) 松斎　自ら題す

老に非ず亦た少きに非ず　年三紀の余を過ぎたり
賤に非ず亦た貴に非ず　朝に登る一命の初め
才小にして分足り易く　心寛にして体長へに舒ぶ

松斎自題

非老亦非少　年過三紀余
非賤亦非貴　朝登一命初
才小分易足　心寛体長舒

腸に充つるは皆美食　膝を容るるに即ち安居
況んや此の松斎の下　一琴と数帙の書あるをや
書は甚しくは解するを求めず　琴は聊か以て自ら娯しむ
夜は直して君門に入り　晩に帰つて吾が廬に臥す
形骸は順動に委ね　方寸は空虚に伏す
此を持して将て日を過せば　自然に晏如たること多し
昏昏復た黙黙　智に非ず亦た愚に非ず

充腸皆美食　容膝即安居
況此松斎下　一琴数帙書
書不求甚解　琴聊以自娯
夜直入君門　晩帰臥吾廬
形骸委順動　方寸伏空虚
持此将過日　自然多晏如
昏昏復黙黙　非智亦非愚

私の年齢は三十六歳を過ぎており、これは年寄りでもなくまた年若くも無い。
（翰林学士という身分は）卑しくもなくまた貴いというほどでもない。
私の才能は僅かなので、分に足りており、心は寛ぎ体はいつまでものびやかである。
腹を満たすものはみな美食、わずかな空間の住居に安んじて暮らしている。
ましてこの松斎には、琴がありいくばくかの書物もあるのでなおさら安らぐのである。
けれども書物は詳しくは詮索せず、琴は手なぐさみにひとり楽しむのみである。
夜は宮中に参上して宿直をし、暮れに帰って我が家にくつろぐ。
体を自然の理に従って動かし、心は空虚にしておく。
このようにして日々を過ごせば、おのずとやすらかな時が多くなる。
この奥暗くまた心を空しくする暮らしぶりは、智者でもなく愚者でもないのである。

この詩も、他の閑適詩同様、老荘思想及び陶淵明の隠逸思想の用語が頻出する。たとえば、「容膝即安居」は、『老子』の「其の食を楽しみ、其の服を美とし、其の居に安んじ、其の俗を楽しむ。〈甘其食、美其服、安其居、楽其俗〉」、また陶淵明「帰去来辞」の「膝を容るるの安んじ易きを審らかにす〈審容膝之易安・『韓詩外伝』〉」。「一琴数帙書」は、「帰去来辞」の「琴書を楽しんで以て憂を消す〈楽琴書以消憂〉」、また「五柳先生伝」の「好んで書を読むも甚だしくは解するを求めず〈好読書不求甚解　琴聊以自娯〉」。「形骸」は『荘子』「逍遥遊」、「順動」は『易経』「豫」、「空虚」は『荘子』「外物」。「晏如」は、陶淵明の「始作鎮軍参軍経曲阿作」に「褐を被て自得を欣び、屡ば空しきも常に晏如たり」、「五柳先生伝」にも「短褐穿結し、箪瓢屡空しきも晏如たり〈短褐穿結、箪瓢屡空、晏如也〉」など、陶淵明のよく用いた語である。「昏昏復黙黙」も、『荘子』「在宥」の「至道の極、昏昏黙黙〈至道之極、昏昏黙黙〉」に拠る。

詩の大意は、「知足安分」の暮らしぶりを詠んだものといえるが、しかしそれは、白居易がこの詩意どおりに悠悠自適の境地を達観していたことを意味するものではない。「松斎自題」の詩題が示すとおり、白居易自身が常日頃、保持すべき境位として、その心境であり続けようとする、いわば「日常の心得」を詠ったものであろう。それは、他の何かを目指そうとか、自分以上の何かを求めようとするものではなく、いまの自分の中に求め続けようとする姿勢のものである。それは、老荘思想でもあり、隠逸思想的でもあるが、白居易の閑適詩には、それらと禅の思想とが表裏一体となっているといえる。

白居易が修学した禅の経典は数多いが、『馬祖語録』はまずその最たるものである。『馬祖語録』中、「平常心是道」を説いた条は、以下のくだりである。

示衆に云はく、道は修するをも用ゐず、但だ汚染すること莫れ。何をか汚染と為す。但し生死の心有りて、造作し趣向せば、皆是れ汚染なり。若し直に其の道を会せんと欲せば、平常心是れ道なり。何をか平常心と謂ふ。造作無く是非無く、取捨無く断常無く、凡無く聖無し。経に云はく、凡夫行に非ず聖賢行に非ず、是れ菩薩行なりと。

只だ如今の行住坐臥、応機接物、尽く是れ道なり。道は即ち是れ法界なり。乃至、河沙の妙用も法界を出でず。

若し然らずんば、云何が心地法門と言ひ、云何が無尽灯と言はん(11)。


僧、馬祖に問ふ。如何なるか是れ仏。曰く、即心是仏。曰く、無心是れ道。云く、仏と道と相去ること多少ぞ。

曰く、仏は手を展ぶるが如く、道は拳を握るが如しと(12)。


この「平常心是道」とは、現状肯定の自分において、自分自身の中の道を知り、自分の内において道を実践してゆく、ということかと思われるが、老荘の「知足安分」も「道」の思想も優に含有するものなのであろう。白居易の閑適詩の大方は、禅語を用いず、老荘の語を用いながら禅の「平常心是道」を詠っている。が、この「松斎自題」の「非O非O」式の表現は、現状の自身の境遇を肯定する叙述であるが、これは、先の『馬祖語録』の「無造作無是非、無取捨無断常、無凡無聖。経云、非凡夫行非聖賢行、是菩薩行」に酷似する。これは白居易が意識的にその表現を応用したというよりも、おそらくは日々の修禅のうちの看経から、おのずとその口調が詠出されたものであろう。

四 結語

白居易の閑適詩の多くは、馬祖禅の「平常心是道」「即心是仏」の境位を心がけ、平常心を詠もうとする。それは多くの盛唐の詩人にみられたような昂揚し激したものではなく、つとめて沈静した境である。それはたとえば、「南陌車馬動き、西隣歌吹繁し　誰か知らん茲の簷下　満耳喧を為さざるを　〈南陌車馬動　西隣歌吹繁　誰知茲簷下　不為満耳喧〉」(194「松声」)のように、街騒の中でも、また「門厳にして九重静かに　窓幽にして一室閑なり　好し是

れ心を修する処　何ぞ必ずしも深山に在らん〈門厳九重静　窓幽一室閑　好是修心処　何必在深山〉」（195「禁中」）のように、禁中独宿のときにおいても、心身の安泰、「平常心是道」の境地を求めているのである。

繰り返しになるが白居易は、禅語を用いて禅の境位を詠むことはほとんどしていない。安易に禅語を用いて禅を語ることは復誦に過ぎず、悟得の行とはならない。『馬祖語録』にも以下のように言う。

若し能く一念返照すれば、全体聖心なり。汝等諸人、各々自心に達せよ。吾が語を記すること莫れ。縦ひ饒河沙の道理を説き得るも、其の心亦た増さず。縦ひ説き得ざるも、其の心亦た減ぜず。説き得るも亦た是れ汝の心、説き得ざるも亦た汝の心なり(13)。

この「汝等諸人、各々自心に達せよ。吾が語を記すること莫れ」の真意は、別に深いものがあるであろうが、白居易は、閑適詩において、老荘思想や隠逸思想などにみずからの詩語を求め、それらの思想を用いながら、自心に達するべく、自心からなる「平常心是道」「即心是仏」を詠み続けているのである。それは、諷諭詩が、つねに兼済たらんとする志を詠いつづけたのとおなじく、日々、「平常心是道」の境を自らの中に求め続けているさまを詠ったものといえるのである。少なくとも白居易の閑適詩は、すでに彼が達観し得た悠悠自適の境地を詠ったというものではない。

（1）下定雅弘氏「白居易の『与元九書』をどう読むか？―四分類の概念の成立をめぐって―」（「帝塚山学院大学研究論集」二九・『白氏文集を読む』所収）。

（2）「与元九書」には「兼善」を「兼済」とするが、同様の記述は『風俗通義』巻五「十反」に「孟軻亦た以為へらく達すれば則ち兼ねて天下を済ひ、窮すれば則ち独り其の身を善くす。〈孟軻亦以為達則兼済天下、窮則独善其身〉」とある。本稿では、「兼済」「兼善」を同義とみなす。

（3）注1に同じ。赤井益久氏「元稹の文学理念について（上）―元和五年を中心に―」（『國學院大學漢文學會報』三六・『中唐詩壇の研究』所収）。

（4）僕数月来、検討嚢帙中、得新旧詩、各以類分、分為巻目。自拾遺来、凡所適所感、関於美刺興比者、又自武徳訖元和、因事立題、題為新楽府者、共一百五十首、謂之諷諭詩。又或退公独処、或移病閑居、知足保和、吟玩情性者一百首、謂之閑適詩。又有事物牽於外、情理動於内、随感遇而形於歎詠者一百首、謂之感傷詩。又有五言七言長句絶句、自一百韻至両韻者四百余首、謂之雑律詩。凡為十五巻、約八百首。

（5）古人云、窮則独善其身、達則兼済天下。僕雖不肖、常師此語。大丈夫所守者道、所待者時。時之来也、為雲龍、為風鵬、勃然突然、陳力以出。時之不来也、為霧豹、為冥鴻、寂兮寥兮、奉身而退。進退出処、何往而不自得哉。故僕志在兼済、行在独善。奉而始終之則為道、言而発明之則為詩。謂之諷諭詩、兼済之志也。謂之閑適詩、独善之義也。故覧僕詩、知僕之道焉。其余雑律詩、或誘於一時一物、発於一笑一吟、卒然成章、非平生所尚者。

（6）注1に同じ。

（7）孟子謂宋句践曰、子好遊乎。吾語子遊。人知之亦囂囂。人不知亦囂囂。曰、何如斯可以囂囂矣。曰、尊徳楽義、則可以囂囂矣。故士窮不失義。達不離道。窮不失義、故士得己焉。達不離道、故民不失望焉。古之人、得志沢加於民、不得志、修身見於世。窮則独善其身、達則兼善天下。

（8）孟子曰く、其の心を尽くす者は、その性を知るなり。その性を知れば、則ち天を知る。其の心を存し、その性を養ふは、天に事ふる所以なり。殀寿弐はず、身を修めて以て之を俟つは、命を立つる所以なり、と。〈孟子曰、尽其心者、知其性也。知其性、則知天。存其心、養其性、所以事天也。殀寿不弐、修身以俟之、所立命也〉。

（9）吉川忠夫氏「白居易における仕と隠」（『白居易研究講座』一）。

（10）平野顕照氏「白居易の文学と仏教―僧徒との交渉を中心として―」。（「大谷大学研究年報」十六）、同氏『唐代文学と佛教の研究』。本篇第一章「白居易閑適詩序説」・原題「白居易閑適詩考序説」（「國學院雑誌」106―十一）。

（11）示衆云、道不用修、但莫汚染。何為汚染。但有生死心、造作趣向、皆是汚染。若欲直会其道、平常心是道。何謂平常心。

無造作、無是非、無取捨、無断常、無凡無聖。経云、非凡夫行、非聖賢行、是菩薩行。只如今行住坐臥、応機接物、尽是道。道即是法界。乃至河砂妙用、不出法界。若不然者、云何言心地法門、云何言無尽灯（『馬祖の語録』入谷義高氏編）。

（12）僧問馬祖。如何是仏。曰、即心是仏。曰、無心是道。云、仏与道相去多少。曰、仏如展手、道如握拳（同前）。

（13）若能一念返照、全体聖心。汝等諸人、各達自心。莫記吾語。縦饒説得河沙道理、其心亦不増。縦説不得、其心亦不減。説得亦是汝心、説不得亦汝心（同前）。

第五篇　杜甫と芭蕉

第一章　杜甫の近世俳人に及ぼした影響

一　前　言

杜甫の詩集が我が国に伝来したのは、平安朝末期（十一世紀半ば）の頃で、大江匡房の「詩境記」や『江談抄《ごうだんしょう》』に、「注杜工部集」「杜甫」の語が見えるのが初出である（1）。しかし、平安朝は、その初期の嵯峨天皇の時代の詩壇には王昌齢・劉希夷等の詩の影響が見られ、中期以降は圧倒的に白居易詩の影響が強かった。これに比して杜甫の詩への関心が強まるのは、遅れて鎌倉五山から室町にかけてであり、主に禅林の詩僧たちに影響が見られる。中でも虎関師《こかんし》錬《れん》（一二七八—一三四六）は、その詩文集『済北集』巻十一「詩話」に記すとおり、杜詩を実に詳しく学んでいる。この室町時代の禅林における流行は、やがて公家社会にも波及し、各所で杜詩の講筵が行われるようになった（2）。杜甫の詩語は、『源氏物語』の注釈書である『河海抄《かかいしょう》』（室町時代、十四世紀半ばに成立）など和学の注釈書に引用され、さらに謡曲においても、他の漢籍類とともに杜詩が引用されていて、ひろく流行したことが窺われる。

杜詩を尊重する風は、五山の禅林から儒学者たちに受け継がれていったが、とりわけ杜詩への関心が高まるのは、江戸期の寛文から元禄年間にかけてであった。それは寛永の頃に伝来した明の邵傅《しょうふ》の『杜律集解《とりつしっかい》』六巻が翻刻刊行され、広く出回ったことによるところが大きい（3）。

しかし俳諧においては、芭蕉以前の俳諧師たちは漢詩文そのものにあまり関心をもたず、貞門俳諧（江戸前期、松永貞徳を盟主とする俳諧集団とその俳風）の時代も、また次の談林俳諧（貞門俳諧に反抗して起こった流派、大坂天満宮の連歌所宗匠西山宗因を盟主とした）にいたっても、ほとんど歌書・和学を重んじるのみであった。芭蕉の俳諧の師といわれる北村季吟（一六二五―一七〇五）においてすら、歌書・和学に学ぶを良しとして漢詩文には言及せず、自身の作品にも漢籍からの直接の影響と見られるものは乏しい。談林俳諧の時代は、「謡は俳諧の源氏」と言われ、謡曲が歌書と同等に重んじられた。したがって発句《ほっく》（連歌・俳諧の第一句）や付句《つけく》（前句につける句）に漢詩文の語や漢詩文からの発想と思えるものがあっても、それは直接漢籍の引用ではなく、そのほとんどは謡曲の詞文に引用されている漢詩文を踏まえたものと思われる。

結局、江戸期の俳人たちの中で、杜詩に深く学んだ俳人は、やはり芭蕉が第一であったと言える。俳諧を談林調の遊戯的なものから風雅の文学に高めようとした芭蕉は、俗本の『古文真宝』をはじめとして、『詩人玉屑《しじんぎょくせつ》』や『禅林句集』をつねに座右に置き、『詩経』『論語』『孟子』『史記』『荘子』『陶淵明集』『文選』『唐詩選』『三躰詩』『白氏文集』『東坡詩集』などの漢籍を渉猟し、これらの漢詩文の作風・詩語を享受していったが、とりわけ杜甫の律詩を収載した『杜律集解』（明・邵傅撰、六巻）をよく学び、自らの句境を深めていったと思われる。

むろん、芭蕉以降の江戸期の俳人の中にも、杜詩を学ぶ者はおり、見るべき作品もあるにはあるが芭蕉の比ではなかった。

二　深川時代の芭蕉と杜詩

芭蕉は、三十八歳（延宝八年〈一六八〇〉）の時、深川に居を移し、杜甫の詩にちなんで「泊船堂」と号したが、この頃から特に杜甫の詩に深く傾倒していったようである。「泊船」は、杜甫の「絶句四首」其三0764の「牕《まど》に含《ふく》む西《せん》嶺千秋《れいせんしゅう》の雪《ゆき》　門《もん》に泊《はく》す東呉《とうご》万里《ばんり》の船《ふね》」に基づくが、この詩は『聯珠詩格《れんじゅしかく》』（元・于済撰、蔡正孫増補。七言絶句の作法を示したもの）巻一に載る。

芭蕉は、同年延宝八年の冬の「乞食の翁《こつじきのおきな》」の文中に、

窓含西嶺千秋雪
門泊東海万里船　　　泊船堂主　華桃青

我其句を識《しり》て、其心ヲ知らず。その侘《わび》をはかりて、其楽《たのしび》を知らず。唯　老杜にまされる物は、独多病のミ。閑素茅舎《ぼうしゃ》の芭蕉にかくれて、自ら乞食の翁とよぶ。

と記す。この「我其句を識て、其心ヲ知らず。その侘をはかりて、其楽を知らず。唯、老杜にまされる物は、独多病のみ」とあるのは、逆から言えば、芭蕉がいかに杜甫の詩を熟読しその詩境を深耕し享受しようとしていたか、かつまた、その杜甫の侘びの暮らしぶりそのものにいかに深く心酔していたかが、この文から窺えるのである。「其句を識て、其心ヲ知らず」は、ただ杜詩の詩語を自らの俳諧に活かすのみでなく、杜甫の詩心を自身の詩心の涵養のために専心学ぼうとする姿勢が大事だと言っているのである。

芭蕉が杜詩を学ぶのに最も拠り所としたテキストは、寛永年間（一六二三〜一六四四）当初、中国から伝来した『杜律集解』であったと思われる。この書は芭蕉の生まれる前年の寛永二十年（一六四三）に翻刻され、たちまち世に盛行した通行本である。芭蕉はこの書に載せる杜甫の律詩から多大な影響を享けることとなる。山口素堂（一六四二〜一七一六）との親交によって広く漢籍を学び、また同じ深川の臨川庵に住していた臨済宗の僧侶仏頂（一六四二〜一七一五）にも師事して、禅や荘子の思想をはじめ、多くの漢籍の素養を身につけたと思われるが、杜甫の詩についてもいよいよその読みを深めていったものと思われる。

芭蕉が深川に移居した延宝末年の頃、江戸の俳壇はちょうど漢詩文調の俳諧が流行しつつあり、そうした流れの中

で、芭蕉は、天和三年（一六八三）、宝井其角（一六六一～一七〇七。蕉門十哲の第一）撰の『虚栗《みなしぐり》』に跋を草して、「李杜が心酒を嘗め、寒山が法粥《ほうしゅく》を啜る。これに仍而其の句見るに遥にして、聞くに遠し」と言った。すなわち、この集は、従来の談林・貞門調を脱却して、李白・杜甫・寒山らのような幽遠かつ閑寂な詩境を切り拓くものであると宣言したのであった。

むろん、芭蕉が言うこの「李杜」「寒山」の詩は、五山の禅林の僧たちによって発見され学ばれてきたという経緯があってのものであることは言うまでもない。

三　杜甫の侘びと芭蕉の侘び

前項で述べたように、芭蕉が杜詩を深く学び始めたのは延宝年間（一六七三—一六八一）の頃で、延宝八年（一六八〇）秋、三十八歳の時、白居易の詩を引きながら「こゝのとせの春秋、市中に住侘て、居を深川のほとりに移す。長安は古来名利の地、空手にして金なきものは行路難し（白居易「張山人の嵩陽に帰るを送る」の句）と云けむ人のかしこく覚へ侍るは、この身のとぼしき故にや」とあるとおり、市中を離れて深川の草庵に隠棲しはじめてから顕著となるのである。同じ頃、「芭蕉野分して」の詞書に「老杜、茅舎破風の歌あり。坡翁ふたたび此句を侘て、屋漏の句作る。其世の雨をはせを葉にきゝて、独寝の草の戸」とあり、杜甫「茅屋秋風の破る所と為る歌」（『古文真宝』）や蘇東坡の詩を踏まえて、自らの侘び住まいを彼らの侘び住まいに準えている。すなわち杜甫の処世の姿勢に惹かれ、自らも名利を離れた侘び住まいに身の安住を求めようとしている芭蕉の姿勢が知られるのである。『続深川集』の「我ためか鶴食み残す芹の飯」の詞書には、芭蕉の門弟が「我つれづれなぐさめんとて、芹の飯煮させて、ふりはへて来る」とあり、「金泥坊底の芹にやあらむと、其世の侘も今さらに覚ゆ」と記すが、「金泥坊底の芹」は、杜甫の「崔氏東山草堂」（『杜律集解』「杜詩七言」巻上）の「飯には煮る青泥坊底の芹」を踏まえたもので、杜甫の侘び住まいの中での美食ぶりにまで心を通わせた表現である。なお貞享五年（一六八八）の「芭蕉庵十三夜」に「人々をまねき、瓢を扣、峰のささぐりを白鴉と誇る」とあるのも、この「崔氏東山草堂」の対句の上句「盤には剥ぐ白鴉谷口の栗」を踏まえている。このように杜甫の食生活までも慕う心情が窺えるのである。芭蕉は、この深川での侘び住まいに心身の安定を求めようとしており、「侘てすめ月侘斎が奈良茶歌」の詞書にも「月をわび、身をわび、拙きをわびて、わぶとこたへむとすれど、問人もなし。なをわびわびて」と、在原行平の歌「わくらばにとふ人あらば須磨の浦にもしほたれつつわぶとこたへよ」（『古今集』・雑下）を踏まえながら侘びに徹しようとしている。

同年には、『田舎の句合』が刊行されたが、その中にも、判詞に、荘子・李白・杜甫・蘇東坡・黄山谷などの名が見える。そして、この書の嵐亭治助（『服部嵐雪（一六五四〜一七〇七）の俳号、芭蕉の高弟）の序には「桃翁栩々斎にいまして、ために俳諧無塵経をとく。東坡が風情・杜子がしゃれ・山谷が景色より初めて、その體幽になだらか也」とあって、桃青（芭蕉）一門にこれらの詩人の詩が大いに学ばれていたことが分かる。上に述べたように、芭蕉は、深川の居の号を杜甫にちなんで泊船堂とし、俳号を李白にちなんで桃青として、この二人の歩んだ詩の道を自らの指標としたのであった。

前節にも述べたが、天和三年（一六八三）、芭蕉は、宝井其角編の『虚栗』に跋文を与え、その中に「李杜が心酒を嘗めて、寒山が法粥を啜る。……西行の山家をたづねて、人の拾はぬ蝕栗也。……白氏が歌を仮名にやつして、初心を救ふたよりならんとす」と、李白・杜甫・寒山・西行・白居易の名を挙げて、彼らの脱俗幽遠の詩心を範とする姿勢を説いた。そして、その「白氏が歌を仮名にやつして」とあるのは、白居易の詩を仮名の俳諧に通俗化して、漢詩文を学ぶ初心者の手立てとするという意で、芭蕉が、俳諧にとって白居易をはじめとする漢詩文を学ぶことは俳諧入門の大きな手引きになると考えていたことが分かる。しかし『虚栗』所収の句群自体は、まだ漢詩訓読調の破調や奇矯な表現が目立つものに過ぎなかったが、集中ことに芭蕉と宝井其角（一六六一〜一七〇七）の句に、杜甫の詩を典拠とするものが数首見られる。『虚栗』はその其角の撰であるが、芭蕉の先の跋文の後に、「古人の貧交行の詩を嚙みて、吐いて戯れに序す」として戯作の詩を書き「凩《こがらし》よ世に拾はれぬみなし栗」と詠んでいる。（古人とは杜甫をさし、その「貧交行」0060は「手を翻《ひるがえ》せば雲と作《な》り手を覆《くつがえ》せば雨《あめ》、紛紛《ふんぷん》たる輕薄何ぞ数うるを須ゐん。君見ずや管鮑貧時《かんぽうひんじ》の交はりを、此の道今人棄つること土の如し」）。宝井其角も芭蕉ほどではないが、杜甫に学ぶところの多い俳人といえる。「老杜を憶ふ」の前書のある「髭風を吹て暮‐秋嘆ずる者は誰が子ぞ」は、杜甫の「白帝城最高楼」0879（『杜律集解』七言杜詩巻下）の「藜《あかざ》を杖ついて世を嘆ずるは誰れが子ぞ」を踏まえた句であるが、破調で奇矯な表現ながら、この句の場合は、杜甫の心情を深く捉え得て芭蕉自身の句に仕立てている。が、なおまだ戯画的な用法が目立っている。これについては、芭蕉自身が、貞享二年（一六八五）正月の半残（山岸十左衞門の俳号、一六五四〜一七二六。芭蕉の甥）宛の書翰に「みなし栗なども、さたのかぎりなる句共多く見え申し候。ただ、李・杜・定家・西行の御作など、お手本と御意得なさるべく候」と述べている。翌貞享三年秋、芭蕉は、自身愛用の瓢の命名を山口素堂（素堂は俳号、本名は信章、一六四二〜一七一六。芭蕉の友人）に頼み、四山という名をつけてもらう。そのおりの俳文「四山《しざんの》瓢《ひさご》」の中に、「中にも飯顆山は老杜のすめる地にして、李白がたはぶれの句あり。素翁りはくにかはりて、我貧をきよくせむとす。かつむなしきときは、ちりの器となれ。得る時は一壺も千金をいだきて、黛山もかろしとせむことしかり」とある。漢詩人山口素堂はいうまでもなく漢籍に造詣が深く、芭蕉は彼を通して漢籍の素養を深めていった。「素翁りはくにかはりて、我貧をきよくせむとす」は、素堂によって李・杜の心情への理会がより深まったということを言うのであろう。

また、貞享四年冬、『笈の小文』の旅の途中、三河国保美村に謫居中の門人杜国を訪れた時、杜国に仕えていた奴僕の権七の薪水の労をねぎらった「権七にしめす」の文には、「家僕何がし水木のために身をくるしめ、心をいたましめ、其獠奴阿段が功をあらそひ、陶侃が胡奴をしたふ。まことや、道は其人を取るべからず、物はそのかたちにあらず」とある。これは杜甫の「獠奴《りょうど》阿段《あだん》に示《しめ》す」0874の詩に倣った文で、「陶侃が胡奴をしたふ」は、その詩中の「曽て陶侃《とうがん》が胡奴の異に驚く」を引いたものである。つまり下僕を思いやる姿勢・心情にまでも、芭蕉は杜甫と思いを通わせ合おうとしているのであった。

貞享六年は九月末に元禄元年となるが、その冬十二月、「深川八貧」の句が成り、その冒頭文の中には「東野深川の八子、貧にるゐす。老杜の貧交の句にならひて、管鮑のまじはり忘るる事なかれ」とあり、杜甫の「貧交行」の「君見ずや管鮑貧時の交　此の道今人棄てて土の如し」を踏まえる。むろん、この「深川八貧」の「八貧」は、杜甫の「飲中八仙歌」0036の「八仙」をもじったもので、貧の侘びに心を遊ばせるのにも杜詩に関わりを持たせ、また人間杜甫に心を通わせているのであった。

四　芭蕉の紀行文に見える杜甫の影響

貞享元年（一六八四）『野ざらし紀行』は、「千里に旅立て、路粮をつつまず、三更月下無何に入る云けむ」という書き出しは、『荘子』「逍遥遊篇」の「千里に適く者は、三月糧を聚め」を踏まえたもので、賈島「桑乾を度る」（『聯珠詩格』の詩を踏まえ、「杜牧が早行の残夢、小夜の中山に到りて忽驚く。馬に寝て残夢月遠し茶のけぶりは、」は杜牧の「早行」の詩の発想を踏むといった漢詩文調にこの紀行文の特徴がある）(4)。そして「猿を聞《きく》人捨子に秋の風いかに」の発句は、杜詩の「秋興八首」其二0986の「猿を聴きて実に三声の涙を下す」を踏まえ、「独よし野のおくにたどりけるに、まことに山深く、白雲峰に重なり、烟雨谷を埋ンで、山賤の家處々にちいさく、西に木を伐音東にひびき、院々の鐘の声は心の底にこたふ」は、同じく杜詩の「張氏の隠居に題す二首」其一0004の「春山伴無く相求むれば　伐木丁丁として山更に幽なり」や「龍門奉先寺に遊ぶ」0001の「覚めんと欲するとき晨鐘を聞けば　人をして深省を発せしむ」を踏まえる。

また、貞享四年（一六八七）の『鹿島紀行』の「根本寺のさきの和尚、今は世をのがれて、此所におはしけるといふを聞て、尋入りてふしぬ。すこぶる人をして深省を発せしむと吟じけむ、しばらく清浄の心をうるにたり」も、上掲の杜詩の詩を踏まえる。

同年の『笈の小文』もまた「百骸九竅（ひゃくがいきゅうきょう）の中に物有」の書き出しは、『荘子』「斉物論篇」に「百骸九竅六蔵賅《そな》はりて存す、吾れ誰《いず》れをか親しむことを為さんや」とあるのを踏まえたもので、随所に『荘子』の思想を踏まえるが、「神無月の初、空定めなきけしき、身は風葉の行末なき心地して」は、杜甫の「堂成」0393（『杜律集解』杜詩七言巻上）の「榿林《きりん》日を碍《さまた》ぐ風を吟ずる葉」を踏まえ、また、「淡路嶋手に取るやうに見えて、須磨明石の海左右に分る。呉楚東南の詠めるもかかる所にや」は、「岳陽楼に登る」1363の「呉楚東南に拆け　乾坤日夜に浮かぶ」を踏まえる。これらは、杜甫の詩風の一つである、眼前の景を詠みながらも、同時に時空を超えて、歴史的あるいは俯瞰図的に情景を重ねて描述するという、重層的な詠み方を会得しての作といえよう。

『おくのほそ道』は、李白の「春夜桃李の園に宴するの序」を踏まえた文ではじまるが、その「月日は百代の過客にして、行かふ年も又旅人なり」に続けて、「舟の上に生涯をうかべ、馬の口とらえて老をむかふる物は、日々旅にして、旅を栖とす。古人も多く旅に死せるあり。予もいづれの年よりか、片雲の風にさそはれて、漂泊の思ひやまず、海濱にさすらへ、去年の秋江上の破屋に蜘蛛の古巣をはらひて」とある。その「日々旅にして旅を栖とす。古人も多く旅に死せるあり」の古人とは、西行・宗祇・李白・杜甫らを指すのであろう。ことに杜甫は、長江を上下する長旅のうちに生涯を閉じた詩人であり、「片雲の風にさそはれて」とある「片雲」も、杜甫が好んで用いた詩語なのであった（杜詩中五例）。

「千住」の段の「行春や鳥啼魚の目ハ泪」は、「春望」0148の「時に感じては花にも涙を濺ぎ　別れを恨んでは鳥にも心を驚かす」と共通の発想である。「飯塚」の段の「遥かなる行末をかゝえて、斯る病覚束なしといへど、羇旅邊土の行脚、捨身無常の観念、道路に死なん是天の命なりと、気力聊かとり直し」の「道路に死なん」は、『論語』「子罕篇」の「予縦ひ大葬を得ざるも、予は道路に死せんや」を原拠とするが、また、杜甫の「赤谷」0353に「貧病転た零落　故郷思ふべからず　常に恐るらくは道路に死して　永く高人に嗤ひとなるを」とあるのをも想起させる。

「松嶋」の段では、「松嶋は扶桑第一の好風にして、凡洞庭西湖を恥ず」と、松嶋湾を洞庭湖・西湖に恥じずと、両湖に見立てるが、当然、杜甫の「岳陽楼に登る」と、西湖の風光を讃える蘇軾の「湖上に飲み初め晴れ後雨ふる」との両詩を踏まえる。松嶋湾を大きく捉えて「東南より海を入れて」と記すのは、湾が東南に開かれている地形であるということのみでなく、杜甫の「岳陽楼に登る」の「呉楚東南に拆け　乾坤日夜に浮かぶ」の「東南に拆け」を効かせているのである。また、島々を描いて、「負へるあり、抱けるあり。児孫愛すがごとし」は、杜甫「望嶽」0230の「西嶽峻嶒として竦《そばだ》ちて処ること尊し　諸峯羅立して児孫に似たり」を踏まえる。さらに「江上に帰りて宿を求むれば、窓を開き二階を作りて、風雲の中に旅寝するこそ、あやしきまで妙なる心地はせらるれ」とあるのも、「岳陽楼に登る」の「軒に憑れば涕泗流る」の杜甫の心情に重なるところがあろう(5)。

「高舘」の段の「国破れて山河あり、城春にして草青みたりと、笠うち敷きて、時の移るまで涙を落としはべりぬ」は、杜甫の「春望」の詩を踏まえているのは、むろんだが、「草青みたりと」の、「と」とあるのは、ただ詩句を引用したというのみではなく、杜甫が古跡において懐古の涙を流した境地に、芭蕉は自らの心を杜甫の心に重ね合わせているのである。「時の移るまで涙を落としはべりぬ」とあるのも、芭蕉自身の懐古の情であるとともに、またそこには杜甫の「公安にて韋二少府匡賛を送る」1345の「古往今来皆涕涙　断腸手を分かちて各おの風煙」、「対雪」0146の「戦哭新鬼多く　愁吟す独りの老翁」、「秦州雑詩二十首」其一の「満目生事悲しく　人に因りて遠遊を作す」、「裴迪が新津の寺に登りて王侍郎に寄するに和す」0416の「蝉声古寺に集まり　鳥影寒塘を度る　風物遊子悲しみ　登臨侍郎を憶ふ」等に見られる懐古の情と通い合っているのである。

「尿前の関」の山刀伐峠の険路を越えるくだり「高山森々として一鳥聞かず、木の下闇茂りあひて夜行くがごとし。雲端につちふる心地して、篠の中踏分て、水を渡り、岩に蹶て、肌に冷たき汗を流して、最上の庄に出づ」は、漢詩の詩句的な語を連ねて、険しい山路を描述しているが、その「雲端につちふる」は、杜詩の「鄭駙馬が宅にて洞中に宴す」0026の「已に風磴に入りて雲端に霾《つちふ》る」を受けている。「立石寺」の段の「閑さや岩にしみ入る蝉の声」は、杜詩の「秦州雑詩二十首」其四の「葉を抱きて寒蝉静に　山に帰りて独鳥遅し」を想起させるものがある。

「金沢」の段の「塚も動け我が泣く声は秋の風」は、杜詩の「京を収む」0707の「回首の地をして慟哭悲風を起こさしむること莫かれ」と着想が似る。

『幻住庵記』には、杜甫の「岳陽楼に登る」を踏まえての「呉楚東南にはしり、身は瀟湘洞庭に立つ」、「呉楚東南のながめに恥ず。五湖三江もうたがはしきや」、「眼界胸次驚ばかり、岳陽楼に乾坤日夜をほこり、商山にのぼつて魯国をあなづる」とあり、また「楽天は五臓の神をやぶり、老杜は痩たり。賢愚文質のひとしからざるも、いづれか幻の栖ならずやと、おもひ捨てふしぬ」とあるのは周知のとおりである。

「芭蕉を移す詞」の「地は富士に対して、柴門景を追つてななめなり」は、杜甫の「野老」0403「柴門正しからず江を逐うて開く」を踏まえる。

以上、芭蕉の紀行文を中心に杜甫の詩の影響を概観したが、要するに、芭蕉という俳人は、杜甫の詩境を慕うのみならず、貧の侘びのなかに真の風雅を求めるという杜甫の生き方そのものに心酔して生き、かつ杜甫の詠法、すなわちことに「おくのほそ道」の随所に見えるように、眼前の情景を詠むとともに、その時空を超越し、歴史的あるいは俯瞰的な情景を併せ重ねて詠述するという重層的な詠法を学びとり、俳諧・俳文にそhれを活かしたと言えるのである。

五　芭蕉以後の俳人における杜甫の影響

冒頭に述べたように、芭蕉以後、芭蕉ほどに深く杜甫の影響を受けた俳人はきわめて少ないようである。

与謝蕪村（一七一六―一七八三）には「さくら狩美人の腹や減却す」があるが、これは杜甫「曲江　二首」其一0207の

「一片の花飛びてさえ春を減却す」を踏まえてはいるが滑稽化したものにすぎない。また炭太祇《たんたいぎ》（一七〇九―一七七一）の『太祇句選』の序にも、蕪村は「太祇曽爾小言すらく、青丹よし　なら漬と云んより、なら茶と云んこそ俳諧のさびしみなれ。焦遂が五斗は、そちにさはがし。蕉翁の三斛こそ長く静にして」とあり、これも杜甫の「飲中八仙歌」0036の「焦遂五斗方に卓然たり　高談雄弁四筵驚く」に拠る滑稽化である。しかし、高井几董との両吟歌仙「桃李」では、

冬木立月骨髄に入る夜かな　几董
此句老杜が寒き腸　蕪村

という脇を付けており、これは、几董の句が杜甫の「垂老別」0258の「幸ひにして牙歯の存するも　悲しむらくは骨髄の乾くを」を踏まえていることを察知したもので、当時、彼らの中で杜甫の詩がよく読まれていたことが知られる。

その他には、たとえば吉分大魯（一七三〇―一七七八）の『蘆陰句選』〔続明烏〕に、「老杜が擣衣に倣ふ」と前書きして「よその夜に我夜おくるゝ砧かな」がある。これは『唐詩選』の杜甫の「秋興八首」其一0985の「寒衣処々刀尺を催し　白帝城高くして暮砧急なり」に拠るが、むしろこれは『唐詩選』がよく読まれていたことを意味するものであろう。小林一茶においては、『詩経』『論語』『孟子』などに遊ぶ発句はあるが、杜甫の詩の影響はほとんど見られない。

本稿は「杜甫の近世俳人に及ぼした影響」と題したが、結局、芭蕉のみが抜きんでて杜甫に深く心酔していたことを再確認したにとどまる。

（1）黒川洋一『杜甫の研究』「第五章　日本における杜詩」（昭和51、創文社）。
（2）芳賀幸四郎『中世禅林の學問および文學に關する研究』（昭和31、日本學術振興會）。
（3）注1と同じ。
（4）仁枝忠『芭蕉に影響した漢詩文』（昭和47、教育出版センター）。
（5）本篇第二章・原題「杜甫『登岳陽楼』と芭蕉『おくのほそ道』「松嶋」と」（「東アジア比較文化研究10」平成23、東アジア比較文化国際会議日本支部）。

第二章　杜甫「登岳陽楼」と芭蕉『おくのほそ道』「松嶋」と

一　前　言

山水の美に風雅の極みを求めるのは文学の主要な主題のひとつであり、詩人は、自然の絶景に遇えば、興を興し情をつのらせて想いを述べようとするものである。

洞庭湖は、由来、神秘と浪漫に満ちた景勝地であり、この地に立ち寄る文人墨客の心を揺さぶったことは言うまでもなく、まだ見ぬ人も古今の詩文や絵画によってイメージをかきたてて、更なる作品を創作した。たとえば、唐の「柳毅伝」や韓国の「九雲夢」などはその代表的作品であろう。

洞庭湖を詠んだ詩は、古来、膨大な数にのぼるが、とりわけ、杜甫「登岳陽楼」・孟浩然「望洞庭湖」はその絶唱とされる。

この杜甫の「登岳陽楼」は、朝鮮の漢詩や時調にも詠みこまれており、大いに流行した跡がうかがえるものである。むろん、日本文学においても深く影響を享けた作品が少なくない。

本章は、芭蕉の「おくのほそ道」「松島」の段において、芭蕉が「登岳陽楼」の詩をいかに活かし用いているかについて考察を加えるものであるが、それに先立って、まず、杜甫の「登岳陽楼」の詩の解釈について、私見を述べたい。

二 「登岳陽楼」詩の解釈

岳陽楼に登る　杜甫　　登岳陽楼

昔聞く　洞庭の水　　昔聞洞庭水　　（洞庭湖）
今上る　岳陽楼　　今上岳陽楼　　（岳陽楼）
呉楚　東南に拆《さ》け　　呉楚東南拆　　（洞庭湖）
乾坤　日夜に浮かぶ　　乾坤日夜浮　　（岳陽楼）
親朋　一字無く　　親朋無一字　　（岳陽楼での今の身のうえ）
老病　孤舟有り　　老病有孤舟　　（洞庭湖の孤舟を自身と見る）
戎馬　関山の北　　戎馬関山北　　（洞庭湖のかなた）
軒に憑れば　涕泗流る　　憑軒涕泗流　　（岳陽楼上の自身）

まず、この詩で注目すべき点は、全対格の詩であるということである。つまり結聯のほかはすべて対句仕立てになっているのである。そして詩句の解釈にあたっては、詩題が「登岳陽楼」であることに留意することが肝要なのである。

すなわちこの詩は、楼閣から眺める洞庭湖のみを詠んだものではなく、岳陽楼と洞庭湖とを詠んだものなのである。したがって、首聯の第一句は「洞庭湖」を詠み、第二句は「岳陽楼」を詠む。そして頷聯の第三句は「洞庭湖」を詠み、第四句は「岳陽楼」を詠んでいるのである。すなわち一句目の「昔聞く　洞庭湖」が三句目の「呉楚　東南に坼け」の描写に続き、二句目の「今上る　岳陽楼」が四句目の「乾坤　日夜に浮かぶ」の描写に続くのである。さらに頸聯の五句目の「親朋　一字無く」は、杜甫のたたずむ岳陽楼、六句目の「老病　孤舟有り」が、杜甫自身のいまの孤愁を洞庭湖の景に事寄せた表現である。
首聯から頸聯までの三聯は、以上のごとき連関をもって展開しているのである。
そこで、この詩を通釈すれば、以下のようになろう。

かつて耳にしていた洞庭湖、
今、その湖畔の岳陽楼を登る。
洞庭湖は、かつての呉と楚の大地が、東南の方角に引き裂かれてできた湖水であり、
岳陽楼は、この広大な天地に、昼夜の別なく、湖上に浮かぶがごとく聳えたっている。
今の私には親しい友からさえも一通の便りも無く、
病みがちなこの老人は、まるで湖に漂う一艘の舟同然の身の上である。
北方の国境ではまだ戦火が続いており、
楼の欄干《てすり》に倚りかかれば、とめどなく涙が流れ落ちる。

この詩については、従来、頷聯の解釈に諸説があるが、それら諸説の異同は松浦友久編『校注　唐詩解釈辞典』に類別されているので詳細はそれに譲るとして、ここではまず「呉楚東南に拆け」の解釈について、黒川洋一氏の説が妥当と思われるので、以下にその要点を引用しておきたい。氏の説くところは、「けっきょく一句は、この世界の東南にあたって、呉楚の大地が二つに裂けて、そこに水が満々としてたたえられている、として解されるのがよいとわたしは考えるが、もしそう解することが許されるならば、思い合わされるものは、「淮南子」天文訓に見える一つの神話である」として、『淮南子』「天文訓」に見える神話を引き、「視界をおおいつくす広大な水を前にして立つ杜甫

の脳裏には、大地の東南の裂け目に向かって、天下の水はすべて注ぎこむというこの神話が思い浮かべられてはいなかったか」と説く。前述したように、この「呉楚 東南に坼け」は、第一句目の「昔聞く 洞庭の水」を受けているのであるから、黒川氏の説のとおり、洞庭湖という湖水のかたちを太古に遡って詠みあげていると言えるのである。すなわち「呉・楚」といにしえの地名をもってし「東南に坼け」とするのも、実景として見えたのではなく、杜甫が脳裡に思い浮かべた俯瞰の景なのである。そこで、この「呉楚 東南に坼け」の解釈は、「洞庭湖は、かつての呉と楚の大地が、東南の方角に引き裂かれてできた湖水であり」となる。

次の「乾坤 日夜に浮かぶ」の句の「浮かぶ」は、何が浮かぶのであるか。私見によれば、この頷聯の対句は、前述したように、洞庭湖と岳陽楼とを対照させながら描述する構造であるから、前の「呉楚 東南に坼け」の主語は洞庭湖であり、「乾坤 日夜に浮かぶ」の主語は岳陽楼なのである。したがって、乾坤が日夜に浮かぶという意味ではないし、あるいは天地間の万物が、広々とした湖面に昼も夜もただよい動くという意でもない。また、黒川氏の「天地が日夜に洞庭湖中に浮動する」という解釈も、対句の上から言っても成り立たないであろう。すなわち、岳陽楼という楼閣が「乾坤 日夜に浮か」んでいるのである。

従来の諸説は、一句の中に主語を求めようとしたり、主語を曖昧なままに通釈したものであった。繰り返し述べるが、全句対という構造上からみて、三句目の主語は洞庭湖なのであり、四句目の主語は岳陽楼であると解すべきなのである。

事実、岳陽楼は、古来、洞庭湖の際にあって、湖水に浮かぶがごとく聳え立ちつづけているのであった。杜甫は、これを「岳陽楼は、天地の間、日夜、この洞庭湖にその全容を映し出し、浮かぶがごとくに、聳え立っている」と詠んだのである。浮かぶのは岳陽楼。時空を超えた詩人の心眼には、日夜、湖上に浮かぶ岳陽楼が見えているのである。すなわち、杜甫は岳陽楼の三層の上の欄干に倚りかかって、眼前の洞庭湖の眺めを感受しながらも、心は一気に時空を超えて、岳陽楼の影を映し浮かべている洞庭湖の大景を描き出しているのである。読み手は、洞庭湖の実景とともに、詩人のその壮大な想像力をこそ味わうべきであろう。
これは、孟浩然の「臨洞庭湖」の、

気は蒸《む》す　雲夢沢《うんぼうたく》　　　　気蒸雲夢沢
波は撼《ゆる》がす　岳陽城　　　　波撼岳陽城

の「波は撼がす岳陽城」という動的な描写にも通じあうものがあるといえようが、むろん杜甫の「乾坤　日夜に浮かぶ」の方が、簡にしてかつはるかに壮大な表現である。

この詩は、大暦三年（七六八年）の歳暮、杜甫五十七歳の時の作。杜甫は、この後、さらに湘江を遡って南の衡州（現在の湖南省衡陽県）に知友を頼って行くが、行き違えて会えず、大暦五年（七七〇年）、五十九歳で歿した。詩中の「親朋　一字無く　老病　孤舟有り」は、まさにそのとおりの境遇なのであった。「親朋　一字無く」は、友からの便りがまったく無いという意。「老病　孤舟有り」は、老病のわが身を湖上に浮く一舟とみなす意で、老病孤独の寂寥感がただよう表現である。この寂寥感は、杜甫の多くの詩に見られるもので、杜甫という詩人が、親友を恋い慕い、孤独を憂いかこつ悲哀の詩人であったことを意味する。すなわち、老荘を思い、陶淵明に心寄せながらも、彼自身は、憂愁の詩人であり、終生、みずからすすんで孤絶・孤高の境地を望む詩人ではなかった。「孤舟」と類似する語句に「虚舟」があるが、「虚舟」には、荘子の無為自然の思想の寓意が含まれるので、杜甫は、あえて「虚舟」は用いなかったと思われる。眼前に浮かぶ「孤舟」を自身になぞらえて孤独なる身の寂寥感を描き出したのである。

三 『おくのほそ道』「松嶋」と杜甫「登岳陽楼」

洞庭湖や西湖は、古来、詩文に多く詠まれ、著名な画人によって多く図絵にも描かれ、それらの作品は中国のみならず、韓国・日本にも伝えられ、また新たに模写されもしたりして流布しており、芭蕉も、そうした詩文や絵画によってこれらの湖水の光景を自らの心に想像したことであろう。

『おくのほそ道』の「松嶋」の段の冒頭は、

抑ことふりにたれど、松嶋は扶桑第一の好風にして、凡洞庭西湖を恥ず。
東南より海を入て、江の中三里、浙江の潮をたゝふ。
嶋々の数を尽して、欹ものは天を指、ふすものは波に葡匐。

であるが、「抑ことふりにたれど、松嶋は扶桑第一の好風にして」は、すでに先学の説かれる通り、『都のつと』宗久著（一三五〇年頃の紀行文）、『今物語』（鎌倉前期の説話集）、『撰集抄』（鎌倉前期の仏教説話集）、『沙石集』（鎌倉後期の仏教説話集）、近くは、天和二年（一六八二年）刊の大淀三千風編『松島眺望集』などの書を意識した表現で、それらを踏まえながら、創意を凝らした描写を試みようとする芭蕉の姿勢がうかがえる表現である。

この文の以下には、松嶋の風光を絶賛するのであるが、その描述にあたって、芭蕉は、他の多くの名所の記述と同じく、ここでもほとんどの建造物を省き、徹底して海と島々と松とのみを描く。瑞岩寺のことは後に回しており、五大堂をはじめとする歴史的・人為的な建造物はすべて省いて、松嶋の自然の造形のみを描述しているのである。

そして、そのまなざしは、慈愛にみちた自然主のごとき明るさで、動的な描写とともに擬人法をも用い、しかも「匍匐」「負る」「抱る」などという、五感の中でももっとも強い感覚である触覚に関わる動詞によって島々を立体的に描いている。これらの温かみのある表現がそのまま余韻となり、その括りとして据えられた「児孫愛すがごとし」がぴたりと読者の胸のうちに納まって実感が湧いてくるわけなのである。

「凡 洞庭・西湖を恥ず」以下は、その松島の風光の明媚さを叙述しながら賛美するのであるが、まず「洞庭」・「西湖」・「浙江の潮」と、中国の著名な湖江の名を列挙し、松嶋はこれらに比肩するものだというのであるが、これは、古来、日本の詩文によく用いられた一種の誇張表現で、単に日中の優劣の比較をしているのではなく、最も優れたものをもちだしてきて、それに匹敵するほどすばらしいものである、という強調法であることは言を俟たない。そして、それは芭蕉自身の優美雄大な中国の自然への強い憧憬の表れなのでもある。

ところで、芭蕉は、この湾である松嶋の景観を、「東南より海を入て、江の中三里、浙江の潮をたゝふ」と、まず松嶋の全空間を、大河口のごとく動的に描述している。それはまた湾内の潮流のさまを印象づけるための表現でもある。総じて、この「松嶋」の段は、静謐な状態表現によらず、多くは動作表現を用いて、動的な勢いのある調子になっているとは、前述したとおりである。

さてこの「凡 洞庭・西湖を恥ず」と、二つの湖水のうちの「西湖」と呼応する描述は、

松の緑こまやかに、枝葉汐風に吹たはめて、屈曲をのづからためたるがごとし。
其景色 窅然として美人の顔を粧ふ。

とあるくだりの「窅然として美人の顔を粧ふ」である。すなわち蘇軾の「飲湖上初晴後雨」の詩の「若し西湖を把って西子に比せば 淡粧濃沫両ながら相宜しからん」を踏まえたものであることは周知のとおりである。が、芭蕉は、松嶋をこの蘇軾の詩の西湖のみで描述しただけであろうか。「凡 洞庭・西湖を恥ず」と、洞庭湖をも引き合いにして

いるのは、当然、杜甫の「登岳陽楼」の詩が脳裡にあってのはずなのである。すなわち、それは、まず、これにつづく「東南より海を入て」とある「東南」が、杜甫の「登岳陽楼」の「呉楚 東南に拆け」の「東南」を踏まえていると言えるのではないか。実際に地図を見れば、松島湾は東南に開けたかたちであるから、ただ事実どおりに方位を記したのみと解されてきているのであるが、しかし「東南より海を入て」の壮大な表現は芭蕉の脳裡に描かれた大観であり、芭蕉の想像力からのものなのであって、その時、当然、芭蕉は杜甫の「登岳陽楼」の詩を強く意識していたものと思われるのである。

なおまた、「おくのほそ道」の「発端」には、「松嶋の月先心にかかりて」とあったとおり、「松島の月」を見ることこそ、この長旅の目的の一つであったわけであるが、その「松嶋」の段では、そうした思い入れがあったことすらも読者にすぐには気づかせないほどに、さらりと叙述する。

雄嶋が磯は地つゞきて海に出たる嶋也。
雲居禅師の別室の跡、坐禅石など有。
将、松の木陰に世をいとふ人も稀 見え侍りて、
落穂・松笠など打けぶりたる草の庵閑に住なし、
いかなる人とはしられずながら、
先なつかしく立寄ほどに、
月海にうつりて昼のながめ又あらたむ。

「月海にうつりて昼のながめ又あらたむ」とあり、いつの間にか夜になったと、時の経過の意味合いをもたせて、じつにさりげなく「松嶋の月」を描く。が、この「昼のながめ又あらたむ」は、松嶋の昼夜の絶景を対比させている

のであって、これは「登岳陽楼」の「乾坤 日夜に浮かぶ」に通じあうものがあると言えよう。快晴の九日の月は、明月であって、隠棲の人の草庵を出ての、この松嶋の月は、まさに禅の「水中月」・「心月輪」の意味合いをもたせることもできるのであるが、芭蕉はそうした禅語などを用いることなく、そのにおいさえ感じさせないほどに、さりげなく月を描いている。

江上に帰りて宿を求れば、窓をひらき二階を作て、
風雲の中に旅寝するこそ、あやしきまで妙なる心地はせらるれ。

芭蕉は、元禄の当時にしては、珍しい二階建ての眺望のきく部屋に通された。月の松嶋の絶景を眼前にして、「あやしきまで妙なる心地はせらるれ」と述べるが、「この妙なる心地」には、「登岳陽楼」の「軒に憑れば 涕泗流る」の杜甫の詩情にも通うものがあったと思われるのである。

なお、芭蕉が手にした『詩人玉屑』中には、駱賓王の「霊隠寺」の「楼観滄海日 門対浙江潮」、また巻十四の「胸中呑幾雲夢」に「洞庭天下壮観。自昔騒人墨客題之者衆矣。・・・呉楚東南拆 乾坤日夜浮。不知少陵胸中、呑幾雲夢也。」(『西清詩話』巻十四)とある。そして芭蕉の他の俳文には、『笈の小文』に「淡路嶋手に取るやうに見えて、須磨明石の海左右に分る。呉楚東南の詠めるもかかる所にや」とあり、また「幻住庵記」にも「呉楚東南の眺めに恥ぢず。五湖三湖も疑はしきや」、「魂 呉楚東南に走り、身は瀟湘洞庭に立つ」などとあるのは周知のとおりである。

以上が、『おくのほそ道』「松嶋」の段における杜甫の「登岳陽楼」の詩の投影についての私見である。

最後に、「松嶋」の段の全体の構造について一点のみ指摘しておきたい。それは、この「松嶋」の段は、「雄嶋」を中心に据えているということである。歌枕の「雄嶋」は、由来、松嶋の地名の由来の島であった。芭蕉は、松嶋の湾内の島々の間を舟で周遊しつつ、海と島々と松の枝ぶりとを能動的に描くが、この松嶋の段に入る直前に、「船をか

りて松嶋にわたる。其間二里余、雄嶋の磯につく」とあり、そして、「松嶋」の段の中ほどでは「雄嶋が磯は地つゞきて海に出たる嶋也。雲居禅師の別室の跡、坐禅石など有」とある。さらに、瑞巌寺の段の末尾において（それはいよいよ松嶋の地を去るに際してであるが）、「彼の見仏聖の寺はいづくにやとしたはる」とあるのであるが、その見仏聖の遺跡こそは、いうまでもなく雄嶋にあったものなのである。このように芭蕉は、じつにさりげない筆致ながら、松嶋という絶景の焦点（もしくは主軸）を「雄嶋」としているのである。このことは、「象潟」の段が、「能因嶋」を焦点（もしくは主軸）としていることとも通い合っているのである。

〔参考文献〕
韋旭昇氏『中国古典文学と朝鮮』「第二章　朝鮮文学における中国文学の吸収と利用」（研文出版）
松浦友久氏編『校注唐詩解釈辞典』「登岳陽楼」の項
入谷仙介氏「乾坤と天地—杜甫の世界観の手がかりとして—」（京都大学文学部『中国文学報』十七）
黒川洋一氏「『登岳陽楼』の詩について」—『呉楚東南拆、乾坤日夜浮』考」（京都大学文学部『中国文学報』六・のち創文社『杜甫の研究』に収載）

あとがき

本書は、前書『上代漢詩文と中國文學』（平成元年〈一九八九〉刊）、『宮廷詩人菅原道真―『菅家文草』『菅家後集』の世界―』（平成十七年〈二〇〇五〉刊）に収載しなかった論文数点と、その後の論文とを併せ載せたものである。

私の文学研究の端緒は、学部生の時に手にした空海の『三教指帰』に始まるが、その後、主として、最古の漢詩集『懐風藻』そして、平安初期の漢風謳歌の時代の本質、ことに嵯峨天皇と三勅撰漢詩文集の研究、更に平安朝漢文学最高峯の菅原道真『菅家文草』『菅家後集』の研究、更に平安朝漢文学が享受した白居易詩研究と続いた。また、十八歳頃より俳句実作を続けてきたが、ここ十年来、芭蕉『おくのほそ道』と中国文学の考察を試みてきた。

これまでの四十年余、自らの関心の赴くままに論考を綴ってきたが、もとより非才にして怠惰の性格ゆえに、いまだ幾ばくのことも究めることができずにいる。が、定年に当たって、ともかくもこうして三冊目の研究書を取りまとめることができた。拙著がもしも斯界にいささかなりとも寄与するところがあれば、望外の幸せである。

この度も、前二書と同じく、笠間書院から上梓していただくことになった。

笠間書院社長池田圭子氏、編集長橋本孝氏はじめ笠間書院の皆さまに諸事お世話いただいた。厚くお礼を申し上げたい。また、本文校正に、國學院大學兼任講師笹川勲氏・渡邉明子氏、國學院大學大学院生佐藤有貴氏の諸君の助力を得た。謝意を表したい。

二〇一六年二月二十二日

波戸岡　旭

初出一覧

第一篇　『懐風藻』と『万葉集』
第一章　『懐風藻』の国際感覚
〈原題〉「八世紀一日本人の国際感覚」（「國學院雑誌」第103巻第11号、平成十四年十一月）
第二章　『懐風藻』序文の意味するところ
〈原題〉「『懐風藻』と中国詩学―『懐風藻』序文の意味するところ―」
（共著『懐風藻―漢字文化圏の中の日本古代漢詩―』笠間書院、平成十二年十一月）
第三章　『懐風藻』の自然描写―長屋王邸宅宴関連詩を中心に―
〈原題〉『懐風藻』の自然描写―長屋王邸宅宴関連詩を中心に―（共著『懐風藻―日本的自然観はどのように成立したか』笠間書院、平成十二年六月）
第四章　大伴旅人「遊於松浦河」と『懐風藻』吉野詩
〈原題〉「遊於松浦河」と『懐風藻』吉野詩―大伴旅人の文人気質―（「上代文学」第六十六号、平成三年四月）
第五章　大伴家持「越中三賦」の時空
〈原題〉「越中三賦の時空―大伴家持と中国文学―」（『越中三賦を考える』高岡市万葉歴史館叢書6、平成七年九月）
第二篇　嵯峨天皇と空海
第一章　遣唐使節の人たちの文学
〈原題〉「遣唐使人の文学」（「東アジアの古代文化」123号、大和書房、平成十七年五月）

第二章　嵯峨御製の梵門詩
〈原題〉嵯峨御製の梵門詩（「東アジア比較文化研究５」平成十八年八月）
第三章　渤海使節と三勅撰漢詩文集―『文華秀麗集』と王孝廉・釈仁貞―
〈原題〉「渤海使節と三勅撰漢詩文集―『文華秀麗集』と王孝廉・釈仁貞を中心に―」（「水門―言葉と歴史」21、勉誠出版、平成二十一年四月）
第四章　空海の詩文―その文学性と同時代への影響―
〈原題〉「空海の詩文と宮廷漢詩」（「日本学」19、平成四年五月）
第五章　空海の山岳詩
〈原題〉「空海　その文学性と同時代への影響」（「国文学解釈と鑑賞」平成二年十月号）
第六章　空海の文学観―『文鏡秘府論』を中心に―
〈原題〉「古今集以前―空海の詩論を巡って―」（『古今集と漢文学』和漢比較文学叢書、平成四年九月）
（附）『玉造小町子壮衰書』の出典に就いて
〈原題〉「玉造小町子壮衰書」の出典に就いて（「日本文学論究」第四十三冊、昭和四十九年十一月）

第三篇　島田忠臣・菅原道真
第一章　島田忠臣の釈奠詩
〈原題〉「島田忠臣の釈奠詩」（「東アジア比較文化研究13」東アジア比較文化国際会議日本支部、平成二十六年六月）
第二章　白居易「閑適」詩と島田忠臣の詩境―島田忠臣詩に見える白居易詩境からの行禅の享受―
〈原題〉「白居易「閑適」詩と島田忠臣の詩境―島田忠臣詩に見える白居易詩境からの行禅の享受―」（『白居易研究年報』第十号、白居易研究会、平成二十一年十二月）

第三章　菅原道真「讃州客中詩」――「行春詞」を中心に――
〈原題〉「菅原道真「讃州客中詩」」（「國學院大學大学院紀要47」平成二十八年三月）
第四章　菅原道真「秋湖賦」―感は事に因りて発し、興は物に遇うて起こる―
〈原題〉「菅原道真「秋湖賦」考―感は事に因りて発し、興は物に遇うて起こる―」（「國學院雑誌」平成二十二年三月）
第五章　白居易詩と菅原道真詩と―湖上詩を中心として―　（書き下ろし）

第四篇　白居易
第一章　白居易閑適詩序説
〈原題〉「白易閑適詩考序説―初期作品に見える詩境を中心に―」（「國學院雑誌」106巻十一号、平成十七年十一月）
第二章　白居易閑適詩と禅
〈原題〉白居易閑適詩について（「國學院中國學會報」第五十一輯、國學院大学中國學會、平成十七年十二月）

第五篇　杜甫と芭蕉
第一章　杜甫の近世俳人に及ぼした影響
〈原題〉杜甫の近世俳人に及ぼした影響（仮称『杜甫全詩訳注』講談社、平成二十八年三月刊行予定）
第二章　杜甫「登岳陽楼」と芭蕉『おくのほそ道』「松嶋」と
〈原題〉杜甫「登岳陽楼」と芭蕉『おくのほそ道』「松嶋」と」（「東アジア比較文化研究10」東アジア比較文化国際会議日本支部、平成二十三年六月）

（著者略歴）

波戸岡　旭（はとおか・あきら）

1945年（昭和20年）5月5日　広島県因島市原町（生口島）に生まる
1970年（昭和45年）國學院大學文学部卒業
1972年（昭和47年）國學院大學大学院文学研究科修士課程修了（文学修士）
1975年（昭和50年）國學院大學大学院文学研究科博士課程単位取得退学
現　在　國學院大學文学部教授・文学博士

主要著書・論文
『上代漢詩文と中國文學』（笠間書院　1989年）
『宮廷詩人 菅原道真』――『菅家文草』『菅家後集』の世界――（笠間書院　2005年）
『標註　日本漢詩文選』（笠間書院）
『遊心・遊目・活語――中国文学から試みる俳句論――』（三樹書房　2009年）

奈良・平安朝漢詩文と中国文学

2016年3月31日　第1刷発行

著　者　波戸岡　旭

装　幀　笠間書院装幀室
発行者　池田圭子

発行所　有限会社 **笠間書院**
〒101-0064　東京都千代田区猿楽町2-2-3
☎03-3295-1331　FAX03-3294-0996

NDC分類：919.3

ISBN978-4-305-70800-7　組版：ステラ　印刷：モリモト印刷
落丁・乱丁本はお取りかえいたします。　（本文用紙：中性紙使用）
出版目録は上記住所までご請求下さい。
http://kasamashoin.jp/